简·奥斯汀全集

理智与情感

[英] 简·奥斯汀◎著

汪　燕◎译

Sense and
Sensibility

华东师范大学出版社

·上海·

图书在版编目（CIP）数据

理智与情感/（英）简·奥斯汀著；汪燕译. —
上海：华东师范大学出版社，2024
（简·奥斯汀全集）
ISBN 978 - 7 - 5760 - 4822 - 3

Ⅰ. ①理…　Ⅱ. ①简…②汪…　Ⅲ. ①长篇小说−
英国−近代　Ⅳ. ①I561. 44

中国国家版本馆 CIP 数据核字（2024）第 062204 号

理智与情感

著　　者　[英]简·奥斯汀
译　　者　汪　燕
策划编辑　彭　伦
责任编辑　陈　斌
审读编辑　许　静
责任校对　姜　峰　时东明
装帧设计　卢晓红

出版发行　华东师范大学出版社
社　　址　上海市中山北路 3663 号　邮编 200062
网　　址　www. ecnupress. com. cn
电　　话　021 - 60821666　行政传真 021 - 62572105
客服电话　021 - 62865537　门市（邮购）电话 021 - 62869887
地　　址　上海市中山北路 3663 号华东师范大学校内先锋路口
网　　店　http://hdsdcbs. tmall. com

印　刷　者　上海颛辉印刷厂有限公司
开　　本　889 毫米×1194 毫米　1/32
印　　张　12.25
字　　数　270 千字
版　　次　2024 年 6 月第一版
印　　次　2024 年 6 月第一次
书　　号　ISBN 978 - 7 - 5760 - 4822 - 3
定　　价　78.00 元

出版人　王　焰

© Luke Shears

简·奥斯汀家的客厅

钢琴上的乐谱和烛光

目　录

译者序

《理智与情感》的创作大约始于 1795 年，是简·奥斯汀的第一部小说，那时她刚进入 20 岁。这部小说最初为书信体，起名《埃利诺与玛丽安》。书信体是当时较为常见的写作形式，奥斯汀对此非常熟悉。就在一年前，19 岁的简已经完成一部书信体短篇作品《苏珊夫人》，包含 41 封不同成员之间的往来信件和第三人称书写的结局，以这位"全英格兰最会卖弄风情的女人"被挫败的阴谋和终将带来痛苦的选择为结局。

作为书信体小说，埃利诺与玛丽安之间的往来通信必然是最重要的部分。然而小说中的两姐妹从未分开，完全没有写信的必要，可见奥斯汀在 1809 至 1810 年对小说进行修改时在情节安排上做了极大调整。小说人物生动有趣，情节引人入胜，情感细腻，语言优美；以大量对话和自由间接引语探求人物内心最真实的想法，体现了曾经书信体的影响，也展露了刚刚进入文坛的简·奥斯汀耀眼的才华。

1811 年，简·奥斯汀向伦敦的托马斯·埃格顿出版社支付 180 英镑佣金，自费出版《理智与情感》，共印刷 750 册，署名"一位女士"，这时她已经 35 岁。当年 4 月 25 日，简在给姐姐卡桑德拉的信中写道："我从来没有忙得想不到 S&S，我就像一个忘不了待哺婴儿的母亲那样忘不了它。"小说两年内售完，给奥斯汀带来 140 英镑稿费以及仍有价值的版权。

《理智与情感》是关于达什伍德家的两个女儿埃利诺和玛丽安历经挫折，有情人终成眷属的爱情故事。达什伍德太太在丈夫去世后，和三个女儿被贬为诺兰庄园不受欢迎的客人，最终被迫离开，去往遥远的巴顿乡舍。十七岁的玛丽安因为在大雨中扭伤脚踝，狂热地爱上了外出打猎，年轻英俊的威洛比，因为这正是她曾经幻想的完美男人。玛丽安和威洛比放纵的情感和露骨的表现很快让众人相信他们已经订下婚约，威洛比却在理应求婚时突然离开巴顿，让痛苦的玛丽安伤心欲绝，同时坚信威洛比一定会回来。

埃利诺曾和嫂子的弟弟爱德华产生爱意，然而爱德华很久后才突然来访，态度含糊躲闪，让她捉摸不定。随后，埃利诺从来到巴顿庄园的露西·斯蒂尔小姐口中得知她已在四年前同爱德华订婚，并被迫保守秘密。埃利诺的厌恶与愤怒很快变成对爱德华的同情。她相信爱德华没有欺骗她，即便如此，他一定只爱她自己。

詹宁斯太太想去伦敦过冬，邀请两位达什伍德小姐陪她同行。玛丽安因为想见威洛比，不顾对詹宁斯太太的厌恶而欣然答应，埃利诺只得应允。玛丽安终于在一场舞会上见到朝思暮想的威洛比，却发现他和另一个年轻女子在一起。玛丽安写信要求威洛比解释他冷淡的态度和匆忙的离开，只得到漠然的回复，以及返还的三封信件和她的一缕头发，随后传来威洛比即将和有五万英镑的格雷小姐结婚的消息。

悲痛的玛丽安寝食难安，容貌憔悴，詹宁斯太太却愉快地想到显然喜爱玛丽安，三十五岁的布兰登上校有了得到她的机会。一天晚上上校来访，向埃利诺倾诉了他表妹伊莉莎的悲惨遭遇，玛丽安和伊莉莎的相似之处，以及威洛比对小伊莉莎的诱惑和抛弃。然而，埃利诺小心说出的这些话非但没让玛丽安感到庆幸，反而全然吞噬了她的心灵。

约翰·达什伍德一家和两位斯蒂尔小姐也来到伦敦。露西因为范尼和她母亲费拉斯太太对自己的看重得意洋洋，在应邀去范尼家做客时，斯蒂尔小姐说出了露西和爱德华的婚约，暴怒的范尼即刻将她们赶出了家门。费拉斯太太要求爱德华解除婚约，娶有三万英镑的莫顿小姐，在爱德华拒绝后把继承权给了他的弟弟罗伯特。布兰登上校同情爱德华的遭遇，主动提出由埃利诺把自己教区的牧师职位赠送给爱德华。

达什伍德姐妹在帕默先生的邀请下前往克利夫兰，因为这也是最便于回家的地方。玛丽安由于伤心和重感冒大病一场，差点失去性命。布兰登上校在危急时刻，决定冒雨去接达什伍德太太来见女儿最后一面；玛丽安却在濒临死亡时奇迹般脱离了危险。听到马车声的埃利诺以为上校和母亲提前到达，却见到听闻玛丽安即将死去而赶来看望的威洛比。埃利诺被迫听完威洛比的话，虽明知他的错误，却不由对他心生同情，并答应适当的时候向玛丽安解释。威洛比离开半小时后，又一辆马车到来，上校和达什伍德太太悲喜交集地见到了脱离危险的玛丽安。

回到巴顿乡舍后，玛丽安的身体逐渐恢复。她明白了自己的错误，只想知道威洛比并非一直在欺骗她，也并非一直那么十足邪恶；埃利诺思索后小心说出了威洛比的来访。玛丽安听后泪如泉涌，终于释然。

埃利诺在悬念中惦记着爱德华的状况，听男仆说见到刚结婚的他和露西时歇斯底里地倒在椅子上，达什伍德太太这才知道大女儿长久以来承受的痛苦，然而骑着马的爱德华却很快出现在窗前。原来露西取消婚约并嫁给了罗伯特，重获自由的爱德华第一时间赶来求婚。两人在范尼的帮助下得到爱德华母亲的原谅并获得一万英镑，能保障他们过上较为舒适的生活。他们在牧师住宅尚未完成修缮的早秋时节，于巴顿教堂举办了婚礼。

玛丽安面对众人的联盟，又深知上校的美德；她克服了十七岁那年形成的爱恋，只怀着对布兰登上校的感激敬重之情，主动把她的手交给了另一个人。玛丽安爱人从来不会三心二意；她的整颗心，随着时间的推移，完全献给了她的丈夫，正如她曾经献给了威洛比。

简·奥斯汀的六部小说均以爱情为主题。这个人类世界的永恒主题，时常难免被斥为"陈腔滥调"。但奥斯汀小说的魅力并非只来自故事梗概，而是由于其独特的细节而熠熠生辉。简·奥斯汀是莎士比亚的忠实粉丝，她的每部作品都有强烈的戏剧性。小说中的人物在不同场景下的行为和语言生动有趣又栩栩如生，最能展现他们的真实性情。无处不在的讽刺将阅读变得趣味盎然，常读常新。她不动声色地将小说置于当时的社会背景中，让读者在为小说强烈的现代风格感到欣喜时，也能更好地理解书中人物的选择与命运。

古老的达什伍德家族在苏塞克斯定居已久。诺兰庄园（Norland—no land—没有土地）的前主人，已故的老先生在年迈之时得到了亨利·达什伍德一家的照料与陪伴，并在遗嘱中将这份产业传给了亨利。令人失望的是，遗嘱的附加条件是财产被指定传给他的儿子，以及他儿子的儿子。一年后亨利去世，随即赶来的约翰·达什伍德和妻子范尼很快将母女四人贬为不受欢迎的访客。

简·奥斯汀未在小说中提及这位老先生的名字，有趣的是老先生（the old gentleman）在英语中也有"魔鬼，撒旦"（devil）的意思。当时的英国在遗产分配上遵循长子继承制，避免因为产业的分散削弱家族实力，影响家族的延续。而如诺兰这样的古老庄园，更因为曾是皇室封地而"限定继承"，如果主人不能生下儿子，则由法律指定血缘最近的男性后代继承这份产业，而这样的继承人无需像继承产业的长子那样，承担照料家中女性的责任。这正是父亲亨利在临终之际，急切嘱托儿子照料继母和妹妹的缘由。由此可见，老先生的遗嘱完全符合法定条约，其附加条件也不是因为他对小男孩的莫名偏爱有意为之。换句话说，达什伍德母女的贫困与漂泊并非由这位不知感恩的老先生一手造成，不公正的继承制度才是失去依靠的母女窘迫境遇的根本缘由。

简·奥斯汀在她创作的第一部小说开端就明确指出了限定继承和长子继承制带来的困境，这也是她后来的每一部小说都无法逃避的社会背景。《傲慢与偏见》中的班尼特太太担心丈夫死去后无家可归而整日忧心忡忡，一心想嫁出女儿，甚至让五个女儿全都进入社交圈，包括十五岁的莉迪亚。《爱玛》中的爱玛是伍德豪斯先生的小女儿，然而奈特利先生却为她始终不想结婚而担忧。虽然爱玛拥有三万英镑，但这笔钱只能在她结婚当天变成丈夫的合法财产，否则必须由父亲或指定的监护人保管。相比于容易遭受玩弄和抛弃的贫穷女孩，财产丰厚又心地单纯的女孩很可能成为贪婪者的诱骗目标（格雷小姐：Miss Grey；莫顿小姐：Miss Morton 均有此含义）。《劝导》中男爵的长女伊丽莎白一心想嫁给表面温文尔雅，实则虚伪狡诈的埃利奥特先生，因为他是父亲的假定继承人。而《曼斯菲尔德庄园》和《北怒庄园》中成为牧师的两个二儿子，显然都比长子更适合掌管家业。

十七岁是奥斯汀时代女孩进入社交圈的较早年龄，也成为《理智与情感》中几个女孩的人生转折点。和布兰登上校一起长大，彼此情深意切的表妹伊莉莎在十七岁那年被迫嫁给上校的哥哥，因为她财产丰厚，而她的舅舅和监护人想用这笔钱解决自己家庭的经济麻烦。伊莉莎由于痛苦的婚姻而堕落，几乎死在狱中；所幸布兰登上校在她弥留之际找到她并照顾她至生命的最后一刻，也承担了抚养她私生女的责任。小伊莉莎十七岁时被威洛比诱惑后流落街头，分娩前被赶来的布兰登上校解救。上校把她和孩子送到乡下；而此时的威洛比正在向十七岁的玛丽安大献殷勤。威洛比的离开和背叛让玛丽安痛不欲生，差点失去性命，最终和值得敬重的布兰登上校结为夫妻。不过在玛丽莲·巴特勒看来，比奥斯汀稍微年长些的小说家，如韦斯特太太（1758—1852），哈密尔顿太太（1761—1815），以及玛丽亚·埃奇沃斯

（1767—1845）都几乎一定会让玛丽安在被引诱后死去[1]。

在《爱玛》中有这样一段话：戈德史密斯告诉我们，如果一个可爱的女人堕落到干了傻事，她只能一死了之；要是她堕落到令人讨厌的地步，也同样推荐以此方式洗清恶名。这话虽是对丘吉尔太太之死的调侃之语，却在《理智与情感》中得到了有力的证明。即使善良正直的布兰登上校，在向埃利诺讲述表妹临终时的悲惨状况时，也不禁发出了这番感慨：

> 显然她正处于痨病的最后阶段，是的——的确，在那种情况下成了我的最大安慰。生命对她毫无意义，只能给她些时间更好地准备死亡；她得到了那样的时间。

好心的詹宁斯太太在玛丽安病重时自然而然地想到死亡，从生病最初就断定玛丽安永远都好不了；玛丽安在夜间病情加重后，她更恢复了之前的担心，并对此事确信无疑。

已经结婚的威洛比在听说玛丽安即将死去的消息后赶到克利夫兰，虽有真情，但也不难从他的话语中感到一些释然，甚至骄傲的意味。

> 现在已经结束了——那样的夜晚！——我尽快逃离了你们所有人，但在此之前我看到玛丽安美丽的脸庞死一般苍白——那是最后，我看到她的最后一眼——她在我面前最后

---

[1] Butler, Marilyn. *Jane Austen and the War of Ideas*. Oxford: Clarendon Press. 1987. P. 189.

的样子。那是令人惊恐的情景！可当我今天想到她真的快死了，让我有些安慰地想着我完全知道她在看着她离世的人们眼中是什么样子。我一路赶来时，她就在我眼前，始终在我眼前，正是那副神情和模样。

而他在离开前脱口而出的话语，最能体现他作为猎手的自负与自私。

"好了，"他答道，"又一次说再见。我会离开，活在对一件事的恐惧中。"
"你是什么意思?"
"你妹妹的结婚。"
"你大错特错。你无论何时对她的失去都不会超过现在。"
"但她会被别的某个人得到……"

在当时由男权主导的英国封建社会中，一个被诱惑抛弃的女人会被视作对"体面社会"的威胁，失去生存的意义。即便保留了贞洁，她也会失去青春的容颜。为追逐财富而放弃感情的威洛比乐意以玛丽安的伤心至死，既完全占有她，也能干脆利落地摆脱她；让他日后能更安心地打猎交友，享受生活，而他的罪恶行为对他的名誉影响甚微。

玛丽安经历的危险看似天性使然，因为她凡事过于热切；她的悲伤，她的喜悦都毫无节制。然而不难看出她对爱情的态度有明显的模仿痕迹。她强烈反对第二次爱恋，尽管她亲爱的母亲正是她父亲的第二任妻子。当威洛比突然离开后，她显然刻意在让自己成为小说中的痛苦女主角。

玛丽安觉得自己要是在和威洛比分别的第一个夜晚能够入睡，那她简直无可原谅。假如第二天起床后不比上床时更需要睡眠，她会羞于看着家人的脸。然而正因为她将平静视为耻辱，这让她毫无可能保持平静。她整夜清醒着，大部分时间都在哭泣。她起床后头痛欲裂，无法说话，不愿吃任何东西。她时时刻刻都让她的母亲和姐姐感到痛苦，并且不让任何人试着安慰她。她的情感真是足够强烈！

早餐结束后她独自走到外面，在阿伦汉姆的村子里游荡，上午几乎都在尽情回忆着过去的欢愉，为如今的变化痛哭不已。

晚上她依然沉浸在这样的感情中。她弹奏了曾为威洛比弹过的每一首喜爱的曲子，他们深情合唱过的每一个旋律，坐在钢琴前凝视着他曾为她手写的每一行乐谱，直至心情沉痛到无以复加的地步。她每天都以这种方式滋生着痛苦。

和情感充沛的玛丽安相比，埃利诺似乎冷静得多。她为人理智、头脑冷静；她心地善良——她性情诚挚，感情热烈；但她知道该如何控制。然而她因为爱德华似是而非的态度爱上他；幻想出爱德华的优点和对自己爱的证明；得知他的婚约后依然坚信爱德华只爱她，甚至在替布兰登上校把牧师职位赠送给爱德华后，还想着只要他没结婚自己就有希望。最终听到男仆说费拉斯先生已经结婚后，她脸色苍白，歇斯底里地倒在椅子上，让达什伍德太太意识到她承受着多么真切的痛苦，也让读者发现行事冷静的埃利诺在爱情上并非真正理智，也非感情淡漠，只是以她隐忍的克制压抑了情感的流露。她能和爱德华结为夫妻，更多归功于露西的自私狡诈。而玛丽安之所以获得拯救和重生，在于她能摆脱过度的情感，理智地看待自己和威洛比的行为。

在英语中"理智"（sense）与"情感"（sensibility）都和认知相联，"sense"指五种感觉官能，而"sensibility"指对外界情境的反应；根据启蒙时期的哲学观点，二者共同构成人们的想法、思维和意识。因此理智与情感并无优劣正误之分，也不止是两姐妹性格的分别指代；它们相互交融，不可分割，形成或冷静或热切，或相似或迥异的万般个性。

《理智与情感》出版后，《英国评论》上曾有一段评语，大意是"我们的女性朋友能从这卷书中得到真正的益处，因为她们能学到许多清醒有益的行为准则"。现代评论家丽贝卡·迪克森认为它是"奥斯汀对过度情感的解药"。她认为《理智与情感》是"让读者获得教育的小说，以得体恰当的方式，但依然有着叛逆的元素"[1]。简·奥斯汀通过两姐妹曲折的情感道路和最终的幸福婚姻，让读者思索如何面对爱情；她以玛丽安和悲惨哥特女主角相反的命运，鼓励受伤的女孩抛弃陈腐观念得到希望和更强大的内心，做出并非自毁，而是重生的正确选择。玛丽安脱离危险回

---

[1] Dickson, Rebecca. *Jane Austen: An Illustrated Treasury.* beck&mayer!, LLC. 2008.

到家中后对埃利诺倾诉的一番话，也提醒女孩在热恋时勿忘守护自己的内心。

> 我的生病让我思考——它给我时间和冷静来认真回忆。远在我恢复到可以开口说话之前，我已经完全能够思考。我想到过去：自从去年秋天认识他以来，我从自己的行为中，只看出一连串对我本人的轻率行为，以及对别人的缺乏善意。我看出我自己的感情为我的痛苦做了准备，而在此情形下缺乏坚毅几乎把我送进了坟墓。我的病，我很清楚，完全由于我本人特别无视自己的健康而导致，即使在那个时候我也知道错了。要是我死了，那就是自取灭亡。

或许奥斯汀随后创作的两部年轻时代的作品也是对此的补充：《傲慢与偏见》中感情热烈、言语坦率、忠于内心的伊丽莎白，以及《北怒庄园》中敢想敢做，受到挫折后能倒头就睡，醒来神清气爽的十七岁凯瑟琳，是女性朋友们面对爱情时的更好榜样。

《理智与情感》虽为爱情小说，男女之爱却远不如姐妹之爱耀眼。两人脾性相去甚远，必须是足够深挚的爱才能让她们始终携手并行。对埃利诺来说，爱德华固然重要，却从来没有超过玛丽安。玛丽安大病一场，九死一生，埃利诺在病床边感受到的绝望以及见到妹妹病情好转时的狂喜，是这部小说情节上的最高点①。

---

① 汤拥华，经典重读 | 汤拥华评《理智与情感》：激情的意义，《文汇报》文艺评论，2022年7月28日。

简·奥斯汀以情深姐妹的双女主设计开启她的小说创作生涯，也有几分自传风格。奥斯汀家庭共有八个孩子，六男二女，简排行第七，姐姐卡桑德拉大她近三岁，排行第五，是她的密友与知己。简喜爱自己的兄弟，但姐姐始终是她的最爱。卡桑德拉性情温柔，对妹妹呵护备至。年幼的简是姐姐的小随从，以至于母亲曾调侃说："假如卡桑德拉要被拉去砍头，简一定会跟着去。"

长大后的简时常被迫和姐姐分开，两人在离别的日子频繁写信。她一生书写的数千封信件，大部分是写给姐姐的。简告诉姐姐家人的情况，外出的散步，品尝的美食，购买的细纱布，新做的长裙，参加的舞会，自己的舞伴和舞会上的客人，以及她的各种心情。从往来信件的书写频率，可见姐妹亲情是她们生活不可或缺的重要部分。因此以两位挚爱姐妹的书信为核心创作一部书信体小说，几乎是简最自然而然的选择。

《埃利诺与玛丽安》的原稿早已不复存在，但可以想象十四年后简在改写这部小说时，也融入了自己的经历和感情。无论排行还是性格，简都更像玛丽安，而卡桑德拉也和温柔贤淑、慈母般的埃利诺更为相似。两对姐妹不乏同样的才华喜好：比如姐姐喜欢画画，妹妹爱弹钢琴；以及她们都愿住在同一个房间里。玛丽安对库珀的喜爱，显然源自简对他的热情。

"他当然更能欣赏优雅简单的文章。我当时就那样想，但你会给他库珀。"

"不，妈妈，要是库珀也不能给他活力怎么办！——但我们必须允许品位的差异。"

《理智与情感》

他说石子路旁的灌木林只是蔷薇和玫瑰，玫瑰的品种很普通。我们想要些更好的品种，因此在我本人的特别要求下，他为我们弄了些紫丁香。为了库珀的诗句，我没有紫丁香可不行。

《简·奥斯汀书信集》

年轻的简和玛丽安一样热情洋溢，向往爱情。简的邻居，汉普郡剧作家玛丽·拉塞尔·米特福德的母亲曾称她为"最漂亮，最傻气，矫揉造作寻求丈夫的花蝴蝶"。在 1796 年 1 月 9—10 日写给姐姐的信中，简吹嘘自己要是能给一对不知怎样"特别对待"的情侣三次指点，他们一定会大有收获。那时，刚过 20 岁的她爱上了一位风度翩翩、相貌英俊、令人喜爱的年轻人，并得意地让姐姐"自己想象跳舞和坐在一起时最轻浮放荡，令人震惊的所有行为"，即便她知道只能再有一次机会。她在舞会上无视其他所有仰慕者，"只想把我的未来交给汤姆·勒弗罗伊先生"。然而她和汤姆·勒弗罗伊最后一次调情的这天很快到来，给姐姐写信的她"想到这件悲伤的事情泪如泉涌"。在失恋的痛苦中，简和玛丽安一样，也从姐姐那儿寻求倾听和安慰。

给姐姐写信时，简也有玛丽安的撒娇任性。她倾诉着思念之情，毫不顾忌地展现真实的自己。

我亲爱的卡桑德拉：

我又进入了放荡堕落的状态，我已经开始发觉自己道德败坏。

（1796 年 8 月 23 日星期二）

母亲已经给姑妈写了信，我们急切地等待回复。我不知该怎样放弃我俩五月去帕拉冈的想法。我认为你无论如何都必须去，而我不喜欢被丢下；这儿或附近没有我想住的地方——虽然收留两个人一定比收留一个人更麻烦，但我会努力用巴斯的小圆面包破坏我的胃口以缩小差距；至于给我们提供住处的麻烦，无论一个人还是两个人，其实都一样。

（1801 年 1 月 3 日星期六—1 月 5 日星期一）

我应该如何开始？在我所有的无聊琐事中，我该把哪一件最先告诉你？

（1808 年 6 月 15 日星期三—6 月 17 日星期五）

遗憾的是，简和卡桑德拉虽都遇见过心动的恋人，卡桑德拉甚至已经订下婚约，两人却都因为造化弄人终身未婚；更令人伤感的，是这对感情深挚的姐妹无法长久携手并行。小说中的玛丽安虽病情凶险，但埃利诺在病床边感受到的绝望最终被无比的喜悦代替；然而奇迹没能在生活中重现，这本年轻的简创作的第一部小说，几乎成了冥冥中的不幸预言。不过对奥斯汀姐妹来说，她们之间的爱与深情，自始至终都是她们生命中的最亮之光。

在这件事上我只能再说说我最亲爱的姐姐，我温柔、谨慎、不知疲倦的护工，她尚未因为竭尽全力而导致生病。至于我对她的亏欠，对于此时我所有亲爱的家人的焦虑不安，我只能为此哭泣，祈祷上帝更加保佑他们。

（1817年5月28日星期三？—5月29日星期四）

我注视着一条街长度的小小悼念队伍，当它离开我的视线时，我已经永远失去了她。即便那时我也没有无法承受，也不及此刻写起时这么激动不安。谁也比不上这个可爱的人儿，被见到她遗体的人们如此真心哀悼。但愿她离开尘世带来的悲伤，预示着她将在天堂获得的喜悦！

（1817年7月29日星期二）

《理智与情感》是简·奥斯汀的第一部小说，也是她情感最热烈、结局堪称完美的小说。埃利诺和玛丽安虽在感情中历经痛苦考验，最终都携手所爱之人进入幸福的婚姻。她们的家人朋友虽各有缺点，但如粗俗的詹宁斯太太，冷漠的米德尔顿夫人，近乎刻薄的帕默先生，甚至贪婪无情的约翰和范妮，事实上每一个曾经有充分理由令人生厌的人，都在为两姐妹提供真心帮助时，显现出美好的人性；即使威洛比也因为对玛丽安的敬重，在结婚后改掉恶习，变成了更好的自己。这些近乎生硬的转变，也许暴露了奥斯汀作为新手作家的稚嫩与不成熟，但更让我们看到她对这个不完美的世界无与伦比的善意；让我们在读毕掩卷时，除了回味、思索和感慨，更觉释然与温暖。

在一个让人羞于承认阅读小说的年代，20 岁的简·奥斯汀创作了她的第一部小说，35 岁得以发表，并从第一版印刷中获得 140 英镑的稿费，开启了她的作家之路。这部小说跨越两百多年时空，成为许多现代读者最爱的经典，成就了一个文学史上的不朽传奇。

本人是华东师范大学外语学院教师，于 2017 年 9 月至 2018 年 9 月期间获国家留学基金委奖学金，在加拿大滑铁卢大学英语系作为访问学者，师从弗雷泽·伊斯顿（Fraser Easton）教授进行简·奥斯汀研究。访学期间，我遇见时任滑铁卢大学孔子学院中方院长周敏教授，在她的指引下走上了奥斯汀翻译之路。感谢群岛图书出版人彭伦老师、华东师范大学出版社许静老师和陈斌老师的帮助与认可。感谢华东师范大学出版社对我的信任，感谢我在此工作二十年，温暖如家的大学英语教学部，同时感谢给我帮助、支持与鼓励的师长、家人、同事、学生和朋友们！

译文的章节、段落划分与黑体着重标记（原版为斜体）以"牛津世界经典丛书"的"Sense and Sensibility"（2008）为标准，文末注释也以此书为重要参考。希望此译本能够得到读者的喜爱与认可。

最后，愿《理智与情感》能让亲爱的读者们享受美好的奥斯汀世界，相信不完美的生活依然充满人间真情！

汪燕

2022 年 8 月 13 日

第一卷

第一章

　　达什伍德家族在苏塞克斯定居已久。他们拥有广阔地产,居住于产业中央的诺兰庄园,世世代代过着非常体面的生活,总的来说赢得了周围熟人的交口称赞。这片产业已故的主人是个单身汉,活到很大年纪,许多年来一直由妹妹陪伴,为他管理家务。然而妹妹却比他本人提前十年去世,让他的家变得大不相同。为弥补她的空缺,他邀请侄子亨利·达什伍德先生一家前来居住,即诺兰地产的法定继承人,他打算馈赠遗产之人。有了侄子侄媳和孩子们的陪伴,这位老先生的日子过得非常舒心。他对他们所有人愈加依恋。亨利·达什伍德夫妇始终对他关心备至,这不仅出于利益考虑,也因为他们心地善良,让他这样的年迈之人得到了各种应有的照料,而孩子们的快乐也为他的生活增添了乐趣。

　　在之前的一段婚姻中,亨利·达什伍德先生有了一个儿子;现在的妻子为他生了三个女儿。这位儿子是个稳重体面的年轻人,他的母亲财产丰厚,在他成年后一半的财产便转交给他,所以生活富裕。随后他很快结婚,也同样通过自己的婚姻增添了财富。因此对他而言,继承诺兰地产远不如对妹妹们那般重要;除了从父亲继承的财产中可能得到的收益,她们的收入微乎其微。她们的母亲一无所有,父亲仅仅掌管着七千英镑;因为他第一任妻子财产的另一半也归她的孩子所有,而他只在活着时享受这部分财产的收益。

老先生死了；他的遗嘱被宣读，同几乎其他所有遗嘱一样，带来的失望和快乐一样多。他既没有非常不公，也没有忘恩负义，并未不把财产传给他的侄子——然而他附加的条款毁掉了这笔馈赠一半的价值。达什伍德先生想得到它，更是为了他的妻子和女儿，而非为他本人和他的儿子——然而财产被指定传给他的儿子，以及他儿子的儿子，一个四岁的孩子。这样一来，让他本人完全无法为他最亲爱的人做些准备，她们才最需要从分得地产或出售珍贵的林木中获得收入。一切都为了这个孩子的利益，他偶尔和父母去诺兰做客，却凭着两三岁孩子常有的魅力赢得了曾祖父的喜爱；几声牙牙学语，一些任性专横，许多的淘气把戏，不停的吵闹叫嚷，这就超出了他侄媳和她的女儿们多年来对他精心照料的全部价值。然而，他并不打算无情无义，为表示对三个女孩的喜爱，他给每人留了一千英镑。

达什伍德先生起初非常失望，然而他的性情愉悦乐观，也许能合理期待再活许多年，通过节俭度日，从偌大土地的收成中省下一大笔钱，几乎能立即改善境遇。然而这姗姗来迟的财产他只拥有了一年。他只比叔叔多活了这么久；包括之前财产在内的一万英镑是他留给遗孀和女儿们的全部财产。

一旦得知他情况危急，就叫来了他的儿子，达什伍德先生在病危之际用尽所有力气，急切地嘱托儿子照料继母和妹妹们。

约翰·达什伍德先生不像家里的其他人那样感情丰富；但在此时此景下的嘱托依然令他动容，他答应竭尽所能让她们过得舒适。父亲为这样的承诺感到安心，约翰·达什伍德先生这才有空思索就审慎而言，他有能力为她们做到怎样。

他并非一位恶意的年轻人，除非心肠冷酷和自私自利能算得上恶意；但他总的来说受人尊敬，因为他在处理寻常事务时举止得体。若是他娶了一位更和善的女人，也许能比现在更受人尊敬——也许会把他本人变得和蔼可亲；因为他很早就结了婚，而且非常喜爱他的妻子。然而约翰·达什伍德太太却更甚于他本人的模样——更加心胸狭隘，自私自利。

当他向父亲承诺时，他心里想着送给每个妹妹一千英镑。当时他的确认为自己做得到。想着每年四千英镑的进账，加上他目前的收入，还有他本人母亲的另一半财产，令他满心暖意，让他觉得能够大方——"是的，他会给她们三千英镑：这样的做法慷慨体面！足以使她们过得非常舒适。三千英镑！他能毫不费力地拿出这些钱①。"——他一整天都在想着这件事，又接连想了许多天，没感到后悔。

他父亲的葬礼刚刚结束，约翰·达什伍德太太根本没告诉继母她的打算，就带着孩子和仆人来了。谁也无法质疑她过来的权利，这座房子从她丈夫的父亲去世后就属于他了；然而她的行为实在粗鲁无礼，对于处在达什伍德太太境遇中的女人，即使感情平淡，也一定会觉得极其不悦——但在**她的**心中有着非常强烈的荣誉感和极为浪漫的慷慨之心，因此不管谁能做出或受到这种冒犯，都会令她无比厌恶。约翰·达什伍德太太从来不是丈夫家中任何人的最爱，但在此之前，她一直都没机会向别人展现当情形

----

① 此为说书人的口吻。

需要时，她会多么不在意别人的安适。

达什伍德太太对此番无礼举动深恶痛绝，对她的儿媳鄙视至极，所以在后者到来后，若不是她大女儿的请求让她首先考虑离开是否得体，她本来会永远离开这座房子。她对所有三个孩子的温柔爱恋随后也让她决定留下，为了她们而避免和她们的兄长关系破裂。

这位提出有效建议的长女埃利诺为人理智、头脑冷静，因此她虽然只有十九岁，却能为她的母亲出谋划策，这也让她能够抵消达什伍德太太的急切心情常常导致的无礼行为，对所有人都有好处。她心地善良——她性情诚挚，感情热烈；但她知道该如何控制：这种本领她的母亲尚未习得，而她的一个妹妹决心永不学习。

玛丽安的能力在许多方面和埃利诺不相上下。她理智又聪颖，但凡事都过于热切：她的悲伤、她的喜悦都毫无节制。她慷慨、和蔼又有趣：完全不能审慎行事。她和母亲极为相似。

埃利诺担忧地看着妹妹过于善感，而达什伍德太太却对此珍视又喜爱。如今她们一直在滋长彼此的痛苦。起初压倒她们的伤心被主动延续，被寻求，被一再触发。她们完全沉浸于伤感之中，以每一个带来伤感的回忆加深痛苦，决意从此之后永不接受安慰。埃利诺同样深陷痛苦，但她依然能够挣扎，她能全力以赴。她可以询问哥哥的想法，在嫂子到来时接待她，对她言行得体；能努力使母亲同样尽力而为，鼓励她也尽量忍耐。

马格丽特是另一个妹妹，是个生性愉悦、性情和善的女孩；但她已经受到玛丽安浪漫气息的强烈影响，本身又不够理智，在十三岁的年纪，尚不能与更年长的姐姐们相提并论。

第二章

　　约翰·达什伍德太太如今已当上诺兰庄园的女主人，她的继母和妹妹们被贬为访客。不过，她们尚能得到她冷淡客气的对待；而她的丈夫也能以他对他本人、他的妻子和孩子之外任何人的和蔼态度对待她们。他的确有些热切地请求她们将诺兰庄园视为她们的家。对达什伍德太太而言，在她们从附近找到一座房子之前似乎没有更好的安排，于是他的邀请得到了接受。

　　继续待在一切都能使她想起从前快乐的地方，这正合她心意。在愉悦的季节，她的快乐无人能比，谁也不及她能更加乐观地期待幸福，那本身也是幸福。然而在悲伤的日子她一定也沉浸在幻想中无法自拔，像无法抑制的快乐那样，感到痛苦得无可慰藉。

　　约翰·达什伍德太太完全不赞成她丈夫打算为妹妹们做的事情。从他们亲爱的小男孩的财产中拿走三千英镑，会使他穷困潦倒。她请求他对此重新考虑。从他的孩子，也是唯一的孩子那儿夺去这样的巨额财产，他该怎样向自己交代？达什伍德小姐们只和他同父异母，在她看来根本算不上亲人，有什么权利因为他的慷慨而获得这样一大笔钱。众所周知，任何人和同父异母的孩子从来就没有感情；他又为何要把所有的钱都给他同父异母的妹妹，从而毁掉自己，也毁了他们可怜的小哈里呢？

"这是我父亲对我的最后请求，"她的丈夫答道，"让我帮助他的遗孀和女儿。"

"他不知道自己在说什么，我相信；十有八九只因为他当时头晕目眩。如果他有理智，就绝对不会想到请求你把给自己孩子的半数财产送给别人。"

"他没说任何明确数额，我亲爱的范尼；他只是大致请求我帮助她们，让她们的境遇比他能做到的舒适一些。也许他完全由我决定会更好。他不会认为我可能忽略她们。但因为他让我承诺，我只能答应；至少当时我是这么想。因此，我已经许下诺言，也必须做到。无论她们何时离开诺兰在别处安家，都必须为她们做些什么。"

"那么，好吧，就**为**她们做些什么；但**那个**什么无须是三千英镑。想想吧，"她又说道，"一旦钱被送出，就永不复返。你的妹妹们会结婚，钱将永远失去。说实话，要是能还给我们可怜的小男孩——"

"哎呀，的确如此，"她的丈夫说道，很是严肃，"那就大不相同了。也许有朝一日，哈里会为失去这么一大笔财产而遗憾。他要是有个大家庭，这些钱会很有用处。"

"那当然。"

"那么，也许要是把数额减少一半，会对所有人都有好处——五百英镑对她们的财产会是很大的增添。"

"哦！简直太多了！有哪个哥哥能愿意为他的妹妹做到一半呢，即使**真是**他的妹妹！然而现在——只是同父异母！——可你那么慷慨大方！"

"我不想为人小气，"他答道，"在这种情况下，人们宁愿做得过多也不愿做得太少。至少，谁也不会认为我为她们做的不够；即使她本人，也几乎无法期待更多。"

"谁也不知道**她们**会期待什么，"这位太太说道，"但我们不必考虑她们的期待：问题在于，你能做到多少。"

"当然——我想我也许能给她们每人五百英镑。事实上，即使没有我这份增添，她们在她们的母亲去世后每人能有三千英镑——对任何一位年轻小姐都是很不错的财产。"

"的确如此。说实话，我认为她们根本不需要增添。她们有一万英镑可分呢。如果她们结婚，她们当然能过得很好。要是她们不结婚，也能一起靠着一万英镑的利息①过得很舒适。"

"那非常正确。因此，我不知道，总的来说，在她们的母亲活着时为她做些什么，而不是为她们做什么，是否会更好——我是指某种年金——我的妹妹们和她本人都会感到这样的好处。每年一百英镑会让她们都过得非常舒适。"

然而，他的妻子对于赞同这个计划有些犹豫。

"当然，"她说，"这比一次给出一千五百英镑好些。可是，这样的话，要是达什伍德太太再活十五年我们就会彻底上当。"

"十五年！我亲爱的范尼，她活不了一半的时间。"

"当然，可你要是观察一下，人们如果能得到年金，总会活得没完没了；而且她很结实健康，还不到四十岁。年金可是很严肃的事情；年年都有，还无法摆脱。你不明白自己在做什么。我

---

① 简·奥斯汀小说中大宗资产的利息通常为 4%—5%，即当时政府债券的利息。这部小说按照 5% 计算。

很清楚年金的麻烦;我母亲因为父亲的遗嘱,每年都得给三个老仆人支付年金,她感觉这极其令人厌烦。这些年金每年都要支付两次,再加上把钱给他们的麻烦。然后据说其中一位已经死了,后来又发现没有此事。我母亲对此厌烦透顶。她说在这种无休无止的索要下,她的收入就不属于自己了。我父亲这样做更是无情,因为否则的话,这些钱会全都由我母亲支配,没有任何限制。这让我对年金深恶痛绝,我相信我无论如何都不会给自己锁定一份支出。"

"这当然是件不愉快的事情,"达什伍德先生答道,"那样一年年地消耗别人的收入。正如你母亲合理所述,一个人的财富就不属于自己了。在每个收租日始终绑定那样一笔支出,这绝不令人愉快:它夺走了人的独立性。"

"毫无疑问,而且你得不到任何感谢。她们满心指望,你做的不比她们期待的更多,因此激不起任何感激之情。我要是你,无论做什么都会完全由自己慎重决定。我不会束缚自己每年给她们任何东西。在有些年份,要从我们自己的开销中省出一百英镑,甚至五十英镑都很不容易。"

"我相信你很正确,我亲爱的;在这种情况下,最好没有任何年金;无论我偶尔给她们些什么,都会比年金有用得多,因为她们要是确信有更多收入就会大手大脚,到头来完全不会比以前更富裕。这个办法当然好得多。不时给她们五十英镑作为礼物,会让她们永远不为钱而苦恼,而且,我想,也充分实现了我对父亲的承诺。"

"那当然。的确,说真的,我心里相信你父亲完全没想让你给她们任何钱。我敢说，他想到的帮助，不过是能对你合理期待的事情，比如为她们寻找一套舒适的小房子，帮她们搬运东西，在时令季节给她们送些鱼和猎物等。我发誓他根本没想到更多；说实话，如果他那样做会非常奇怪，也不合情理。只要想想，我亲爱的达什伍德先生，你的继母和她的女儿靠着七千英镑的利息会过得多么舒适，还有属于每个女孩的三千英镑，会给她们每人每年带来五十英镑，当然，她们会从中给她们的母亲支付住宿费。加在一起，她们一年会有五百英镑，四个女人除此之外还会缺什么？——她们会节俭度日！她们完全不会为打理家务花钱。她们会没有马车，没有马匹，几乎没有任何仆人①；她们将与世隔绝，不会有任何花费！想想她们会过得多舒适！每年五百英镑！我实在想不出她们怎么能花掉一半的钱；至于你给她们更多，想想都很荒唐。她们会更有能力为**你**做些什么。"

"说实话，"达什伍德先生说，"我相信你完全正确。我父亲对我的请求当然不会超出你说的内容。现在我弄清楚了，我将严格按照你所说的对她们的帮助和善意，实现我的承诺。等我母亲搬到别处时，我会尽力帮她安顿下来。因此那时也能给些家具作为礼物。"

"当然，"约翰·达什伍德太太答道，"不过，可是，必须考虑**一件**事情。当你的父亲母亲搬到诺兰时，虽然斯坦希尔的家具都卖了，但所有的瓷器、盘碟和布料都保留下来，现在给了你母

---

① 对于年收入 800—1 000 英镑的家庭，仆人，尤其男仆的数量是财富的标志；1 000 英镑以上的家庭通常以马车类型作为财富标志。像达什伍德这样的家庭，即使不富裕，也会雇佣少量仆人。

亲。只要她带走这些，她的房子几乎就能配置完备了。"

"毫无疑问那是实际的考虑。真是宝贵的遗产！不过要是一些盘碟能留给我们就太好了。"

"是的，那套早餐餐具比这座房子里的漂亮两倍。在我看来，对**她们**能住得起的任何地方都太过漂亮。可是，不过，就这样吧。你的父亲只想着**她们**。我必须这么说：你无须对他特别感激，也不必特别关注他的心愿；因为我们很清楚只要能做到，他几乎会把一切都留给**她们**。"

这个理由无可抗拒。这给他的打算带来了之前缺乏的任何决断力；他最终决定，为这个寡妇和他父亲的孩子做的事情如果超出了他自己妻子指出的那些，即使算不上不合礼节，也是毫无必要。

第三章

　　达什伍德太太在诺兰又住了几个月。并非因为看着每个熟悉的地方却不再引起曾经强烈的感情，使她不愿离开。当她的心情开始恢复，她的头脑不止因为忧伤的回忆愈加痛苦，而是能够做出别的思考时，她就迫不及待地想要离开，并不知疲倦地询问在诺兰附近的合适住所。她不可能离心爱的地方太过遥远。但她打听不到既让她感到舒适安心，又能满足她大女儿审慎要求的住处，她坚定地拒绝了对她们收入而言过于宽敞的几座房屋，而她的母亲本想赞同。

　　达什伍德太太曾听丈夫说过他的儿子为她们做出的郑重承诺，这让他在弥留之际感到安慰。她和他本人一样对承诺的真诚深信不疑，并为了女儿们对此感到满意，虽然就她本人而言，她相信远少于七千英镑的财产也能让她过得富足。她也为了她们的哥哥，为他本人的心肠感到喜悦。她责备自己以前对他的优点并不公正，以为他不可能大方。他对她本人和他妹妹们的关照让她相信他在乎她们的幸福，很长一段时间以来，她都坚信他的慷慨打算。

　　她在相识最初对儿媳的鄙夷之情，又因为在她家中居住半年对她人品的了解而大大加深。也许即使前者百般考虑礼貌和母爱情深，若不是发生了一个特别的情况，在达什伍德太太看来，让她的女儿继续住在诺兰变得更加可行，两位女士也许会认为不可能在一起住上这么久。

这个情况是她大女儿和约翰·达什伍德太太的弟弟与日俱增的感情。他是个彬彬有礼、讨人喜爱的年轻人，在姐姐定居诺兰不久后便被介绍与她们相识，从此大部分时间都待在那儿。

一些母亲也许会出于利益而鼓励这段亲密关系，因为爱德华·费拉斯已故的父亲留下了丰厚的财产；另一些或许会出于审慎而对此加以抑制，因为除了一笔微不足道的数额，他所有的财产都取决于他母亲的意愿。不过达什伍德太太没受任何一种考虑的影响。对她而言，他看上去和蔼可亲，又爱慕她的女儿，而埃利诺也回报了这份爱，这就足够了。由于财产的差异将因性情相似而相互吸引的两个年轻人拆开，这和她所有的信念都背道而驰。埃利诺的优点竟然不被认识她的每个人所了解，这在她看来绝无可能。

爱德华·费拉斯获得她们的好感，并非因为他非常文雅的相貌或谈吐。他并不英俊，在熟悉后才会觉得他的举止讨人喜欢。他过于羞怯，无法好好表现自己；可当他克服了自然的羞怯后，他的行为处处显示出一颗开朗诚恳的心灵。他富有理智，所受的教育对其大有提升。然而他无论才华或气质都不符合他母亲和姐姐的期待，她们希望看着他出类拔萃——就像——她们也说不清楚。她们希望他以某种方式在这个世界上崭露头角。他的母亲希望他喜爱政治，能进入国会，或看着他结识一些大人物。约翰·达什伍德太太也有类似期待；不过现在，在达到这些更高要求前，能看着他驾驶四轮大马车①就可以满足她的期望。但爱德华

---

① 英文为"barouche"，豪华型马车，可容纳四位乘客两两对面而坐。

对大人物或四轮大马车不感兴趣。他只关注家庭的舒适和私生活的安宁。幸运的是,他有个更有希望的弟弟。

爱德华在房子里住了好几个星期才引起了达什伍德太太的注意;因为那时她深陷痛苦,对周围的事物都不在意。她只见他安安静静、毫不冒昧,便因此喜欢上他。他没有以不合时宜的谈话扰乱她痛苦的心灵。她最初对他更加关注和赞许,是因为埃利诺碰巧有一天对他和他姐姐的差别做出的评价。这种差别让她母亲对他产生了强烈的好感。

"这就够了,"她说,"说他和范尼不同就足够。这说明他为人和蔼。我已经喜爱他了。"

"我想你会喜欢他,"埃利诺说,"当你对他更了解时。"

"喜欢他!"母亲笑着答道,"我对他的赞赏之情不亚于喜爱。"

"你也许会看重他。"

"我还不知道怎样把看重和喜爱分开。"

达什伍德太太现在想方设法同他熟悉。她态度和蔼,很快消除了他的矜持。她迅速看出他所有的优点;也许相信他爱慕埃利诺也增加了她的洞察力;但她的确相信他的价值:即使那安静的举止,这和她曾经对年轻人应有风度的看法背道而驰,可当她得知他心地善良、满怀柔情后便毫不在意。她刚察觉他对埃利诺行为上的丝毫爱意,就认定他们真心相爱,并期待他们很快会进入婚姻。

"我亲爱的玛丽安,"她说,"几个月后,埃利诺很可能会定下终身。我们会想念她,但**她**会幸福的。"

"哦！妈妈，我们怎能没有她？"

"我亲爱的，这几乎算不上分别。我们只会相隔几英里，每天都能见面。你将得到一个哥哥，一个真正的、充满深情的哥哥。我对爱德华的心肠评价极高。但你看起来很严肃，玛丽安。你不赞成你姐姐的选择吗？"

"也许，"玛丽安说，"我想到这点会有些惊讶。爱德华非常和蔼，我很爱他。不过——他不是那种年轻人——缺了点什么——他的样子并不引人注目；完全不具备我希望姐姐爱上的人所拥有的优雅。他的眼睛完全缺乏那种活力、那种热情，能即刻显出美德与智慧。除了所有这些，妈妈，我担心他没有真正的品位。音乐似乎对他毫无吸引力，虽然他很喜欢埃利诺的绘画，却不是能明白其价值的人给出的赞赏。显而易见，尽管她画画时他常会关注，但他实际上对此一无所知。他是作为情人而欣赏，而非作为鉴赏家。要想让我满意，必须具备那些品质。若是一个人的品位不能和我完全相同，我就不会喜欢他。他必须理解我所有的感觉，和我读同样的书，喜爱同样的音乐。哦！妈妈，昨晚爱德华给我们读书的样子多么无精打采、枯燥乏味呀！我特别同情我的姐姐。然而她极其平静地忍受着，似乎完全没注意到这一点。我差点坐不住了。听着时常令我疯狂的优美语句被读得那么平淡无奇，冷漠得简直可怕。"

"他当然更能欣赏简单优雅的文章。我当时就那样想，但你**会**给他库珀[①]。"

---

① 威廉·库珀（1731—1800），简·奥斯汀非常喜爱的诗人。

"不，妈妈，要是库珀也不能给他活力怎么办！——但我们必须允许品位的差异。埃利诺没有我的情感，因此也许能无视这一点，和他在一起会感到幸福。但我要是爱他，听着他毫无感情地读书，会让**我**心碎。妈妈，我对这个世界了解越多，就越相信我永远见不到能真心爱上的人。我的要求太多！他必须拥有爱德华的所有美德，而他的相貌举止必须光彩照人，以衬托他的优点。"

"记住，我亲爱的，你还不到十七岁。对这样的幸福失去信心还为时过早。你为何会不及你母亲幸运呢？但愿只在一种情况下，我的玛丽安，你的命运会和她不同。"

第四章

"真可惜,埃利诺,"玛丽安说,"爱德华对绘画竟然毫无品位。"

"对绘画没有品位!"埃利诺答道,"你怎会这么想?他当然自己不画画,但他非常喜欢看着别人画,我向你保证他绝不缺乏天生的品位,虽然他还没机会提高这一点。他要是曾经学过,我想他会画得非常好。他特别不信任自己在这些方面的判断力,因此总不愿对任何绘画表达想法;但他天生就有恰当朴素的品位,总的来说让他的看法完全正确。"

玛丽安不敢冒犯,对这个话题没再多说;然而埃利诺描述的他所表现的那种赞赏之情远非狂喜,在她看来,只有那才能称作品位。不过,虽然她在心里为这个错误暗自发笑,她却尊重姐姐对爱德华的盲目偏爱,那是错误的缘由。

"我希望,玛丽安,"埃利诺又说道,"你别以为他缺乏基本的品位。真的,我认为我可以说你不会这么想,因为你对他的态度非常友好,如果**那**是你的想法,我相信你绝不可能对他客气。"

玛丽安几乎不知该怎样回答。她无论如何也不愿伤害姐姐的感情,但她又不可能说假话。最后她答道:

"别生气,埃利诺,假如我对他的赞扬不完全符合你对他优点的看法。我不能像你一样，有那么多机会细细揣摩他的思想与习性，他的爱好和品位。但我对他的善良与理智评价极高。我认为他最为可亲可敬。"

"我相信，"埃利诺笑着答道，"那样的评价即使他最亲爱的朋友也不会感到不满意。我想你已经无法说得更加热情。"

玛丽安愉快地发现姐姐这么容易取悦。

"关于他的理智与善良，"埃利诺又说道，"我想，和他足够熟悉，能同他畅所欲言的人都不会怀疑这一点。他出色的理解力与原则只会被常常使他沉默的羞涩所掩盖。你对他足够了解，能公正评价他实际的品质。至于你所说的他更细致的习性，因为一些特殊情形你比我本人更加无知。我和他时常待在一起，而你正和母亲专心致志地亲热交谈。我看到他的许多方面，能审视他的感情，听到他对文学和品位的看法。总的来说，我敢断定他学识渊博，酷爱读书，想象力丰富，观察公正准确，品位高雅纯粹。他在各方面的能力都和他的举止相貌一样，随着熟悉而提升。第一眼看来，他的谈吐当然不引人注目，他的相貌几乎算不上英俊，直到你看出他眼中难得的光芒，以及他温柔的神情。现在，我对他非常熟悉，认为他的确很英俊，或至少，几乎如此。你说呢，玛丽安？"

"我很快会发觉他很英俊，埃利诺，如果我现在还看不出来。当你让我对他爱如兄长时，我会像此时看不出他心灵的缺点一样，看不见他相貌的不足。"

埃利诺听见此言吃了一惊，后悔在说起他时表现得过于激动。她感觉爱德华得到了她极高的评价。她相信这是彼此的欣赏；但她需要对此更加确信，才能让玛丽安对他们彼此爱恋的信心变得令她愉快。她知道玛丽安和母亲一时的猜测会变成下一刻的信念——对她们而言，心愿就是希望，希望就是期待。她试着把事情的真实状态说给妹妹听。

"我不想否认，"她说，"我对他评价很高——对他非常看重，我喜欢他。"

玛丽安此时勃然大怒——

"看重他！喜欢他！冷酷无情的埃利诺！哦！比冷酷无情更加糟糕！若非如此真令人羞愧。再说一遍这些话，我就马上离开这间屋子。"

埃利诺忍不住笑了。"对不起，"她说，"请相信，我这么平静地说起自己的感情，并非打算惹恼你。相信它比我宣称的更加强烈，简而言之，这些感情不仅来自他的优点，也源于疑惑——希望他也对我怀有深情，没有轻率或愚蠢。但你绝对不能太过相信。我完全不确定他对我的好感。有时的感情似乎令人生疑；在明确得知他的感情之前，我会避免因为自己的偏爱而给予任何鼓励，或是想法话语超出实际，这你不会奇怪。在我心里我很少——几乎毫不怀疑他的感情。但除他的意愿之外还需要考虑别的问题。他远未独立。他的母亲究竟怎样我们无从得知；不过，从范尼偶尔提到的她的行为和想法看来，我们绝不能以为她和蔼可亲；如果爱德华本人不知道，要是他想娶一个既无财产又没身份的女人，将会面临许多困难，我就大错特错了。"

玛丽安惊诧地发现她本人和母亲的想象力已经远远超出了

事实。

"那么你真没和他订婚[①]！"她说，"不过这当然会很快发生。但这种耽搁会带来两个好处。我不会很快失去你，而且爱德华更有机会提高对你最大爱好的天生品位，这一定对你未来的幸福必不可少。哦！要是他能深受你天分的鼓舞而学着自己作画，那该多么令人高兴！"

埃利诺已经告诉妹妹她真实的想法。她不能把对爱德华的喜爱看得像玛丽安认为的那么有希望。有时，他会无精打采，如果这不是冷漠，也表明毫不乐观的某种状态。假如他对她的感情有所怀疑，也无需让他焦虑不安。这不大会带来他常常显露的沮丧心情。更合理的原因也许是他的从属地位禁止他放纵自己的感情。她知道他母亲对他的做法既不能让他此时有个舒适的家，也没能保证在他不严格遵守结一门有利亲事的要求时，让他拥有自己的家。有了这样的想法，埃利诺不可能对这件事感到轻松。她绝不指望他一定爱她，而她的母亲和妹妹依然深信不疑。不，他们在一起越久，他的感情似乎就更令人疑惑。有时，在一些痛苦的时刻，她相信这只是友谊。

然而，无论感情究竟多深，已经足够。他的姐姐觉察到了，感到不安，与此同时（这更不奇怪）变得粗鲁无礼。她抓住第一个机会为此羞辱她的继母，滔滔不绝地说着她弟弟的远大前程，说费拉斯太太决心让两个儿子结成有利的亲事，还威胁要教训任何打算**引诱他**的年轻女子。达什伍德太太既不能假装一无所知，

---

① 当时的婚约通常为相爱的年轻人之间的口头承诺。

也无法保持冷静。她给她一个充满鄙夷的回答就立即离开屋子，并下定决心，无论忽然搬家有多少麻烦或怎样的花费，她亲爱的埃利诺绝不能再忍受一个星期的含沙射影。

在这样的心情下，从邮局发出的一封信带来了一个适时而至的建议。信中说要租给她一座小房子，价钱极低，属于她自己的一个亲戚，那是德文郡有身份有财产的一位绅士。信由这位先生本人所写，写得情真意切，慷慨友好。他知道她需要一个住处；虽然他现在提出给她的房子只是一座乡舍，但他向她保证如果她感到满意，会尽力配备一切所需物品。在详细描述了房子和花园后，他热情邀请她带上女儿前往巴顿庄园，是他本人的住所，那样她就能自己判断处于同一教区的巴顿乡舍能否在各种修缮后让她住得舒适。他似乎真的急于安顿她们，整封信都写得友好至极，不可能不让他的表妹感到高兴，尤其当她正在为更近的亲人冷酷无情的行为感到痛苦时。她不需要时间思考或询问。她在读信时就下定了决心。巴顿位于德文郡的一个乡村，和苏塞克斯距离遥远。这一点仅仅几个小时前就足以抵消此处的全部优势，现在却成了首选。离开诺兰周边不再是件坏事，这是渴望的目标；相比于继续客居在儿媳家的痛苦，成了一桩幸事。永远离开这个亲爱的地方，比起在这样的女人成为女主人时居住或拜访此地，痛苦会小一些。她立即给约翰·米德尔顿爵士写信，感谢他的好意，表示接受他的提议。接着她匆忙给女儿们看了两封信，以便在寄信前征得她们的同意。

埃利诺一直认为最好住在离诺兰有些距离的地方，而不是当他们的近邻。因为**那**个原因，她不会反对母亲搬到德文郡的打算。而且房子如约翰爵士所述，非常俭朴，租金又极其低廉，让她无权反对任何一点。因此，虽然这个计划不会令她为之神往，虽然离诺兰远得超出她所愿，但她没有试着劝阻母亲发出那封同意信。

第五章

达什伍德太太刚寄出回信，就喜不自胜地向她的继子和他妻子宣布她有了一座房子，准备好搬迁后就不会再打扰他们。他们听了很吃惊。约翰·达什伍德太太一言不发，但她丈夫客气地表示希望她们住的地方不会离诺兰很远。她得意地答道她要去德文郡了——爱德华听见后马上转身，以惊讶又关切、无需给她更多解释的声音重复着："德文郡！你们，真的，要去那儿？离这儿这么远！在那儿的哪个地方？"她说明了位置，是离埃克塞特北部将近四英里的地方。

"那只是个乡舍，"她又说道，"但我希望在那儿招待我的许多朋友。很容易增加一两个房间。如果我的朋友能毫不费力地去那么远的地方看我，我相信我能毫无困难地招待他们。"

最后她十分客气地邀请约翰·达什伍德夫妇去巴顿做客，对爱德华的邀请更加深情。虽然她和儿媳的上一次谈话让她下定决心除非万不得已，绝不继续待在诺兰，但谈话的主要内容没有对她产生丝毫影响。她和从前一样根本不想拆散爱德华和埃利诺，希望以对她弟弟的明确邀请，向约翰·达什伍德太太表明，她完全无视她对这门亲事的反对。

约翰·达什伍德先生一再向继母表示他非常难过，她竟然在离诺兰这么遥远的地方租了房子，让他完全无法为她运送家具。

他的确在良心上为此感到不安，因为他已经把对父亲的承诺缩减到这件事上，而此番安排使之变得毫无可能——家具都从水路①运送过去。主要包括家用织品、碟盘、瓷器和书籍，还有玛丽安的一架漂亮钢琴。约翰·达什伍德太太看着离开的包裹叹了口气：她忍不住感到难过，因为达什伍德太太的收入和他们相比微不足道，竟然还能有些这么漂亮的家具。

达什伍德太太把房子租了一年。里面陈设齐全，她能立即住进去。双方在协议上没遇到困难，她只需在前往西部前，在诺兰等待处理财产、决定未来的仆人。因为她做感兴趣的事情总是极其麻利，一切很快准备就绪——她在丈夫去世不久后就卖掉了留给她的马匹，现在又有机会出售马车，同样是在大女儿急切的恳求下才同意卖掉的。为了她孩子的舒适，假如按照她的心愿，她本想留下，但埃利诺的审慎占了上风。也是因为**她的**明智，才把她们仆人的数量减少到三个，两个女仆和一个男仆，是从她们在诺兰的仆人中迅速挑选出来的。

那位男仆和一个女仆被立即派往德文郡，打理好房子等待他们女主人的到来。因为达什伍德太太完全不认识米德尔顿夫人，她宁愿直接去乡舍而不是去巴顿庄园做客。她对约翰爵士对房子的描述深信不疑，所以在她作为主人进入之前，她完全没兴趣自己去检查一番。她急于离开诺兰的心情能够丝毫没有减弱，是因为她儿媳对她离开之事显而易见的满意表现，只以冷淡邀请她推迟离开作为掩饰。现在是时候让她的继子兑现向父亲的得体承诺

---

① 指海运。

了。因为他刚来这儿时没能做到，也许可以将她们的离开视为做这件事情的最佳时机。不过达什伍德太太开始逐渐彻底放弃这个希望，从他的言语躲闪中相信，他的帮助只能是让她们在诺兰居住六个月。他一直谈论着不断增长的家庭开销，层出不穷的支出，任何在这个世界上有些身份的男人总会遇上，似乎他本人才需要更多进账，而不是打算送出钱财。

约翰·米德尔顿爵士的第一封信到来仅仅几个星期后的一天，她们的新家一切准备就绪，达什伍德太太和她的女儿们可以启程了。

在最后告别如此心爱之地时她们流了许多眼泪。"亲爱的，亲爱的诺兰！"玛丽安在离开前的最后一个夜晚独自在屋外徘徊，"我何时才能不再想念你！——什么时候才能学着将别处当成自己的家！——哦！可爱的屋子，你能知道我从这儿看着你有多痛苦吗？也许从今以后我再也见不到你了！——还有你们，这些熟悉的树木！——但你们会依然如故——没有叶子会因为我们的离开而凋零，也没有树枝会因为少了我们的注视而静止！——不，你们将一如从前，完全不知道你们带来的愉悦或悲伤，浑然不知你们树荫下的人有了任何变化！——但还会有谁再喜爱你们呢？"

第六章

　　她们的第一段旅程太过悲伤，反而没感到单调乏味，令人不快。可当她们接近终点时，她们对即将居住的乡村风貌感到的兴趣压倒了她们的沮丧，进入巴顿山谷时的风景让她们高兴起来。这是个可爱丰饶的地方，树木茂盛，草地肥美。在蜿蜒前行超过一英里后，她们到达了自己的房子。屋前只有一个小小的绿色庭院，她们穿过一扇整洁的小门①走进院子。

　　作为一座房子，巴顿乡舍虽然小，却舒适紧凑。但作为乡舍②它有些缺点，因为房子非常规整，屋顶铺了砖块，百叶窗没有漆成绿色，墙上也没有爬满忍冬花。一条狭窄的走道直接穿过屋子通向后花园。入口的两侧各有一间客厅，边长大约十六英尺，后面是下房和楼梯。四间卧室和两间阁楼构成了屋子的其余部分。房子年份不久，修缮得不错。相比于诺兰，的确寒酸又狭小！——但回忆带来的眼泪在她们进屋后很快被擦干。仆人在她们到来后的喜悦让她们也快乐起来，人人都为了别人努力显出高兴的样子。这是九月初，季节宜人，在好天气时第一眼见到这个地方，让她们对此处有了好印象，对她们持续喜爱这里起了实在的作用。

---

① 英文为"wicket gate"，仅供步行者出入。
② 巴顿乡舍并非完全具有田园诗意的农民屋舍，而是新建的较为简陋的中产阶级住宅。

房子的位置很好。山峦在屋后高耸而立，左右距离都不遥远，有些是开阔的丘陵，另一些是耕地和林木。巴顿村庄主要坐落于其中一座山头，从乡舍的窗户望去，景致优美。屋前的视野更加开阔，整个山谷一览无余，直至外面的村庄。环绕乡舍的山峦将山谷截断，山谷以另一个名字，沿另一条路径，从两座最陡峭的山峦间岔开。

　　达什伍德太太总的来说对屋子的大小和陈设比较满意，因为虽然按她从前的生活方式，必须给房屋增添许多东西，然而添置和修缮总让她高兴。此时她有许多现钱增添一切所需，把屋子变得更加优雅。"当然，就房子本身而言，"她说，"对我们的家庭太小了，但我们现在会尽量将它打理舒适，因为在一年中的这个时候进行修缮太迟了。也许到了春天，要是我有足够的钱，我敢说我会有的，我们可以考虑做些改造。两个客厅对我希望在这儿见到的朋友来说都太小了，我有点想把走道和其中一间合并起来，或许加上另一间的一部分，把剩下的部分作为入口。这样，加上很容易增添的新客厅，还有上面的一间卧室和阁楼，就成了一座非常舒适的小乡舍。我希望楼梯能漂亮些。但我们不能要求应有尽有，虽然我觉得扩宽楼梯绝非难事。到春天时我会看看手里究竟有多少钱，我们再根据情形安排修缮。"

　　与此同时，对于一个这辈子从未攒过钱的女人，在她凭着一年五百英镑的收入完成所有这些修缮之前，她们能对房子目前的状况感到满意非常明智。每个人都按照自己的特别要求忙着整理，努力通过摆放书籍和其他物品，给自己营造一个家。玛丽安的钢琴拆包后被妥善放置，埃利诺的绘画挂在了客厅的墙上。

第二天早餐后不久，她们正忙于这些事情时，被主人的到来打断了。他登门欢迎她们来到巴顿，说她们如果现在缺了什么，他本人屋子和花园里的每一件物品都可供她们使用。约翰·米德尔顿爵士是个四十岁左右的英俊男子。他曾去斯坦希尔拜访过，但时间过于久远，外甥女们都不记得他了。他的神情十分愉悦；他的举止和他信的风格一样友好。她们的到来似乎令他真心满意，她们的舒适成了他真正关心的问题。他说了许多非常希望她们和他的家人多多交往的话，真心诚意地要求她们在安顿好之前，每天去巴顿庄园吃饭。虽然他的请求已经固执得近乎无礼，却不可能让她们生气。他的好意不仅在话语上，在他离开后不到一个小时，就从庄园送来了满满一大篮蔬菜水果，天黑前又送来了一些野味。他还坚持帮她们寄取所有的信件，无论如何每天都要给她们送来他的报纸。

米德尔顿夫人托他捎了客气的口信，说一旦确信她的拜访没有任何不便时，她就打算过来看望达什伍德太太。这个消息带回了同样礼貌的邀请，夫人第二天就被介绍与她们相识。

当然，她们急于见到对她们在巴顿的安适生活至关重要的人，而她优雅的样子也如她们所愿。米德尔顿夫人只有二十六七岁，她面容姣好，身材高挑出众，谈吐文雅。她丈夫缺乏的优雅风度她都一应俱全。但她要是有几分他的坦率和热情就更好了。她来访的时间长得足以降低她们最初的一些仰慕之情，让她们看出她虽然很有教养，但她寡言少语，性情冷漠，除了最平常的问候和话语之外无话可说。

然而，并不缺少交谈，因为约翰爵士喋喋不休，而米德尔顿夫人明智地带上了他们的大孩子，一个六岁左右的漂亮男孩，这样女士们在陷入僵局时总能回到一个话题，因为她们得询问他的名字和年纪，欣赏他的美貌，问他一些总由他母亲代为回答的问题。孩子待在母亲身旁低着头，让夫人大感惊奇，不知他为何在别人面前如此羞涩，在家中却会吵闹不堪。在每一场正式拜访时都应该带上一个孩子，以提供谈资。此时他们花了十分钟来决定孩子究竟更像父亲还是更像母亲，在哪个方面同各自更像，因为每个人当然意见不一，而且人人都为别人的看法感到惊讶。

达什伍德母女很快就有机会讨论其他的孩子，因为约翰爵士在她们答应第二天去庄园用餐前，绝不肯离开屋子。

第七章

巴顿庄园距离乡舍大约半英里。女士们在沿着山谷前行时曾从近旁路过，但因为被一座高耸的山峦遮掩，她们从家中看不见。这座房子又大又漂亮，米德尔顿一家的生活方式好客又优雅。前者是为了约翰爵士的满意，后者则为了他的夫人。他们的家中难得没有朋友来拜访，招待的各种朋友比附近的任何家庭都要多。这对双方的幸福都必不可少；因为无论他们在性情和举止上有多大差异，他们在缺乏才华与品位方面却极其相似，这让他们无所事事，除了朋友带来的交际外，他们的生活极其狭隘。约翰爵士是个猎手，米德尔顿夫人是个母亲。他追捕狩猎，她逗弄孩子；这是他们仅有的能耐。米德尔顿夫人擅长一年到头宠坏孩子，而约翰爵士的独立活动只有半数时间。不过，在家中和外面的不断社交弥补了天资和教育上的所有缺陷，能让约翰爵士心情愉悦，同时体现他妻子的良好教养。

米德尔顿夫人为她餐桌的优雅和家中的一切安排感到得意洋洋；她从这种自负中得到了所有晚会中的最大快乐。然而约翰爵士对社交的喜爱却真诚得多。他喜欢在家中聚集屋子都装不下的年轻人，他们越吵闹他就越高兴。他是周边所有年轻人的福音，因为夏天他永远都在举行宴会，在户外吃冷火腿和鸡肉。在冬天，他开的舞会多不胜数，让所有不小于十五岁①的年轻小姐都能参加。

来到村里的新家庭总是令他高兴的事情，他从各方面对他给巴顿乡舍带来的房客感到欣喜。达什伍德小姐们年轻、漂亮、毫不做作。这足以博得他的好感，因为所有的年轻小姐都不应该矫揉造作，让她们的心灵和容貌一样令人心动。他友善的性情让他为收留她们感到愉快，相比过去，她们的境遇堪称不幸。因此，在向他的表亲表达善意时，他为自己的善良心地感到真心满意。当他将只有女人的家庭安顿在自己的乡舍时，他得到了作为猎手的所有满足之情。作为一个猎手，虽然他只敬重同性中也爱打猎的人，但通过让他们住在自己的领地来提升他们的品位，这通常并不可取。

达什伍德太太和她的女儿在门口得到约翰爵士的迎接，他真心诚意地欢迎她们来到巴顿庄园。他陪着她们进入客厅时，又重复着几天前的同样话题，说他找不到漂亮的年轻男士和她们见面。他说在这儿，她们除他之外只能见到一位绅士，一个住在庄园里的特别朋友，但他既不太年轻也不太活跃。他希望她们都能原谅客人太少，能够向她们保证以后绝不再如此。他那天上午已经去了几个家庭，想把人数增加一些，但因为月光皎洁②，人人都忙于约会。幸运的是米德尔顿夫人的母亲一小时前刚刚到达巴顿，因为她是个愉快友善的女人，他希望年轻小姐们不会觉得如想象的那样沉闷乏味。年轻小姐和她们的母亲对其中有两个素不

---

① 当时女孩进入社交的最小年龄。
② 皎洁的月光提供了很好的照明。当时的油灯并非令人满意的照明工具。

相识的人感到非常满意，完全不希望更多。

詹宁斯太太，即米德尔顿夫人的母亲，是个和气、快活、肥胖、年老的女人，说话很多，似乎很高兴，也十分粗俗。她玩笑不断，在晚餐结束前已经就情人和丈夫的话题说了许多俏皮话；希望她们没把自己的心留在了苏塞克斯，无论她们是否脸红都假装已经看见。玛丽安为她的姐姐感到恼火，转向埃利诺看着她该如何承受这样的攻击，眼中的热切让埃利诺倍感痛苦，远超詹宁斯太太平常的戏谑带来的伤痛。

布兰登上校是约翰爵士的一个朋友，从举止的相似度看来完全不适合做他的朋友，就像米德尔顿夫人不适合当他的妻子，或詹宁斯太太不适合做米德尔顿夫人的母亲一样。他沉默又严肃。然而他的相貌并不令人生厌，虽然他在玛丽安和马格丽特看来完全是个老单身汉，因为他已经三十五岁。不过他虽相貌不算英俊，却神情理智，谈吐很有绅士风度。

这些人全无出色之处，无法同达什伍德母女做伴。然而米德尔顿夫人的冷漠乏味极其令人厌恶，与之相比，布兰登上校的严肃，甚至约翰爵士和他岳母喧闹的欢笑声都变得有趣。米德尔顿夫人似乎只在餐后四个吵闹的孩子进来时感到了快乐，他们把她拖来拽去，拉扯她的衣服，让谈论他们之外的所有话题戛然而止。

晚上，当众人得知玛丽安擅长乐器①后，她应邀演奏。钢琴打开了，人人准备陶醉一番。玛丽安的歌声非常动听，她在他们

---

① 音乐、绘画、语言、手工等是当时女孩的重要才艺。

的请求下把米德尔顿夫人结婚时带到家中，也许从此就以同样的姿势躺在钢琴上的主要曲目唱了一遍。夫人以放弃音乐来庆贺结婚，虽然据她母亲所说，她琴弹得极其出色，她本人也说她非常喜欢。

玛丽安的演奏得到了热烈的喝彩。约翰爵士在每首歌结束后都大声赞赏，和演奏时同别人谈话的声音一样响。米德尔顿夫人时常叫他安静，奇怪怎么有人在听歌时会片刻分心，还要求玛丽安唱一首她刚刚结束的歌曲。布兰登上校是所有人中唯一没有欣喜若狂地听她唱歌的人。他只以专注向她致敬，她因此对他感到敬意，其他人都因为品位差得令人羞耻，合理地失去了她的尊重。他对音乐的喜爱虽然尚未达到狂喜，而唯有那样才能与她心灵相通，但相比于别人可怕的无知无觉，也难能可贵。她有足够的理智，能理解一个三十五岁的男人也许已经完全失去敏锐的感情和获得强烈愉悦感的能力。本着仁慈之心，她十分乐意原谅上校的年龄带来的状态。

第八章

　　詹宁斯太太是个财产丰厚的寡妇。她只有两个女儿，并且活着看到两人体面地结了婚，如今无事可做，只想让世界上的所有人结成亲事。她会热情洋溢，尽她所能地推动此事，从不错过在她所有的年轻熟人中预测婚姻。她能极其迅速地发现爱慕之情，非常喜欢通过暗示许多年轻小姐对某位年轻男士的影响力，让她们满脸通红又倍感得意。此番洞察力让她在来到巴顿不久之后，便断然宣称布兰登上校深深爱上了玛丽安·达什伍德。他们在一起的第一个晚上，她就对此深信不疑，因为她为大家唱歌时他听得专心致志；当米德尔顿一家去乡舍回访时，他的再次倾听就证实了这件事。一定是这样。她完全相信如此。这将是一门极好的亲事，因为**他**很富有，而**她**很貌美。詹宁斯太太急于看到布兰登上校结一门好亲事，自从她因为和约翰爵士的关系而第一次得知他的情况便是如此，而且她一直想给每个漂亮女孩找一个好丈夫。

　　这件事对她本人的直接好处绝对不少，因为这让她能没完没了地对两个人开玩笑。她在庄园嘲笑上校，在乡舍笑话玛丽安。对于前者，如果只考虑他自己，这样的嘲弄也许完全无关紧要，但对于后者这起初不可理喻，当她明白意思后，她几乎不知最该嘲笑其荒谬，还是斥责其无礼。她将此视为对上校的年纪，以及他作为老单身汉的孤独处境最无情的描述。

达什伍德太太无法考虑一个只比她本人小五岁的男人，他似乎在她女儿年轻的幻想中显得苍老至极。她试着让詹宁斯太太不要拿他的年龄开玩笑。

"但至少，妈妈，你不能否认这种说法很荒唐，虽然你也许不认为这是恶意为之。布兰登上校当然比詹宁斯太太年轻，但他已经老得能当**我的**父亲。如果他曾有过恋爱的活力，一定早就体会过其中所有的感觉。这太荒谬可笑了！一个男人何时才能躲过这样的调侃，如果年老和衰弱都不能保护他？"

"衰弱！"埃利诺说，"你称布兰登上校衰弱？我很容易想象他也许在你看来比在母亲眼中年长得多，但你无法欺骗自己，认为他腿脚不便。"

"你没听他抱怨风湿病吗？那难道不是年老之人最常见的病痛？"

"我最亲爱的孩子，"她的母亲笑着说，"既然如此，你肯定一直在害怕**我的**衰老。在你看来，我竟然能活到四十岁高龄一定是个奇迹。"

"妈妈，你对我不公平。我很清楚布兰登上校还没老到让他的朋友担心因为自然原因失去他。他也许还能再活二十年。但三十五岁和结婚无关。"

"也许，"埃利诺说，"三十五岁和十七岁最好绝不要一同进入婚姻。但如果碰巧有个二十七岁的单身女人①，我对三十五岁

---

① 二十七岁在奥斯汀小说中意味着几乎结婚无望的年龄，如《傲慢与偏见》中的夏洛特·卢卡斯和《劝导》中的安妮。简·奥斯汀本人在二十七岁时拒绝了一场有利的求婚。

的布兰登上校和**她**结婚毫无意见。"

"二十七岁的女人,"玛丽安停顿片刻说道,"永远不可能再感受或激起爱情。如果她的家并不舒适,或者她财产很少,我想她也许会甘愿成为护工,以得到妻子的供养和安全感。因此,他和这样的女人结婚毫无不妥之处。这对双方都有好处,人人都会满意。在我眼中这完全不是婚姻,但那无关紧要。在我看来这似乎只是一场交易,让两人都想从对方身上得到好处。"

"我知道,"埃利诺答道,"我无法让你相信一个二十七岁的女人可能对一个三十五岁的男人产生爱意,使他成为她理想的伴侣。但我必须反对你认为布兰登上校和他妻子注定要困在病房里的想法,只因为他昨天(很寒冷潮湿的一天)偶尔抱怨一个肩膀感到的轻微风湿。"

"但他说到了法兰绒背心,"玛丽安说,"对我来说法兰绒背心总是和疼痛、痉挛和风湿,以及影响老弱之人的各种病痛有关。"

"假如他只是发了一场高烧,你也不会对他有一半的鄙视。坦率地说,玛丽安,难道发烧时通红的脸颊、空洞的眼神和急促的脉搏在你看来不会很有趣吗?"

不久后,埃利诺刚离开屋子,玛丽安说:"妈妈,我无法向你隐瞒我对生病这个话题有些恐惧。我相信爱德华·费拉斯身体不好。我们到这儿已经几乎两个星期,可他还是没有来。只有真正的病痛才会带来这非同寻常的耽搁。还有什么能把他留在诺兰呢?"

"你认为他会这么快过来?"达什伍德太太说,"我完全没有。

相反，如果我对这个问题感到任何不安，是因为回想起当我说到他来巴顿时，他对接受我的邀请时常表现得不够愉快和乐意。埃利诺已经在期待他了吗?"

"我从未向她提起过，但她当然一定如此。"

"我倒认为你错了，因为我昨天对她说起给空闲的卧室添置个新火炉时，她说目前根本不用着急，因为那间屋子可能有一段时间都派不上用场。"

"真奇怪! 这是什么意思! 但他们彼此间的所有行为都难以理解! 他们最后的告别多么冷淡，多么平静! 他们在一起最后一晚的谈话多么无精打采! 从爱德华的告别中看不出我和埃利诺的区别: 那是挚爱的兄长对两人的祝福。最后一天上午，我两次故意让他们单独在一起，每次他都莫名其妙地跟着我走出房间。还有埃利诺，她离开诺兰和爱德华时，还没我哭得伤心。即使现在她依然那么自控。她何时沮丧忧伤过? 她何时试着躲避社交，或在人群中显得烦躁不安或很不高兴呢?"

第九章

现在达什伍德一家在巴顿定居下来，日子过得还算舒适。房子和花园，以及她们周围的一切，现在变得熟悉起来，曾经给了诺兰半数魅力的日常消遣又被重新拾起，给她们带来许多快乐。自从失去父亲后，她们在诺兰从未感到这么快乐过。约翰·米德尔顿爵士在前两个星期每天过来拜访，他在自己家中看不到有谁做活，见她们一直忙忙碌碌，难掩惊讶之情。

除了巴顿庄园的人，她们没多少访客。虽然约翰爵士一再催促她们和邻居更多交往，反复保证把马车给她们使用，达什伍德太太独立的性情还是克制了她想让孩子们参加社交的想法。她执意不肯拜访步行范围以外的任何家庭。能归到这一类的家庭寥寥无几，也并非每个家庭都能到达。离乡舍大约一英里半的距离，沿着由巴顿山谷岔出，狭长蜿蜒的阿伦汉姆山谷往前（前面对此有所描述），女孩们在最早的某次散步时，发现了一座古老体面的庄园。这儿有点唤起了她们对诺兰的回忆，让她们浮想联翩，希望对此处多些了解。但在询问后，她们得知房屋的主人是位品行高尚的老太太，不幸年迈体弱无法社交，从不离开家门。

她们周围的整个乡间满是美丽的步道。从乡舍的几乎每一扇窗户看到的高耸山丘，诱惑着她们去每一座山顶感受那美妙的气息。当下面山谷泛起的尘土遮住了醉人的风景时，那儿是极好的去处。一个难忘的早晨，玛丽安和马格丽特向着其中一座山丘迈开了脚步。她们被雨后的慵懒阳光吸引，过去两天一直下雨，此时她们无法忍受继续困在家里。天气不算太好，尽管玛丽安宣称天气会一直晴好，所有吓人的乌云都会从山顶消失，也不足以让另外两位放下画笔和书本。两个女孩一同出发了。

她们兴高采烈地登上山丘，每次瞥向蓝天时都为自己的洞察力感到欣喜。当她们的脸庞忽然感到一阵令人振奋的强劲西南风时，她们同情母亲和埃利诺因为害怕而无法分享如此愉悦的感受。

"在这个世界上，"玛丽安说，"有比这更幸福的事情吗？——马格丽特，我们要在这儿至少走两个小时。"

马格丽特同意了，她们顶风前行，有说有笑地继续走了二十分钟，这时一阵乌云忽然在她们头顶聚集，倾盆大雨浇在了她们的脸上——她们又惊又恼，虽不情愿却只得转身，因为没有比她们的房子更近的躲雨处。不过她们还有一个安慰，因为情况紧急而显得非常合适，那就是沿着陡峭的山坡全速跑下去，直接到达花园门口。

她们出发了。玛丽安起初领先，但因为脚下不稳忽然摔倒在地。马格丽特无法停下脚步帮助她，只能身不由己地往下冲，平安到达底部。

当事故发生时，一位先生拿着枪，身旁有两只嬉戏的猎犬，正往山上走，离玛丽安只有几码远①。他放下猎枪跑去帮她。她

---

① 英文为"yard"，一码等于三英尺或 0.9144 米。

已经从地上起身，但她的脚摔倒时扭伤了，几乎无法站立。先生想要帮忙，见她出于礼貌而拒绝了以她的处境必不可少的帮助，便不再迟疑地将她抱起，把她抱下了山。花园的门被马格丽特开着，他穿过花园，直接抱着她进了屋。马格丽特刚刚到达，他直到把她放进客厅的一张椅子上才松开手。

埃利诺和母亲在他们进来时惊诧地起身，两人都目不转睛地望着他，显然非常惊讶，同时为他的相貌暗自赞叹。他为自己的打扰而道歉，叙述了事情的缘由，态度极其坦诚优雅，使他非常英俊的相貌因为他的声音和神情更添了一份魅力。即使他又老又丑又粗俗，达什伍德太太也一定会为他对自己孩子的好意帮助表达感激并善意相待。然而年轻、美貌和优雅带来的影响，让她的这些行为更加发自内心。

她再三感谢他，以她素有的温柔语气邀请他坐下。但这一点他拒绝了，因为他身上泥泞又潮湿。接着达什伍德太太请求告知恩人的姓名。他说他的名字叫威洛比①，目前住在阿伦汉姆，希望她允许他明天能有幸过来问候达什伍德小姐。他的请求被欣然应允，随后他就冒着大雨离开了，显得更加趣味盎然。

他英俊的相貌和不凡的风度立即成为众人赞叹的话题，他迷人的外表让大家调侃他对玛丽安的殷勤时更加兴致勃勃——玛丽安本人对他看得还不如别人清楚，因为他抱起她时她心慌意乱、面红耳赤，进屋后都不敢抬头看他。但她对他的印象足以让她和别人一同赞叹，带着她在赞叹时常有的热烈之情。他的相貌风度

---

① 英文为"Willoughby"，当时不止一个贵族家庭的姓氏。有评论家认为这个姓氏谐音"Willow（杨柳）"，暗指威洛比的性格。简·奥斯汀擅长以姓名传情达意。

符合她从喜爱的故事中对男主角的想象。他不拘礼节地把她抱进屋子，展现出的果断尤其让她欣赏。与他相关的一切都耐人寻味。他的名字很好，他的房子在她们最喜欢的村子里，同时她很快发现在所有的男性服饰中，打猎装最有魅力。她浮想联翩，想得心情愉快，忘了脚踝的伤痛。

那天早上天气刚放晴，约翰爵士能够出门时就去拜访她们。他听说了玛丽安的意外事故，众人急切地询问他是否认识阿伦汉姆的某位名叫威洛比的先生。

"威洛比！"约翰爵士叫道，"什么，**他**来村里了吗？不过那是个好消息。我明天会骑马过去，请他星期四过来吃饭。"

"那么你认识他？"达什伍德太太说。

"认识他！我当然认识。哎呀，他每年都会过来。"

"他是怎样的年轻人？"

"我向你保证他是极好的年轻人。枪法极准，在英格兰找不到更勇敢的骑手。"

"**那**就是你能对他说出的全部？"玛丽安愤愤不平地叫道，"他与人熟悉后举止怎样？他的爱好、才华和天分如何？"

约翰爵士一脸困惑。

"说实话，"他说，"在**那些**方面我对他不太了解。但他是个性情愉悦、脾气温和的家伙，他的黑色小母狗是我见过最漂亮的一只。她今天和他一同出来了吗？"

然而玛丽安说不出威洛比先生猎犬的颜色，正如他不明白他的心性。

"可是他是谁？"埃利诺说，"他来自哪儿？他在阿伦汉姆有房子吗?"

这一点上约翰爵士能给出更确切的消息;他告诉她们威洛比先生在这个村子里没有自己的财产,他只有拜访阿伦汉姆宅邸的老夫人时才住在那儿,那是他的亲戚,他将继承她的财产。他接着说道:"是的,是的,告诉你吧,他很值得获取①,达什伍德小姐。除此之外,他在萨默塞特郡自己有一小块漂亮的产业。如果我是你,我不会把他拱手让给自己的妹妹,尽管他们一起冲下了山。玛丽安小姐绝不能希望独享所有的男人。如果她不当心,布兰登会嫉妒的。"

"我相信,"达什伍德太太温和地笑着说,"威洛比先生不会因为**我的**哪个女儿如你所述,想要**获取**他的企图感到不安。她们从未学过要那样做。男人和我们一起很安全,无论他们多么富有。不过,从你的话中,我很高兴得知他是个体面的年轻人,与他结识并非不合适。"

"他是个好人,我一直相信如此,"约翰爵士又说道,"我记得上个圣诞节在庄园的一场小舞会上,他从八点一直跳到四点,一次都没坐下。"

"他真是这样?"玛丽安目光闪闪地叫道,"而且举止优雅,精神抖擞?"

"是的,他八点再次起床,去骑马狩猎。"

"那是我喜欢的样子,那是年轻人应有的样子。无论他喜欢什么,他都该爱得毫无保留,并且从来不知疲倦。"

---

① 英文为"well-worth catching",暗指经济利益对当时婚姻的普遍影响。

“好啦，好啦，我知道会怎样了，”约翰爵士说，“我知道会怎样。现在你要去追求他，再也想不到可怜的布兰登了。”

“这样的话语，约翰爵士，”玛丽安激动地说，“我极其讨厌。我厌恶每一个故作聪明的陈腐之辞，‘追求一个男人’或是‘征服’在所有之中最令人作呕。它们听起来粗俗又狭隘；如果这些想法曾经被视为聪明，时间也早已毁去了那所有的智慧。”

约翰爵士没太听懂这番责备，但他开怀大笑，仿佛听懂了一般，接着答道：

“嗯，你一定能征服他，我敢说，总能以某个方式做到。可怜的布兰登！他已经一败涂地。告诉你吧，他非常值得追求，尽管有这些跌倒在地扭伤脚踝的事情。”

第十章

玛丽安的保护者——这是马格丽特对威洛比不够准确但十分优雅的称呼，第二天一早来到乡舍亲自问候。他得到了达什伍德太太极为客气的招待。约翰爵士对他的描述和她本人的感激使她非常友好。拜访期间发生的一切似乎都让他相信，这场事故让他结识的这家人通情达理、举止优雅、相亲相爱、和睦温馨。他无需第二次来访就对她们的个人魅力深信不疑。

达什伍德小姐肤色白皙，容貌标致，拥有极其曼妙的身材。玛丽安更加漂亮。她的身材虽不如姐姐匀称，却个子更高，更加惹人注目。她的脸蛋非常可爱，因此虽以寻常的赞许之辞她被称为一个漂亮女孩，然而这样的话语远不能体现她实际的模样。她的皮肤是深褐色的，但肤质通透，因此肤色异常明亮；她的五官都很好看；她的笑容甜美迷人；在她深色的眼睛里，有一种生气、一种活力、一种热切，让人几乎无法不感到愉悦。起初因为想到他的帮助而十分尴尬，她没有在威洛比面前展现这番神采。然而一切过去后，她的心情变得镇定。当她看着眼前这个拥有完美教养的年轻人，他既坦率又活泼，更重要的是，当她听他宣称自己热爱音乐和跳舞时，她向他投去赞许至极的眼神，于是他留下的时间几乎都在和她独自交谈。

只需谈起她喜爱的任何娱乐就能让她说个不停。当提到这些话题时她无法保持沉默，谈论起来既无羞涩也不矜持。他们迅速发现彼此都喜爱跳舞和音乐，而这源于两人对所有方面的相同看法。受此鼓舞她继续询问他的想法，她又问他关于读书的话题。她提起最喜爱的作家名字，欣喜若狂地加以详述。任何一个二十五岁的年轻人，无论他之前对此多不在意，如果不立即对这些作品顶礼膜拜，那他一定是麻木不仁。他们的品位相似得惊人。两人都喜爱同样的书本和同样的段落——或者假如存在任何分歧，出现任何差异，只要她言辞热烈、目光闪烁，便会烟消云散。他默许她的所有决定，感受到她的全部热情，在他的拜访远未结束之前，他们已经像熟识很久的老朋友一样亲昵交谈。

"行了，玛丽安，"他刚离开她们，埃利诺就说道，"我想这一个上午你做得很好。你已经明确威洛比先生对几乎所有重要问题的看法。你知道他对库珀和斯科特的想法，你确信他对他们的美妙之处评价得当，你也能完全相信他对蒲伯①的赞赏绝不言过其实。但如此迅速地了结每一个话题，该怎样延续你们的相识呢？你会很快说尽每一个喜爱的话题。下次见面足以解释他对如画美景②的感受和对第二次婚姻的态度，然后你就没什么可问了。"

"埃利诺，"玛丽安叫道，"这公平吗？这合理吗？我的思想会如此贫乏吗？但我知道你的意思。我实在太轻松，太快乐，太坦率了。我已经违背了每一个陈腐的礼节观念。我在应该矜持、淡漠、无趣、虚伪的时候开朗诚恳——要是我只谈天气和道路，

① 沃尔特·斯科特（1771—1832），亚历山大·蒲伯（1688—1744），都是简·奥斯汀喜爱的文学家。
② 英文为"picturesque beauty"。当时的一种时尚，指对狂野粗犷的大自然之美的欣赏。

如果我每十分钟只说一句话，就不会有这样的责备。"

"我亲爱的，"她的母亲说，"你千万别对埃利诺感到恼火——她只是开玩笑。假如她真想抑制你和我们新朋友交谈的快乐，我自己会斥责她。"——玛丽安立即缓和下来。

在威洛比这方，他处处显得为他们的相识感到高兴，他显而易见想加深交往的心愿便是证明。他每天登门拜访。起初看望玛丽安是他的借口，然而他的到来大受鼓励，她们每天对他更加亲切，他的理由还没有因为玛丽安的完全康复而不再可行时，已经变得毫无必要。她有几天被困在家中，但没有哪次禁足像这次一样毫无烦恼。威洛比是个才华出色、思维敏捷、性格活跃的年轻人，举止开朗热情。他正是能俘获玛丽安芳心的那种人，因为除所有这些外，他不仅相貌迷人，同时天生热情洋溢，如今在她的榜样下变得愈发热情，这比任何情况更能让她对他倾心不已。

他的陪伴逐渐成为她最美妙的享受。他们读书，他们谈话，他们一起唱歌。他有出色的音乐才华，他读书时细腻敏锐，精神饱满，爱德华不幸缺少了这些。

在达什伍德太太看来，他和玛丽安眼中的他一样完美。埃利诺发觉他无可责备，除了一个习性。他的这个习性和她妹妹极其相似，尤其受她喜爱，那就是他各种时候都说话太多，毫不在意他人或场合。他会仓促形成或表达对别人的看法，在他兴致高涨时牺牲通常的礼貌而独占所有注意力，同时会轻易取笑世俗礼仪。他展现出埃利诺无法赞同的缺乏审慎，无论他和玛丽安怎样辩护。

玛丽安现在开始发觉，在她十六岁半时控制她的绝望情绪，认为无法遇见一个令她满意的完美男人的想法，过于仓促也不合情理。威洛比正是她在那个不快乐的时刻以及每个更快乐的时候幻想出的能够令她心动的模样。他的举止表明他在那个方面真心诚意，同时能力出色。

她的母亲也一样。她从未因为他的未来财富产生过一丝想让他们结婚的投机之念，却不到一个星期便对此希望又期待，并暗自祝贺已经得到爱德华和威洛比这样两个女婿。

布兰登上校对玛丽安的喜爱很早就被他的朋友们发现，如今首先被埃利诺看出，在别人已经停止关注时。他们的注意力和玩笑都转向了他更幸运的对手；他尚未怀有丝毫爱慕之情时就引发的嘲弄，在他真心爱恋，本该被人取笑时却转移到了别处。埃利诺虽不情愿，却只得相信詹宁斯太太原先为自己满意而赋予他的感情，如今真已被她的妹妹激起。虽然双方相似的性格让这份感情属于威洛比先生，然而两人截然不同的个性却完全没妨碍布兰登上校产生爱慕之情。她关切地看着，因为面对一个活力四射的二十五岁年轻人时，一个沉默寡言的三十五岁男人还有什么希望呢？她甚至无法希望他成功，便真心诚意地希望他感情淡漠。她喜欢他——尽管他严肃又内敛，她却看出他是个有趣味的人。他的举止虽然庄重，却很温和。他的内敛似乎更是因为精神上的压抑，而非天生阴沉的性情。约翰爵士曾经暗示他过去的伤痛和失望，更加证实了她认为他是个不幸之人的想法，她对他心怀敬意和同情。

也许她对他愈加同情和尊重，是因为他受到了威洛比和玛丽安的奚落。他们觉得他既不活跃也不年轻就歧视他，似乎要执意贬低他的优点。

"布兰登正是那种人,"威洛比一天说道,他们当时在一起谈论他,"人人都说他好,但谁也不在乎他;大家都高兴见到他,但没人记得和他说话。"

"那正是我对他的想法。"玛丽安叫道。

"可别为此吹嘘,"埃利诺说,"因为你们二人都不公正。庄园里所有的家人都对他极其尊重,而我每次见到他都会设法和他说话。"

"他能得到**你**的屈就,"威洛比答道,"当然对他有利。不过至于别人的尊重,本身就是责备。谁能忍受像米德尔顿夫人和詹宁斯太太那种女人的赞许呢?谁会不以漠视来对待此番侮辱?"

"但也许像你和玛丽安这种人的恶语可以弥补米德尔顿夫人和她母亲的尊重。如果他们的赞扬是责备,你们的责备或许是赞扬。比起你们的偏见和不公,她们不见得更没眼力。"

"为了维护你的被保护人,你甚至能言语刻薄。"

"我的被保护人,如你所说,是个理智的人,而理智总对我很有吸引力。是的,玛丽安,即使一个三四十岁的男人。他见过世面,他去过国外,读过书,善于思考。我已经发现他能就各种话题给我许多想法,对于我的询问他总乐意回答,极有教养也脾气温和。"

"也就是说,"玛丽安鄙夷地叫道,"他已经告诉你在东印度群岛①天气炎热,蚊子令人讨厌。"

_____

① 此处的"东印度群岛"包括印度次大陆和东南亚的一些岛屿。

"他**会**告诉我的，假如我问了他，这我毫不怀疑，但我碰巧之前已经听说过这件事。"

"也许，"威洛比说，"他的话还会延伸到那儿的巨富、金矿和华美的轿子。"

"我也许能冒昧地说，**他的话语远远超过你的**坦诚。可你为何不喜欢他？"

"我并非不喜欢他。相反，我视他为值得尊敬的人，得到每个人的好评却无人注意；他有花不完的钱，不知该怎样打发的时间，每年还添置两件新外衣。"

"除此以外，"玛丽安叫道，"他没有天分、品位，或活力。他的思想平庸无趣，他的心灵缺乏热情，他的声音毫无情感。"

"你执意认为他满是缺点，"埃利诺答道，"完全依靠你自己的想象力，因此**我**能给他的夸赞相比而言冷淡乏味。我只能宣称他是个理智的男人，很有教养、见多识广、谈吐温和，而且，我相信他拥有一颗善良的心。"

"达什伍德小姐，"威洛比叫道，"你对我太不客气。你在试图劝我让步，想说服我违背自己的意愿。但这不可以。你会发现虽然你花言巧语，但我会固执己见。我有不喜欢布兰登上校的三个无可辩驳的理由：当我希望天晴时他威胁我会下雨，他对我马车①车厢的位置②吹毛求疵，而且我无法说服他购买我的棕色母马。不过，如果这样说能让你感到满意，我相信他的人品在其他

---

① 原文为"curricle"，指由两匹并排的马儿拉的两轮轻便马车，深受奥斯汀小说中有钱的年轻人喜爱。
② 指车厢与车轮的相对位置。

方面无可指摘，我很乐意承认这一点。作为对此番承认的回报，因为这一定会带给我一些痛苦，你不能剥夺我一如既往不喜欢他的权利。"

第十一章

达什伍德太太和她的女儿们刚来德文郡时，万万没想到她们到此不久就会有这么多约会占据她们的时间，也不知她们竟然会频繁得到邀请，一直有人拜访，几乎没时间做正经事。然而情况就是这样。在玛丽安恢复后，约翰爵士之前计划的各种家中户外娱乐活动得以实施。庄园里的私人舞会接着开始，在多雨的十月尽可能多次举办了愉快的水上聚会。每次这样的聚会都包括威洛比；这些聚会中自然而然的轻松随和气氛正好能加深他和达什伍德母女的亲密感情，让他有机会目睹玛丽安的出色之处，展示对她的热情仰慕，同时从她对他本人的行为中，得到她的感情最明确的保证。

埃利诺无法对他们的感情觉得惊讶。她只希望不要表现得过于露骨，有一两次她的确贸然建议玛丽安注意自我克制。然而玛丽安在情感的放纵并未带来真正的耻辱时，厌恶一切掩饰。要努力克制本身并无过错的感情，在她看来不仅毫无必要，更是理智对陈腐错误观点的可耻屈服。威洛比也有同感；他们每时每刻的表现，都证明了他们的观点。

当他在场时她完全无视别人。无论他做什么，都很正确。他说的每一句话，都很聪颖。如果他们在庄园的晚会以打牌结束，他会自欺欺人地帮她得到一手好牌。假如跳舞成为当晚的娱乐，他们一半的时间都是舞伴，当有几支舞得被迫分开时，他们会小心翼翼地站在一起，几乎不和任何人说话。这样的行为①当然会让他们大受嘲弄，但嘲笑不能使他们羞愧，似乎完全不让他们恼火。

达什伍德太太激动不已地感受着他们的热情，完全不想遏制这些感情的过分流露。在她看来这只是年轻热切的心灵在强烈爱恋下的自然结果。

对玛丽安而言这是一段幸福的日子。她对威洛比倾心相爱，她对诺兰的依恋之情从苏塞克斯伴随她至此，如今却淡薄得出乎她的意料，这是他在她现在的家中对她的陪伴带来的魔力。

埃利诺的幸福感没有那么强烈。她的内心没么自在，她对娱乐活动的满意感也没那么纯粹。聚会带来的同伴完全无法弥补她留在身后的人，也丝毫没有减轻她想起诺兰时的遗憾之情。米德尔顿夫人和詹宁斯太太都不能带来她所怀念的交谈，虽然后者话说个不停，而且从一开始就对她善意相待，确保她能倾听她的大部分话语。她已经把自己的经历对埃利诺重复了三四遍，假如埃利诺的记忆力符合她受的教育，她也许在相识之初就已经知道詹宁斯先生临终时病床前的所有细节，他在去世前几分钟对他的妻子说了哪些话。米德尔顿夫人比她母亲更讨人喜欢，只因为她更加沉默。埃利诺无需多少观察便能看出她的沉默只是因为她举止安静，和理智无关。她对待她的丈夫、母亲和对别人一样，因此她既不寻求也不期待亲密关系。她没有哪一天说出的话不是前

①　根据当时的社会礼仪，一位男士在舞会中最多只能邀请同一位女士跳两次舞。

一天说过的。她始终乏味至极，因为她的心情甚至都始终如一。虽然她不反对她丈夫安排的聚会，只要处处安排得体，而且她的两个大孩子能跟着她，但似乎从中得到的乐趣完全不比坐在家里时更多——她的出现几乎无法给别人增添快乐，因为她从不加入他们的谈话，所以别人有时能想到她在中间，只因她在照料淘气的孩子们。

在她新结识的人当中，布兰登上校是唯一一位能让埃利诺有些敬重他的才华，愿意和他交友，从他的陪伴中得到乐趣的人。威洛比毫无可能。她的喜爱和看重，甚至她姐妹般的关注，都完全属于他；但他是个情人，他的注意力只属于玛丽安，一个远不如他讨人喜欢的男人也许会更受众人欢迎。对布兰登上校本人而言，不幸的是他得不到那种鼓励，能让他只想着玛丽安；从和埃利诺的谈话中，他得到了对她妹妹全然冷漠态度的最大安慰。

埃利诺对他愈发同情，因为她有理由怀疑他已经品尝过失恋的痛苦。此番怀疑是因为一天晚上在庄园时，他偶然说出的一些话，当时他们不约而同地坐在一起，而其他人正在跳舞。他目不转睛地看着玛丽安，几分钟的沉默后，他带着一丝勉强的笑意说："你的妹妹，我想，她不赞成第二次爱恋①。"

"是的，"埃利诺答道，"她的想法都很浪漫。"

"或者更确切地说，在我看来，她认为这不可能存在。"

"我相信她是这样。但她怎能不考虑自己父亲的性格而想到

---
① 当时爱情小说中常见的浪漫想法。

这一点，他可是有两个妻子，这我不知道。不过几年的时间会让她在常识和观察的基础上形成合理的想法。她的想法在那时会比现在更好定义和理解，对于除她自己以外的任何人而言。"

"也许会这样，"他答道，"然而年轻人心中的偏见总有可爱之处，让人看着它们变成更被接受的普遍想法时会感到难过。"

"那一点我无法赞同，"埃利诺说，"玛丽安的这种感情会导致麻烦，对世界的热情与无知带来的所有魅力都无法弥补。她的思想不幸会让她无视所有礼仪。我希望她能更好地认识这个世界，这是她可能得到的最大好处。"

短暂停顿后他以这番话继续交谈：

"你妹妹是否对第二次恋情不作区分地加以反对？或者这是否对每个人而言都是罪恶？那些对他们的第一次选择感到失望的人，无论因为对方的不忠，还是由于处境的无奈，余生都会被她漠然以待吗？"

"说实话，我不清楚她的具体原则。我只知道我从未在任何时候听她承认第二次恋情可以被原谅。"

"这种想法，"他说，"无法持久。然而改变，感情上的彻底改变——不，不，别渴求如此，因为当年轻人心中浪漫的情感不得已被放弃时，是多么容易被太过寻常、太过危险的想法取代啊！我出于切身体会而说出此言。我曾经认识一位性情与思想和你妹妹极其相似的女子，像她一样思考评判，但由于不得已的改变——源自一系列不幸的境遇。"——此处他戛然而止，似乎发觉他说得太多，而他这样的表情引发了猜测，否则也许永远进不了埃利诺的脑中。这位女士也许只会一闪而过，引不起丝毫怀疑，假如他没有让达什伍德小姐相信他不该透露她的消息。既然如此，只需稍加想象就能将他的感情和过去的柔情回忆联系起来。埃利诺不再多想。然而玛丽安，若是处于她的情况，绝不会只做这么少。整个故事会在她活跃的想象力中迅速形成，一切都会凄凄惨惨地演化为灾难性的爱情。

第十二章

第二天上午埃利诺和玛丽安一同散步时，后者告诉姐姐一个消息。尽管埃利诺非常了解玛丽安行事鲁莽、考虑不周，但依然为她在两方面的公然展示感到惊讶。玛丽亚喜不自胜地告诉她，威洛比已经送了她一匹马，由他本人在萨默塞特郡的家中亲手喂养，专门给女人使用。她没有考虑到母亲不打算养马，如果为了这份礼物让她改变决定，她必须为仆人另购一匹，雇个骑马的仆人，不仅如此，还得造一座马厩，而是毫不犹豫地接受了礼物，并欣喜若狂地告诉了姐姐。

"他打算立即派他的马夫去萨默塞特郡取马，"她又说，"等马到了我们可以天天骑。你能和我一起使用。想想吧，我亲爱的埃利诺，在一些山丘上骑马有多开心。"

她极不情愿地被从这个幸福梦想中唤醒，明白了随之而来的所有不愉快的事实，有一阵子对此不愿接受。关于再雇个仆人，费用微不足道；她肯定妈妈绝不会反对；对**他**而言任何马都行；他总能从庄园得到一匹；至于马厩，有个棚子就足够。埃利诺随后大胆表示，她从一位知之甚少，或至少结识不久的男人那儿接受这样一份礼物是否得体。这让她忍无可忍。

"你错了，埃利诺，"她激动地说，"竟然认为我对威洛比了解甚少。我的确和他相识不久，但我对他的熟悉程度，超过了世界上的任何人，除了你本人和妈妈。决定亲密程度的绝非时间或机会——只在于性情。七年时间也许不足以让一些人彼此熟悉，而七天对另一些人却绰绰有余。假如从我哥哥那儿接受一匹马，相比于从威洛比手中接受，我更会因为有失体统而感到羞愧。对于约翰我了解极少，尽管我们一起生活了很多年，但对威洛比的评价我早已形成。"

埃利诺认为最好不再触碰那个话题。她知道她妹妹的脾气，对如此敏感话题的反对只会让她更加坚持自己的观点。然而通过唤起妹妹对母亲的感情，指出那位宠爱的母亲如果同意增加开销（因为很有可能），一定会给自己带来多少麻烦，她很快就让玛丽安顺从了。玛丽安承诺不会说起那件事，免得诱使母亲贸然应允，同时在下次见面时告诉威洛比，只能谢绝他的好意。

她信守承诺。当天威洛比来乡舍拜访时，埃利诺听见她低声对他表达了失望之情，因为只能放弃对他礼物的接受。与此同时她讲述了改变的原因，的确让他无法再做请求。然而他的关心显而易见，在热切表达此意后，他同样低声地说道："不过，玛丽安，这匹马依然属于你，虽然你现在不能使用它。我将悉心喂养，直到你能用它。当你离开巴顿去建立属于你自己更永久的家庭时，麦布女王①将会接见你。"

这些话全都传到了达什伍德小姐的耳朵里。从他说出这番话时的态度，以及仅以教名称呼她的妹妹，她立即看出了明确无疑的亲密，直截了当的意图，表明他们之间完美的心照不宣。从那

---

① 出自莎士比亚的《罗密欧与朱丽叶》，"麦布女王"暗指梦想成真。

时起她再也不怀疑他们已经订下婚约，这个想法只让她对一件事感到惊讶，竟然她或他们的任何朋友，在如此坦率的性情面前，只因为偶然的机会才发现了这一点。

马格丽特第二天又对她说了一些话，让这件事变得更加明了。威洛比前一天晚上同她们一起度过，马格丽特有一段时间只和他与玛丽亚待在客厅，得到观察的机会。当她和大姐在一起时，便郑重其事告诉了她。

"哦，埃利诺!"她叫道，"我要告诉你一个玛丽安的大秘密。我确信她很快会嫁给威洛比先生。"

"你已经说过了，"埃利诺答道，"自从他们在高教会派丘陵第一次相遇后你几乎每天都说。我相信他们认识还不到一个星期，你就确信玛丽安把他的画像挂在脖子上，结果只是我们伯祖父的微型画。"

"但这次的确大不相同。我肯定他们很快会结婚，因为他得到了她的一缕头发。"

"当心，马格丽特。也许只是**他**的某个曾祖父的头发。"

"不过，说真的，埃利诺，这是玛丽安的头发。我几乎肯定如此，因为我看着他剪下来的。昨晚喝茶以后，在你和妈妈都离开屋子时，他们语速飞快地窃窃私语，他似乎在向她乞求什么，接着他拿起她的剪刀剪下她的一缕头发，因为头发都落到了她的背上；他亲吻了头发，把它包进一张白纸中，然后放入他的钱包里。"

这样的细节，说得如此不容置疑，埃利诺无法不相信，她也不愿意不信，因为这件事和她本人的所见所闻完全相符。

马格丽特的睿智并不总以令她姐姐如此满意的方式呈现。当詹宁斯太太一天晚上在庄园逼迫她，让她说出谁是埃利诺的意中人时（这件事她很久以来都倍感好奇），马格丽特的答复是望着她姐姐说道："我不能说，是吗，埃利诺？"

　　这话引起一阵哄堂大笑，埃利诺也试着发笑。然而这番努力滋味苦涩。她相信马格丽特确有所指，而她无法心平气和地让此人的名字成为詹宁斯太太的日常玩笑。

　　玛丽安由衷地对她感到同情，却为此帮了倒忙。她满脸通红，怒气冲冲地对马格丽特说：

　　"记住无论你有怎样的猜测，你都无权说出来。"

　　"我从未对此猜测过，"马格丽特答道，"是你亲口告诉我的。"

　　众人笑得更加开心，大家都急忙催促马格丽特多说一些。

　　"哦！来吧，马格丽特小姐，把一切都告诉我们，"詹宁斯太太说，"这位先生叫什么名字？"

　　"我不能说，太太。但我很清楚他的名字，我也知道他在哪儿。"

　　"是的，是的，我们能猜出他在哪儿，他当然在诺兰自己的家中。我敢说他是教区的牧师。"

　　"不，**那**他可不是。他根本没有职业。"

　　"马格丽特，"玛丽安激动不已地说，"你知道所有这一切都是你的无中生有，根本没有这样的人。"

　　"好吧，那么，他最近死了，玛丽安，因为我相信曾经有过这样的人，而且他的姓以'费'字开头。"

米德尔顿夫人这时说道:"雨下得很大。"让埃利诺感激不已,虽然她相信此番插言并非出于对她的关心,而是因为夫人对她丈夫和母亲津津乐道的所有这些粗鄙话题深恶痛绝。然而这由她开始的想法立即被布兰登上校接了过去,他总是很在乎别人的感受,两人说了很久下雨的话题。威洛比打开钢琴,让玛丽安坐下弹奏。在众人为放弃这个话题的一番努力下,终于回归平静。然而埃利诺却没那么容易从她受到的惊吓中回过神来。

当晚一行人约好第二天去游览一个风景优美的地方,离巴顿十二英里,是布兰登上校一个妹夫的财产。如果他不感兴趣,谁也见不到,因为房屋的主人正在国外,曾为此留下严格指令。据说那片庭园美不胜收,对此赞不绝口的约翰爵士或许有权做出评判,因为他曾带人前往参观,在过去的十年里,每个夏天至少会去两次。里面有一片壮丽的水域,上午的大部分时间都能在此乘船玩耍。他们会带上冷餐,只用敞篷马车,一切都完全按照休闲娱乐的寻常风格进行安排。

在有几位客人看来这似乎是个非常大胆的行动,考虑到一年中的时节,而且过去两个星期天天都下雨——因此已经感冒的达什伍德太太在埃利诺的劝说下,决定待在家中。

第十三章

　　他们计划的惠特韦尔之行却和埃利诺预想的截然不同。她原先以为会全身湿透、筋疲力尽、胆战心惊，然而结果却更加不幸，因为他们根本没去。

　　十点时所有人聚集在庄园，准备在那儿吃早餐。早晨天气很好，虽然雨下了一整夜。那时乌云正在散开，太阳频频露脸。他们全都兴致勃勃、心情愉快，期盼玩得高兴，决定无论有多少艰难险阻都能忍受。

　　他们早餐时送来了信件。其中有一封信是给布兰登上校的——他拿起信，看了看地址，变了脸色，顿时离开了房间。

　　"布兰登怎么了？"约翰爵士说。

　　谁也说不上来。

　　"我希望他没得到坏消息，"米德尔顿夫人说，"能让布兰登上校这么突然地离开早餐桌的事情，一定非同寻常。"

　　大约五分钟后他回来了。

　　"没有坏消息吧，上校，我希望如此。"他刚进屋詹宁斯太太就说道。

　　"完全没有，太太，我谢谢你。"

　　"是否来自阿维尼翁？我希望不是说你妹妹病情加重。"

"不，太太。是城里①的来信，只是一封公务信函。"

"但如果只是一封公务信，怎会让你如此大惊失色？好了，好了，别这样，上校，把事实告诉我们吧。"

"我亲爱的太太，"米德尔顿夫人说，"想想你在说些什么。"

"也许是告知你的范尼表妹结婚了？"詹宁斯太太无视女儿的斥责，继续说道。

"不，真的，并非如此。"

"哦，那么，我知道是谁的来信了，上校。我希望她一切都好。"

"你是指谁，太太？"他说话时有些脸红。

"哦！你知道我指谁。"

"我非常抱歉，夫人，"他对米德尔顿夫人说道，"竟然会在今天收到这封信，因为信里的事务要求我立即进城。"

"去城里！"詹宁斯太太叫道，"一年中的这个时节你能去城里做什么？"

"必须离开这么愉快的一群人，"他继续说道，"对我本人也是巨大的损失。但更令我不安的是，我担心只有我在你们才能进入惠特韦尔。"

这真是对所有人的巨大打击！

"可你要是给管家写张便笺，布兰登先生，"玛丽安急切地说，"那样不行吗？"

他摇摇头。

---

① 英文为"town"，指伦敦。

"我们一定得去，"约翰爵士说——"已经近在咫尺，不能推延。明天之前你不能去城里，布兰登，就这样。"

"我希望事情能够这么简单地解决。但我无法把我的行程推迟一天！"

"只要你能告诉我们你要做什么，"詹宁斯太太说，"我们或许能看看可否推延。"

"要是你把行程推迟到返回之后，"威洛比说，"你晚不了六个小时。"

"我一个小时也不能耽搁。"

埃利诺随后听见威洛比低声对玛丽安说，"有些人受不了别人高兴。布兰登是其中之一。我敢说他害怕感冒，就编了这个把戏来脱身。这封信一定是他自己写的，我敢赌五十个畿尼①。"

"我毫不怀疑。"玛丽安答道。

"我早就知道，布兰登，"约翰爵士说，"一旦你下定决心做什么，绝无可能说服你改变主意。不过，我还是希望你好好考虑。想想吧，这儿有两位凯里小姐来自纽敦，三位达什伍德小姐从乡舍步行而来，而且威洛比先生比平常提前两个小时起床，特意为了去惠特韦尔。"

布兰登上校再次因为让众人失望表示遗憾，但与此同时声称这无可避免。

"好吧，那么，你何时再回来？"

"我希望我们能在巴顿见到你，"夫人又说，"一旦你方便离

---

① 1畿尼 = 1.05英镑 = 21先令；1先令 = 12便士。

开城里，我们必须把惠特韦尔的旅行推迟到你回来。"

"你太好了。但很难确信我何时能返回，因此我完全不敢贸然约定。"

"哦！他必须回来，也一定会返回，"约翰爵士叫道，"要是他周末还不在这儿，我就去找他。"

"哎，这样行，约翰爵士，"詹宁斯太太叫道，"那你也许就能发现他在做什么了。"

"我不想打探别人的事。我猜这是令他羞愧的事情。"

布兰登上校的马备好了。

"你不会骑马去城里，是吗？"约翰爵士又说道。

"是的。只到霍尼顿。接着我会乘坐驿车。"

"好吧，既然你决心要走，我祝你旅途愉快。但你最好改变主意。"

"我向你保证我无能为力。"

随后他向众人告辞。

"这个冬天没机会在城里见到你和你妹妹了吗，达什伍德小姐？"

"恐怕，完全没有。"

"那么我和你们分别的时间会长得超出我所愿。"

对玛丽安，他只鞠了一躬，一言未发。

"来吧，上校，"詹宁斯太太说，"在你离开前，务必让我们知道你要做什么。"

他向她道了别，在约翰爵士的陪同下，离开了房间。

因为礼貌而一直克制的抱怨和哀号，此时喷涌而出，他们全都一再表示这样的失望实在令人恼火。

"不过，我能猜出他去做什么。"詹宁斯太太得意洋洋地说。

"是吗，太太?"几乎人人都问道。

"是的，这和威廉斯小姐有关，我肯定。"

"那么谁是威廉斯小姐?"玛丽安问。

"什么! 你竟然不知道威廉斯小姐是谁? 我相信你以前一定听说过她。她是上校的一个亲戚，我亲爱的，一位近亲。我们不会说出有多近，以免吓坏年轻小姐们。"接着，她稍稍压低嗓音，对埃利诺说，"她是他的私生女。"

"真的吗?"

"哦，是的，和他长得一模一样。我敢说上校会把所有的财产留给她①。"

等约翰爵士回来后，他和众人一样为如此不幸的事件感到真心遗憾，不过最后说道，既然大家都在一起，他们必须做些高兴的事情。经过一番商讨，他们同意虽然只能在惠特韦尔开心玩耍，但他们也许能去乡间乘车转悠，得到些心灵的平静。于是他们叫上马车；威洛比的马车排在最前面，玛丽安上车时开心不已。他迅速驾车穿过庄园，很快就不见踪影。在他们回来前谁也没见到他们，那是等所有人都回来之后。两人似乎都为他们的出游感到高兴，但只含糊说道他们只是沿小路前行，而其他人都去了山丘。

大家决定晚上应该跳舞，这样所有人一整天都能欢欢喜喜。

---

① 除非因为财产拥有者的遗嘱，否则私生子不享有财产继承权。

凯里家又来了几个人吃饭，一共有将近二十个人愉快地坐在桌旁，约翰爵士看得心满意足。威洛比和往常一样坐在两位年长些的达什伍德小姐中间。詹宁斯太太坐在埃利诺的右手边。他们刚入座不久，詹宁斯太太就从埃利诺和威洛比身后对玛丽安说话，声音大得足以让两人都听见："无论你耍什么花招我都看出来了。我知道你上午去了哪儿。"

玛丽安脸红了，急忙答道："你是说哪儿？"

"我们乘我的马车出去了，"威洛比说，"你不知道？"

"是的，是的，鲁莽先生，那我很清楚，而且我打定主意要弄清你们去了**哪儿**——我希望你喜欢你的房子，玛丽安小姐。那是一座很大的房子，我知道。等我来看望你时，我希望你能装饰一新，因为我六年前去那儿时，房子急需修饰。"

玛丽安无比困惑地转过身。詹宁斯太太开怀大笑。埃利诺发现她因为决意要弄清他们去了哪儿，她其实是让自己的女仆询问了威洛比先生的马夫。她以那种方式得知他们去了阿伦汉姆，花了很长时间在花园散步，在屋里四处查看。

埃利诺几乎不敢相信这是真的，因为当史密斯太太在家时，由威洛比提出，或是让玛丽安答应这样做，似乎毫无可能。玛丽安和她可是素不相识。

她们刚离开餐厅，埃利诺就询问玛丽安，当她得知詹宁斯太太说的全都是事实后大吃一惊。玛丽安对她的怀疑非常生气。

"埃利诺，你为何认为我们没去那儿，或是我们没看那座房子？难道那不是你本人想做的事吗？"

"是的，玛丽安，但我不会趁史密斯太太在家时去那儿，而且只和威洛比先生一起。"

"但威洛比先生是唯一有权展示那座房子的人，因为他乘坐敞篷马车，所以不可能带上别人。我从未有过比这更愉快的上午。"

"恐怕，"埃利诺答道，"事情的愉快并不总能说明它的得体。"

"相反，没有更强大的证明，埃利诺。因为如果我的行为有任何真正的不得体，我当时应该能感觉到，因为我们总能知道什么时候做了错事，有那样的想法就不可能快乐。"

"可是，我亲爱的玛丽安，因为这已经让你受到一些无礼的评价，你现在难道没有怀疑自己的行为是否审慎吗？"

"假如詹宁斯太太的无礼话语能证明行为的不妥，那我们所有人每时每刻都在犯错。我对她的责备和夸赞同样不在意。我不知道在史密斯太太的花园散步或屋里参观有任何错误。这儿终将属于威洛比，而且……"

"如果这些有一天会属于你自己，玛丽安，你的行为依然错误。"

玛丽安因为此番暗示感到脸红，但这甚至显然令她得意。经过十分钟的热切思考后，她又来到姐姐身旁，高高兴兴地说："也许，埃利诺，我去阿伦汉姆**的确**很不应该。但威洛比先生特别希望带我看看那儿，那是一座可爱的房子，我向你保证——楼上有一间非常漂亮的客厅，大小适中，配上现代家具将令人喜爱。那是个转角房间，两边都有窗户。在一边你能穿过屋子后面的滚球场草坪，看到一片美丽的藤蔓。从另一边能看到教堂和村庄，再往后就是我们常常赞赏的美丽山丘。我不认为那儿有多好，因为家具实在破败不堪——但若是重新装修——花上几百英镑，如威洛比所说，就能把它变成英格兰最宜人的避暑之地。"

假如埃利诺能够一直听她说话而不受别人打扰，她本来会同样高兴地把屋里的每个房间都描述一遍。

第十四章

布兰登上校突然终止对庄园的拜访，而且坚持隐瞒其中缘由，让詹宁斯太太两三天里左思右想，满腹狐疑。她生性好奇，对所有熟人的行踪兴致盎然的人一定都是这样。她一刻不停地想着会是怎样的原因，深信一定有些坏消息，思忖着每一种可能降临于他的不幸，并坚定不移地认为他完全无法逃脱。

"一定是某件令人悲哀的事情，我确信，"她说，"我从他的脸上看得出。可怜的人！我担心他也许境遇不佳。德拉福德每年的地产收入从未超过两千英镑，而他哥哥又把事情都弄得一团糟。我的确认为他肯定是为钱的问题被叫走，不然还会是什么呢？我不知道是否如此。我愿付出一切得知真相。也许是关于威廉斯小姐——这么看来，我敢说是这样，因为我提起她时他极不自在。也许她在城里生病了，这极有可能，因为我记得她总是病恹恹的。我敢打赌这和威廉斯小姐有关。他**现在**不大可能为自己的境遇烦恼，因为他是个慎重的人，如今可能已经理清了财产的问题。我真想知道会是什么！也许他妹妹在阿维尼翁身体恶化，叫他过去。他这样匆忙出发似乎很有可能。好了，我真心诚意地祝愿他摆脱所有麻烦，还能娶个好太太。"

詹宁斯太太就这样好奇着，谈论着。她的想法随着每个全新的猜测而改变，想到的每一点似乎都有可能。埃利诺虽然的确关心布兰登上校的事，却不能如詹宁斯太太所愿，全心全意地想着他为何突然离开。除了认为无需对这件事感到长久惊奇并不停猜测外，她的惊讶用在了别处。她满心想着她妹妹和威洛比对订婚之事异乎寻常的沉默，他们一定知道这件事让所有人都极感兴趣。随着沉默的继续，似乎每一天都令其显得越发奇怪，和二人的性情愈加格格不入。他们为何竟然不向母亲和她本人公开承认，表明他们彼此忠诚态度的事情已经发生，埃利诺无法想象。

她不难想到他们无法立即结婚，因为虽然威洛比经济独立，但没理由认为他很富裕。在约翰爵士看来他的产业每年大约能带来六七百英镑，然而以他的花销几乎无法支撑，他本人也常常抱怨贫穷。但他们为何对订婚之事奇怪地保守秘密，而事实上已经无可隐瞒，她没法解释。这和他们通常的想法与行为完全背道而驰，所以她有时会在心里怀疑他们是否真的已经订婚，而这个疑惑足以阻止她去询问玛丽安。

威洛比的行为最能体现他对所有人的感情。对于玛丽安，他显示了一个恋人所有的柔情蜜意，在其他人面前他有儿子和兄弟般的挚爱深情。他似乎把乡舍视为自己的家，对此真心喜爱。他在这儿度过的时间远远超过在阿伦汉姆。如果庄园没有大型聚会，他早晨的外出锻炼几乎总在那儿结束，一天中剩余的时间他会坐在玛丽安身边，他最心爱的猎犬躺在她的脚下。

尤其在一个晚上，当时布兰登上校离开村子大约一个星期，他似乎异常坦诚地表达了对身边事物的依恋之情。达什伍德太太碰巧提到打算在春天修缮乡舍，他激动地反对任何改动，因为在他看来一切都完美无缺。

"什么！"他叫道，"修缮这座可爱的乡舍！不。**那**我绝不允许。如果考虑我的感受，别在墙上增添一块石头，也不要增加一英寸的面积。"

"别担心，"达什伍德小姐说，"什么都不会做，因为我母亲永远没有足够的钱做这件事。"

"我为此真心高兴，"他叫道，"但愿她永远贫穷，假如她不能以更好的方式使用财富。"

"谢谢你，威洛比。但你可以放心，我不会为了这世界上的任何修缮，牺牲你或我爱的任何人对这儿的一丝感情。请相信等我春天查看账户时，无论还有多少结余，我宁愿将它闲置，也不会以令你这么痛苦的方式使用这些钱。可你真的对这儿如此喜爱，以至于看不出任何缺点吗？"

"是的，"他说，"对我来说它无可挑剔。不，更有甚者，我认为这是唯一能获得幸福的地方，假如我足够有钱，我会立即推倒库姆，完全按照这座乡舍的样子重建。"

"包括黑暗狭窄的楼梯和漏烟的厨房，我猜。"埃利诺说。

"是的，"他以同样急切的语调说道，"包括属于这儿的全部和一切——对每一个方便**或不便**之处，都看不出丝毫的改动。那时，只有那时，在那样的屋檐下，我也许在库姆的时候能和在巴顿一样幸福。"

"我相信，"埃利诺答道，"即使有了更好的房间和更宽的楼梯这样的缺点，从今以后你会发现你自己的房子和这座一样毫无瑕疵。"

"当然会有些情形，"威洛比说，"也许能大大加深我对它的喜爱，但这儿永远会让我真心喜爱，并且无可替代。"

达什伍德太太愉快地看着玛丽安，她漂亮的眼睛深情款款地望着威洛比，显然表明对他的话语心领神会。

"一年前我在这个时候来到阿伦汉姆时，"他又说道，"我总是希望巴顿乡舍能够住上人家！只要经过时可以看见，我都会赞赏它的位置，遗憾竟然没人居住。当时我完全没想到，当我再次来到村里时，我从史密斯太太那儿听说的第一个消息，是巴顿乡舍有了人家：我立即对此既满意又关心，只有从中预见的某种未来的幸福，才能加以解释。难道不是那样吗，玛丽安？"他压低声音对她说道。他又以前面的语调说："然而你要破坏这座房子吗，达什伍德太太？你会以臆想中的提升夺走它的简朴！这间亲爱的客厅，我们在此初次相识，一起度过了无数愉快的时光，而你会将它沦为普通的入口，让人人急于穿过这间屋子。而这里迄今为止本身拥有的真正温馨与舒适，超过了世界上任何一间最漂亮的屋子。"

达什伍德太太再次向他保证绝不会做出那种变化。

"你太好了，"他激动地答道，"你的承诺使我安心。若能稍进一步，会让我幸福。告诉我不仅你的房子将保持原样，我也能永远看到你们依然如故。如果你们始终对我善意相待，会让属于你们的一切对我而言无比宝贵。"

他得到欣然的承诺。威洛比在整个晚上的表现即刻表明了他的爱情与幸福。

"你明天能来吃晚饭吗？"在他离开时达什伍德太太说，"我不请你早上过来，因为我们必须走到庄园，去拜访米德尔顿太太。"

他答应四点前过来。

第十五章

第二天达什伍德太太去拜访米德尔顿夫人，她的两个女儿陪着她。不过玛丽安没有同行，找了件小事作为借口。她的母亲断定威洛比昨晚答应趁她们出去时过来拜访，便满心欢喜地让她留在家里。

她们刚从庄园回来就发现威洛比的马车和仆人等在乡舍外面，这让达什伍德太太相信自己的猜测很正确。到目前为止一切都如她所想。可当她进屋时，看到的景象却大出所料。她们刚进走廊就看见玛丽安冲出客厅，显然痛苦不堪，用手帕捂着眼睛，没注意她们就跑上楼梯。她们惊吓不已，便直接进入她刚离开的那间屋子，只在那儿见到了威洛比，他正倚靠壁炉背对着她们。她们刚进入他就转过身，他的脸色表明他对击垮玛丽安的情绪感同身受。

"她怎么了？"达什伍德太太刚进门就叫道，"她病了吗？"

"我希望没有，"他答道，努力显出高兴的样子，随后他勉强笑道，"我才是希望生病的那个人——因为我现在正为极度的失望而痛苦！"

"失望？"

"是的，因为我不能信守和你们的约定了。史密斯太太今天上午向依附于她的可怜外甥行使财富带来的特权，派我去伦敦办事。我刚刚得到派遣，已经告别了阿伦汉姆，原本兴高采烈的我现在来向你们道别。"

"去伦敦！——你今天上午①就要走吗？"

"几乎此时此刻。"

"这真不幸。但史密斯太太的指令必须听从——我希望她的事情不会让你和我们分别很久。"

他红着脸答道："你真好，但我完全不指望很快回到德文郡。我一年中对史密斯太太的拜访从不超出一次。"

"这位史密斯太太是你唯一的朋友吗？难道阿伦汉姆是附近唯一欢迎你的住所？不会的，威洛比，你能否等待这儿的邀请？"

他的脸更红了，眼睛盯着地面，只答道："你太好了。"

达什伍德太太惊讶地望着埃利诺。埃利诺也同样诧异。一时间每个人都陷入沉默。达什伍德太太最先开口。

"我只想说，我亲爱的威洛比，你在巴顿乡舍永远会受到欢迎。我不会催促你立即返回，因为只有你能判断**那**会让史密斯太太有多满意。在这件事上，我既不会怀疑你的意愿，也不想质疑你的判断。"

"我现在要做的事，"威洛比含混地答道，"情形特殊——因此——我不敢贸然——"

他停住了。达什伍德太太惊愕得说不出话来，又是一阵停顿。威洛比打破了沉默，他勉强笑着说："以这种方式逗留太傻了。我已经无法继续享受这些朋友的陪伴，不想继续待在这儿折

---

① 上午指早餐和晚餐之间的时间。奥斯汀时代的早餐一般在九点到十点，晚餐时间跨度更大，一般在三点到六点半之间，在《桑迪顿》中有更晚的晚餐。

磨我自己。"

接着他匆忙向所有人告别并离开房间。她们看着他登上马车，很快从视线中消失。

达什伍德太太百感交集，无法说话。她立即离开客厅，独自沉浸于这突如其来的告别带来的忧虑和惊恐。

埃利诺的不安不亚于她的母亲。她既焦虑又难以置信地想着刚刚发生的事情。威洛比和她们告别的方式，他的尴尬，他的强颜欢笑，更重要的是，他不愿接受她母亲的邀请，这样的退缩太不像一位情人，太不像他自己，这些让她心烦意乱。有时她担心在他那方从未有过认真的打算，下一刻又认为他和她妹妹之间发生了一场不幸的争吵——玛丽安离开房间时悲痛不已，一场激烈的争吵是最合理的解释。然而她想到玛丽安对他的痴心爱恋，争吵似乎毫无可能。

但无论他们的分离具体情形是怎样，她妹妹的痛苦毋庸置疑。她以最柔情的怜悯之心，想到玛丽安的强烈痛苦不仅在释放悲伤，也在不断滋生着她的痛苦。

大约一小时后她母亲回来了。虽然她眼睛通红，她的神情并非不快。

"我们亲爱的威洛比现在已经离开巴顿好几英里了，埃利诺，"她坐下来边做活计边说道，"他这一路的心情该有多沉重！"

"一切都非常奇怪。那么突然地离开！似乎只在转眼之间。昨晚他不是和我们一起那么开心，那么快乐，那么深情吗？现在，只花十分钟通知我们——他就此离开，也不打算回来！——一定发生了他不肯承认的事情。他不言不语，他判若两人。你肯定和我一样看出了差别。会是什么呢？他们争吵了吗？否则他为何那么不情愿接受你的邀请？"

"他并非不情愿，埃利诺，我能清楚地看到**那一点**。他是不能接受。实话说，我左思右想，现在能完整解释开始对我而言同样奇怪的每一件事情。"

"是吗？真的？"

"是的。我对自己的解释非常满意——可是你，埃利诺，你总爱怀疑——我知道这不能令**你**满意，可你别说得**我**无法相信。我相信史密斯太太怀疑他爱慕玛丽安，并不赞成（也许她对他另有打算），因为那一点就急于让他离开——她让他处理的事情只是编个借口打发他离开。这是我认为的情况。而且，他知道她**的确**不赞成这门亲事，因此他不敢在此时承认和玛丽安的婚约。他感觉因为自己的依附地位，只得对她的安排让步，离开德文郡一段时间。我知道，你会告诉我这也许发生或**没有**发生，但我不听反驳，除非你能提出和这一样令人满意的其他解释。现在，埃利诺，你有什么话说？"

"没有，因为你已经料到我的回答。"

"那么你本想告诉我，这件事也许发生，或没有发生。哦，埃利诺，你的感情真的不可理喻！你宁愿想到坏事也不肯想些好事。你宁愿想着玛丽安的痛苦和可怜的威洛比的罪过，也不愿替后者辩解。你决意认为他应受责备，因为他离开我们时表现得不如往常情深意切。难道不能原谅他的过错，或是他最近因为失望而心情沮丧？难道绝不能接受任何可能性，只因尚未确定？对这个我们都有理由喜爱，没理由怨恨的人，就不能为他说些什么吗？这些动机本身无法回答，也难免一时需要保守秘密，难道就不可原谅？说到底，你究竟怀疑他什么？"

"我自己也说不清楚——但我们刚刚目睹他这样的改变，不可避免地会让我怀疑有些不愉快的事情。然而，你想让我谅解他很有道理，我也希望对每个人评价公正。威洛比也许无疑对他的行为有足够的理由，我也希望他有。但以威洛比的性情，他更应当立即承认。保密或许明智，但我还是难免奇怪他会这样做。"

"不过，别责备他偏离自己的个性，因为情形所需。可你真的同意我刚才为他的辩护有道理吗？——我很高兴——他不再有罪。"

"不完全。也许应该向史密斯太太隐瞒他们的婚约（如果他们**真有婚约**），如果真是那样，威洛比此时当然应该尽量不待在德文郡。但这绝非他向我们隐瞒的理由。"

"向我们隐瞒！我亲爱的孩子，你在责备威洛比和玛丽安隐瞒情况吗？这真是奇怪，你的眼睛每天都在责备他们举止轻率。"

"我无需他们感情的证明，"埃利诺说，"但我的确需要他们婚约的证明。"

"我对这两点都完全放心。"

"可是这个话题，两人都从未向你说过一个字。"

"当行为显而易见时，我无需话语。他对玛丽安和我们所有人的行为，至少在过去两个星期里，难道没有表明他爱她并视她为未来的妻子，同时把我们当作亲人吗？难道我们没有彼此心知肚明？难道他没有以他的神情，他的举止，他殷切深情的尊重，每天在请求我的同意吗？埃利诺，怎么可能怀疑他们的婚约？你怎会产生这样的想法？威洛比一定相信你妹妹对他的爱，你怎能认为他会离开她，也许要离开几个月，却不告诉她自己的感情呢？——还以为他们不交换誓言就要分开？"

"我承认，"埃利诺答道，"除了**一件事**，一切都表明他们定下了婚约。但那**一件事**是双方对这个话题的完全沉默，对我而言这几乎压倒了别的一切。"

"真奇怪！你一定对威洛比评价极低，假如在他们所有的公开表现后，你还能怀疑他们为何那样一起相处。难道他不是始终对你妹妹一心一意吗？你以为他真的对她毫不在乎？"

"不，我不能那么想。我相信他一定爱她并且真的爱她。"

"但带着一种奇怪的柔情，要是他像你所说的那样，如此冷漠地离开她，对未来毫不在意。"

"您必须记住，我亲爱的母亲，我从未将此视为肯定。我有我的怀疑，这我承认，但已经减轻，也许很快就能消除。如果我们发现他们还在通信，我所有的担忧都会消失[①]。"

"真是很大的让步！如果你看着他们站在圣坛前，你会猜测他们将要结婚。无礼的孩子！我无需那样的证明。在我看来，发生过的一切都表明没必要怀疑。他们从未试图隐瞒，一切都开诚布公，毫无保留。你无法怀疑你妹妹的心愿。因此你一定在怀疑威洛比。可是为何？难道他不是个正直有感情的人吗？在他那方有任何令人恐慌的矛盾之处吗？他会虚伪吗？"

---

① 通常已有婚约的恋人才能相互通信。

"我希望不是，我相信不是，"埃利诺叫道，"我爱威洛比，真心爱他。怀疑他的正直对我而言比对你更痛苦。这是情不自禁的想法，我不会加以鼓励。我承认，他早上行为的改变令我惊恐——他言语反常，毫无热情地回答你的善意。但所有这些也许能以你所认为的他的境遇加以解释。他刚和我妹妹分别，看着她痛苦万分地离开他，假如他害怕惹恼史密斯太太，感觉只得拒绝很快回到这儿的诱惑，同时知道他拒绝你的邀请，说要离开一段时间，会在我们家人的眼中显得很不友善，令人生疑，因此他也许感到困窘不安。在这样的情况下，开诚布公地表明他的困难在我看来更加体面，也更符合他通常的性格——但我不想基于如此狭隘的前提来反对任何人的行为，认为不同于我本人的判断，或者不符合我理解的正确或一致性的行为就是错误。"

"你说得很对。威洛比当然不该被怀疑。虽然**我们**和他相识不久，他对这儿的人绝不陌生，可有谁说过他的坏话呢？假如他的境遇允许他独立行事并马上结婚，他不立即承认一切就离开我们也许很奇怪，但情况并非如此。从某些方面而言，他们的婚约开始得并不顺利，因为他们何时能结婚还很不确定。即使保守秘密，就目前看来，或许也很可取。"

马格丽特的进入打断了她们的谈话，这时埃利诺才能自由地思考母亲的话，承认在许多方面很有可能，希望一切都合乎情理。

她们在吃饭前完全没见到玛丽安，她进来后一言不发地坐在餐桌旁。她的眼睛又红又肿，似乎即使在那个时候她也难以抑制眼泪。她躲开所有人的目光，吃不下饭也说不出话。过了一会儿，母亲满怀柔情地默默握了握她的手，击倒了她仅有的坚强。眼泪夺眶而出，她离开了屋子。

　　整个晚上她始终痛苦不堪。她无能为力，因为她丝毫不想克制自己。稍有提及和威洛比有关的任何事情都能瞬间让她崩溃。虽然她的家人想方设法去安慰她，然而她们一旦开口说话，就不可能避开让她的情感和他相联的每一个话题。

第十六章

玛丽安觉得自己要是在和威洛比分别的第一个夜晚能够入睡，那她简直无可原谅。假如第二天起床后不比上床时更需要睡眠，她会羞于看着家人的脸。然而正因为她将平静视为耻辱，这让她毫无可能保持平静。她整夜清醒着，大部分时间都在哭泣。她起床后头痛欲裂，无法说话，不愿吃任何东西①。她时时刻刻都让她的母亲和姐姐感到痛苦，并且不让任何人试着安慰她。她的情感真是足够强烈！

早餐结束后她独自走到外面，在阿伦汉姆的村子里游荡，上午几乎都在尽情回忆着过去的欢愉，为如今的变化痛哭不已。

晚上她依然沉浸在这样的感情中。她弹奏了曾为威洛比弹过的每一首喜爱的曲子，他们深情合唱过的每一个旋律，坐在钢琴前凝视着他曾为她手写的每一行乐谱，直至心情沉痛到无以复加的地步，她每天都以这种方式滋生着痛苦。她会在钢琴前坐上几个小时，又是唱歌又是哭泣；她常常因为泪如雨下而无法出声。她读书和弹琴一样，总在寻求过去和现在的差异必然会带来的痛苦。她只读他们曾经一起读过的书。

如此强烈的痛苦之情的确无法永久持续，几天后变成一种平

---

① 哥特小说中女主角常有的样子，和《北怒庄园》中的凯瑟琳形成鲜明对比。

静的忧伤，但她每天依然独自散步，静静思索，这些事情偶尔还是会让她和从前一样伤心欲绝。

威洛比没有来信，似乎玛丽安也毫不期待。她的母亲很惊讶，埃利诺再次感到不安。然而达什伍德太太无论何时想要解释都能得到，至少能令她自己满意。

"记住，埃利诺，"她说，"约翰爵士总是亲自从邮局为我们取回信件，还帮我们寄信。我们已经同意也许需要保密，我们也必须承认假如他们的信件要经过约翰爵士之手，就不可能保密。"

埃利诺无法否认这一事实，她试着从中找出足以解释他们保持沉默的动机。然而有一种方式直截了当、简简单单，在她看来很容易得知事情的真相，可以立即消除所有迷惑，因此她忍不住向母亲提出建议。

"你为何不立即问问玛丽安呢?"她说，"问她是否和威洛比订了婚。从你，她的母亲，如此慈爱宠溺的母亲口中问出，这个问题不可能惹她生气。这将是你对她无比疼爱的自然结果。她曾经直言不讳，尤其是对你。"

"我无论如何也不会问这样的问题。假如他们还没有订婚，这样的询问会带来多少痛苦! 不管怎样都极不宽厚。在迫使她坦白她此时不打算向任何人承认的事情后，我将再也得不到她的信任。我知道玛丽安的心:我知道她深爱着我，等情形允许透露消息时，我不会是最后一个得知此事的人。我不会试着强求任何人，更不想强迫我的孩子，因为她的责任感也许会让她无法否认不想说出的事情。"

埃利诺认为考虑到妹妹的年纪，这样的宽厚有些过火，并再次劝说，却徒劳无益。寻常的理智、寻常的关心、寻常的审慎，全都湮没于达什伍德太太浪漫的细腻情感中。

威洛比的名字好几天都没被任何家人在玛丽安面前提起，不过，约翰爵士和詹宁斯太太可没这么体贴，他们的玩笑常常会增添痛苦——然而一天晚上，达什伍德太太偶尔拿起一卷莎士比亚，惊叫道：

"我们从未读完《哈姆雷特》，玛丽安。我们亲爱的威洛比在我们读完之前就离开了。我们会把它搁在一边，等他再来后……但也许，在**那**之前，还有几个月的时间。"

"几个月！"玛丽安叫道，她惊讶不已，"不——也不会是好几个星期。"

达什伍德太太为她说出的话感到抱歉，然而这让埃利诺很高兴，因为这带来了玛丽安的答复，并清晰表明了她对威洛比的信心和对他意图的了解。

一天上午，大约在他离开村子一个星期后，玛丽安在姐妹的劝说下和她们一起像往常一样散步，而不是独自游荡。至今为止，她一直小心避免在漫步时有人陪伴。如果她的姐妹打算去山丘，她就悄悄溜到小路上；假如她们说起山谷，她会快步爬到山上，让别人怎么也找不到她。然而她终于听从了埃利诺的极力劝说，姐姐非常不赞成她一直这样独处。她们沿着道路穿过山谷，大部分时间都沉默不语，因为玛丽安的**思想**不受控制，而埃利诺为进了一步感到满意，不再希求更多。进入山谷后，虽然土地依然肥沃，却不再荒草丛生，也更加开阔。她们初次来到巴顿时经过的长长的道路，展现在她们面前。到那儿之后，她们停下来环顾四周，从她们以前散步从未到达过的位置，细细欣赏她们从乡舍眺望的景致。

在这片景致中，她们很快发现一个活动的目标，是一位骑马的人朝她们而来。几分钟后她们能辨认出那是一位绅士，玛丽安即刻欣喜若狂地叫道：

"是他，真是他——我就知道！"便急忙迎上前去，这时埃利诺大叫道：

"哎呀，玛丽安，我想你错了。这不是威洛比。这个人没他高，也没有他的风度。"

"有的，有的，"玛丽安叫道，"我相信就是他。他的风度，他的大衣，他的马匹。我知道他很快会来。"

她说着就疾步向前。埃利诺几乎确信那不是威洛比，为防止玛丽安做出特别的举动，便加快步伐跟上她。她们很快就离那位先生不到三十码。玛丽安又看了一眼，她的心沉了下去，并迅速转身，这时她的两个姐妹齐声叫她别走。第三个几乎和威洛比一样熟悉的声音，也加入进来请她停下。她惊讶地转过身，看见了爱德华·费拉斯，并立即表示欢迎。

他是世界上唯一一个能在那个时刻因为不是威洛比而得到原谅的人，是唯一一个能从她那儿得到笑脸的人。她擦干眼泪对**他**微笑，因为姐姐的幸福一时忘了她自己的失望。

他下了马，把马交给仆人，和她们一同走回巴顿，他是特意过来拜访她们的。

他得到所有人热情诚挚的欢迎，尤其是玛丽安，她对他的欢迎甚至比埃利诺本人更加高兴激动。的确，在玛丽安看来，爱德华和她姐姐的见面不过是他们在诺兰时彼此莫名其妙冷淡表现的延续。尤其在爱德华这方，完全缺少了一个情人在这样的场合应有的全部神情和话语。他面露困惑，似乎感觉不到和她们相见的喜悦，看上去既不狂喜也不高兴，除勉强回答问题之外难得说话，对埃利诺完全没表现出特别的爱慕之情。玛丽安愈发惊讶地看着听着。她几乎开始感到讨厌爱德华，这种感觉和她的所有感觉一样，都以想到威洛比而结束。他的风度和他未来兄弟的风度差别太大，形成了鲜明的对比。

刚见面的惊讶和问询后是一阵短暂的沉默，接着玛丽安问爱德华他是否直接从伦敦过来。不，他已经在德文郡住了两个星期。

"两个星期！"她重复道，为他和埃利诺在同一个郡待了这么久，却没有早点见她感到惊讶。

他又说他和一些朋友在普利茅斯待了一阵子，说话时神情低落。

"你最近去过苏塞克斯吗？"埃利诺说。

"我大约一个月前去了诺兰。"

"无比亲爱的诺兰看上去怎么样？"玛丽安叫道。

"无比亲爱的诺兰，"埃利诺说，"也许还是一年中这个时节的老样子。树林和步道都覆盖着一层厚厚的枯叶。"

"哦，"玛丽安叫道，"我曾怀着多么热切的心情看着树叶凋零！当我散步时，看着它们在风中飘然洒落，让我多么愉快！树叶、季节和空气会激起怎样的情思啊！如今谁也不在乎它们。它们只被视为废物，匆忙扫去，尽可能从视线中清除。"

"并非每个人，"埃利诺说，"都拥有你对枯叶的感情。"

"是的，我的感情并不常见，不常被人理解。但**有时**会。"说这些话时她有些愣神，但她又振作起来，"好了，爱德华，"她说着，让他观看外面的景致，"这是巴顿山谷。抬头看看，尽量保持安静。看那些山丘！你见过能与之媲美的风景吗？右边是巴顿庄园，坐落于那些树林和种植园中间。你也许能看到那座房子的一处尽头。那儿，在最远处的壮丽山丘下，是我们的乡舍。"

"这是个漂亮的村庄，"他答道，"但这些山谷冬天一定很泥泞。"

"看着这样的景致，你怎能想到泥泞？"

"因为，"他笑着答道，"除了我眼前的其他景色，我看见了一条非常泥泞的小道。"

"真奇怪！"玛丽安边走边自言自语。

"你们这儿的邻居好吗？米德尔顿一家是否令人喜爱？"

"不，一点也不，"玛丽安答道，"我们的境遇极其不幸。"

"玛丽安，"她的姐姐叫道，"你怎能这么说？你怎么可以如此不公？他们是十分体面的家庭，费拉斯先生，对我们非常友好。你忘了吗，玛丽安？我们因为他们而度过了多少愉快的日子。"

"没有，"玛丽安低声说，"也没忘记有多少痛苦的时刻。"

埃利诺未加理会，转而关注她们的客人，努力通过谈论她们目前的住所和便利，偶尔从他那儿得到些问题和评价，尽量维持一些交流。他的冷淡和矜持让她倍感屈辱。她心烦意乱，几乎感到愤怒。但她决心以他过去而非现在的表现引导自己的行为，避免显出丝毫愤恨或不悦，以他亲戚的身份给他应有的对待。

第十七章

达什伍德太太见到他只感到一时的惊奇，因为在她看来，他来巴顿拜访，是再自然不过的事情。她的欢喜和言语问候远超她的惊讶。他从她那儿得到了最亲切的欢迎，这样的招待让羞涩、冷淡和矜持无处藏身。这些感觉在他进屋前就逐渐消失，几乎被达什伍德太太迷人的态度彻底瓦解。的确，一个男人无法深爱上她的一个女儿，同时不对她产生爱意。埃利诺满意地看着他在迅速恢复常态。他对所有人的感情似乎重新苏醒，他对她们的关心又变得显而易见。然而，他兴致不高。他称赞了她们的房子，欣赏了风景，既殷勤又和气，但他依然兴致不高。全家人都觉察到了，达什伍德太太认为这是因为他的母亲不够开明，坐在餐桌时对所有自私自利的父母感到愤慨。

"费拉斯太太目前对你有什么打算，爱德华？"晚餐结束，他们围着火炉时她说道，"还想让你违背意愿做个大演说家吗？"

"不。我希望我母亲如今能相信我对公众生活既无才华也没兴趣！"

"可你这样如何树立声誉呢？因为你必须出名才能让全家人满意。假如你不喜花销，不爱交际，没有职业，没有保障，你会发现这很难办到。"

"我不想尝试。我无意出人头地，我有充分的理由希望我永远不会出人头地。感谢上帝！我不能被迫成为天才和雄辩家。"

"你没有野心，我很清楚。你的愿望都很适度。"

"我相信，和这世界上的其他所有人一样适度。我和别的每个人一样希望非常幸福，不过，也和别人一样必须以我自己的方式。显赫不能使我幸福。"

"要是能就奇怪了！"玛丽安叫道，"财富与显赫和幸福有什么关系呢？"

"和显赫关系不大，"埃利诺说，"但和财富很有关系。"

"埃利诺，真讨厌！"玛丽安说，"金钱只有在别的一切都不能带来幸福时起到作用。超过一定的资产后，仅就个人而言，它无法带来真正的满足。"

"也许，"埃利诺笑着说，"我们说到了同一点。**你的**资产和**我的**财富很相似，我敢说。在这个世界上，我们都该同意人们一定都需要各种外部的舒适条件。你的想法只不过比我更高尚而已。说吧，你的资产指什么？"

"每年大约八百到两千英镑，不超过**那些**。"

埃利诺笑了。"一年**两千英镑**！**一千**对我已经足够！我就猜到会是什么结果。"

"可是每年两千英镑是很普通的收入，"玛丽安说，"再少就不能好好养家了。我相信我的要求并不过分。适量的仆人，一辆或两辆马车，还有猎马，再少就无法支撑。"

听见她妹妹如此精确地描述他们在库姆宅邸的未来开销，埃利诺又笑了。

"猎马！"爱德华重复道，"可你们为何需要猎马？并非人人都打猎。"

玛丽安红着脸答道，"但大多数人都会。"

"我希望，"马格丽特脱口而出一个新念头，"有谁会给我们每人一大笔财产。"

"哦，那他们会的!"玛丽安叫道，她的双眼神采奕奕，因为此番幻想中的幸福而满脸通红。

"我想，人人都有那样的希望，"埃利诺说，"尽管大家都缺少财富。"

"哦，天啊!"马格丽特叫道，"那我该有多幸福!我很好奇我会怎么花这些钱!"

玛丽安看似对那一点毫不困惑。

"我自己也会不知该怎么花掉那一大笔财富，"达什伍德太太说，"假如我的孩子都无需我的帮助就能那么富有。"

"你必须开始修缮这座房子，"埃利诺说，"然后你所有的困难都会消失。"

"有多少了不起的订单会从这个家庭发到伦敦呀，"爱德华说，"在那种情况下!对于书商、音乐商和印刷店该是多么愉快的一天!你，达什伍德小姐，会订购所有新出版的优秀作品——至于玛丽安，我知道她出色的心灵，伦敦的音乐不足以令她满意。还有书籍!汤普森、库珀、斯科特——她会一遍又一遍地购买:我相信她会买光每一册，以免它们落入不配拥有的人手中。她要买回每一本告诉她怎样欣赏扭曲老树的书。不是吗，玛丽安?原谅我，假如我很无礼。但我很乐意让你知道我还没忘记我们过去的争执。"

"我爱听人提起过去，爱德华，无论忧伤还是快乐，我都喜爱回忆。你永远不会因为谈论过去而惹恼我。你对我会怎样花钱猜得很正确，至少有一部分我的闲钱一定会用来收藏更多音乐和书籍。"

"你的大部分财产将用来支付作家或他们后代的年金。"

"不，爱德华，我会作为别的用途。"

"那么，也许你会将它用作奖励，给那个最能够为你最喜爱的信条加以辩护的人，即任何人在一生中的爱恋都无法超过一次。我想，你对那一点的想法没有改变吧？"

"毫无疑问。在我这个年纪想法通常很稳定。我似乎不会因为任何见闻而改变它们。"

"你看，玛丽安还是一如既往地坚定，"埃利诺说，"她完全没有改变。"

"她只比以前变得严肃了些。"

"不，爱德华，"玛丽安说，"**你无须责备我。你自己就不太快乐。**"

"你为何这样想！"他的回答伴着一声叹息，"但快乐从来都不是**我的**一部分性格。"

"我也不认为快乐是玛丽安性格的一部分，"埃利诺说，"我几乎不会说她是个活泼的女孩。她非常热切，对所做的一切都极其热切，有时话语很多，总是兴致勃勃，但她并非常常真的愉快。"

"我相信你是对的，"他答道，"可我常常将她视为活泼的女孩。"

"我经常发现自己犯这样的错误，"埃利诺说，"在某些方面完全误解了性格：以为别人比真实情况活泼或严肃得多，或是聪明或愚蠢得多，我也说不清为何或是什么原因带来了这样的误解。有时人们会受他们对自己的看法引导，也经常被别人对他们的评价指引，没时间深思熟虑做出判断。"

"但完全被别人的观点所引导，埃利诺，"玛丽安说，"我曾以为这很正确。我原以为我们的判断力只为屈从邻居的想法。我相信，这一直是你的信条。"

"不，玛丽安，从来不是。我的信条从来不是放弃理解力。我只会尝试改变行为。你绝不能混淆我的意思。我承认，我不该常常希望你更礼貌地对待我们通常的熟人，但我何时在重要问题上建议你采纳他们的观点或屈从于他们的判断？"

"那么你还没能让你妹妹接受让她通常以礼待人的安排，"爱德华对埃利诺说，"你还没取得进展吧？"

"恰恰相反。"埃利诺答道，并意味深长地看着玛丽安。

"我的想法，"他说，"完全站在你这一边；可我担心我的行为更接近你妹妹。我从不想冒犯，但我腼腆得可笑，所以常常显得不在意，虽然我只是因为天生的笨拙而退缩。我常认为我一定是因为天性而喜欢和普通人交际。在陌生的上层人中间我总是极不自在。"

"玛丽安无法以羞涩解释她对别人的忽略。"埃利诺说。

"她太了解自己的价值，不会无端羞怯，"爱德华答道，"羞涩只是某种自卑感导致的结果。如果我能让自己相信我的举止十分自如优雅，我就不会羞涩。"

"但你还是会矜持，"玛丽安说，"那更糟糕。"

爱德华吃了一惊："矜持！我矜持吗，玛丽安？"

"是的，很矜持。"

"我不明白你的意思，"他有些脸红，答道，"矜持！——是怎样的，以什么方式？我该怎么对你说？你认为呢？"

埃利诺为他的情绪感到惊讶，但试着对这个话题一笑而过，便对他说："你难道对我的妹妹还不够了解，无法明白她的意思？你不知道对于所有语速不像她那么快，不能像她那样欣喜若狂地表达赞赏的人，她都会称作矜持吗？"

爱德华没有回答。他再次变得十分严肃，心事重重。他沉默呆滞地坐了一阵子。

第十八章

埃利诺十分不安地看着她的朋友情绪低落。他的来访只给她带来极少的满意，而他本人似乎也很不快乐。显而易见他并不高兴；她希望同样明显的是，他对她依然怀有她曾深信已经激起的爱慕之情。但时至今日，他是否依然爱恋似乎很不明确，而他矜持的态度和之前更活跃的神情暗示的状态背道而驰。

第二天早上在别人还没下楼前，他同她与玛丽安一起进了早餐室。玛丽安总是极力促进他们的幸福，很快将他们独自留下。可她上楼还没走一半就听见客厅门打开，转身惊讶地看见爱德华本人出来了。

"我准备去村里看看我的马，"他说，"因为你们还没准备好吃早餐，我很快就回来。"

爱德华回到她们身边，对乡村周围的景色发出新的赞叹。他在去村庄的路上看到了很多美丽的风景。村庄本身的地势比乡舍高得多，能俯瞰全貌，令他非常愉快。这样的话题一定能引起玛丽安的兴趣，她开始讲述自己对这些景色的赞赏之情，对那些给他特别印象的风景更加细致地询问起来，这时爱德华打断她说："你绝不要询问过多，玛丽安——记住我对如画的风景一无所知，如果讨论起细节，我会因为无知和缺乏品位而惹恼你。我会说山丘陡峭，然而该说险峻；表面奇形怪状，却应该说突兀崎岖；说看不见远处的风景，其实该说在柔和的薄雾中若隐若现。你必须满足于我能诚实表达的赞赏。我称之为非常漂亮的村庄——山峦陡峭，树木葱郁，山谷看起来舒适温馨——草地肥美，点缀着几座整洁的农舍。这正符合我对可爱村庄的想法，因为它结合了美景与实用性——我敢说这也是个景色如画的地方，因为你喜爱它。我能轻易相信这儿到处有岩石海岬、灰色的苔藓和苍翠的灌木，但这些我都看不见。我对如画的美景无知无觉。"

"恐怕这非常正确，"玛丽安说，"可你何必要为此吹嘘呢？"

"我怀疑，"埃利诺说，"为避免一种矫揉造作，爱德华如今陷入了另一种。因为他相信许多人会虚情假意地表达对自然美景的更高赞赏，对这种装腔作势感到厌恶，所以假装自己在观赏风景时会更加冷漠，更无鉴赏力。他讲究严谨，因此会有自己的矫揉造作。"

"你说得很对，"玛丽安说，"对自然风景的那种赞赏仅仅成了套话。人人都像第一个定义如画美景的人那样，假装以他的品位和优雅去感受并尝试描述。我痛恨每一种行话，有时会把感觉放在心里，因为我找不到任何语言进行描述，除了那些毫无意义的陈词滥调。"

"我相信，"爱德华说，"对于美好的风景，你能真心愉悦地感受到你能表达的所有感觉。不过，作为回报，你姐姐必须允许我只能感到我说出的感觉。我喜欢美景，但不以如画为原则。我不喜欢扭曲、变形、枯萎的树木。如果它们高大、挺拔、枝繁叶茂，我会更加喜爱。我不喜欢破败坍塌的屋舍。我不喜欢荨麻、蒺藜或石楠花。我在舒适的农舍会比在瞭望塔中更加快乐——一群整洁愉快的村民会比最俊美的匪徒^①更让我高兴。"

玛丽安惊奇地望着爱德华，又同情地看着姐姐。埃利诺只笑了笑。

这个话题没再继续，玛丽安依然若有所思地沉默着，直到一个新物品忽然吸引了她的注意力。她坐在爱德华身旁，当他从达什伍德太太那儿接过茶点时，他的手径直从她面前掠过，因此他戴的一个戒指，中间有一束头发，在手指上十分醒目。

"我以前从未见你戴过戒指，爱德华，"她叫道，"那是范尼的头发吗？我记得她曾经答应给你。但我认为她头发的颜色会更深一些。"

玛丽安毫不顾忌地说出了她的真实感受——可当她看出这给爱德华造成多大的痛苦时，她对自己的考虑不周简直比他更加恼火。他满脸通红，迅速瞥向玛丽安，答道："是的，这是我姐姐的头发。你知道，环境总会影响色泽。"

埃利诺迎上他的目光，看起来也很不自在。那束头发是她的，她立即和玛丽安感到同样满意。她们得出的唯一不同的结论，是玛丽安将此视为她姐姐慷慨赠送的礼物，而埃利诺却认为这一定是他在她本人不知情的时候设法窃取的。不过，她无心将此视为冒犯，假装没注意发生的事情，立即谈起了别的话题。然而她在心里暗暗决定，接下来抓住一切机会看一眼头发，以确认这和她自己头发的颜色完全相同。

爱德华的尴尬持续了一段时间，结束于更加明显的心不在

---

① 当时的爱情或哥特小说中的常见角色。

焉。整个上午他都特别严肃。玛丽安为她说过的话狠狠地责备自己，但她也许能更快地原谅自己，假如她知道这件事并未惹恼姐姐。

没到中午时，约翰爵士和詹宁斯太太过来拜访。他们听说乡舍来了一位绅士，便过来查看客人的情况。在他岳母的帮助下，约翰爵士很快发现费拉斯的姓以费字开始，这就为他们提供了今后对无处可逃的埃利诺丰富的笑料，只因为和爱德华刚刚结识才没有喷涌而出。然而，事实上，埃利诺只从一些意味深长的神情中，就看出他们在马格丽特的指引下，达到了怎样的洞察力。

约翰爵士每次来到达什伍德家，总要邀请她们第二天去庄园用餐，或是当天晚上和他们一起喝茶。此时，为了更好地招待他们的客人，因为他觉得自己有责任让他更加高兴，他想邀请他们两项活动都参加。

"你今晚**必须**和我们一起喝茶，"他说，"因为我们会很孤单。明天你们当然必须和我们一起吃饭，因为我们会有一大群人。"

詹宁斯太太强调了此番必要性。"说不定你能带来一场舞会呢，"她说，"那会诱惑**你**，玛丽安小姐。"

"一场舞会！"玛丽安叫道，"不可能！谁来跳舞呢？"

"谁！当然是你们，还有凯里一家，以及惠特克一家。什么！你以为某个不说姓名的人走了，就没人能够跳舞了吗？"

"我真心诚意地希望，"约翰爵士叫道，"威洛比能再次回到我们中间。"

这些话，加上玛丽安的脸红，让爱德华有了新的疑惑。"谁是威洛比？"他低声对身旁的达什伍德小姐说。

她简短地答复了他。玛丽安的神色更能说明问题。爱德华不仅从别人的意思中，也从玛丽安之前令他困惑的表情中得到了足以让他明白的信息。等客人离开后，他马上走到她身旁，低声说道："我在猜测。我能告诉你猜到的内容吗？"

"你是什么意思？"

"我能否告诉你？"

"当然。"

"好吧，我猜威洛比先生爱打猎。"

玛丽安吃惊又困惑，然而她忍不住为他含蓄的俏皮笑了起来，沉默片刻后说道：

"哦，爱德华！你怎么能！——但我希望那一天会到来……我相信你会喜欢他。"

"我对此并不怀疑。"他答道，对她热切激动的态度吃惊不已；因为假如他没想到这只是因为和她熟悉才开的一个玩笑，只基于威洛比先生和她本人之间或有或无的关系，他就不会贸然提及。

第十九章

　　爱德华在乡舍逗留了一个星期，他得到达什伍德太太情真意切的挽留。然而，他仿佛执意要禁欲苦修，他似乎打定主意要在和朋友们相处最愉快的时候离开。最后两三天里，他的情绪虽依然起伏不定，却大有提升。他对这座房子和环境越来越喜爱，只要提到离开都会叹息，宣称他完全没有别的安排，甚至疑惑离开她们后该去哪儿，可是，他必须得走。从来没有哪个星期过得这么快，他几乎难以相信就这样过去了。他反复说着这些话，还说了别的事情，显示他感情的转变，表明他的做法有违心意。他在诺兰得不到快乐，他讨厌待在城里，但他必须去往其中一处。他无比珍惜她们的好意，和她们一起特别开心。然而，一个星期后他必须离开她们，不顾她们和他本人的心愿，尽管他没有任何时间限制。

　　埃利诺将他所有令人惊奇的做法都归结于他的母亲，所幸对她而言，他母亲的性格她了解甚少，因此可以作为她儿子所有奇怪行为的通常借口。不过，尽管她失望又恼火，有时为他对自己的迟疑态度感到不悦，总的来说她还是很愿意坦率诚恳、宽宏大量地看待他的行为，而她母亲想让威洛比得到这些时，可是费了很大力气。他情绪低落、不够坦诚、反复无常，这些总被归结于他不能独立，同时更了解费拉斯太太的脾性和意图。他短暂的来访，他执意的离开，同样是因为他不能随心所欲，因为他必须敷衍他的母亲。责任与意愿、父母与孩子之间根深蒂固的对抗和不满，是一切的原因。她本该乐意知道这些困难何时会停止，这样的对抗何时能消除，费拉斯太太什么时候能够转变，让她的儿子能自由地获得幸福。但对于这种徒劳的希望，她只得重新从对爱德华感情的信心中寻求安慰，回忆他在巴顿时显示爱恋的每一个神情和话语，尤其是他一直戴在手指上，令她得意洋洋的爱的证明。

"我想，爱德华，"他们最后一个上午在吃早餐时，达什伍德太太说，"如果你有一个能占据你的时间，让你的计划和行动更有意义的职业，会过得更加开心。的确，这也许会给你的朋友带来些不便——你无法给他们很多时间。可是（微笑着）你至少能得到一个实际的好处——当你离开他们后知道该去哪儿。"

"请相信，"他答道，"你现在考虑的问题，我已经想了很久。这在过去、现在，也许将来都对我是很大的不幸，因为我没有必须要做的事情，没有让我有事可做的职业，无法从中获得独立。但不幸的是，我自身的挑剔，以及我朋友们的挑剔，把我变成了现在的样子，一个闲散无助的人。我们永远无法在职业的选择上观点一致。我总想去教堂，现在依然如此。可对我的家人来说那不够光鲜。他们推荐军队①。那对我而言过于时尚。法律似乎足够体面；许多年轻人，他们居住在法庭寓所，在上流社会抛头露

---

① 有钱人的儿子通常加入正规军的"精英兵团"，也是他们进入上流社交圈的方式。《北怒庄园》中将军英俊时髦的大儿子蒂尔尼上尉和《曼斯菲尔德庄园》中提到的"皇家禁卫骑兵队"均为例证。

面，驾着漂亮的轻便马车在城里四处兜风。但我完全不想从事法律，即使如我家人所愿，研究不太深奥的领域。至于海军，这很时髦，但最初谈到加入时我已经年龄太大①——最后，因为我完全没有非得从事任何职业的必要，而且无论是否身着红色军装②我都可能潇洒挥霍，总的来说闲散被视为最有利最体面的选择，而且十八岁的年轻人总体而言并不热衷于忙忙碌碌，无法拒绝朋友让他什么也别做的劝说。因此我进了牛津，从此之后便无所事事。③"

"我想，结果也许是，"达什伍德太太说，"既然闲散没让你本人更加快乐，你的儿子们也许会像克卢米拉④的儿子那样，长大后能在各行各业从事许多工作。"

"他们的成长，"他语气严肃地说，"将与我截然不同。感情、行为、境遇，一切都大不相同。"

"好了，好了，这都是此刻消沉意志的流露，爱德华。你心情忧郁，想象着所有和你不同的人一定都很快乐。但记住，每个人都时常会感到与朋友离别的痛苦，无论他们的教育或状态。认识到自己的幸福。你只需要耐心，或给它一个更迷人的名字，称之为希望。总有一天，你母亲一定会为你提供你所渴求的独立，这是她的责任。不久后，她的幸福将会是也一定在于防止把你所有的青春都浪费在不满中。几个月的时间有什么做不到呢？"

---

① 成为海军的时髦源于其在英法战争中的作用，当时的男孩可能早在12岁就加入海军，在20岁之前成为上尉。
② 当时英国士兵的制服。
③ 此处显然是对不学无术的大学生的嘲讽。
④ 当时流行小说中的一个父亲形象，他积极为儿子们做好未来的人生规划。

"我想，"爱德华答道，"我也许认为许多个月也带不来任何好处。"

这种令人沮丧的情绪变化，虽然无法向达什伍德太太表达，却在临别之际给所有人带来更多的痛苦。离别很快到来，尤其在埃利诺的心里留下了很不舒服的印象，需要花些工夫和时间才能克服。但她决心平复感情，不让自己在他离开时显得比所有的家人更痛苦。在这类似的情形下，她没有采取玛丽安明智使用的办法，以寻求沉默、独处和倦惰的方式提升并明确她的悲伤。她们的方式和她们的目标一样截然不同，但对各自的进展同样适合。

他刚离开屋子埃利诺就坐在画桌前，一整天都忙忙碌碌，既不寻求也不躲避提及他的名字，对家中的日常事务显得似乎和平常一样关心。如果说她并未以这样的行为减轻自己的悲伤，至少阻止了不必要的增长，她的母亲和妹妹也无需为她过于担忧。

这样的行为和玛丽安恰恰相反，玛丽安的做法在姐姐眼中是错误的，而她的行为在玛丽安看来并不更加值得称赞。她能轻松做到自我克制——若是感情强烈这绝无可能，而对心情平静的人也算不上优点。她姐姐的感情**的确**平静，她不敢否认，尽管承认此事令她脸红。至于她自己的长处，她给出了十分有力的证据，因为她依然深爱并尊重那个姐姐，尽管此番信念令她羞愧。

埃利诺没有把自己和家人隔绝开来，也没有因为执意独处而离开屋子躲避家人，或是彻夜不眠地冥思苦想。她发现每天都能有足够的闲暇想着爱德华，想着爱德华的行为。她在不同的时间与不同心境下产生无数种不同的想象——时而温柔，时而怜悯，时而赞成，时而责备，时而怀疑。她有足够的时间，如果母亲和妹妹们并未离开，至少因为所做的活计而无法交谈，也能让她得到独处的感受。她的思想必然纵情驰骋，她的想法完全不受约束。在如此有趣的问题上，过去和未来一定会展现在她眼前，让她专心思索，满心都是她的回忆、她的思考和她的幻想。

在爱德华离开她们不久后的一天上午，当她坐在画桌前陷入这样的沉思时，她被一群人的到来唤醒了。当时她刚好独自一人。屋前绿色庭院入口的小门被关上的声音，让她往窗外看去，看见一大群人朝门口走来。他们当中有约翰爵士、米德尔顿夫人和詹宁斯太太，但还有两个人，一位先生和女士，她并不认识。她坐在窗户旁，约翰爵士刚看见她，就离开正在礼貌敲门的其他人，穿过草坪，让她打开窗扉和他说话，尽管窗户和门之间距离极短，只要在一边说话另一边几乎总能听得见。

"好了，"他说，"我们给你们带来了一些陌生人。你喜欢他们吗？"

"嘘！他们会听见的。"

"听见也没关系。只是帕默夫妇。夏洛特很漂亮，我可以告诉你。你要是往这边也许能看见她。"

埃利诺相信马上能见到她，无需冒昧行事，便道歉推辞。

"玛丽安在哪儿？她是否因为我们过来就跑开了？我看见她的钢琴打开着。"

"她在散步，我相信。"

这时詹宁斯太太也来了，她急不可耐，没等开门就说起**她的**话题。她对着窗户叫喊道："你好吗，我亲爱的？达什伍德太太怎么样？你的妹妹们在哪儿？什么？独自在家！你会很高兴有几个人来陪你坐坐。我把我的另一对儿女带来见见你。只要想想他们来得多么突然！昨晚我们在喝茶时，我觉得自己听见了马车声，但完全没想到会是他们。我只想到也许是布兰登上校又回来了。因此我对约翰爵士说，我的确觉得听见马车声，也许是布兰登上校又回来了。"

埃利诺只好在她说话时转向她，迎接其他的人。米德尔顿夫人介绍了两位陌生人，与此同时达什伍德太太和马格丽特走下楼。他们全都坐下来面面相觑，而詹宁斯太太在约翰爵士的陪同下，一边穿过走廊，一边继续说话。

帕默太太比米德尔顿夫人小几岁，在各个方面都和她完全不同。她矮小丰满，长着一张很漂亮的脸蛋，脸上带着最和悦的表情。她的举止完全不像姐姐那么优雅，但讨人喜欢得多。她微笑着走进来，整个拜访中都在微笑，除了她大笑的时候，临走时也面带微笑。她的丈夫是个神情严肃、二十五六岁的年轻人，比他妻子的样子更时髦，更有理智，但不那么乐意取悦别人或被人取悦。他一副妄自尊大的样子走进屋，向女士们微微鞠躬，一言不发，在简单打量了她们和她们的住所后，就从桌上拿起一份报纸，余下的时间都在阅读。

帕默太太恰恰相反，她生性始终极其礼貌，特别开心，在接连表达对客厅和里面每一件物品的热切赞赏前，几乎没有坐下过。

"哇！多么可爱的房间！我从未见过这么迷人的地方！只要想想吧，妈妈，自从我们上次来这儿后真是大为改观！我一直认为这是特别可爱的地方，妈妈！（转向达什伍德太太）可你把它变得如此迷人！看看吧，姐姐，一切都那么令人愉快！我真想自己拥有这样一座房子！你呢，帕默先生？"

帕默先生没有回答，甚至没从报纸上抬起眼睛。

"帕默先生没听见我的话，"她大笑着说道，"他有时从来听不见。这太可笑了！"

对达什伍德太太而言这是个全新的念头，她从不习惯在别人的无视中发现乐趣，忍不住惊讶地看着两人。

与此同时，詹宁斯太太放开嗓门，继续说着前一天晚上见到他们朋友时的惊讶，直到把每件事都说完才停下。帕默太太听着他对那番惊讶之情的回忆而开怀大笑，人人都三番两次地同意，这是一场惊喜。

"你可以相信见到他们我们都有多高兴，"詹宁斯太太又说道，她向埃利诺探过身去，低声说话，似乎不打算让别人听见，尽管她们坐在屋子的两边，"然而，不过，我忍不住希望他们没有这么急着赶路，或走这么长的路，只因他们有事从伦敦远道而来，因为你知道（意味深长地点头并指指女儿）这对她不合适。我想让她今天上午待在家里休息，但她要和我们一起来，她太想见到你们所有人了！"

帕默夫人大笑着，说这对她没有任何坏处。

"她预计二月分娩。"詹宁斯太太又说道。

米德尔顿夫人再也无法忍受这样的谈话，便努力询问帕默先生报纸上有没有什么消息。

"不，完全没有。"他答道，又继续读下去。

"玛丽安来了，"约翰爵士叫道，"现在，帕默，你会见到一个美貌惊人的女孩。"

他立即走进过道，打开前门，亲自领她进来。詹宁斯太太刚见到她，就问她有没有去阿伦汉姆。帕默太太对这个问题哈哈大笑，表示她的理解。帕默先生在她进屋时抬头看着她，盯住她几分钟，然后回到他的报纸。帕默太太的目光此时被挂满屋子的绘画吸引。她起身查看。

"哦！天啊，这些多么漂亮！哎呀！多令人喜爱！看看吧，妈妈，多么可爱！我认为它们非常迷人，我能永远看下去。"接着她再次坐下，转眼忘了屋里还有这些东西。

在米德尔顿夫人起身离开时，帕默先生也站起身来，放下报纸，伸伸懒腰，环顾众人。

"我亲爱的，你在睡觉吗？"他的妻子笑着说道。

他没有回答，只再次看了看屋子，说太过低矮，天花板也扭曲了。接着他鞠了一躬，和别人一起出发了。

约翰爵士急切地要求他们第二天都去庄园过上一天。达什伍德太太不想去那儿吃饭比他们在乡舍吃饭更频繁，因而断然为自己拒绝了邀请；她的女儿们想去就可以去。然而她们毫无兴致观看帕默先生和太太在餐桌上的表现，不指望能在任何方面从他们那儿得到乐趣。因此，她们也试着推辞，说天气不确定，不大可能晴朗。但约翰爵士可不同意——会给她们派马车，她们必须来。米德尔顿夫人虽然没催促她们的母亲，却在催促她们。詹宁斯太太和帕默太太也一同请求，似乎都急于避免一场家庭聚会，年轻小姐们只得让步。

"他们为何邀请我们?"他们刚离开,玛丽安就说道,"据说这座乡舍的租金很低,但我们租下的条件非常苛刻,假如任何人去他们那儿或来看我们时,我们都得去庄园吃饭。"

"从这些频繁的邀请看来,"埃利诺说,"他们对我们的礼貌和善意,完全不亚于几个星期前。如果他们的聚会变得乏味无聊,变化不在他们。我们必须从别处找到改变。"

第二十章

第二天，当达什伍德小姐们从一扇门进入庄园客厅后，帕默太太从另一扇门跑进来，和之前一样兴高采烈。她亲亲热热地拉着每个人的手，表示再次见到她们特别高兴。

"我真高兴见到你们！"她说着，在埃利诺和玛丽安中间坐下，"因为天气特别坏，我都担心你们可能来不了，那就太糟糕了，因为我们明天就要离开。我们必须走，因为韦斯顿夫妇下星期要来拜访我们。我们来巴顿也是件突然的事情，马车来到了门口我还一无所知，然后帕默先生问我愿不愿和他去巴顿。他太可笑了！他从来什么都不告诉我！我真遗憾我们不能待得更久，但我们希望很快能在城里见到你们。"

她们只得打消这番期待。

"不去城里！"帕默太太大笑着叫道，"你们要是不去我会非常失望。我会给你们找个世界上最漂亮的房子，就在我们隔壁，在汉诺威广场。你们必须来，说真的。我一定很乐意随时陪伴你们，直到我分娩时，如果达什伍德太太不想去公共场所①。"

她们谢了她，但只得拒绝她的所有请求。

"哦，我亲爱的，"帕默太太对她丈夫叫道，他那时刚刚进

---

① 当时单身的年轻女孩通常在陪伴下进入公共场所。

屋，"你必须帮我说服达什伍德小姐们今年冬天去城里。"

她亲爱的没有回答，在向女士们微微鞠躬后，开始抱怨起天气。

"这一切太讨厌了！"他说，"这样的天气让每件事和每个人都令人厌恶。雨天把室内和室外变得一样无聊。让人厌烦所有的熟人。约翰爵士不在屋里设个台球室到底什么意思？几乎没人知道什么叫做舒适！约翰爵士和天气一样愚蠢。"

不久其他人都来了。

"恐怕，玛丽安小姐，"约翰爵士说，"你今天不能去阿伦汉姆进行你的常规散步了。"

玛丽安神情严肃，没有说话。

"哦，在我们面前别这么狡猾，"帕默小姐说，"因为我们全都知道，相信我。我非常欣赏你的品位，因为我觉得他特别英俊。你知道我们在郡里和他住得不远。不到十英里，我敢说。"

"将近三十英里。"她丈夫说道。

"啊，好吧！没多大差别。我从未去过他家，但他们说那是一座可爱漂亮的房子。"

"和我见过的所有地方一样糟糕。"帕默先生说。

玛丽安仍然一言不发，虽然她的神情显露出对刚才话语的兴趣。

"那很难看吗？"帕默太太又说道，"那么我想那个很漂亮的地方一定是别处了。"

当他们坐在餐厅时，约翰爵士遗憾地说他们一共只有八个人。

"我亲爱的，"他对他的夫人说，"我们竟然只有这少少的人实在令人恼火。你为何今天没请吉尔伯特一家过来？"

"约翰爵士，你之前和我说时，我没告诉你这不可以吗？他们上次和我们吃了饭。"

"你我之间，约翰爵士，"詹宁斯太太说，"无需如此拘礼。"

"那你就很没教养。"帕默先生叫道。

"我亲爱的，你和每个人在作对，"他妻子像平时那样笑着说，"你知道自己很粗鲁吗？"

"我认为我说你母亲没有教养时没和任何人作对。"

"啊，你尽可辱骂我，"好脾气的老太太说，"你已经把夏洛特从我手中夺走，无法再还回来。在那方面我占了上风。"

夏洛特想到她丈夫无法摆脱她而开怀大笑，她幸灾乐祸地说她不在乎他对她有多么恼火，因为他们必须生活在一起。任何人都不可能比帕默太太的脾气更加温和至极，或更加决意感到幸福。她丈夫刻意的冷漠、无礼和不满没带给她任何痛苦，当他斥责或辱骂她时，她完全心不在焉。

"帕默先生太可笑了！"她低声对埃利诺说，"他总是脾气不好。"

稍加观察后，埃利诺不愿认为他如他想表现的那样，有着实实在在、自然而然的坏脾气或坏教养。也许他和别的男人一样，因为对美貌不可理喻的偏爱，发现自己成为一个蠢女人的丈夫，让他变得有些刻薄。但她知道对任何理智的男人来说，这样的错误常会成为永久的伤害。她相信他其实想要与众不同，这才使他对面前的每个人都不屑一顾，对每件事都恶语相向。这是想显得高于他人。这样的动机不足为奇，但采用的方式，无论能从他的极度缺乏教养中获得怎样的成功，都不可能让他妻子以外的任何人喜欢他。

"哦，我亲爱的达什伍德小姐，"帕默太太很快说道，"我对你和你妹妹有个请求。这个圣诞节你们能来克利夫兰过一段时间吗？好了，请务必接受，趁韦斯顿夫妇和我们一起时过来。你想不到我会有多开心！这会特别令人高兴！我亲爱的，"她向她的丈夫求助，"你不想让达什伍德小姐们来克利夫兰吗？"

"当然，"他语带讥讽地答道，"我来德文郡没有其他目的。"

"瞧瞧，"他太太说道，"你们看帕默先生希望你们来，所以你们不能拒绝过来。"

两人都急切又坚定地拒绝了她的邀请。

"可你们真的一定要来也必须过来。我相信你们会非常喜欢。韦斯顿夫妇会和我们在一起，将会十分开心。你想不到克利夫兰是多么可爱的地方。我们现在特别高兴，因为帕默先生总在四处游走，做竞选演说；我从未见过那么多人来和我们一起吃饭，真是开心！不过，可怜的家伙！这使他筋疲力尽！因为他不得不让每个人都喜欢他。"

埃利诺同意这件事有多么困难时，几乎忍不住笑意。

"这该多好呀，"夏洛特说，"等他进了国会！不是吗？我应该开怀大笑！看着寄给他的信上都标着 M. P.① 简直不可思议。可你知道吗？他说他永远不会帮我免费寄信。他宣称他不会。不是吗，帕默先生？"

帕默先生根本没在意她。

----

① 指下议院议员（Member of Parliament），可以签名方式享受免费邮寄（英文为"frank"）。

"你知道他受不了写信，"她继续说道，"他说这糟糕透顶。"

"不，"他说，"我从未说过如此一派胡言。别把你所有莫名其妙的话语都强加到我身上。"

"好了，你现在看出他有多可笑了。他总是这个样子！有时他整整半天都不和我说话，接着又冒出这么可笑的话语——什么都说得很可笑。"

当她们回到客厅时，她问埃利诺是不是特别喜欢帕默先生，让她大吃一惊。

"当然，"埃利诺说，"他似乎很随和。"

"嗯——我很高兴你是这样。我想你会的，他那么讨人喜欢。我可以告诉你帕默先生极其喜欢你和你的妹妹们，你无法想象如果你们不来克利夫兰他会有多失望，我想不出你们为何会反对。"

埃利诺只得再次拒绝她的邀请，通过改变话题，结束了她的请求。她认为既然他们住在同一个郡，帕默太太也许可以对威洛比的大致性格给出更细致的描述，胜过米德尔顿一家从浅浅的交情中得到的信息。她急于从任何人那儿得到对他优点的证明，以消除玛丽安可能的恐惧。她开始问起他们在克利夫兰能否常常见到威洛比先生，是否和他非常熟悉。

"哦，天啊，是的；我对他特别熟悉，"帕默太太答道，"当然，并非我和他说过话，但我总是在城里见到他。不知怎的他来阿伦汉姆时我从未住在巴顿。妈妈有一次在这儿见过他，但我和我的叔叔在韦默斯①。不过，要不是我们竟然十分不幸地从未同

_____

① 当时时髦的海滨度假小城。

时待在郡里，我敢说我们会在萨默塞特郡经常见到他。他很少待在库姆，我相信；但就算他常常住在那儿，我想帕默先生也不会去拜访他，因为他们党派对立，你知道，而且路途遥远。我很清楚你为何询问他，你妹妹要嫁给他了。我高兴死了，因为你知道那样她就成了我的邻居。"

"说真的，"埃利诺答道，"假如你有任何理由期待这样一桩亲事，你对此事知道的信息就比我多得多。"

"别假装否认，因为你知道人人都在谈论。我向你保证我从城里过来时听说了。"

"我亲爱的帕默太太！"

"我发誓我听说了——我星期一上午在邦德街遇到布兰登上校，就在我们离开城里前，他直接告诉我了。"

"你真让我吃惊。布兰登上校告诉你这件事！你一定弄错了。对与之无关的人说出这样的消息，即使是真的，我也不认为布兰登上校会这么做。"

"尽管如此，可我真的向你保证是这样，我来告诉你怎么回事。当我们见到他时，他转身和我们一起走，于是我们开始谈论起我的姐姐和姐夫，一件又一件的事情，我对他说：'那么，上校，我听说有新的一家人来到了巴顿乡舍，妈妈告诉我她们非常漂亮，其中一位要嫁给库姆宅邸的威洛比先生。这是真的吗，请问？你当然一定知道，因为你最近在德文郡。'"

"上校说了什么？"

"哦！——他没说太多，但他看似知道这是真的，因此从那一刻起我就深信不疑。我敢说这非常令人高兴！什么时候会发生？"

"我希望布兰登先生很好吧？"

"哦！是的，很好，对你赞不绝口，他只在说你的好话。"

"他的赞赏令我荣幸。他似乎是个极好的人，我想他极其令人喜爱。"

"我也这么想——他是那么可爱的人，真可惜他竟然那么严肃，那么无趣。妈妈说**他**也爱上了你妹妹。我向你保证如果真的也是很大的恭维，因为他几乎从未爱上过任何人。"

"威洛比先生在萨默塞特郡你们那一带很有名吗？"

"哦！是的，非常有名。也就是说，我相信没多少人熟悉他，因为库姆宅邸太远了，但我向你保证他们都认为他极其讨人喜爱。无论威洛比先生走到哪儿，谁也不及他让人喜欢。我保证，她能得到他真是个无比幸运的女孩；不过他能得到她更加幸运，因为她非常漂亮可爱，再好的人都配不上她。不过，我认为她几乎不比你更漂亮，我向你保证，因为我觉得你们两人都极其漂亮，我相信帕默先生也一样，虽然昨晚我们无法让他承认那一点。"

帕默太太关于威洛比的消息没多少实质内容，但任何对他有利的消息，无论多么微不足道，都令她高兴。

"我真高兴我们终于认识了，"夏洛特又说道，"现在我希望我们永远都是极好的朋友。你想不到我多么想见你！你竟然能住在乡舍太令人高兴了！简直再好不过，说真的！我真高兴你妹妹将要嫁得很好！我希望你能经常待在库姆宅邸。无论如何，那是个可爱的地方。"

"你和布兰登上校认识很久了，是吗?"

"是的，非常久，从我姐姐结婚开始——他是约翰爵士特别的朋友，我相信。"她又低声说道，"他要是能够娶我会非常高兴。约翰爵士和米德尔顿夫人都很希望如此。但妈妈觉得这门亲事对我不够好，否则约翰爵士会对上校提起，然后我们就会立即结婚。"

"布兰登上校在此之前不知道约翰爵士对你母亲的提议吗?他从未向你承认过他的感情吗?"

"哦，不。但如果妈妈没有反对，我敢说他会对此非常欢喜。那时他只见过我两次，因为还在我离开学校前。不过，我现在幸福得多。帕默先生是我喜欢的那种男人。"

第二十一章

　　第二天帕默夫妇回到克利夫兰，巴顿的两家人继续互相请客往来。这没有持续很久；埃利诺还没把之前的客人忘记，还在好奇夏洛特怎能无缘无故地那么开心，不知道才华出众的帕默先生怎会如此轻率行事，夫妻之间为何常常不相般配得令人不可思议，这时热衷于交际的约翰爵士和詹宁斯太太带来了能让她交往并观察的新朋友。

　　一天早上他们去埃克塞特游览时，遇见了两位年轻小姐。詹宁斯太太满意地发现这是她的亲戚，这足以让约翰爵士马上邀请她们一旦结束在埃克塞特的事情，就去庄园做客。她们在埃克塞特的约会立即让位于这番邀请。米德尔顿夫人在约翰爵士回来后，非常吃惊地听说她很快要招待两位素昧平生的女孩来访，而她们的优雅——甚至是否算得上文雅，她无可证实，因为她丈夫和母亲在那方面的保证毫无意义。她们是她的亲戚，这使情况更加糟糕；因此当詹宁斯太太试图安慰她，劝女儿不要在意她们太过时髦，因为他们都是表亲，必须互相容忍时，这些话语收效甚微。不过，现在已经无法阻止她们的来访，米德尔顿夫人接受了这件事。她以一个有教养女人的处世哲学，每天只对此事温柔地责备丈夫五六次，便能心满意足。

　　年轻小姐们到了：她们的样子绝非不文雅或不时髦。她们的服饰非常漂亮，她们的举止特别优雅，她们很喜欢这座房子，对家具欣喜若狂，而且她们碰巧极其喜爱孩子，因此她们在庄园待了不到一个小时，就赢得了米德尔顿夫人的好感。她宣称她们的确是很讨人喜爱的女孩，这对夫人而言已算是热情赞赏。约翰爵士因为这热烈的称赞对自己的判断更加自信，他立即动身前往乡舍，把斯蒂尔小姐们的来访告诉达什伍德小姐们，向她们保证那是世界上最甜美的女孩。不过从这番赞美之辞中得不到多少信息，埃利诺很清楚世界上最甜美的女孩在英格兰随处都能遇见，可能是任何一种身形、脸蛋、脾性和智力。约翰爵士想让全家人马上步行去庄园看看他的客人。宽厚仁慈的人啊！即使把远房亲戚留给自己都会令他痛苦。

"一定现在就来，"他说，"请过来，你们一定要来，我一定要让你们来，你们想不到会有多喜欢她们。露西非常漂亮，脾气极好，讨人喜欢！孩子们已经全都在缠着她，好像她是个老熟人似的。她们都特别想见你们，因为她们在埃克塞特听说你们是世界上最漂亮的人儿。我已经告诉她们这都非常正确，而且远不止如此。我相信你们会喜欢她们。她们给孩子们带来了一马车的玩具。你们怎能这么让人恼火，不肯过来？哎呀，她们也算是你们的亲戚。**你们是我的亲戚，她们是我妻子的亲戚，因此你们一定也是亲戚。**"

然而约翰爵士做不到。他只得到她们一两天后来庄园做客的承诺，离开时对她们的冷漠倍感惊奇。他回家后重新向斯蒂尔小姐们夸耀她们的魅力，正如他刚才对她们吹嘘斯蒂尔小姐们一样。

她们按照承诺来到庄园，随后被介绍给这些年轻小姐们。她们发现那位姐姐年近三十，相貌平常，看似并不理智，无可称道之处。但另一位小姐大约二十二三岁，她们觉得非常漂亮；她五官秀美、眼神锐利、神态机敏，虽然并非真正的优雅或魅力，却也引人注目。她们的举止特别礼貌，埃利诺很快承认她们有些理智，当她看出她们怎样不断通过审慎的殷勤让米德尔顿夫人喜欢上她们。她们和她的孩子在一起时始终喜不自胜，夸赞他们的美貌，吸引他们的注意，迎合他们的兴致；在礼貌地应对各种胡搅蛮缠后，她们剩下的时间就用来赞赏夫人所做的一切，如果她碰巧在做些什么；或是量取某件优雅新装的图样，夫人前一天穿这件衣服出场时让她们喜爱至极。幸运的是，对那些以如此错误的方式献殷勤的人来说，一个溺爱的母亲虽然一味追求对她孩子的赞赏，是最贪得无厌的人，但同时也是最轻信的人。她贪心至极，对任何恭维照单全收，因此斯蒂尔小姐们对她孩子的极度亲热与忍耐没让米德尔顿夫人感到丝毫惊讶或怀疑。她带着母亲的洋洋自得，看着她的表妹们忍受着所有的无礼侵犯和恶意把戏。她看着她们的腰带被解开，她们的头发被扯到耳朵旁，她们的针线包被搜了个遍，她们的刀剪被偷走，却毫不怀疑这让双方都感到愉快。唯一令她惊讶的是，埃利诺和玛丽安竟然镇定自若地坐在一旁，完全不参与发生的事情。

"约翰今天兴致真高！"当他拿起斯蒂尔小姐的手帕，把它扔到窗外时她说道，"他尽在捣乱。"

不久后，当第二个孩子粗暴地掐住同一位小姐的手指时，她疼爱地说："威廉真是太淘气了！"

"这是我可爱的小安娜玛丽亚①，"她又说道，并温柔地抚摸着一个三岁的小女孩，她在前两分钟没发出任何声音，"她总是那么温柔安静，从来没有过如此安静的小东西！"

可不幸的是，当夫人俯身拥抱时，她头上的一个夹子轻轻刮了刮孩子的脖颈，让她从这种温和状态变成了放声尖叫，吵闹得简直无人能及。母亲顿时惊惶失措，但也比不上斯蒂尔小姐们的恐慌，于是三人一齐上阵，在这紧要关头，只有万般疼爱方能缓解这位小受难者的痛苦。她坐在母亲的大腿上，被不停亲吻着，她的伤口被一位斯蒂尔小姐涂上了薰衣草香水。小姐跪在地上照料她，她的嘴里被另一位小姐塞进了糖果。能用眼泪换得这样的奖励，孩子当然明智地不肯停止哭闹。她依然使劲尖叫啜泣，踢打两位想要抚摸她的哥哥，所有的安慰都毫无作用，直到米德尔顿夫人幸运地想起上个星期发生了类似的麻烦。当时孩子擦伤了太阳穴，只用一些杏子酱就成功地阻止了哭泣。她急忙提出用同样的方式治疗这不幸的划伤，孩子听见后稍稍停止了尖叫，让她们有理由相信这个办法不会被拒绝。于是她被母亲抱出屋子寻找解药。两个男孩不顾母亲恳求他们待在原地，也跟在她后面，把四位年轻小姐留在好几个小时没有安静过的屋子里。

"可怜的小东西！"他们刚离开，斯蒂尔小姐就说，"差点酿成大祸。"

"但我看不出怎么可能，"玛丽安叫道，"除非是截然不同的情形。不过这是大惊小怪的寻常做法，其实没任何事可担忧。"

---

① 原文为"Annamaria"和玛丽安（Marianne）的名字形成了有趣的呼应。

"米德尔顿太太是多么甜美的女人呀！"露西·斯蒂尔说。

玛丽安沉默了，她完全说不出言不由衷的话，无论情况多么微不足道，因此出于礼貌而撒谎的责任往往都落在了埃利诺的身上。此时她尽量谈论着米德尔顿夫人，比实际的感受热情得多，尽管远远不及露西小姐。

"还有约翰爵士，"那位姐姐叫道，"他是多么迷人！"

此时达什伍德小姐也夸了他，只不过简单公正，说得毫不激动。她只说他脾气很好，为人友善。

"他们有个多么可爱的小家庭啊！我这辈子从未见过这么可爱的孩子。我宣布我已经对他们非常喜爱，事实上我总对孩子们爱得发狂。"

"我相信如此，"埃利诺笑着说，"从我今天上午见到的情形看来。"

"我觉得，"露西说，"你认为小米德尔顿们太受娇宠。也许有些过分了，但这对米德尔顿夫人来说自然而然。对我而言，我喜欢看着孩子们充满活力、兴高采烈，温顺安静的孩子会让我无法忍受。"

"我承认，"埃利诺答道，"当我在巴顿庄园时，我想到温顺安静的孩子时从不感到厌恶。"

这话带来一阵短暂的沉默，首先被斯蒂尔小姐打破，她似乎一心想要交谈，此时突然说道："你喜欢德文郡吗，达什伍德小姐？我想离开苏塞克斯你一定很难过。"

这个问题太过随意，或至少提起的方式过于随意，让埃利诺有些吃惊，她回答是的。

"诺兰是个极其美丽的地方，不是吗?"斯蒂尔小姐又说道。

"我们已经听见约翰爵士对它赞不绝口。"露西说，她似乎觉得有必要为姐姐的冒昧道个歉。

"我想每个人**一定**会喜欢它，"埃利诺说，"只要是见过这个地方的人；虽然我不认为人们能像我们一样看出它的美。"

"你们那儿有许多漂亮小伙子吧? 我想你们在这儿没有多少。在我看来，他们总能给一个地方增添光彩。"

"可你为何要这样想呢?"露西说，似乎为她的姐姐感到羞愧，"你认为德文郡文雅的小伙子不如苏塞克斯多?"

"不，我亲爱的，我肯定不会假装说没那么多。我相信在埃克塞特有许多漂亮小伙子，但你知道，我怎么能告诉你在诺兰会有哪些漂亮小伙子呢? 我只担心达什伍德小姐也许会觉得巴顿很无趣，如果这儿的小伙子不如以前多。但也许你们这些年轻小姐们并不在乎小伙子，有没有他们都一样。在我看来，他们都很讨人喜欢，只要他们衣着整洁，彬彬有礼。但我受不了看到他们肮脏无礼。在埃克塞特有位罗斯先生，他是特别漂亮的年轻人，好一个意中人，是辛普森先生的书记员，可你要是和他一起待一个上午，你就不会再想见到他。我猜你的哥哥是个意中人吧，达什伍德小姐，在他结婚前，因为他那么有钱?"

"说实话，"埃利诺答道，"我无法告诉你，因为不太明白这个词的意思。但我可以这么说，如果他在结婚前曾是个意中人，那他现在依然是，因为他完全没有丝毫改变。"

"哦! 天啊! 人们从来想不到结了婚的男人是意中人——他们有别的事情要做。"

"天哪！安妮，"她的妹妹叫道，"你只会谈论意中人，你会让达什伍德小姐认为你别的什么都不想。"接着为了改变话题，她开始欣赏起房屋和家具。

这两位斯蒂尔小姐真是令人难以忍受。姐姐粗俗随意、愚蠢荒唐，毫无可取之处。因为埃利诺没被妹妹的美貌或精明外表蒙蔽，看出她缺乏真正的优雅和天真，她离开屋子时，完全不想更好地了解她们。

斯蒂尔小姐们却并非如此。她们从埃克塞特过来，对约翰·米德尔顿爵士、他的家人和他所有亲戚的有用之处满心赞赏，现在相当一部分又用在他漂亮的表妹身上，她们宣称二人是她们见过最漂亮、最优雅、最多才多艺、最讨人喜欢的女孩，她们特别渴望和两人更加熟悉。于是玛丽安很快发现，更加熟悉成了她们无可逃脱的命运。约翰爵士完全站在斯蒂尔小姐们一边，他们的联盟无可抵挡，因此必须屈从于那种亲密关系，包括几乎每天在同一间屋子里一起坐上一两个小时。约翰爵士做不了更多，但他也不知道还有什么可做，在他看来，在一起就是亲密，因为他让她们不断见面的计划总能奏效，他毫不怀疑她们已经成了老朋友。

为他说句公道话，他竭尽所能让她们坦诚相待，把他知道或认为的表妹们境遇中最微妙的细节都说给斯蒂尔小姐们听。埃利诺和她们才见了两次面，那位姐姐就向她祝贺，说她妹妹来到巴顿后幸运地征服了一位十分漂亮的意中人。

"她这么年轻就能结婚，当然是件好事，"她说，"我听说他是个极好的意中人，非常英俊。我希望你本人很快也有这样的好运，但你也许已经暗中有位朋友了。"

埃利诺相信约翰爵士在宣称他怀疑她爱慕爱德华时，不会比说起玛丽安时更有分寸；事实上这是两者中他更喜欢的一个玩笑，因为更加新鲜也更令人费解。自从爱德华来访后，他们每次一起吃饭，他都会意味深长，又是点头又是眨眼地为她的感情干杯，唤起所有人的注意。"费"这个字同样总会被提起，带来无尽的玩笑，以至于埃利诺早就认定这是所有文字中最妙趣横生的一个字。

如她料想的那样，斯蒂尔小姐们如今也尽享这些玩笑的好处，这唤起了那位姐姐对这个被暗示的先生姓氏的兴趣。虽然她常常无礼地提出这个问题，却和她爱打探她们家庭事务的做法如出一辙。对于他乐意唤起的好奇心，约翰爵士没有逗弄太久，因为他说出这个姓氏的乐趣，至少和斯蒂尔小姐听见的乐趣一样多。

"他姓费拉斯，"他以清晰的耳语说，"但请别说出来，因为这是个大秘密。"

"费拉斯！"斯蒂尔小姐重复道，"费拉斯先生是个幸福的人，是吗？什么！是你嫂子的弟弟吧，达什伍德小姐？当然是很讨人喜欢的年轻人，我很了解他。"

"你怎能这么说，安妮？"露西叫道，她总会修正姐姐的所有断言，"虽然我们在舅舅家见过他一两次，但假装对他非常了解就太过分了。"

埃利诺专心又诧异地听着所有这些话。"这个舅舅是谁？他住在哪儿？他们是怎样结识的？"她很希望继续这个话题，虽然她自己不想加入。然而对这个问题没再多说，她有生以来第一次认为詹宁斯太太对一件琐事既不够好奇，也没兴致谈论。斯蒂尔小姐说起爱德华时的态度增加了她的好奇心，因为她感觉很有恶意，让她怀疑那位小姐知道，或自以为知道一些对他不利的消息。但她的好奇心无济于事，因为当约翰爵士暗指费拉斯先生的姓氏，甚至对此公开谈论时，斯蒂尔小姐都没再理会。

第二十二章

玛丽安向来不大能容忍无礼、粗俗、低劣的才能，甚至和她本人品位的差异，此时因为心情低落而特别讨厌斯蒂尔小姐们，也不愿让她们继续靠近。因为她始终态度冷淡，让她们无法亲近，埃利诺认为这是两人很快对她本人表现出明显偏爱的主要原因。尤其是露西，她不失时机地和她交谈，努力通过轻松坦率的情感交流增进她们的了解。

露西天资聪颖，她的话语常常公正有趣。作为一个半小时的同伴，埃利诺时常发觉她讨人喜欢。然而她的才能完全没得到教育的提升，她没有学识，是个文盲；她完全缺乏心智的改善，她对最普通的常识知之甚少，尽管她始终努力显示优越，却瞒不住达什伍德小姐。埃利诺看出本可通过教育变得体面的才能却被荒废，对她感到同情；然而她不那么同情地看出她完全缺乏审慎、诚实和正直的心灵，她在庄园的百般刻意、大献殷勤和言语奉承将此暴露无遗。她无法对一个虚伪无知的人长久感到满意；她学识浅陋，让她们无法平等交流，而她对别人的态度让对她本人的所有关心和尊重变得毫无价值。

"你会觉得我的问题很奇怪，我敢说，"露西有一天对她说道，当时她们正一起从庄园走向乡舍，"不过请问，你认识你嫂子的母亲费拉斯太太吗？"

埃利诺**的确**认为这个问题非常奇怪，当她回答她从未见过费拉斯太太时，她的神情表明了这一点。

"真的吗?"露西答道，"我对此感到奇怪，因为我以为你一定有时会在诺兰庄园见到她。那么，也许，你就不能告诉我她是哪种女人了。"

"是的，"埃利诺答道，她小心地不说出她对爱德华母亲的真实想法，也不太想满足这看似无礼的好奇心，"我对她一无所知。"

"我相信你觉得我很奇怪，以这样的方式询问她，"露西说话时仔细打量着埃利诺，"但也许会有些原因——我希望我能冒昧说出来；但我希望你能公正地相信我并非有意冒犯。"

埃利诺给她一句礼貌的回答，她们又沉默地走了几分钟。这段沉默被露西打破，她再次提起这个话题，有些犹豫地说道：

"我无法忍受让你认为我好奇到无礼的地步。你的好感非常宝贵，我相信我无论如何也不愿被像你这样的人如此看待。我也相信我丝毫不必害怕信任**你**。说真的，我很想得到你的建议，关于怎样应对我所处在的令人不安的境遇。可是，不过，我没理由麻烦**你**。我很遗憾你竟然不认识费拉斯太太。"

"很抱歉我**不认识**，"埃利诺特别惊诧地说，"如果知道我对她的看法能对**你**有任何作用。但我真的从未想过你会和这个家庭有丝毫关联，因此我承认，对她的性格如此认真的询问让我有些惊讶。"

"我敢说你是的，我相信我对此毫不怀疑。但假如我敢对你说出一切，你就不会太过惊讶。费拉斯太太目前当然和我毫无关联——但那一天**也许**会到来——能多快到来必须取决于她本人——那时我们可能会关系亲密。"

她说话时低着头，羞怯可爱，只瞥了一眼她的同伴，看看对她的影响。

"天啊！"埃利诺叫道，"你是什么意思？你认识罗伯特·费拉斯先生？你会是——？"想到有这样的妯娌她感觉不太高兴。

"不，"露西答道，"不是**罗伯特**·费拉斯先生，我此生从未见过他。但，"她盯住埃利诺，"我认识他的哥哥。"

埃利诺那时是什么感受？惊讶，那本该既强烈又痛苦，假如她没有立即对这番话感到怀疑。她惊奇地默默转向露西，猜不出她如此声明有何原因或目的。虽然她变了脸色，她却坚决不肯相信，感到毫无歇斯底里或昏厥过去的危险。

"你也许会很惊讶，"露西又说道，"因为你当然从未想到过；因为我敢说他从未向你或你的任何家人有过丝毫提及；因为我知道这始终是个大秘密，我相信被我一直忠实地保守至今。除了安妮，我没有一个家人知道这件事。假如我不能完全相信你会对此保密，我也永远不会向你提起。我的确认为我询问这么多关于费拉斯太太的问题一定显得非常奇怪，这应该得到解释。我相信费拉斯先生不会感到不悦，当他知道我信任你，因为我知道他对你所有的家人有着极高的评价，将你本人和另外两位达什伍德小姐视为他自己的妹妹。"她停顿了一下。

埃利诺又沉默了一会儿。起初她对听到的消息惊讶得无法言喻，但最后她强迫自己说话，同时言语谨慎。她以看似平静的态度开口说话，能勉强掩饰她的惊讶和焦虑："请问你们已经订婚很久了吗？"

"我们已经订婚四年了。"

"四年！"

"是的。"

埃利诺虽然十分震惊，却依然觉得难以置信。

"在那天以前，"她说，"我甚至不知道你们相识。"

"不过，我们已经相识多年。他曾在我舅舅家住了很久。"

"你舅舅！"

"是的，普拉特先生①。你从未听他说起普拉特先生吗？"

"我想我听说过。"随着情绪的激动，她又振作起来。

"他在我舅舅家住了四年，在普利茅斯附近的朗斯特普尔。我们是在那儿相识的，因为我和姐姐常常住在舅舅家，我们也是在那儿订的婚，虽然是在他退学将近一年后；他后来几乎一直和我们在一起。你能想象，我很不情愿在他母亲还不知道或不赞成时订婚；但我太年轻，太爱他了，所以没做到应有的审慎。虽然你对他不如我了解，达什伍德小姐，你对他的了解一定足以让你明白，他很能够让一个女人真心爱上他。"

"当然。"埃利诺答道，却不知所云；然而稍加思考后，她对爱德华的名誉和爱意又恢复了信心，也相信她同伴的虚伪，接着说道："和爱德华·费拉斯先生订婚！我承认自己对你说出的话惊讶至极，那真的——请原谅；但一定弄错了人或名字。我们不可能指同一个费拉斯先生。"

---

① 原文为"Pratt"，是简·奥斯汀在多部小说中使用的名字，有讽刺意味。

"我们不可能指别人，"露西笑着叫道，"爱德华·费拉斯先生，帕克街费拉斯太太的长子，你嫂子的弟弟，我是指约翰·达什伍德太太；你必须承认，**我**不大可能被蒙骗，关于我寄托了所有幸福的这个人的名字。"

"奇怪的是，"埃利诺答道，心情极其痛苦困惑，"我竟然从未听他提起过你的名字。"

"是的，考虑到我们的处境，这并不奇怪。我们最关心的是对此事保密。你对我或我的家庭一无所知，因此，完全不可能有**机会**向你提起我的名字；而且，他一直特别害怕他的姐姐有所怀疑，**那样**的理由足以让他从不提及此事。"

她沉默了。埃利诺心里一沉，但她的自控力并未随之下沉。

"你们已经订婚四年了。"她声音坚定地说道。

"是的，天知道我们还得再等多久。可怜的爱德华！这真让他心灰意冷。"接着她从口袋里取出一幅小型画像，又说道，"为避免犯错，请你看看他的脸。这当然不及他本人漂亮，但我想你一定能看出画的是谁。这已经伴随我三年多了。"

她边说边把画像放在她手中。当埃利诺看见画像时，无论她心里或许有多么担心仓促决定，或是希望看出谎言，她都完全无法怀疑这是爱德华的脸。她几乎立即返还，承认画得很像。

"我一直没能回赠他我的画像，"露西继续说道，"我对此深感恼火，因为他一直急切希望得到它！但我决定一有机会就画一张。"

"你说得很对。"埃利诺平静地答道。接着她们沉默不语地走了几步。露西首先开口说话。

"我相信,"她说,"我毫不怀疑你会忠实地保守这个秘密,因为你一定知道不让他母亲得知此事,这对我们有多重要;因为我敢说她永远不会同意。我身无分文,而我猜想她是个极其骄傲的女人。"

"我当然不想探听你们的秘密,"埃利诺说,"但你认为我可以信赖却很公正。我会替你保守秘密。不过请原谅我对如此毫无必要的交流感到有些惊讶。你至少一定能感觉我得知此事不可能令其更加安全。"

她说话时热切地看着露西,希望从她的神情中看出些什么,也许能发现她说的大部分话都是谎言,然而露西的神情毫无变化。

"我担心你会认为我对你太过随意,"她说,"把这一切都说给你听。我当然和你认识不久,至少交往不长,但我已经听说你和你的家人很长时间。我刚见到你,就觉得你像个老朋友。而且在这件事上,我的确认为在我这样特别询问爱德华的母亲后,应该向你做些解释;我很不幸,没人可以咨询。安妮是唯一的知情者,但她毫无判断力;说实话,她带来的伤害远远大于好处,因为我一直担心她会说出去。你一定看得出她不知道该怎样管住自己的嘴,那天当爱德华的名字被约翰爵士提起时,我的确吓得要命,担心她会全都说出来。你无法想象我有多么担惊受怕。我只奇怪我这四年为爱德华承受了这么多痛苦,竟然还活着。一切都悬而未决,难以预料,而且极少见到他——我们一年也见不到两次。我真的奇怪自己怎么还没心碎。"

此时她掏出手帕,但埃利诺并不十分同情。

"有时，"露西擦了擦眼睛又说道，"我想是否我们两人彻底分手会更好。"她说这话时直视着她的同伴，"然而别的时候我又下不了决心，我无法忍受令他如此痛苦的想法，因为我知道但凡提及此事一定会这样。而且就我本人而言——他对我这么宝贵——我觉得自己会无法承受。你认为在这种情况下我该怎么办，达什伍德小姐？你自己会怎么做？"

"请原谅，"埃利诺对这个问题吃了一惊，答道，"但我无法就这种情况给你任何建议。你必须自己判断。"

"当然，"两人沉默几分钟后，露西又说道，"他的母亲总有一天会供养他；但可怜的爱德华对此沮丧至极！你不认为他在巴顿时心情特别低落吗？当他在朗斯特普尔和我们告别去你那儿时痛苦不堪，我都担心你会以为他病了。"

"那么，他是从你舅舅那儿来看我们的？"

"哦，是的，他和我们待了两个星期。你以为他直接从城里来的吗？"

"不，"埃利诺答道，她极其痛苦地意识到各种新的情形都证明露西在说实话，"我记得他告诉我们，他和一些朋友在普利茅斯附近住了两个星期。"她也记得自己当时很惊讶，因为他没再提起那些朋友，甚至连他们的名字都只字未提。

"你认为他当时情绪特别低落吗？"露西又说道。

"是的，的确如此，尤其在刚刚到来时。"

"我请求他努力振作，唯恐你会怀疑出了什么问题。但他和我们的相处不能超过两个星期，又看着我这么难过，这让他闷闷不乐，可怜的人儿！我担心他现在依然如此，因为他写信时还是心情低落。我离开埃克塞特前刚收到他的信。"她从口袋里掏出一封信，漫不经心地让埃利诺看了看地址，"你认识他的笔迹，我相信，字写得很漂亮；但那不如平时写得好。我敢说他很累，因为他只勉强写满了一页纸。"

埃利诺看出那**是**他的笔迹，她无法再怀疑。她任凭自己相信，这张画像也许是意外得到，也许并非爱德华的礼物，但两人之间的书信往来，只可能在明确订婚后得以延续，别无理由。有一会儿她几乎无法支撑——她心灰意冷，几乎不能站立；但她只能竭尽全力；她坚决抑制住沮丧的心情并很快做到，当时表现得无懈可击。

"彼此写信，"露西说着，把信放回口袋，"是我们在这种漫长分离中的唯一安慰。是的，**我**从他的画像中得到了另一个安慰，但可怜的爱德华甚至连**那**都没有。他说，只要有我的画像他就会安心。他上次来朗斯特普尔时我给了他一束放在戒指里的头发，他说那对他是个安慰，但还比不上画像。也许你见到他时注意到那个戒指了？"

"是的。"埃利诺说，她声音平静，却隐藏着她从未体会过的激动和沮丧。她感到屈辱、震惊、不知所措。

对她而言，幸运的是她们此时已经到达乡舍，无法继续交谈。和斯蒂尔小姐们坐了几分钟后，她们回到庄园，埃利诺能够纵情思考和痛苦了。

第二卷

第一章

　　无论埃利诺多么不相信露西的诚实，在认真思考后她不可能怀疑这件事的真实性，因为什么都不可能诱使她愚蠢地编出这样的假话。所以，露西宣称为真实的情况，埃利诺不能，也不敢再怀疑；因为这件事在各方面都有可能性和证据，只有自己的心愿与之相悖。他们在普拉特先生家的交往机会是其他事情的基础，既无可争辩又令人惊恐。爱德华在普利茅斯附近的拜访，他的郁郁寡欢，他对自己未来的不满，他对她本人难以捉摸的态度，斯蒂尔小姐们对诺兰和他们的家庭关系特别熟悉，这常常令她惊讶。那幅画像、那封信、那个戒指，共同构成了一组证据，压倒了她对给他不公正指责的所有担心，即使万般喜爱，也无法否认他亏待她本人的事实。她对如此行径的厌恶，为自己受到欺骗的愤怒，一时间让她只为自己感到难过；然而，她很快有了别的想法和考虑。爱德华故意欺骗她了吗？他有没有对她虚情假意？他和露西的订婚是发自内心的吗？不，无论曾经可能怎样，她现在都无法相信。他的钟情都属于她自己，在那一点上她不会被欺骗。在诺兰时，她的母亲、妹妹和范尼都知道他对她的爱意，这不是她本人的自负带来的幻觉。他当然爱她。这个信念多么令她心软！让她多想原谅他呀！当他最初感觉到她对他的影响力已经超出界限时依然待在诺兰，这应受责备，很该受到责备。在那一点上他无可辩解；但如果他伤害了她，他对自己的伤害岂不更甚？如果她的状况令人同情，那他就毫无希望。他的轻率行为令她一时痛苦，却似乎剥夺了他获得幸福的所有机会。她也许终将重获平静；可是**他**，他还能有何期待？他能和露西·斯蒂尔勉强幸福生活吗？假如他对她本人的爱意毋庸置疑，以他的正直、他的敏感、他的学识，会对像她这样的妻子——一个无知、狡诈、自私的人感到满意吗？

十九岁年轻人的迷恋自然而然会蒙蔽一切，只让他看见她的美貌和温顺；然而随后的四年——几年时间，假如能理智度过，会大大提升他的领悟力，必然已经让他看出她教育的欠缺。而同样的时间，她与低劣的人为伴，追逐无聊的消遣，或许已经让她失去了曾经能使她的美貌引人入胜的天真。

在猜测他想和她本人结婚时，他在母亲那边似乎困难重重，现在看来更是大得多，因为他订婚的对象无疑在家庭，甚至财产方面都不及她本人。的确，对于一颗在感情上和露西如此疏远的心灵，这些困难也许不会给他的耐心带来巨大考验；然而他却郁郁寡欢，尽管家庭的反对和无情本可被视为解脱！

当她痛苦地接连想到这些问题时，她为他哭泣更甚于为自己。她深信自己没做任何招致目前不幸的事情，因为相信爱德华没做任何失去她尊重的事而感到安慰，她觉得即使是现在，经历了第一轮沉重的打击后，她依然能镇定下来，不让母亲和妹妹感到任何怀疑。她极大地满足了自己的期待，在最美妙的梦想破灭仅仅两个小时后同她们一起吃饭时，从妹妹们的表现看来，谁也想不到埃利诺正为必然会将她和恋人永远拆散的障碍黯然神伤；

而玛丽安正眷恋着一位令她心醉神迷的完美男人，她期待在每一辆路过她们房子的马车里见到他。

她必须向母亲和玛丽安隐瞒托付给她本人的秘密，虽然这让她得时刻为之努力，却完全没有加深她的痛苦。相反这对她而言是个解脱，因为不用向她们告知一定会令她们非常痛苦的事情，也免得听见她们因为对自己过于偏爱而指责爱德华，那会让她无法忍受。

从她们的建议或她们的话语中，她知道自己得不到任何帮助，她们的柔情和悲伤一定会增添她的痛苦，而她的自制力不会从她们的表现或赞扬中得到提升。她独自一人会更加坚强，而她的理智给了她有力的支撑，她的坚定从未动摇，她一如既往地显得高高兴兴，尽管刚刚遭受痛楚不堪的打击，她依然能够做到。

虽然她和露西第一次为这件事交谈时感到非常痛苦，她很快就很希望再谈一次；有多个原因。她想再次听到他们订婚的许多细节，她希望更清楚地知道露西对爱德华的感情，她声称对他的温柔爱恋是否真诚。通过乐意再次对这个话题进行交谈，她特别想让露西相信她对这个话题心情平静，她只作为一个朋友而感兴趣。她很担心在上午的谈话中她不由自主表现出的焦虑，一定至少使这一点令人生疑。看来露西很可能对她感到嫉妒。显而易见爱德华一直对她大加赞赏，不仅露西声称如此，从她刚结识不久便吐露如此明确无疑、显而易见的重要秘密也能看出。甚至约翰爵士的玩笑也起了一定的作用。然而事实上，当埃利诺依然这么确信她本人才是爱德华真正深爱的人时，无需其他考虑或可能性就能自然而然地认为露西应该会嫉妒；她一定这样，她吐露的秘密就是证明。告知此事还能有什么别的理由呢？不过是让埃利诺知道露西对爱德华更有权利，让她今后避开他。她毫无困难地弄懂了她情敌的打算。当她下定决心本着名誉和诚实的原则，克服她本人对爱德华的爱恋，尽量少见他时，她也情不自禁地想让露西相信她的心没有受伤。因为如今她不可能听到比这件事更令人痛苦的消息，她相信自己能平静地再听一遍详细情况。

然而做这件事的机会并非呼之即来，虽然露西和她本人一样想要抓住任何机会；因为天气不够好，让她们无法一起散步，那是她们最容易和别人分开的办法。尽管她们至少每隔一天在庄园或乡舍见面，主要是在庄园，她们却无法为交谈而见面。这样的想法永远进不了约翰爵士或米德尔顿夫人的脑子，因此他们很少有一起聊天的机会，完全不可能个别交流。他们见面只为一起吃喝说笑，打牌，玩康西昆斯①，或其他任何足够吵闹的游戏。

就这样见了一两次面，没给埃利诺任何与露西单独交流的机会，这时约翰爵士某天上午来乡舍拜访，以善心为名，请求她们那天都去和米德尔顿夫人一起吃饭。因为他必须参加埃克塞特的俱乐部，她很可能会十分孤单，只有她母亲和两位斯蒂尔小姐陪伴。埃利诺看出这是她实现想法的机会，这样的聚会，由安静有教养的米德尔顿夫人安排，而非她的丈夫只为吵闹把大家聚在一起，会更加自由，她立即接受了邀请。马格丽特得到母亲的许可，也很乐意。玛丽安虽然一直不愿参加他们的任何聚会，却被母亲说服前往，母亲无法忍受她在有任何娱乐机会时独自待在

---

① 英文为"Consequences"，大致是围桌而坐，在彼此不知情的情况下共同编故事的游戏。

家里。

　　年轻小姐们去了，米德尔顿夫人愉快地避免了一场本会威胁她的可怕孤独。聚会的枯燥乏味正如埃利诺所料，没带来任何新鲜的想法或话语，她们一同在餐厅和客厅的交谈无聊至极。在客厅里，有孩子们陪伴她们。当孩子们在那儿时，她完全相信不可能引起露西的注意。孩子们只在茶点撤走后才离开。牌桌被放好，埃利诺开始怀有一丝希望，想在庄园找个时间交谈。她们都起身准备玩一轮牌戏。

　　"我很高兴，"米德尔顿夫人对露西说，"你不打算今晚做好可怜的小安娜玛丽亚的篮子^①；因为我相信在烛光下做一定会伤害你的眼睛。我们明天会给小可爱的失望做一些补偿。我希望她不会太在意。"

　　此番暗示已经足够，露西立即冷静地答道："你真的弄错了，米德尔顿夫人，我只想等着看看你们是否没有我也可以，否则我已经在做了。我无论如何也不会让这个小天使失望：如果你们现在想让我打牌，我会决意在晚餐后做好篮子。"

　　"你真好，我希望这不会伤害你的眼睛，你要不要摇铃拿一些蜡烛？你知道，我可怜的小女孩会失望至极，如果明天篮子没有做好，因为虽然我告诉她一定做不完，我相信她期盼着能够做好。"

　　露西立即敏捷又高兴地把她的工作台拉到身旁，重新坐下，似乎为一个宠坏的孩子做一个篮子是件再高兴不过的事情。

---

① 指一种把纸糊在木头上制作的华而不实的篮子，也暗指这是个被宠坏的孩子。

米德尔顿夫人向其他人提出玩一局卡西诺牌①。除了玛丽安，谁也没有反对。她像往常一样不拘礼节，叫道："请夫人好心放过**我**——你知道我讨厌打牌。我会去弹琴，自从调音后我还没碰过它。"她没再多礼，转身走向钢琴。

米德尔顿夫人看似在感谢上天，因为**她**从未说过如此无礼的话。

"你知道玛丽安从来不能长久离开那架钢琴，夫人，"埃利诺说，她竭力消除冒犯，"我对此并不奇怪，因为这是我所听过音色最好的钢琴。"

剩下的五个人开始抽牌。

"也许，"埃利诺又说道，"要是我能退出，我可以帮助露西·斯蒂尔小姐，帮她卷卷纸。篮子还有很多活要干，我想如果她独自辛劳，今晚不可能做完。要是她愿意让我参与，我会非常喜欢这个活计。"

"我当然会特别感激你的帮助，"露西叫道，"因为我发现要做的事情比我原先想象的多，毕竟让亲爱的安娜玛丽亚失望就太糟糕了。"

"哦！那的确会很糟糕，"斯蒂尔小姐说，"亲爱的小宝贝，我多么爱她！"

"你真好，"米德尔顿夫人对埃利诺说，"既然你真心喜欢这个活计，也许你下一局再参加也会同样开心，或者你现在就来碰碰运气？"

---

① 一种牌戏，以赢得数量最多或点数最大的牌为目标。

埃利诺愉快地接受了最初的建议，用几句玛丽安从来不屑说出的话语达到了自己的目的，同时也取悦了米德尔顿夫人。露西马上给她腾出地方，两位漂亮的情敌就这样并肩坐在同一张桌子旁，极其融洽地做着同一件活计。玛丽安坐在钢琴前，沉浸在自己的音乐和思绪中，忘了屋子里除她以外还有别人。幸运的是她离两人很近，达什伍德小姐此时觉得在琴声的掩护下，她也许能安全地提起这个有趣的话题，没有被牌桌上的人听见的危险。

第二章

埃利诺以虽然谨慎，却很坚定的语气，这样说道：

"假如我对这个话题既不想继续，也不再感到好奇，就辜负了你对我的信任。因此我不为再次提起这个话题感到歉意。"

"谢谢你能打破僵局，"露西激动地叫道，"这样你就让我放心了，因为我总有点担心因为星期一告诉你的事情惹恼了你。"

"惹恼我！你怎会这么想？相信我，"埃利诺真心诚意地说道，"我无论如何也不愿给你这样的想法。你如此信任我，怎会有让我感到不体面和不愉快的动机？"

"不过，我的确想让你知道，"露西答道，她锐利的小眼睛意味深长，"我感觉你的态度似乎有些冷淡不悦，让我很不舒服。我觉得你一定在对我生气，此后我一直在自责，怪自己如此冒昧地以自己的事情麻烦你。但我很高兴地发现这只是我自己的幻想，你其实没有责备我。假如你知道能向你倾诉我时时刻刻想对你说的话，对我而言是多大的安慰，我相信你的同情心会让你无视别的事情。"

"的确，我很容易相信这对你而言是极大的宽慰，向我承认你的境遇，相信你永远没理由为此懊悔。你的处境非常不幸，在我看来你似乎困难重重，你特别需要彼此全部的爱意在这种情形下给你支撑。我相信，费拉斯先生完全依靠他的母亲。"

"他自己只有两千英镑，要是靠那些钱结婚简直疯了，虽然对我而言，我会放弃每一个有更多财产的可能性而毫不叹息。我一直习惯很少的收入，能和他一起对抗任何贫穷；但我太爱他了，不会自私地夺取他母亲可能给他的所有财产，也许他的婚事令她满意就能得到。我们必须等待，也许要等许多年。换作这世上任何一个别的男人，这将是令人惊恐的未来，但我知道什么也夺不走爱德华对我的爱意与忠诚。"

"那样的信念对你一定至关重要；他无疑也被和你相同的信念支撑着。假如你们彼此间的爱恋变得淡漠，像许多人那样，成为四年婚约的自然结果，你的处境的确会很可怜。"

露西这时抬起头，但埃利诺小心地控制神色，不以任何表情让她的话语令人生疑。

"爱德华对我的爱，"露西说，"已经承受了许多考验，经历了从我们最初订婚后极为长久的分离，至今依然十分坚定，因此如果我现在怀疑会不可原谅。我能肯定地说他从开始就没让我为此感到过一刻的惊慌。"

埃利诺几乎不知该对这番声明微笑还是叹息。

露西继续说道："我的生性也很嫉妒。我们有不同的生活境遇，他比我见过更多世面，而且我们不断分离，我当然很容易产生怀疑之心，能在瞬间发现真相，假如当我们见面时，他对我的行为有丝毫的改变，或者表现出我无法理解的低落情绪，或是他对一位女士比另一位谈论更多，或在朗斯特普尔时在任何方面显得不如以前开心。我的意思并非我总体特别敏锐，善于观察，但在这种情况下我相信自己不会被蒙骗。"

"所有这些，"埃利诺想，"都很好，但这无法让我们两人中任何一个人接受。"

"不过，"她稍停片刻说道，"你是怎么想？还是你毫无想法，只在等待费拉斯太太死去？那是令人忧伤和震惊的极端做法。难道她的儿子甘心听命于此，接受多年的拖延让你陷入的无趣生活，而不是冒着让她一时不悦的风险向她承认事实？"

"要是我们能确信她只会一时不悦就好了！但费拉斯太太是个非常固执傲慢的女人，在听说后可能因为最初的愤怒，把一切都给了罗伯特。想到那一点，为爱德华考虑，让我完全不敢贸然行事。"

"也是为你自己考虑，否则你的无私将不可理喻。"

露西又看了看埃利诺，沉默了。

"你认识罗伯特·费拉斯先生吗？"埃利诺问。

"完全不认识，我从未见过他；但我猜想他和他的哥哥完全不同——愚蠢可笑，十足的花花公子。"

"十足的花花公子！"斯蒂尔小姐重复道，她在玛丽安的琴声忽然停下时听见那几个字，"哦，她们在讨论她们最喜爱的意中人，我敢说。"

"不，姐姐，"露西叫道，"你弄错了，我们最喜爱的意中人不是十足的花花公子。"

"我能保证达什伍德小姐的不是，"詹宁斯太太开心地笑着说，"因为他是我所见过最谦逊、最文雅的年轻人；但说到露西，她是个特别狡猾的小东西，完全弄不清**她**喜欢谁。"

"哦，"斯蒂尔小姐叫道，"我敢说露西的意中人和达什伍德小姐的那位一样谦逊文雅。"

埃利诺情不自禁地脸红了。露西咬住嘴唇，愤怒地看着她姐姐。两人都沉默了一会儿。露西首先打破沉默，尽管当时玛丽安正以一支壮丽的协奏曲给了她们有力的保护，她依然低声说道：

"我会诚实地告诉你我近来想到的一个计划，能让事情变得可以忍受；我的确必须让你得知这个秘密，因为你也与之相关。我敢说你对爱德华的了解足以让你知道他在所有职业中最想当牧师。现在我的计划是他应该尽快接受圣职，然后通过你的关系，我相信你一定乐意出于友谊帮助他，我希望也出于对我的一些好感，也许能说服你哥哥给他诺兰的牧师职位；我听说那是很好的职位，而如今的牧师似乎活不了太久。那就足以让我们结婚了，剩下的也许就听天由命吧。"

"我始终乐意向费拉斯先生表达我的尊敬和友谊，"埃利诺答道，"但你不觉得我对这件事的参与毫无必要吗？他是约翰·达什伍德太太的弟弟——**那**对她的丈夫而言一定足够。"

"但约翰·达什伍德太太不大赞成爱德华当牧师。"

"那么我的确认为我的劝说无济于事。"

她们又沉默了好几分钟。最后露西长叹一声说：

"我相信最明智的做法是立即解除婚约，了结此事。我们似乎到处困难重重，虽然这会让我们痛苦一段时间，也许我们最终会更加幸福。可你不想给我你的建议吗，达什伍德小姐？"

"不，"埃利诺答道，她的笑容掩饰了激动不安的心情，"对于这样的话题我当然不会。你很清楚我的答案对你无足轻重，除非符合你的意愿。"

"你真的误会我了，"露西郑重其事地答道，"没有任何人的看法能让我像对你的想法一样看重。我真的相信，假如你会对我说'我建议你无论如何结束与爱德华·费拉斯的婚约，这会让你们两人都更加幸福'，我会立即决定这么做。"

埃利诺为爱德华未婚妻的虚情假意感到脸红，答道："此番恭维足以吓得我不敢对这个话题给出任何想法，即使我已经有了想法。这把我的影响力提得太高；将两个如此深爱的人分开，一个置身事外的人不该有这么大的权利。"

"正因为你置身事外，"露西说，声音有些恼火，特别加重了那几个字，"你的意见才会对我产生那样的影响。假如能认为你在任何方面因为自己的感情而产生偏见，你的想法就不值得听取。"

埃利诺觉得最好对此不予回答，以免她们激怒彼此，变得过于随意，不顾矜持，她甚至有点下定决心永远不再提起这个话题。因此这番话后又是一阵长长的沉默，露西依然是第一个结束沉默的人。

"你这个冬天会去城里吗，达什伍德小姐？"她带着惯常的得意神情说道。

"当然不会。"

"真可惜，"她说，因为这个回答而眼睛一亮，"要是能在那儿遇见你我该有多高兴！但我敢说你一定会去。你的哥哥嫂子会让你去他们那儿。"

"就算他们这样做我也无法接受他们的邀请。"

"真令人遗憾！我本来非常期待在那儿见到你。我和安妮一月下旬会去拜访一些亲戚，他们这些年一直想让我们去看望他们！但我去只为见爱德华。他二月会在那儿，否则伦敦将对我毫无魅力，我会对它没有兴致。"

第一局牌结束，埃利诺很快被叫到牌桌上，两位小姐的秘密交谈就此结束，两人都没对此感到丝毫不乐意，因为双方说出的话都没能减少她们彼此间原有的不喜爱之情。埃利诺坐在牌桌上，忧伤地认为爱德华不仅对这个即将成为他妻子的人毫无感情，而且他几乎没机会在婚姻中勉强感到幸福，而**她的**真挚情感本来可以使他幸福；因为只有自私之心才能诱使一个女人让男人始终处于订婚状态，而且她似乎完全清楚他已经感到厌倦。

从这以后埃利诺再也没重提这个话题，露西却极少错过提起的机会。每次收到爱德华的来信，她总是特别用心地告诉她的密友自己有多快乐，埃利诺会冷静慎重地对待此事，在礼貌允许的范围内尽快结束话题；因为她觉得这样的交谈是露西不配得到的享受，对她本人也很危险。

斯蒂尔小姐们对巴顿庄园的拜访时间一再延长，远远超出当初邀请时的意图。她们越来越受喜爱，不能让她们走，约翰爵士不愿听她们说要走。尽管她们在埃克塞特有早已安排的各种约会，尽管她们绝对需要立即赶回赴约，而且每个周末都会排满日程，她们依然被劝说着在庄园住了将近两个月，帮助安排那个节日①的庆典，需要比平时更多的私人舞会和大型宴会来彰显其重要性。

───────────────

① 指圣诞节。

第三章

虽然詹宁斯太太习惯一年中的大部分时间都住在孩子和朋友的家中，她并非没有自己的稳定住所。她的丈夫本来在城里不太雅致的地方生意做得不错，自从他去世后，她每年都在波特曼广场附近的一座房子里过冬。一月将至，她开始想到这个家，因此有一天，她忽然出人意料地邀请两位年长些的达什伍德小姐陪同她。埃利诺没注意到妹妹变化的脸色，她兴奋的神情说明她对这个计划绝非无动于衷，而是立即为二人给出充满感激却断然拒绝的答复，相信自己表达的是两人共同的意愿。声称的理由是她们绝不能在一年中的这个时候离开她们的母亲。詹宁斯太太有些惊讶地得到拒绝，又立即重复了她的邀请。

"哦，天哪！我相信你们的母亲一定会让你们走，我也**真的**请求你们能够陪伴我，因为我已经打定了主意。别以为你们会给我带来任何不便，因为我绝不会为了你们而增添麻烦。只需让贝蒂乘坐公共马车，我想我总能负担**那个**。我们三个人可以很舒适地乘坐我的马车；等我们到了城里，如果你们不想一直跟我在一起，尽可随意，你们总能和我的一个女儿一起出去。我相信你们的母亲不会反对，因为我已经很幸运地摆脱了自己的孩子，所以她会认为由我来照看你们正合适；如果在结束前我没能让你们至少一人嫁个如意郎君，那也不是我的错。我会对所有年轻人替你们美言，你们大可相信。"

"我想，"约翰爵士说，"玛丽安小姐不会反对这样一个计划，如果她的姐姐愿意去。要是她不能得到一些快乐，只因为达什伍德小姐不想去，那就太糟糕了。因此我会建议你们两人在厌倦了巴顿后动身去城里，不用对达什伍德小姐说一个字。"

"好，"詹宁斯太太叫道，"我肯定会很喜爱玛丽安小姐的陪伴，无论达什伍德小姐去不去。我只是觉得人越多越开心，而且她们两人在一起会更舒服；因为，如果她们厌倦我了，可以彼此说说话，或是在背后一起笑话我。但就算不会两个人都去，我一定要其中一个陪着我。上帝保佑！要是我独自一人该怎么生活，因为在这个冬天前我总是有夏洛特陪着我。来吧，玛丽安小姐，就这么说定了。要是达什伍德小姐慢慢改变了主意，那就更好。"

"我谢谢你，太太，真心感谢你，"玛丽安激动地说，"你的邀请会使我永远感激，这会让我特别高兴，真的，要是我能接受邀请，几乎是我最大的幸福。可是我的母亲，我最亲爱的、最善良的母亲——我感觉埃利诺的话很有道理，如果她因为我们的离开而减少了快乐和安适——哦！不，什么都不能诱使我离开她。不应该，也绝不能为此纠结。"

詹宁斯太太再次向她保证达什伍德太太完全可以让她们走。埃利诺现在明白了妹妹的意思，看出她因为急于再次见到威洛比，对别的一切几乎毫不在意，便不再直接反对这个计划，只说让母亲来决定。然而想要阻止旅行，她几乎无法期待母亲的支持。她无法为玛丽安赞成此事，她本人也有特别的理由想要躲避。无论玛丽安想要什么，母亲总会急于促成。她不可能期待以自己的影响力让她谨慎行事，对于一件她从来无法让母亲不信任的事情；而且她也不敢解释自己不想去伦敦的动机。玛丽安虽然生性挑剔，也完全熟悉詹宁斯太太的举止，始终对此厌恶不已，竟然能无视所有这些不便，竟能不在意最会伤害她易怒感情的一切情况，只为追求一个目标，这极其有力、完完全全地证明了那个目标对她的重要性。尽管知道发生过的一切，埃利诺却并未期待见到这样的情形。

听说这个邀请后，达什伍德太太相信这样的远行会给她的两个女儿带来许多乐趣。她感觉到玛丽安对她的深切爱恋，以及她心里有多么想去，绝不愿听到她们为了**她**而拒绝邀请。她坚持让两人都立即接受邀请，然后开始带着她寻常的快乐，预测着她们全都能从这次分离中得到的许多好处。

"我很喜欢这个计划，"她叫道，"这正如我所愿。我和马格丽特会像你们本人一样从中受益。等你们和米德尔顿一家离开后，我们可以愉快安静地和书本音乐做伴！你们回来后会发现马格丽特大有进步！我还有点打算改动你们的卧室，现在就不会给任何人带来不便了。你们的确**应该**去城里，我愿意让处在你们这种境遇的所有年轻女子都熟悉伦敦的礼仪和娱乐。你们会得到一个母亲般好女人的照顾，她对你们的善意我毫不怀疑。你们很有可能见到你们的哥哥，无论他有怎样的错误，或是他的妻子犯了什么错，当我想到他是谁的儿子，我无法忍受让你们彼此这样彻底疏离。"

"虽然你像往常一样急于让我们快乐，"埃利诺说，"你一直在消除对目前计划的每一个障碍，但在我看来，还有一个反对理由不那么容易消除。"

玛丽安脸色一沉。

"那么，"达什伍德太太说，"我亲爱的谨慎的埃利诺想说什么呢？她现在要提出什么无法克服的障碍？是想说花费的问题吧。"

"我的反对是：虽然我认为詹宁斯太太心地善良，但和她这样的女人做伴不会愉快，而且她的保护也无法带来我们的重要性。"

"那很正确，"她的母亲答道，"不过你们将难得有机会和她单独做伴，你们几乎总会和米德尔顿夫人一起出入公共场所。"

"如果埃利诺因为不喜欢詹宁斯太太被吓走，"玛丽安说，"至少这无须妨碍**我**接受她的邀请。我没有这样的顾虑，而且我相信我能毫不费力地克服每一个那样的困难。"

这种对别人的行为如此不在意的表示，让埃利诺忍不住笑了，她总是难以说服玛丽安对詹宁斯太太勉强表现得礼貌些。她暗自决定，如果她妹妹决意要去，她也会去，因为她觉得让玛丽安完全按自己的想法行事并不恰当，也不该把詹宁斯太太丢给玛丽安，期待从她那儿得到幸福的家庭时光。想到露西曾说爱德华·费拉斯二月前不会在城里，她就更容易接受这个决定；她们的拜访，即使没被不合理地缩短，那时也该结束了。

"我想让你们**两人**都去，"达什伍德太太说，"这些反对毫无道理。你们在伦敦会愉快得多，尤其当你们在一起时；如果埃利诺愿意屈就，能够期待快乐，她能料想有许多方式可以获得；也许，她能期待从加深和嫂子一家的交往中得到快乐。"

埃利诺一直希望有个机会来削弱母亲对爱德华和她本人感情的期待，以便在真相大白时少一些震惊。如今这番想法虽然几乎没有成功的可能性，她依然迫使自己开始她的打算，尽量平静地说道："我非常喜欢爱德华·费拉斯，会始终很高兴见到他；但至于他别的家人，他们究竟会不会认识我，这对我而言完全无关紧要。"

达什伍德太太笑了，没有说话。玛丽安惊奇地抬起眼，埃利诺猜想她也许闭口不言会更好。

她们稍作讨论后，最终决定应该完全接受这个邀请。詹宁斯太太欢天喜地地听说此事，好心好意地做了许多保证；这也不止让她一个人感到高兴。约翰爵士也很高兴，因为对于一个最担心害怕孤独的男人来说，能在伦敦得到两个同伴，这非常重要。即使米德尔顿夫人也费心表示高兴，这对她而言已经很不寻常。至于斯蒂尔小姐们，尤其是露西，她们此生从未体验过这样的消息带来的无比快乐。

埃利诺违心地接受了这样的安排，却不像开始认为的那样感到勉强。对于她自己来说，如今她去不去城里已是无关紧要；当她看见母亲对这个计划感到特别高兴，她妹妹因此在神情、声音和举止上都恢复了往常的活泼，比以往更加兴奋，她不可能对这件事感到不满意，几乎不愿让自己怀疑事情的结果。

玛丽安高兴得几乎算得上狂喜，她激动不安，迫不及待地想要离开。不愿离开母亲成了她唯一的镇定剂；在分手时刻她伤心得无法自已。母亲的哀伤几乎不亚于她，而埃利诺是三人中唯一一个似乎没把这次分离当成永别的人。

她们在一月的第一个星期启程。米德尔顿一家将在一周后出发。斯蒂尔小姐们依然待在庄园，和家中的其他人一起走。

第四章

埃利诺此时和詹宁斯太太一同坐在马车里，在她的保护下，作为她的客人，开启去伦敦的旅行，她不禁为自己的境遇感到好奇。她们和那位太太相识那么短时间，在年龄和气质上完全不相符，只在几天前她们还对这样的安排反对不已！然而所有这些反对，在玛丽安和母亲共同拥有的青春热情下，已经被克服或无视。埃利诺虽然偶尔会怀疑威洛比的忠诚，但当她看着玛丽安因为愉悦的期待而欣喜若狂，眼睛闪闪发亮时，不禁感到自己的未来多么渺茫，相比而言自己的心情多么忧伤，她多么愿意处在玛丽安的境遇中，对未来同样充满令人振奋的目标和希望。不过，只能用很短的时间弄清威洛比的意图，很有可能他已经在城里。玛丽安急于离开，说明她确信能在那儿找到他；埃利诺决心不仅要凭借自己的观察或别人给予的消息弄清他的性格，还要热切关注他对她妹妹的表现，在最初几次见面后就能明确他的情况和意图。如果她观察的结果不令人满意，她决定无论如何也要让妹妹睁开双眼；假如情形相反，她的努力就有了不同的性质——她必须学会避免一切自私的比较，消除每一种遗憾，以免无法对玛丽安的幸福感到真心喜悦。

她们在路上走了三天，玛丽安在旅途中的表现愉快地说明了能够期待她未来对詹宁斯太太有多顺从，是多好的同伴。她几乎一路都坐在那儿沉默不语，陷入自己的沉思，难得主动开口说话，除非眼前见到的如画美景让她单独向姐姐高兴地赞叹一番。因而为了弥补这样的行为，埃利诺立即主动承担起礼貌的责任，对詹宁斯太太极为关注，同她交谈，和她大笑，尽量听她说话。詹宁斯太太对二人特别亲切，时刻关心她们的安适与快乐，唯一的烦恼是不能让她们在客栈选择自己的晚餐，也无法迫使她们承认究竟喜爱鲑鱼胜过鳕鱼，还是喜欢煮禽肉胜过小牛肉片。第三天三点时她们到达城里，很高兴经过这样的旅行后能摆脱马车的束缚，准备好好享受熊熊炉火带来的乐趣。

房子很美观，装饰得很漂亮，年轻小姐们立即拥有了一个非常舒适的房间。这以前是夏洛特的房间，壁炉上依然挂着她画的一幅彩绸风景画，证明她在城里一所出色的学校上过七年学，有些成效。

因为晚餐要在她们到达两个小时后才能准备好，埃利诺决定用这段时间给母亲写信，便坐了下来。很快玛丽安也写起了信。"我在给家里写信，玛丽安，"埃利诺说，"你推迟一两天再写不好吗？"

"我没打算给母亲写信。"玛丽安匆忙答道，似乎想避开进一步的询问。埃利诺没再说话，她马上想到她一定在给威洛比写信；紧随其后的结论是，无论他们多想把事情弄得神神秘秘，他们一定订婚了。这个念头虽然不完全令人满意，却让她高兴起来，她更加欣然地继续写信。玛丽安的信很快就写完了，从长度看不过是张便笺；信被折叠，封好，急切地写上地址。埃利诺觉得能从她那儿看出一个大大的"威"字。玛丽安刚做完这些就摇了铃，请应声而来的男仆帮她把信送到两便士邮局①。这就明确无疑了。

她依然情绪激动，但有些心神不宁，让姐姐无法感觉很高兴，而且随着夜晚的来临变得更加激动。她几乎吃不下饭，等随后回到客厅时，似乎焦急地聆听着每一辆马车的声音。

令埃利诺极其高兴的是，詹宁斯太太一直在她自己的房间忙碌着，几乎没看见发生的事情。茶具端了上来，玛丽安已经不止一次因为隔壁的敲门声感到失望，这时忽然听见一阵响亮的敲门声，而且不可能是别的屋子。埃利诺确信会通报威洛比的来访，玛丽安跳起来走到门前。一切安静下来，令人无法长久忍受；她打开门，向楼梯走了几步，稍加倾听后，激动不安地回到屋里，这是相信听见他的声音带来的自然结果。在欣喜若狂的一瞬间她忍不住叫道："哦，埃利诺，是威洛比，真的是他！"看似几乎要投入他的怀抱，这时布兰登上校出现了。

这个打击过于沉重，让人无法心平气和，她即刻离开了屋子。埃利诺也很失望，但与此同时她对布兰登上校的敬重让他依然能受到她的欢迎。令她感到特别伤心的是，一个如此喜爱她妹妹的男人竟然发现她见到他后只感到悲伤和失望。她立即看出他并非没有注意到，他甚至在玛丽安离开屋子时望着她，满脸惊讶和担心，几乎想不起对她本人应有的礼貌。

"你妹妹病了吗？"他说。

埃利诺有些难过地说是的，接着说起头痛、心情低落、过于

————————————
① 负责伦敦的当地邮政业务。

劳累，以及一切能合理解释她妹妹行为的原因。

他热切专心地听她说着，似乎镇定下来，没有再说这个话题，接着很快说他很高兴在伦敦见到她们，对她们的旅途，以及留在家中的朋友们做了些通常的问询。

他们就这样安安静静、无甚趣味地继续谈话，两人都情绪低落，都在想着别的事情。埃利诺很想询问威洛比那时在不在城里，却又担心询问他的情敌让他痛苦。最后，为了说些什么，她问他是否从上次见面后一直在伦敦。"是的，"他答道，神情有些尴尬，"几乎一直在这儿，我有一两次在德拉福德待了几天，但我从来无法回到巴顿。"

这些，以及他说话时的态度，让她立即想起他离开那儿的所有情景，以及给詹宁斯太太带来的不安与怀疑，她担心她的问题暗示的好奇心远远超出了她的实际感受。

詹宁斯太太很快进来了。"哦！上校，"她以平常吵闹欢喜的样子说道，"我见到你真是太高兴了——抱歉我刚才没有来——请原谅，但我只得四处看看，安排我的事情；因为我很久没回家，你知道人只要离开家一段时间总会有各种琐事要处理；然后我还得和卡特赖特安排事务。天哪，我从吃饭到现在一直忙得团团转！可是上校，请问你怎么能猜到我今天会在城里？"

"我有幸从帕默先生那儿听说，我在那儿吃了饭。"

"哦，真的吗？那么，他们在家都好吗？夏洛特怎么样？我敢说她现在身体很庞大了。"

"帕默太太看上去很不错，我受了委托告诉你，你明天一定能见到她。"

"啊，当然，我也这么想。好了，上校，你看我带来了两位年轻小姐——也就是说，你现在只看到一位，但另一位在别处。还有你的朋友玛丽安小姐——你不会不愿听见。我不知道你和威洛比之间想对她怎么办。是的，年轻又漂亮真是件好事。行了！我也年轻过，但我从不漂亮——对我真是不幸。不过，我得到了一位很好的丈夫，我想最大的美人也不过如此。啊！可怜的人！他已经去世八年多了。可是上校，在我们分别后你去了哪儿？你的生意怎么样？好啦，好啦，朋友之间就不要有秘密了。"

他以习惯性的温和态度回答了她所有的询问，但哪一点都没让她感到满足。埃利诺这时开始泡茶，玛丽安只好再次出现。

在她进来后，布兰登上校变得比之前更加沉默不语，詹宁斯太太无法劝他多待一会儿。那天晚上没有别的客人，女士们一致同意早点睡觉。

玛丽安第二天早上起来后，再次精神抖擞，神情愉悦。前一天晚上的失望似乎因为对今日将要发生之事的期待而被遗忘。她们刚吃完早餐，帕默太太的四轮大马车①就停在了门前，几分钟后她大笑着走进屋子：她太高兴见到所有人，所以很难说清她最高兴见到母亲，还是再次见到达什伍德小姐们。看见她们来到城里真令人惊讶，虽然这是她一直期望的事情；她们竟然在拒绝她本人的邀请后接受她母亲的邀请真让她生气，尽管与此同时要是她们没来她会永远不原谅她们！

"帕默先生会特别高兴见到你们，"她说，"你们认为他听说

---

① 原文为"barouche"，较为宽敞奢华的马车。

你们和妈妈一起来了会说什么？我现在忘记了，但那句话特别好笑！"

在她母亲称为舒适的闲聊中过了一两个小时，或换句话说，在詹宁斯太太对她们所有熟人的各种问询，和帕默太太毫无缘由的大笑中，后者建议她们都应该陪她去逛商店，她那天上午有些事情要做。詹宁斯太太和埃利诺立即同意，因为她们自己也要买点东西；玛丽安虽然开始拒绝，还是在劝说下一起去了。

无论她们去哪儿，她显然一直在观望，尤其在邦德街①。大家都忙于采购，她的眼睛在不停打探着；无论一行人在哪个商店里忙碌，她的思想总会从眼前的每一件实物，从所有让别人兴致盎然的物品中飘离。她在哪儿都烦躁不安，感到不满，她姐姐永远无法得到她对任何一件商品的看法，即使这也许对两人都有用处；她从任何东西都得不到丝毫快乐，只是迫不及待地想回到家，努力克制自己对无聊的帕默太太的恼火——她的目光被每一件漂亮、昂贵或新颖的物品吸引，疯狂地想要买下一切，却做不出任何决定，只在狂喜和犹豫中浪费掉她的时间。

她们回到家时上午已快结束；她们刚进屋玛丽安就飞奔到楼上，埃利诺跟在她后面，发现她神情悲伤地从桌旁转身，说明威洛比根本没来。

"我们出去时没人送过信来？"她们带着包裹进屋时她对男仆说。她得到了否定的回答。"你确信吗？"她答道，"你确信没有仆人或看门人留下任何信件或便笺？"

_____

① 伦敦的时髦商业街。

男仆说没有。

"太奇怪了！"她转向窗户时，以低沉失望的声音说。

"真奇怪，的确如此！"埃利诺心里暗想，她不安地看着妹妹，"如果她不知道他在城里就不会给他写信，而她却写了；她本该写往库姆宅邸；如果他在城里，他竟然既不过来也不写信！哦！我亲爱的母亲，你允许一个如此年轻的女儿，和一个知之甚少的男人以这样令人疑惑，如此神秘莫测的方式订婚，一定错了！**我**很想询问，但她会怎样容忍**我的**干涉。"

在一番思考后，她决定如果情况会以这么不愉快的方式继续很多天，她将以最激烈的言辞向母亲提出严肃询问这件事的必要性。

帕默太太和詹宁斯太太上午遇见并邀请的亲密熟人，两位上了年纪的女士，一同进餐。前者喝完茶很快离开她们去参加晚上的约会；埃利诺只得帮别人打一局惠斯特①。玛丽安在这些情况下毫无用处，因为她永远都不愿学打牌；但尽管她的时间因此由自己掌控，她在这个夜晚得到的快乐完全不比埃利诺更多，因为她的时间完全在焦急的等待和失望的痛苦中度过。她有时试着阅读几分钟，但书很快被扔在一边，她又回到从屋子的一边走到另一边这种更加有趣的活动，无论何时走到窗前都会暂停片刻，期待听见盼望已久的敲门声。

---

① 原文为"whist"，当时流行的四个人打的桌牌。

第五章

"如果这样的晴朗天气持续得久一些，"她们第二天上午吃早餐遇见时詹宁斯太太说，"约翰爵士不会喜欢下个星期离开巴顿；对猎手来说失去一天的快乐真难受。可怜的人儿！他们每次这样我都会同情他们；他们似乎对此特别在意。"

"那是真的，"玛丽安愉快地叫道，她边说边走到窗前查看天气，"我还没想到**那一点**。这种天气会让许多猎手待在乡下。"

想到这一点很幸运，她所有的好心情都因此而恢复。"对**他们**而言真是好天气，"她神情愉悦地坐在早餐桌前时又说道，"他们一定会多么喜欢！可是（又有点焦急）不能期待它会持续很久。在一年的这个时候，经过这样一段雨天，我们当然只有很少这样的日子了。霜冻很快会来，很有可能非常严重。也许再过一两天；这种极其温和的天气几乎无法持续更久——不，也许今晚就会结冰！"

"无论如何，"埃利诺说，希望能不让詹宁斯太太清晰地看出她妹妹的想法，"我敢说约翰爵士和米德尔顿夫人这个周末就会来到城里。"

"是的，亲爱的，我保证会。玛丽总会自行其是。"

"现在，"埃利诺默默猜想，"她今天会写信到库姆。"

但如果她**写了**，这封信也是悄悄写完并寄出，让她无法通过留心的观察明确事实。无论事实可能怎样，因为埃利诺远不为此感到完全满意，但当她看见玛丽安兴高采烈时，她自己不可能很不愉快。玛丽安的确兴高采烈；为天气温和而高兴，为期待霜冻更加高兴。

上午的时间主要用于给詹宁斯太太的熟人家中留下卡片，告诉他们她在城里。玛丽安所有的时间都忙着观察风向，看着天空的变幻，想象天气的改变。

"你没感觉现在比早晨冷一点吗，埃利诺？我似乎感到了明显的差异。我把手放进手笼里都几乎暖不了。昨天不是这样，我觉得。云似乎也在散开，太阳很快会出来，我们将有个晴朗的下午。"

埃利诺时而无心时而难过，但玛丽安锲而不舍，从每个夜晚明亮的火炉，到每个早晨天空的状态，她都看出了霜冻来临的明确征兆。

詹宁斯太太对达什伍德小姐们始终和蔼可亲，她们也没更多理由对她的生活方式和结交的朋友感到不满。她家中的一切安排都十分自由，令米德尔顿夫人遗憾的是，除了城里的几位老朋友，她从不看望别人，从不拜访会让她年轻的同伴感到不安的人。埃利诺愉快地发现她尤其在那个方面的境遇比曾经的期待好得多，便很乐意不去计较她们任何一次晚会都缺少真正的快乐，这些晚会无论在家中还是在外面，只是在打牌，对她而言无甚乐趣。

布兰登上校总是被邀请过来，几乎每天都和她们在一起。他来看看玛丽安，和埃利诺说说话。埃利诺常从和他的谈话中得到比别的日常事务更多的快乐，但她同时也非常担忧地看出他依然爱着她的妹妹。她担心他的爱在与日俱增。看到他时常热切地注视着玛丽安令她难过，他的情绪显然比在巴顿时更加低落。

大约在她们到达一个星期后，她们明确得知威洛比也到了。一天上午她们乘马车回来后看见他的卡片放在桌上。

"天哪！"玛丽安叫道，"他在我们出去时来了。"埃利诺因为他肯定在伦敦而高兴，此时贸然说道："放心吧，他明天会再来。"然而玛丽安似乎根本没听见她的话，在詹宁斯太太进门时，拿着这张宝贵的卡片溜走了。

这件事，不仅让埃利诺精神振奋，也让她的妹妹重新变得激动不安，甚至更加激动。从这一刻起她的心情从未平静过；她每时每刻都期待着见到他，别的什么也做不了。第二天上午，她坚持在别人离开时留下。

埃利诺满心想着她们离开期间在伯克利街可能发生什么，但她们回来后，她只瞥了妹妹一眼就足以知道，威洛比没有再次来访。正在那时一张便笺被拿进来，放在了桌上。

"给我的！"玛丽安叫道，她疾步向前。

"不，小姐，是给我主人的。"

但玛丽安不相信，立刻拿了起来。

"这的确是给詹宁斯太太的，真恼人！""那么，你在等一封信？"埃利诺说，她无法继续沉默。

"是的，有点——算不上。"

短暂停顿后："你不信任我，玛丽安。"

"不，埃利诺，从你这儿听到这样的责备——你可对谁都不信任!"

"我!"埃利诺有些困惑地答道,"真的吗,玛丽安,我没什么可说。"

"我也没有,"玛丽安激动地答道,"那么我们的境遇就相似了。我们谁都没什么可说;你是因为不愿交流,我是因为无可隐瞒。"

埃利诺因为对她本人矜持的这番指责感到忧伤,一时无法释然,不知在这种情况下,怎样让玛丽安更加坦率。

詹宁斯太太很快出现,便笺递到她手中,她大声读出来。这来自米德尔顿夫人,宣布他们前一天晚上到达了康迪特街,请她的母亲和表妹们第二天晚上过去。因为约翰爵士有事,她本人又得了重感冒,所以不能来伯克利街拜访。这个邀请得到接受;可当约会的时间临近,作为对詹宁斯太太必要的礼节,她们两人都应该陪同她前往,埃利诺却难以说服她妹妹过去,因为她还根本没见到威洛比,因而既不愿冒着在她离开时错过他的风险,也不想参加外面的娱乐。

晚会结束后,埃利诺发现,人的性情不会因为环境的变化产生实质的改变,因为他们刚安顿下来,约翰爵士就设法聚集了将近二十个人,开了个舞会让他们娱乐一番。不过,这件事米德尔顿夫人并不赞成。在乡下,没有准备的舞会完全可以;可是在伦敦,优雅的名声更加重要也更难做到,这是为了几个女孩的满意冒着太大的风险,让人知道米德尔顿夫人举办了一场只有八九对舞伴的小型舞会,才两把小提琴,只在餐具柜里有些点心。

帕默先生和太太也在其中；对于前者，她们自从来到城里还没见过他，因为他小心避免对他的岳母献上任何殷勤，因此从不靠近她，她们进来时他完全没表示认出了她们。他稍稍看着她们，似乎不知道她们是谁，只从屋子的另一端向詹宁斯太太点点头。玛丽安进入时环视了屋子：这就足够了，**他**不在那儿——她坐下来，既不想得到也不想表示快乐。他们聚了大约一个小时后，帕默先生信步朝达什伍德小姐走来，说他很惊讶在城里见到她们，尽管布兰登上校是最早得知她们来了的人，他本人听说她们要来时还说了些很可笑的话。

"我以为你俩都在德文郡。"他说。

"是吗？"埃利诺答道。

"你们什么时候再回去？"

"我不知道。"就这样结束了他们的交谈。

玛丽安此生从未像那个晚上一样，如此不情愿跳舞，也从未因为跳舞而那么筋疲力尽。在她们返回伯克利街时她抱怨起来。

"是的，是的，"詹宁斯太太说，"我们很清楚所有那些原因；如果某个不说姓名的人在那儿，你会一点也不累。说实话他得到邀请后不来和你见面做得真不好。"

"得到邀请！"玛丽安叫道。

"我的女儿米德尔顿是这样告诉我的，因为约翰爵士似乎今天上午在街上某个地方遇见了他。"玛丽安没再言语，但看上去极受伤害。埃利诺在这种情形下急于做些什么给妹妹带来安慰，便决心第二天上午给母亲写信，希望唤起她对玛丽安身体的担忧，得到耽搁太久的那些询问；第二天吃完早餐时，她看见玛丽安又在写信给威洛比，因为她想不出还有别的任何人，便更加急切坚定地打算这么做。

大约中午时分，詹宁斯太太独自出去办事，埃利诺立即开始写信，而玛丽安烦躁得什么也做不了，焦虑得无法谈话，从一扇窗户走到另一扇窗户，或坐在火炉旁陷入忧伤的沉思。埃利诺向母亲苦苦请求，说明发生的所有事情，她对威洛比用情不专的怀疑，恳请她本着责任与喜爱，要求玛丽安说出她和他之间的真实情况。

她的信还没写完，一阵敲门声表明有位客人，仆人通报布兰登上校来了。玛丽安从窗口看见他，此时讨厌任何陪伴，在他进门前就离开了屋子。他看上去异常严肃，虽然表示见到达什伍德小姐独自一人很开心，仿佛有什么特别的话要告诉她，却一言不发地坐了一阵子。埃利诺相信他要说些和她妹妹有关的事情，焦急地等待他开口。这不是她第一次有这样的感觉；因为以前不止一次，他以"你妹妹今天看上去身体不好"或"你妹妹似乎情绪低落"开始，都像是打算告知或询问与她特别有关的事情。停顿几分钟后，他们之间的沉默被他打破，他以焦虑不安的声音，问何时能祝贺她得到一个妹夫。埃利诺没料到这样的问题，不知怎样回答，只得以简单常用的权宜之计，问他什么意思。他回答时试着微笑："你妹妹和威洛比的订婚已是尽人皆知。"

"这不可能尽人皆知，"埃利诺答道，"因为她自己的家人还不知道。"

他看似惊讶地说："很抱歉，我担心我的询问有些无礼；但我没想到任何保密的打算，因为他们公开通信，而且人人都在谈论他们的结婚。"

"那怎么可能？你听谁说起过？"

"许多人——有些是你不认识的人，另一些是你最熟悉的，詹宁斯太太、帕默太太和米德尔顿一家。但我也许还没有相信，因为当大脑或许很不愿被说服时，总能找到些什么来证明它的困惑，然而今天仆人领我进来时，我偶然看见他的手中有一封信，寄给威洛比，是你妹妹的笔迹。难道一切都已成定局？就不可能——？但我没有成功的权利，也没有成功的机会。很抱歉，达什伍德小姐。我相信我说这么多很不对，但我几乎不知该怎么办，我完全相信你的审慎。告诉我一切都已完全决定，剩下的只有试图隐瞒，假如隐瞒还有可能的话。"

这些话语向埃利诺直接表达了他对她妹妹的爱意，令她非常感动。她无法立即说出任何话语，即使在她心情平复后，她依然在心里斗争了一会儿，决定最该给予怎样的答复。她本人对威洛比和她妹妹之间的真实状态知之甚少，如果试着解释，她也许很容易说得太多或太少。然而因为她相信玛丽安对威洛比的爱，不可能给布兰登上校任何成功的希望，无论那份爱结局怎样。与此同时，她希望保护妹妹的行为不受责备，在一番考虑后，认为最慎重善意的做法，是说的话超出她真正知道或相信的内容。因此，她承认尽管她从未听他们本人说过两人之间关系的状态，但她对他们的爱意毫无疑问，听说他们在通信她并不惊讶。

他默默地专心听着，当她停止说话时，立即从座位上起身，以动情的声音说道："我希望你的妹妹能无比幸福，也希望威洛比能努力配得上她。"——便起身告辞，走了。

埃利诺从这番谈话中没得到任何轻松愉快的感觉，能缓解她心里对其他事情的不安；相反，她因为布兰登上校的痛苦而心情忧伤，甚至不想消除这种忧伤，因为她急于得知必然能证明这一点的那件事。

第六章

随后的三四天什么也没发生，让埃利诺后悔自己做的事情，向母亲去求助；因为威洛比既没过来也没写信。她们定好大约在那几天后陪同米德尔顿夫人参加一个晚会，詹宁斯太太因为她小女儿身体不适不能前往。对于这场晚会，玛丽安彻底无精打采，毫不在意她的样子，似乎也同样不在乎她是去是留，准备的时候看不出一丝希望的神色或愉快的表情。喝完茶后她坐在客厅的火炉旁，直到米德尔顿夫人来了，却一次都没起身，也没改变姿势，她陷入沉思，忘了姐姐也在屋里。等最终得知米德尔顿夫人在门口等待她们时，她吃了一惊，仿佛忘了她在等人。

她们准时到达目的地，在前面的一串马车刚能允许时，便下了车，登上楼梯，听见她们的名字从一个平台向另一个平台通报着，然后进入一间灯火辉煌的屋子，宾客满堂，热得难以忍受。她们向女主人屈膝问候，接着就能融入人群，分享属于她们的炎热与不便，而她们的到来必然将其变得更甚。经过一段没话可说也无事可做的时间，米德尔顿夫人坐在了牌桌上。因为玛丽安没兴致走动，她和埃利诺幸运地坐在椅子上，离牌桌距离不远。

她们在这种状态下没待多久，埃利诺就看见了威洛比。他站在离她们几码远的地方，正和一位非常时髦的年轻女子热切交谈。她很快迎上他的目光，他立即鞠躬行礼，但没打算和她说话，或接近玛丽安，虽然他一定看见了她；接着他又和同一位女士继续交谈。埃利诺不由自主地转向玛丽安，看她是否可能没注意到他。就在那时她刚看见他，她的整个面容都因为突然的欣喜而神采奕奕，本来会立即跑到他身边，要不是她姐姐抓住了她。

"天啊！"她惊叫道，"他在这儿——他在这儿——哦！他为何不看我？我为何不能对他说话？"

"拜托，请你镇定，"埃利诺叫道，"别向在场的所有人透露你的感情。也许他还没看见你。"

不过这一点连她自己也无法相信；而在这样的时候保持镇定不仅让玛丽安无能为力，也非她所愿。她痛苦又焦躁地坐在那儿，整个面容都变了样。

最后他再次转身，向两人致意；她倏地起身，满怀柔情地叫他的名字，向他伸出了手。他走上前，向埃利诺而非玛丽安说话，似乎想避开她的目光，决意不看她的样子，匆忙问候了达什伍德太太，询问她们来城里多久了。这番话语让埃利诺的脑子一片空白，她无言以对。然而她的妹妹立即表达了她的感情。她满脸通红，以非常动情的声音叫道："天啊！威洛比，这是什么意思？你没收到我的信吗？你不想和我握手？"

他在那时无法避开，但她的触碰似乎令他痛苦，他只稍稍握了她的手。整个过程他显然在努力镇定。埃利诺注视着他的面孔，看出他的表情变得更加平静。稍停片刻后，他冷静地说：

"我上星期二有幸去伯克利街拜访，很遗憾地发现你们本人和詹宁斯太太都不在家。我希望我的卡片没有丢失。"

"可你没有收到我的便笺吗？"玛丽安焦虑狂乱地叫道，"我相信一定有些错误，一些可怕的错误。这到底什么意思？告诉我，威洛比；看在上天的份上告诉我，出什么事了？"

他没有回答。他变了脸色，又完全恢复了尴尬的神情；但似乎，当他迎上刚才谈话的那位年轻女士的目光时，他感觉必须立即振作起来，便再次镇定下来，说道："是的，我有幸收到了告知你们来到城里的消息，你那么好意地寄给了我。"接着稍稍鞠躬并立即转身，回到他朋友的身旁。

此时玛丽安的脸色苍白得可怕，她无法站立，瘫倒在椅子上。埃利诺觉得她随时可能晕倒，试着不让别人注意她，同时以薰衣草香水帮她恢复。

"去他那儿，埃利诺，"她刚能开口就叫道，"逼他来我身边。告诉他我必须再见到他——必须立即和他说话——我无法安宁——不把一切解释清楚我一刻也不能安心——某些可怕的误会——哦，现在就去他那儿。"

"怎么能那样做？不，我最亲爱的玛丽安，你必须等待。这不是解释的地方。只需等到明天。"

不过她艰难地阻止了妹妹自己去找他，劝她克制焦虑，至少等看上去平静一些，直到她也许能在人少时更有效地对他说话；因为玛丽安一直不停地低声表达她痛苦的感情，发出伤心的叹息。很快埃利诺看见威洛比从通往楼梯的门离开屋子，便告诉玛丽安他已经走了，说明那天晚上已没有可能和他再次说话，作为让她冷静下来的新理由。她立即求姐姐恳请米德尔顿夫人带她回家，因为她痛苦得一刻也待不下去了。

米德尔顿夫人虽然一局牌打到中间，听说玛丽安身体不好，便礼貌地完全没有反对她想离开的心愿，把牌交给一位朋友，刚找到马车她们就离开了。返回伯克利街的路上几乎没人说话。玛丽安默然痛苦着，难过得流不出眼泪；但幸运的是詹宁斯太太还没回来，她们能直接回到房间，用嗅盐帮她稍稍恢复常态。她很快脱衣上床，因为她似乎想独处，她的姐姐便离开她，在等待詹宁斯太太回来时，有足够的闲暇想着过去的事情。

她无法怀疑威洛比和玛丽安之间存在着某种婚约，威洛比对此厌倦了，似乎也同样清楚；因为尽管玛丽安也许还在痴心幻想，**她**无法将这样的行为归结于某种错误或误会。只有彻底的感情变化才能解释。也许她本来会更加愤怒，若不是她目睹了那种尴尬，似乎表明他知道自己的错误行为，让她相信他并非毫无原则，或是居心叵测，从一开始就在玩弄她妹妹的感情。离别也许削弱了他的爱意，而贪图安适让他决定放弃，但她无法让自己怀疑那样的爱意曾经存在过。

至于玛丽安，如此不愉快的见面一定已经给她带来的痛苦，以及很可能因此而等待她的更深的痛苦，她只要想到都会极其担忧。在这番比较下她自己倒是境遇更好；因为她能和从前一样**敬重**爱德华，无论他们将来有怎样的分离，她总能得到心灵的支撑。可是带来这番痛苦罪恶的各种情形似乎共同增加了玛丽安和威洛比最终分手的痛苦——和他之间即刻并且无可挽回的决裂。

第七章

　　第二天女仆还没来点上火炉，太阳在阴沉的一月还没能得到任何驱散寒冷的力量时，玛丽安就衣衫不整地跪在一个窗台前，只为能从那儿获得的一丝微弱光线，一边泪如雨下，一边尽力奋笔疾书。在这种情境下，埃利诺被她激动不安的哭泣声从梦中惊醒，一眼就看见了她。她焦急地默然看了她一会儿，用最温柔体贴的声音说：

　　"玛丽安，我可否问？"

　　"不，埃利诺，"她答道，"什么也别问；你很快全都能知道。"

　　她说这番话时绝望的平静，在话音刚落时便戛然而止，紧接着就回到了之前痛苦不堪的样子。几分钟后她才能继续写信，时常爆发出阵阵悲伤，让她有时只得停下手中的笔，这样的感情足以证明她极有可能是最后一次给威洛比写信。

　　埃利诺尽量安安静静，不加打扰地关注着她；她本想试着进一步抚慰她，让她平静下来，然而玛丽安激动不已地热切恳求她，绝不要和她说一句话。在这种情况下，最好别让两人继续待在一起；玛丽安焦躁不安的情绪让她不仅在穿好衣服后无法在屋里多待片刻，还要既保持独处，又不停更换位置，这使她在房子里游荡到早餐时间，躲避着每个人的视线。

早餐时她既不吃饭，也不尝试吃点东西；在那个时候，埃利诺一心一意地既没有催促她，或是可怜她，或显得在关心她，而是努力把詹宁斯太太的注意力全都吸引到自己身上。

因为这是詹宁斯太太最喜爱的餐点，所以持续了很长一段时间。早餐后她们刚在针线桌旁坐下，这时送来一封给玛丽安的信，她急切地从仆人手中夺下，脸变得死一般苍白，马上跑出了屋子。埃利诺对此看得清楚，仿佛已经看到了地址，知道这一定来自威洛比，立即感到胸口疼痛，几乎抬不起头来。她浑身战栗地坐在那儿，感觉无法逃脱詹宁斯太太的注意。然而，那位好心的太太只看出玛丽安收到一封威洛比的来信，这在她看来是很有趣的玩笑，她也依此行事，只笑着希望这封信会让她喜欢。至于埃利诺的忧虑，她一心忙着测量她绒毯的长度，什么也没看见。她平静地继续着谈话，玛丽安刚刚消失，她就说道：

"说真的，我这辈子从没见过哪个年轻女子爱得那么死心塌地！**我的**女儿们和她无法相比，不过她们那时够傻的；但说起玛丽安小姐，她完全变了样。我从心底希望，他不会让她等待太久，因为看着她满脸病容，孤单愁苦真让人难过。请问，他们什么时候结婚？"

埃利诺虽然从未比那时更不愿说话，却只好强迫自己回答这样的无礼话语，因此，她试着微笑，答道："太太，你真让自己相信我妹妹和威洛比先生订婚了？我以为这只是个笑话，但这么严肃的问题似乎别有他意；因此，我必须请求你不要再欺骗自己。我向你保证没有任何事能比听说他们将要结婚更让我吃惊。"

"真讨厌，真讨厌，达什伍德小姐！你怎能这么说话？难道我们不是都知道这一定是桩亲事，他们从见面的第一刻开始就耳鬓厮磨了吗？我难道没看见他们在德文郡每天在一起，整天如此；我会不知道你妹妹和我来城里，是特意来买结婚礼服的吗？好了，好了，这样不行。因为你自己对此神神秘秘，你以为别人都没有理智吗？但根本没那样的事情，我能告诉你，因为这件事很久以来在城里已是尽人皆知。我告诉了每一个人，夏洛特也是。"

"太太，"埃利诺十分严肃地说，"你真的错了。说实话，你散布这样的话语极不友善，虽然你现在不信，但你会发现确实如此。"

詹宁斯太太又笑了，但埃利诺没兴致再多说。她焦急万分地想知道威洛比写了什么，便赶到她们的房间，打开门时，看到玛丽安挺直地躺在床上，伤心得几乎窒息，手里拿着一封信，身旁放着两三封。埃利诺走近她，却一言未发；她坐在床边，拉着妹妹的手，温柔地亲吻她好几次，然后失声痛哭，起初几乎和玛丽安一样伤心。后者虽然说不出话来，似乎感觉到这番举止中的所有柔情，就这样共同哀伤了一段时间后，她把全部信件放入埃利诺的手中；接着她用手帕捂住脸，痛苦得几乎尖叫起来。埃利诺知道那样的痛苦虽然令人震惊，但一定有其缘由，就看着她，直到这种过度的痛苦有所平息，然后急切地回到威洛比的来信，内容如下：

邦德街，一月

我亲爱的小姐：

　　我刚刚有幸收到你的信件，请你允许我回以真诚的敬意。我十分忧虑地发现我昨晚有任何举止不尽让你满意。虽然我尚未知晓不幸在哪个方面惹你恼火，我请求你原谅一切都纯属无意。每当想起和你家人在德文郡曾经的相识，我都满心感激和愉悦，并自以为这不会由于我行为的任何错误或对其的误解而受到破坏。我对你全家人都真心敬重，但倘若我非常不幸地引起超出我所感觉或有意表达的想法，我会责备自己在表示敬意时没能更加谨慎。请相信我从不可能有更多打算，只要你知道我早已心有所属，我相信过不了几个星期就会结婚。我遵从你的要求，不胜遗憾地返还我曾经有幸收到的你的信件，还有你好意赠予我的那绺头发。

亲爱的小姐，我是
你最忠顺
谦卑的仆人
约翰·威洛比

　　达什伍德小姐一定会以怎样的愤怒之情阅读这样的来信，这可想而知。虽然她在读信之前，想到这一定会带来他对用情不专的坦白，证实他们将永远分开，但她没想到竟然以这样的语言宣布此事；她也想不到威洛比能和表面上所有正直文雅的感情相去甚远，能够如此违背绅士的寻常礼节，竟然送来这么残忍无耻的信件：这封信没有表达他发自内心的悔恨，却完全不承认违背忠诚，否认了一切特别的爱意——这封信字里行间全是侮辱，证明信的作者心肠冷酷，十恶不赦。

她停顿片刻，愤愤不平又惊诧不已；接着她把信读了一遍又一遍；然而每一次阅读只让她更加憎恶这个男人，她对他痛恨不已，因而不敢开口说话，以免给玛丽安带来更深的伤害。她没有将他们解除婚约视为能带来任何好处的损失，而是当成从最糟糕、最无可挽回的罪恶中的一种逃离，摆脱和一个没有原则的男人的一段关系、一种生活，这是一场最真切的解脱，一件最重要的幸事。

　　她热切地思索着信的内容，想到能写出这封信的人心灵的堕落，也许，想到一个截然不同的人完全不一样的心灵，这个人和这件事没有任何关系，只是她在心里把他和发生的每件事联系在一起。埃利诺忘了妹妹此时的悲伤，忘了她的腿上还放着三封尚未阅读的信件，也彻底忘了她在这间屋子里待了多久，所以当听见一辆马车来到门前，她去窗前看看谁会不合情理地这么早过来时，她万分惊奇地看见詹宁斯太太的敞篷双轮马车①，知道车子不到一点不会过来。她决心不离开玛丽安，虽然此时不指望能让她安心一些，于是她匆忙向詹宁斯太太道歉说不能陪她，因为她的妹妹身体不适。詹宁斯太太对这件事非常关切，即刻答应。埃利诺看着她平安离开，回到玛丽安身旁，发现她正挣扎着从床上起身。因为很久没能好好休息吃饭，她身体虚弱，头晕眼花，幸好埃利诺及时赶到，才没让她摔倒在地。她已经很多天没有任何食欲，很多的夜晚无法入眠。此时，她的头脑不再被狂热的悬念所支撑，结果就是她头痛欲裂、肠胃虚弱、容易晕厥。埃利诺立

————————————
① 原文为"chariot"，一种轻型四轮马车，专门配有马车夫的座位。

即为她取来一杯葡萄酒，让她稍微舒服点，最后她至少能表达某些感激之情，说道：

"可怜的埃利诺！我让你多不开心啊！"

"我只希望，"她的姐姐答道，"有任何我**能**做到的事，也许可以带给你安慰。"

这句话，如同其他的一切，让玛丽安无法承受，她只无比痛心地叫道："哦！埃利诺，我很痛苦，真的。"接着泣不成声。

埃利诺再也无法沉默地看着这难以抑制的悲恸情绪了。

"振作起来，亲爱的玛丽安，"她叫道，"如果你不想杀死自己和所有爱你的人。想想你的母亲，想想在**你**受苦时她的难过：为了她你必须振作起来。"

"我不能，我不能，"玛丽安叫道，"离开我，离开我，如果我让你伤心；离开我，恨我，忘了我！但别这样折磨我。哦！那些自己完全没有悲伤的人，说起振作多么容易！幸福的，幸福的埃利诺，**你**无法知道我的痛苦。"

"你说**我**幸福吗，玛丽安？啊！你要是知道就好了！——而且当我看着你这么痛苦时，你还觉得我能幸福？"

"原谅我，原谅我，"玛丽安搂住姐姐的脖子，"我知道你为我难过；我知道你有怎样的心肠；可是你却——你必须幸福；爱德华爱你——什么，还有什么，能抵消那样的幸福呢？"

"许多，许多的情形。"埃利诺郑重地说。

"不，不，不，"玛丽安疯狂地叫道，"他爱你，只爱你。你**会**毫无伤悲。"

"当我看到你处于这种样子时，我不可能快乐。"

"你永远看不到我有别的样子。我的痛苦什么都无法消除。"

"你绝不能这么说，玛丽安。你难道没有安慰？没有朋友？你的失去难道无可慰藉？虽然你现在很痛苦，想想要是等到更晚的时候才发现他的品性——如果你们的婚约延续数月，这也有可能，然后他选择将其结束，你会有多痛苦。每多一天不恰当的信任，在你这边，都会让这个打击更加可怕。"

"婚约！"玛丽安叫道，"从来没有婚约。"

"没有婚约！"

"没有，他不是你认为的那样卑鄙。他没有对我背信弃义。"

"但他告诉了你他爱你？"

"是的——不是——从不完全。这每天都有暗示，但从未公开声明。有时我觉得已经是了——但从来不是。"

"可你还给他写信？"

"是的——经过所有那一切之后，那有错吗？——但我无法多说。"

埃利诺没再说话，再次转向此时比之前引起了更强烈好奇心的三封信，直接看完全部内容。第一封信，是她妹妹在她们到达城里时寄给他的，大意如下。

伯克利街，一月

收到这封信时，威洛比，你该有多惊讶。我想当你得知我在城里时，感到的不止是惊讶。通过詹宁斯太太来到这儿的机会，是我们无法拒绝的诱惑。我希望你能及时收到这封信，今晚过来，但我不会指望。无论如何我明天能够等到你。此刻，再见。

玛·达

她的第二封信，写在米德尔顿夫人家舞会后的那天上午，是这样的内容——

我无法表达对前天错过你的失望，或是对一个星期前寄给你的信尚未得到回复的惊讶。我一直等着你的来信，更在时时刻刻等待见到你。请你尽快再次来访，解释我一直徒劳等待的原因。下次你最好早点过来，因为我们通常一点出去。昨天晚上我们在米德尔顿夫人家，那儿有一场舞会。我听说你得到了晚会的邀请。但这可能吗？如果是那样，而且你没有去，你一定自从我们分别后大大变了样。但我认为这不可能，我也希望能很快听见你保证并非如此。

玛·达

给他的最后一封信内容如下——

你昨天对我的行为，威洛比，我该怎么想？我再次要求一个解释。我怀着我们的分离自然带来的喜悦之情打算和你相见，以我们在巴顿的亲密关系似乎允许的友好轻松态度。我竟然被你嫌恶！我过了一个痛苦的夜晚，努力为一个几乎算得上侮辱的行为寻找解释；但我虽然尚未能够对你的行为给予合理的原谅，我却随时准备听你辩解。你也许在关于我的问题上听到了错误的消息，或是被故意欺骗，让你降低了对我的评价。告诉我是什么，解释你行为的理由，我会感到满意，因为这也能够让你满意。假如必须把你想得很坏，我真的会很伤心；但假如我会这么想，如果我会得知你和我们迄今认为的并不一样，你对我们所有人的感情都不真诚，你对我的行为只是欺骗，请尽快让我知道。我的感情此时处于可怕的不确定状态；我希望你没有罪过，但在任何一方的明确对我现在的痛苦都是缓解。如果你的感情已经今非昔比，请你退回我的信件，以及你所拥有的我的一绺头发。

玛·达

这样的信件，如此充满真情和信任，竟能得到这种答复，埃利诺，为威洛比考虑，原本会不愿相信。但她对他的谴责并未让她盲目到看不出他们的通信本来就不得体。她默默为如此的轻率行为感到伤心，这么冒昧地表达柔情，无法因之前的状态得到任何保障，因而陷入了最可怕的困境。这时玛丽安见她已经读完了信，对她说里面除了任何人在同样的境遇中都会写下的内容外，别无其他。

"我感觉自己，"她又说道，"已经和他郑重订下婚约，仿佛最严格的法律协议已经让我们彼此相属。"

"我能相信这一点，"埃利诺说，"但不幸的是他的感觉并不相同。"

"他**的确**感觉相同，埃利诺——有好几个星期他都能感到。我知道他是那样的感觉。无论是什么现在改变了他（只有对我最恶毒的伎俩才能这样），我曾经如我满心渴望的那样对他无比宝贵。这一绺头发，现在他那么轻易放弃，当初却是他真心诚意向我求得。你如果看见他的神情，他的举止，你要是能听见他那时的声音！你忘记我们共同在巴顿的最后一个晚上了吗？还有我们分别的那个上午！当他告诉我要过很多个星期我们才能再相见——他的悲伤——我能忘记他的悲伤吗？"

一时间她无法再多说；但当这阵感情过去后，她以更坚定的语调又说道：

"埃利诺，我得到了残酷的虐待；但不是因为威洛比。"

"最亲爱的玛丽安，除了他还有谁？他能受到谁的教唆？"

"被全世界，而不是被他自己的心。我宁愿相信我认识的每个熟人联合起来在他面前诋毁我，也不愿相信他的性情能够如此残忍。他写到的那个女人——无论她是谁——或是任何人，简而言之，除了亲爱的你本人、妈妈，还有爱德华，都可能残忍地背叛我。除了你们三个，这世界上我会不愿怀疑谁做了恶行，而不是威洛比呢？我对他的心这么了解。"

埃利诺无法争辩，只答道："无论谁会是你如此可恶的敌人，就让他们被他们恶毒的胜利欺骗吧，我亲爱的妹妹，看看你勇敢地坚信自己的无辜和好意会怎样帮你振奋精神。这是明智可敬的骄傲，能抵抗那样的恶意。"

"不，不，"玛丽安叫道，"像我这样的痛苦没有骄傲。我不在乎谁知道我的痛苦。全世界都能看着我这样而得意洋洋。埃利诺，埃利诺，那些不痛苦的人可以随心所欲地骄傲独立——可以拒绝侮辱，或还击伤害——但我不行。我必须感觉——我必须痛苦——让他们知道后感到高兴去吧。"

"可是看在我和母亲的份上——"

"我愿意不止为了我自己。可是在我这么痛苦时显得高兴——哦！谁能这样要求？"

她们再次沉默了。埃利诺若有所思地从火炉走到窗户，从窗户走向火炉，却不知道她从一处得到了温暖，或是从另一处看到了景物；玛丽安坐在床尾，头靠着一根柱子，再次拿起威洛比的信，在为每一句话而战栗后，惊叫道：

"这太过分了！哦，威洛比，威洛比，这可能是你的信吗？残忍，残忍——什么都无法原谅你。埃利诺，什么都不能。无论他可能听到我的什么坏话——他难道不应该表示怀疑吗？难道他不该告诉我，让我能够自证清白？'那绺头发（重复着信的内容），你好意赠予我的那绺头发'——那无可原谅。威洛比，你写下那些字时你的心在哪儿？哦！野蛮无礼！——埃利诺，能为他辩解吗？"

"不，玛丽安，绝无可能。"

"可是这个女人——谁知道她有什么伎俩？——她究竟预谋了多久，做了怎样的策划！——她是谁？——她会是谁？——我曾听他说过他的女性朋友中有哪位既年轻又迷人吗？——不！没有，没有——他只对我说起我自己。"

接着又是一阵停顿；玛丽安激动不安，最后这样说道：

"埃利诺，我必须回家。我必须回去安慰妈妈。我们不能明天走吗？"

"明天，玛丽安！"

"是的，我为何待在这儿？我来只为了威洛比——现在谁关心我？谁在乎我？"

"明天不可能走。我们欠詹宁斯太太的远不止礼仪，而且最常规的礼仪也不允许如此匆忙的离去。"

"那么，再过一两天，也许；但我不能在这儿待很久，我不能待在这儿忍受所有这些人的问题和议论。米德尔顿一家和帕默一家——我怎么受得了他们的同情？像米德尔顿夫人那种女人的同情！哦，**他**会对此怎么说！"

埃利诺再次建议她躺下，有一会儿她那样做了；但任何姿势都不能让她轻松；在身心烦躁的痛苦中她从一个姿势换到另一个姿势，直到变得越来越歇斯底里，她的姐姐实在难以让她留在床上，有一段时间担心只得叫人帮忙。不过，她最终劝她喝下的几滴薰衣草水起了作用，从那时起到詹宁斯太太回家，她安安静静，一动不动地继续待在床上。

第八章

　　詹宁斯太太回家后立即来到她们的房间，没等到对她请求进门的答复就打开门，满脸关切地走了进去。

　　"你好吗，我亲爱的？"她以非常同情的口吻对玛丽安说，玛丽安扭过脸不想回答。

　　"她怎么样，达什伍德小姐？——可怜的人儿！她看上去很糟糕——毫无疑问。啊，这千真万确。他很快就要结婚了——一无是处的家伙！我真受不了他。泰勒小姐半小时前告诉我的，她是由一个特别的朋友格雷小姐本人告诉她的，否则我肯定不会相信，我简直快晕倒了。好了，我说，我只能说，如果这是真的，他对我认识的一位年轻小姐的行为极其可恶，我真心诚意地希望他的妻子能把他折磨得痛不欲生。而且我会一直这么说，我亲爱的，你尽管相信。我完全想不到男人能这样做；要是我再见到他，我会把他痛骂一顿。但有一个安慰，我亲爱的玛丽安小姐，他不是世界上唯一值得拥有的年轻人；有这么漂亮的脸蛋，你永远都不缺仰慕者。哎呀，可怜的小东西！我不想再打扰她，因为她最好马上痛哭一场了结此事。你知道幸好帕里一家和桑德森一家今晚要过来，那可以逗她开心。"

　　她随后起身，踮起脚尖走出屋子，仿佛认为她年轻朋友的痛苦会因为噪音而加深。

玛丽安出乎姐姐的意料，决定和她们一起吃饭。埃利诺甚至建议她别这么做。然而她说不，她要下楼；她完全能承受，这样能少一些身边的吵闹。埃利诺很高兴她一时能以这样的动机行事，虽然相信她几乎不可能待到吃完晚餐，但没再说话。她尽量为依然躺在床上的玛丽安整理衣服，准备听见召唤后随时扶妹妹进入餐厅。

　　到那儿后，玛丽安虽然看上去痛苦不安，却比姐姐期待的吃得更多，更加平静。假如她试着说话，或是知道詹宁斯太太一半好心好意却不合时宜的关注，这样的平静会无法保持；然而她一个字也没说，因为心不在焉而浑然不知身边发生的事情。

　　埃利诺知道詹宁斯太太的好意，尽管这常常令人痛苦，有时几乎荒唐可笑，但还是向她表示感谢，对她礼仪周全，她妹妹本人则完全做不到。她们好心的朋友发现玛丽安心情不好，认为自己应该竭尽全力让她能感觉好一些。因此她以宠溺的父母在假日最后一天对最喜爱的孩子那万般娇纵之心对待她。玛丽安得坐在火炉旁最好的位置，用屋里的所有美食诱她吃饭，说起一天中发生的事情取悦她。埃利诺若不是看着妹妹悲伤的脸庞，感到需要克制所有的快乐，她也许会因为詹宁斯太太为治愈失恋的努力，一大堆糖果橄榄，以及熊熊火炉感到非常开心。然而，这些不断强加给玛丽安的做法刚被她意识到，她就无法再待下去。她匆忙发出一声痛苦的叫喊，示意姐姐别跟着她，就立即起身跑出了屋子。

　　"可怜的人儿！"她刚离开詹宁斯太太就叫道，"看她这样我多难过！我肯定她还没喝完葡萄酒就走了！还有樱桃脯！天哪！

似乎什么都对她起不了作用。我相信要是我知道她所喜欢的任何东西，我会让人找遍全城得到它。哎呀，对我而言真是最奇怪的事情，一个男人竟然会如此对待这么漂亮的一个女孩！但当一方有足够的钱，而另一方几乎身无分文时，上帝保佑！他们就不再关心那样的事了！"

"那么那位小姐——我想你叫她格雷小姐——她很富有吗？"

"五万英镑呢，我亲爱的。你见过她吗？他们说是个聪明时髦的女孩，但不太漂亮。我对她姑姑记得很清楚，比迪·亨沙威；她嫁给了一个非常有钱的男人。不过这些家庭都很有钱。五万英镑！我听人说，这钱来得特别及时，因为他们说他已经一无所有。毫不奇怪！乘着马车带着猎马四处游荡①！好了，这不值得谈论；但当一个男人，无论他是谁，来和一个漂亮女孩谈情说爱，答应要结婚，他绝不能只因为他变得贫穷，一个更有钱的女孩愿意要他就一走了之。在这种情况下，他为何不卖掉马匹，租出房子，遣走仆人，立即改过自新呢？我向你保证，玛丽安小姐本来会愿意等到情况好转。但如今这行不通了，这个年龄的年轻人无论如何都不愿放弃追求享乐。"

"你知道格雷小姐是哪种女孩吗？是否听说她很和蔼？"

"我从未听说她的任何坏话，事实上我几乎没听人说起过她，除了今天上午泰勒太太的确说道，有一天沃克小姐向她暗示，说她相信埃利森先生和太太不会为格雷小姐结婚感到遗憾，因为她和埃利森太太从来都无法相处。"

---

① 威洛比一年大约六七百英镑的收入远不能支撑这样的生活方式。

"埃利森夫妇是谁?"

"她的监护人,我亲爱的。但她现在已经成年,也许能为自己选择;她真做了个漂亮的选择!——现在,"她停顿片刻,"你可怜的妹妹回了她自己的房间,我想,去独自悲伤。就不能做点什么安慰她吗?可怜的孩子,让她独自一人似乎很残忍。好了,慢慢地我们会有一些朋友,那会让她高兴点。我们该玩什么?我知道她讨厌惠斯特,可是就没有她喜欢打的牌吗?"

"亲爱的太太,这番好意毫无必要。玛丽安,我敢说,今晚不会离开她的房间。要是我能早点上床我会劝她,因为我相信她需要休息。"

"是的,我认为那样对她最好。让她自己说晚餐吃什么,然后上床睡觉。天哪!难怪她过去一两个星期那么糟糕,心情低落,我想她是一直因为这件事而烦恼。那么今天的来信了结了这件事!可怜的人儿!我要是知道这一点,那说什么也不会拿此事对她开玩笑。可你也知道,我怎么能猜出这样的事情?我肯定那只是一封普通的情书,你知道年轻人喜欢为此被取笑。天哪!约翰爵士和我的女儿们听说后该有多担心!要是我更有头脑,我也许会在回家的路上去趟康迪特街,把事情告诉他们。不过我明天会见到他们。"

"我相信这毫无必要,由你来提醒帕默太太和约翰爵士别在我妹妹面前提起威洛比先生的名字,或稍稍暗指发生的事情。他们的善良天性一定会让他们知道,当她在场时,显出对这件事有任何了解是多么残忍;他们越少对我本人说这个话题,我就会少一些难过,我想亲爱的太太不难明白这一点。"

"哦！天哪！是的，那我当然知道。让你听人谈论此事一定很难过；至于你妹妹，我相信我无论如何都不会对她提起只言片语。你看我整个吃饭时间都没说。约翰爵士和我的女儿们也不会，因为他们都很谨慎体贴；尤其如果我给他们一些暗示的话，我当然会这么做。对我来说，我想这样的事情说得越少就越好，会更快过去，被人遗忘。你觉得谈论能有什么用处呢？"

"在这件事上只会有坏处；也许比很多类似情况坏处更多，因为对与之相关的人来说，涉及的情形不适合公开讨论。我必须为威洛比先生说**这句**公道话——他并未和我妹妹明确订婚，也没有违背婚约。"

"天哪，我亲爱的！别假装为他辩护了。什么叫没订婚约！他可是带着她把阿伦汉姆大宅看了个遍，还特别指出他们以后要住的那间屋子！"

埃利诺，为妹妹考虑，无法深入谈论这个话题，她希望为了威洛比也无需多说。因为虽然玛丽安也许会失去很多，但他从真相中也得不到什么益处。双方短暂沉默一会儿后，詹宁斯太太因为天生的热情，又叫嚷起来：

"好了，我亲爱的，所谓祸福相依的话真有道理，因为这对布兰登上校很有好处。他最终会得到她；是的，他会的。现在听我说，他们要是仲夏还不结婚就怪了。天哪！他对这个消息该有多开心！我希望他今晚会来。这无论如何对你妹妹都是更好的婚事。一年两千英镑，既没债务也没麻烦——除了那个小私生女，说实话；是啊，我把她忘了；也许只要花一点点钱送她去当学徒，那又算得了什么？告诉你，德拉福德是个漂亮的地方，在我看来正是一个老式的漂亮住所，舒适又便利；围着气派的花园围墙，种满了郡里最好的果树，在一个角落有一棵非常棒的桑树！天哪！我和夏洛特唯一去那儿的一次吃得特别过瘾！此外，还有一座鸽棚，一些可爱的池塘，还有一条很美的河流；简而言之，一切都令人满意；不仅如此，还靠近教堂，从付费公路过去只有1/4英里，所以从来不会无趣，因为只要坐在房子后面的一棵老紫杉树下，你就能看到来来往往的所有马车。哦！真是个宜人的地方！就在村旁有个肉铺，牧师住宅几步之遥。在我看来，比巴顿庄园好一千倍，他们在三英里外才能买到肉，你母亲是他们最近的邻居。好啦，我会尽快给上校鼓劲。你知道，一山更比一山高。只要我们能让她忘掉威洛比！"

"是的，如果我们能做到**那个**，太太，"埃利诺说，"有没有布兰登上校都很好。"说着，她起身离开去看玛丽安，发现她正如自己所料，待在房间里，在微弱的炉火旁默默地痛苦着，在埃利诺进入前，那是她仅有的光亮。

"你最好离开我。"这是姐姐从她那儿得到的全部关注。

"我会离开你，"埃利诺说，"如果你愿意去床上。"然而玛丽安因为痛苦难忍而执拗任性，起初不肯同意；不过，在姐姐温柔却热切的劝说下，很快变得顺从。埃利诺看着她把疼痛的脑袋放在枕头上，在离开前见她正如自己所愿，努力得到一些安静的休息。

接着她又回到客厅，詹宁斯太太很快来到她身旁，手里端着一只斟满的酒杯。

"我亲爱的，"她说着走进来，"我刚刚想起家里有些味道极好的康斯坦莎①上等陈酒，因此我为你妹妹拿了一杯。我可怜的丈夫！他太喜欢了！无论何时感到疝气痛风老毛病发作，他都说这比世界上的任何东西更有效。一定要把它拿给你妹妹。"

"亲爱的太太，"埃利诺答道，为这截然不同的病症笑了起来，"你真好！但我刚刚让玛丽安躺在床上，我希望她已经快入睡了。我想对她而言休息比什么都重要，如果你愿意，让我来喝下这杯酒吧。"

詹宁斯太太虽然遗憾没能早五分钟过来，却对这样的权宜之计感到满意。埃利诺在吞下一大口酒时想着，虽然它治疗疝气痛风病的作用此时对她无关紧要，但它对失恋心灵的治愈能力，在她妹妹或者她本人身上都可以尝试。

她们在喝茶时布兰登上校来了，从他环顾四周寻找玛丽安的样子看来，埃利诺立即想到他既不期待也不希望在那儿见到她，简而言之，他已经知道她不在的原因。詹宁斯太太没想到同一点；因为他进来不久后，她穿过屋子走到埃利诺身边的茶桌，低声说道："你看上校和往常一样神情严肃。他对此一无所知；一定要告诉他，我亲爱的。"

他很快拉了把椅子坐在她身旁，带着对此事十分了解的神情，询问起她的妹妹。

"玛丽安身体不好，"她说，"她一整天都身体不适，我们劝她上床睡觉了。"

"那么，也许，"他犹豫着答道，"我今天上午听说的消息——

———————————

① 原文为"Constantia wine"，产地为南非开普敦附近的康斯坦莎，是一种高品质甜酒。

包含的事实可能比我最初相信的更多一些。"

"你听说什么了?"

"说一位先生,我有理由认为——简而言之,我认识的一个人,他订婚了——可是我该怎么告诉你?如果你已经知道,因为你一定知道,也许就不用我说了。"

"你是指,"埃利诺强作镇定地说,"威洛比先生和格雷小姐结婚。是的,我们**的确**都知道了。这似乎是真相大白的一天,因为就在今天上午我们得知了此事。威洛比先生真是高深莫测!你从哪儿听说的?"

"在帕尔商场的一家文具店,我去那儿办点事。两位女士在等待马车,其中一位对另一位说起这桩计划中的婚事,声音完全没打算隐瞒,因此不可能不让我全部听见。威洛比,约翰·威洛比的名字被一再重复,首先唤起了我的注意,随后是关于他和格雷小姐结婚的一切都已准备就绪,不再是个秘密,甚至几个星期内就会进行,以及关于准备及其他事务的许多细节。有一件事,我特别记下,因为这更明确了他是谁——一旦婚礼结束,他们会去库姆宅邸,他在萨默塞特郡的住所。我吃惊不已!但完全无法言述我的感觉。询问后,我得知说话的女士是一位埃利森太太,因为我一直在店里待到她们离开,后来我还知道了那是格雷小姐监护人的名字。"

"是的。但你听说了格雷小姐有五万英镑吗?在那一点上,我们也许能找到解释,假如能有解释的话。"

"也许是这样;但威洛比能够——至少我认为,"他停下片刻,又以似乎自我怀疑的声音说道,"那么你妹妹——她怎样——"

"她非常痛苦。我只希望时间能够缩短。这已经是，这是最残酷的折磨。直到昨天，我相信，她从不怀疑他的爱恋。即使现在，也许——但**我**几乎相信他从未真正爱过她。他一直非常虚伪狡诈！而且，在某些方面，他似乎有些铁石心肠。"

"啊！"布兰登上校说，"是的，的确如此！但你妹妹没有——我想你刚才说过——她和你的想法不完全一致？"

"你知道她的性情，也许会相信，只要能做到，她依然会多么热切地帮他辩护。"

他没有回答；很快，当茶具撤走，摆上牌桌后，这个话题自然被搁下。詹宁斯太太在他们说话时高兴地看着他们，她期待看到达什伍德小姐的话语能即刻让布兰登上校心花怒放，绽放青春的光彩，充满希望和幸福，却惊讶地看到，他一整个晚上比平时更加严肃深沉。

第九章

　　玛丽安夜里的睡眠时间比预料的长一些，她第二天早上醒来，依然觉得像合上眼睛时一样痛苦。

　　埃利诺尽量鼓励她说出自己的感受，在早餐准备好之前，她们已经一遍遍地回顾这个话题；埃利诺这方一直是坚定的信念和柔情的劝慰，而玛丽安始终和从前一样急躁冲动，想法多变。有时她会认为威洛比和她自己一样不幸又无辜，另一些时候，她完全无法原谅他。有时她根本不在乎世人的想法，另一些时候她想永远与世隔绝，转念又能热切与之抗争。不过，在一件事情上，她始终如一，那就是，只要可能，就会避开詹宁斯太太，在必须忍受她在场时决意保持沉默。她坚决不肯相信詹宁斯太太能怀着丝毫同情之心去感受她的悲伤。

　　"不，不，不，这不可能，"她叫道，"她无法感受。她的好心不是同情；她的和蔼并非温柔。她只想要流言蜚语，她喜欢我，只是因为我能提供那些话题。"

　　埃利诺无需这些就能相信她妹妹常会对别人评判不公，因为她自己的心思过于缜密，同时太过看重强烈而细腻的情感，以及体面优雅的举止。和世界上半数的人一样，如果大部分人都聪明善良，拥有出色能力与性情的玛丽安却既不理智也不坦率。她期待别人和她本人拥有同样的观点和感受，她对别人动机的判断，只根据这些行为对她自己的直接影响。因此当姐妹两人早餐后一同坐在她们的房间里时，发生了一件事，让她更加轻视詹宁斯太太的心肠；因为，由于她自己的软弱，这碰巧成为她本人新的痛苦，尽管詹宁斯太太的做法完全出于她的好心好意。

她伸长的手中拿着一封信，因为相信这会带来安慰而满脸兴奋的笑意。她进入房间，说道：

"好了，我亲爱的，我给你带来了肯定对你有好处的东西。"

这对玛丽安就足够了。一时间她想象着面前放着一封来自威洛比的信，满纸柔情与悔恨，解释了发生的一切，令人满意，让人信服；威洛比本人紧随其后，急切地冲进房间，在她的脚下，用满怀深情的双眼，让她相信他信中的内容。一刻的幻想在下一刻被打破。在此之前从未不受她欢迎的母亲的笔迹，呈现在她的面前；过度的希望令她欣喜若狂，随之而来的强烈失望，让她觉得似乎在那一刻之前，她从未痛苦过。

詹宁斯太太的残忍，即使在她最为高兴、能说会道之时也无法用任何言语表达；现在她只能以汹涌流淌的眼泪来责备她——然而，这番责备完全没被领悟，詹宁斯太太说了许多同情的话，离开时依然认为那是一封安慰信。可是这封信，在她冷静到可以阅读时，却没能带来安慰。每一页都满是威洛比。她的母亲依然对他们的订婚充满信心，像往常一样热切相信他的忠诚，只在埃利诺的请求下，恳请玛丽安对她们两人更加坦诚。信中的内容对她温柔爱怜，对威洛比满怀喜爱，对他们未来的幸福充满信心，让她从头至尾痛哭不已。

现在她又迫不及待地想要回家；她的母亲比任何时候更让她

依恋，因为她对威洛比过度的错误信心而让她更加依恋。她急不可耐地想要离开。埃利诺本人无法确定最好让玛丽安待在伦敦还是巴顿，没有提出自己的想法，只让她耐心等待母亲的意见；最终让妹妹同意等待那份消息。

詹宁斯太太比平时更早离开她们；因为在米德尔顿一家和帕默一家能和她本人一样感到难过之前，她就不会安心。她断然拒绝了埃利诺想陪同她的请求，上午剩下的时间独自出了门。埃利诺心情沉重，知道她要出去诉说痛苦。从玛丽安的信中，她看出完全没能让母亲对此有所准备，便坐下来告知母亲发生的事情，请求她说说后面的安排。玛丽安在詹宁斯太太刚离开时就进了客厅，当埃利诺写信的时候一动不动地坐在桌前，看着她笔尖的移动，为此番苦差感到难过，更为这将对母亲的影响而心疼又难过。

她们就这样待了大约一刻钟，玛丽安的神经已经无法承受任何突然的声音，这时被一阵敲门声吓了一跳。

"会是谁呢？"埃利诺叫道，"还这么早！我以为我们**已经**安全了。"

玛丽安移步到窗前。

"是布兰登上校！"她恼怒地说，"我们永远都无法摆脱**他**。"

"他不会进来，因为詹宁斯太太不在家。"

"我不会相信**那一点**，"她退回自己的房间。"一个在自己的时间无事可做的男人对侵犯别人的时间毫不愧疚。"

这件事证明她的猜测是对的，尽管基于不公和错误；因为布兰登上校**的确**进来了；埃利诺相信他是因为关心玛丽安才来到这儿，从他沮丧不安的神情，和对她简短却担忧的问候中看出了**那份关心**，她无法原谅妹妹对他如此轻视。

"我在邦德街遇见了詹宁斯太太，"最初的寒暄后他说道，"她劝说我过来；我很快被说服，因为我想可能会看到你独自一人，我很希望如此。我的目的——我的心愿——我想要如此的唯一心愿——我希望，我相信——是能够带来安慰——不，我绝不能说安慰——并非目前的安慰——而是信念，对你妹妹思想的持久信念。我对她，对你本人，对你母亲的敬意——会让我证明这一点，通过只有**非常**真诚的敬意才会让我说出的一些情况——只是真切地希望能有帮助——我想我是正确的——虽然我花了好几个小时说服自己我做得对，难道没理由担心我可能错了吗？"他停了下来。

"我理解你，"埃利诺说，"你想告诉我一些威洛比先生的事情，那样更能说明他的性格。你说出这点是对玛丽安最大的友好行为。**我的**感激会从任何那样的消息中得到保证，而**她的**感激需要通过时间来获得。拜托，请让我听听吧。"

"你会听到。简而言之，当我去年十月离开巴顿时——但这样你会弄不明白——我必须再退后一些。你会发现我不善表达，达什伍德小姐；我几乎不知道从何开始。我相信，简短的自我介绍，将必不可少，那**会**非常简短。对于这样一个话题，"他发出沉重的叹息，"我根本不想说出来。"

他停下思索了一番，接着又叹了口气，继续下去。

"你也许已经完全忘记了一次谈话——（我不认为这会给你留下任何印象）——我们在巴顿的一次交谈——在一个舞会的晚

上——当时我暗示我曾经认识的一位女士，在某种程度上，和你的妹妹玛丽安，有些相似。"

"是的，"埃利诺答道，"我**没有**忘记这个。"他因为这番记忆显得很高兴，又说道：

"如果我没有被温柔回忆的不确定性和偏见所蒙蔽，她们之间非常相似，不仅是相貌，还有性格。同样热情奔放，同样乐于幻想，兴致勃勃。这位女士是我的一个近亲，自幼是个孤儿，我父亲是她的监护人。我们几乎年龄相同，从小就是玩伴和朋友。我记不起有什么时候不爱伊莉莎；在成长过程中，我对她情深意切，也许从我如今愁苦阴郁的样子看来，你可能认为我不会有感情。她对我的感情，我相信，和你妹妹对威洛比先生的感情一样热烈，虽然出于不同原因，却同样不幸。十七岁时我就永远失去了她。她结婚了——违背她的意愿嫁给了我哥哥。她财产丰厚，而我们的家庭却处境艰难。我担心，这是某人做法的唯一原因，那个人既是她的舅舅也是她的监护人。我哥哥配不上她；他甚至不爱她。我曾经希望她对我的爱能支撑她度过任何困难，有一段时间的确如此；但最终她痛苦的境遇，因为她遭受了残酷的虐待，压垮了她所有的决心，尽管她向我承诺什么也——可我真是在盲目讲述！我从未告诉你这是怎么回事。我们打算几个小时后一起私奔到苏格兰①。我表妹女仆的背叛，或是愚蠢，出卖了我们。我被驱逐到一个遥远的亲戚家里，而她没有自由、没有同伴、没有娱乐，直至我父亲达到了目的。我过于相信她的坚韧，

_____

① 在苏格兰可以快速结婚。

这个打击非常沉重——但如果她婚姻幸福，我当时还那么年轻，几个月的时间很可能就会让我接受，或至少我现在不用为此悲伤。然而并非如此。我哥哥对她毫无爱意；他的娱乐也不正当，从一开始他就对她不近人情。这样的结果，对布兰登太太这般年轻、活泼、不谙世事心灵，实在太过自然。起初她听天由命，接受了生活中的所有痛苦，要是她能克服对我的思念带来的遗憾就好了。但我们能否想到，有这样一个丈夫激发她的不忠，没有一位朋友能给她建议或约束（因为我父亲在他们结婚后只和他们又住了几个月，而我在东印度的军队里），她竟然堕落了？假如我还在英国，也许——但我想通过离开她几年提升双方的幸福，为此获取了出国的机会。她结婚带给我的打击，"他以烦躁不安的声音继续说道，"其实微不足道——和我两年后听说她离婚①比起来，简直不值一提。是**那件事**带来的忧伤——即使现在想到我曾经的痛苦——"

他说不下去了，起身快步在屋里走了几分钟。埃利诺被他的话语感动，更被他的痛苦影响，也说不出话来。他看出她的关切，来到她身边，拉起她的手，握了握，感激又敬重地亲吻了她的手。他又努力镇定了几分钟，终于能平静地继续讲述。

"这段不幸的日子过了将近三年我才回到英格兰。当我**真的**到达后，我最关心的，当然是寻找她；然而这番搜索既令人忧伤又一无所获。我只找到了第一个诱惑她的人，我有足够的理由担心她离开他，只会在罪恶的生活中陷得更深。她的法定津贴和她

———————————————

① 当时离婚极少也极其困难。伊莉莎的不忠应该是她丈夫获准离婚的重要原因。

的财富不成比例，也不足以让她舒适生活，我从哥哥那儿得知几个月前拿钱的权利被转给了别人。他想，他能平静地想象，她的奢侈，以及随后的困窘，迫使她为解决燃眉之急而处理钱财。不过最后，我在英格兰住了六个月后，我**的确**找到了她。出于对我曾经一个仆人的尊重，他后来陷入不幸，我去一个拘留所看望他，他因为债务被关押在此。在那儿，在同一间屋子，同样的监禁下，我见到了我不幸的妹妹。她判若两人——憔悴不堪——因为种种极度的痛苦而奄奄一息！我几乎不敢相信我面前这个凄惨虚弱的人儿，是我曾经深爱的那个可爱、青春、健康的女孩残留的样子。我看着她时心如刀绞——但我无权以尝试描述这样的情形伤害你的感情——我已经让你过于伤心。显然她正处于痨病的最后阶段，是的——的确，在那种情况下成了我的最大安慰。生命对她毫无意义，只能给她些时间更好地准备死亡；她得到了那样的时间。我看着她被带到舒适的住所，得到了合理的看护；我在她短暂生命最后的日子每天去看望她；我在她弥留之际陪伴着她。"

他再次停下来平复心情；埃利诺发出一声温柔关切的叫喊，表达了对他不幸的朋友命运的同情。

"你妹妹，我希望，"他说，"不会因为我想象的她和我可怜又耻辱的亲戚的相似度而感到恼火。她们的命运，她们的财产，不可能相同。假如那一位天生甜美的性情得到更强大心灵的引导，或是有更幸福的婚姻，她也许能和你们将来可以看到的另一位完全相同。但我说所有这些是为了什么？我似乎毫无意义地让你忧伤。啊！达什伍德小姐——这样一个话题——尘封了十四年——再次提起简直危险！**我会**更加镇定——更加简短。她把她唯一的孩子留给我照料，一个小女孩，她第一场罪恶关系的结果，当时大约三岁。她爱这个孩子，总把她带在身边。这是对我难能可贵的信任；我很乐意以最严格的方式履行这份责任，由我本人监督她的教育，假如我们的境遇能够允许。但我没有家庭，没有住所，因此我的小伊莉莎只能被放在学校。只要可以我都会去看她，在我哥哥去世后（大约发生在五年前，让我得到了家庭财产），她来德拉福德看我。我称她为远房亲戚；但我很清楚人们通常怀疑我和她有更亲近的关系。现在算来三年前（她刚满十四岁时），我把她从学校接出来，交给一位非常受人尊敬的女人照料。她住在多塞特郡，照看着四五个年纪相仿的其他女孩；有两年时间我对她的境遇非常满意。但去年二月，几乎是一年前，她忽然失踪了。我在她热切的请求下，便允许她（后来表明这非常轻率）和她一个年轻的朋友一同去巴斯，她去照料生病的父亲。我知道他是个很正直的人，也相信他的女儿——超出了她的应得，因为，她固执己见，错误地保守秘密，什么都不愿说，不肯给出任何线索，虽然她一定全都知道。他，即她的父亲，一个好心好意，却没有远见的男人，的确，我相信，给不出任何消息；因为他总是困在家中，而女孩们在城里游荡，随心所欲地结交朋友；他试着让我相信，因为他自己也完全相信，他的女儿和此事毫无关联。简单地说，我只能知道她走了；别的一切，在漫长的八个月中，只是猜测。我的想法，我的担忧，这不难想象；还有我的痛苦。"

"天啊！"埃利诺叫道，"那会是——是威洛比吗！"

"我从她那儿得到的第一条消息，"他接着说道，"来自她本人发出的一封信，在去年十月。信从德拉福德转给我，我正好在我们一群人打算去惠特韦尔的那天上午收到的；这就是我如此突然地离开巴顿的原因，我当时一定在每个人看来都非常奇怪，我也相信让一些人感到恼火。我认为，威洛比先生肯定想不到，当他用神情责备我无礼地解散了一群人时，我是被叫去解救一个因为他而陷入贫穷痛苦中的人；但**假如**他知道，又有何用？面对你妹妹的笑脸，他会少一些兴奋和快乐吗？不，他已经做了那件事，但凡**能**有同情心的男人都做不出。他已经诱惑了一个年轻单纯的女孩，又抛弃了她，让她陷入极度痛苦的境遇，没有像样的住所，没有帮助，没有朋友，不知他身在何处！他离开了她，并承诺会回去；他没有回去，没有写信，也不接济她！"

　　"真是难以置信！"埃利诺叫道。

　　"他的人品就摆在你面前；挥霍奢侈，放荡无度，比两者更糟。得知所有这一切，因为我已经知道了许多个星期，想想当我看见你妹妹还像从前那样喜欢他时一定会有怎样的感受，以及听说她要嫁给他，想想我一定会为你们所有人怎么想。上个星期我来找你并发现你独自一人，我是决心过来得知真相的，虽然不确定**真的**知道后该做什么。我的行为你当时看来一定很奇怪，但现在你会理解。让你们所有人都承受着如此的欺骗；看着你妹妹——可我能做什么？我毫无希望能够成功干涉，有时我想你妹妹的影响力也许能感化他。可是现在，经过这样无耻的对待，谁能说清他对她有过什么打算呢？不过，无论会是怎样，她也许现在痛苦，今后无疑**会**感激地看待自己的境遇，当她将此与我可怜的伊莉莎比较，当她想到这个可怜女孩痛苦无望的处境，想象自己身处其中，怀着对他强烈的感情，依然和她本人一样强烈的感情，在自责中承受内心的煎熬，而这必将伴随她终身。这样的比较一定会对她有些作用。她会感到自己的痛苦不值一提。这些痛苦没有源自错误的行为，不会带来任何耻辱。相反，每个朋友都会因此而更爱她。因为担心她心情低落，尊重她在此情形下的坚毅，这必然会加深人人对她的喜爱。不过，凭着你本人的审慎，告诉她我对你说的话，你一定最清楚会有怎样的结果；但假如我并未真心诚意地认为这可能有些作用，也许能减轻她的悔恨，我不会容忍自己以对我家庭痛苦的这番讲述麻烦你，这些话也许看似以贬低别人的方式，只为抬高我自己。"

听完这些话埃利诺感激又诚恳地向他道谢；同时向他保证她期待通过告诉玛丽安发生的事情，让她得到真正的好处。

"比任何事更让我痛苦的，"她说，"是她在设法为他开脱罪责，这比完全相信他一无是处更让她感到烦躁。现在，虽然她一开始会非常痛苦，我相信她逐渐会变得安心。你有没有，"短暂沉默后她又说道，"和威洛比先生在巴顿告别后又见过他？"

"是的，"他严肃地答道，"我见过一次。一次见面不可避免。"

埃利诺被他的神态吓了一跳，焦急地看着他，说道：

"什么？你见他是为了——"

"我不可能以别的方式见他。伊莉莎向我承认了她情人的名字，虽然万般不情愿；当他回到城里，那是在我本人到达后两个星期时，我们约好见面，他去自卫，我来惩罚他的行为。[①] 我们回去时都没受伤，因此，这次见面，一直不为人知。"

埃利诺为他能想到有必要这样做而叹息；但对于一个男人和战士，她不想擅自责备。

"这，"布兰登上校停顿片刻后说，"就是一个母亲和女儿不幸命运的相似之处！我没能好好履行自己的职责！"

"她还在城里吗？"

"不，因为我发现她即将分娩，等她刚从产后恢复，我就把她和她的孩子送到乡下，她现在还在那儿。"

不久后，他想到自己可能让埃利诺和她妹妹分开了太长时间，就结束了拜访，并再次从她那儿得到同样的感激之辞。她的心中对他充满同情和敬意。

---

① 指决斗。这在十八世纪晚期和十九世纪早期并不合法，但一些绅士还会选择以这样的方式捍卫荣誉。

第十章

在达什伍德小姐向她妹妹复述了这次谈话的细节后，因为她们很快就进行了谈话，对她产生的效果却没有完全达到姐姐的期待。并非玛丽安看似怀疑任何部分的真实性，因为她自始至终都平静顺从地专心听着，既不反对也不评论，没有试着为威洛比辩护，似乎她的眼泪只因为她感觉难以置信。可是虽然这番表现让埃利诺相信他的罪过**已经**为她所知，虽然她满意地看到带来的结果，因为当布兰登上校来拜访时她不再躲避，还和他说话，甚至主动开口，带着同情和敬重；虽然她看出妹妹的脾气不像以前那样激动易怒，她却没有看出她减轻了痛苦。她的内心的确变得稳定，却始终沮丧忧伤。发现威洛比失去人品，对她而言比失去他的心是更大的打击。他对威廉斯小姐的诱惑和抛弃，那个可怜女孩的痛苦，他也许**曾经**某次对她本人有过意图，这些全然吞噬了她的心灵，让她甚至无法告诉埃利诺她的感受。她默默思索着她的悲伤，比最直接最频繁的坦白，更让姐姐感到难过。

要说达什伍德太太在收到和回复埃利诺信件时的感受和话语，只需重复她的女儿们已有的感受和说出的话语。她因为失望几乎和玛丽安一样难过，而她的愤怒甚至超出了埃利诺。很快，她接连写来长长的信件，诉说她所有的痛苦和想法；表达她对玛丽安的担忧和牵挂，请求她在不幸中忍耐坚强。玛丽安一定处于极度的痛苦之中，当她的母亲都能谈论坚忍时！那些悔恨必然令人羞愧、让人耻辱，连**她**都希望她别沉迷其中！

达什伍德太太不顾自己的个人安适，认为在那个时候，让玛丽安待在任何地方，都比在巴顿更好，因为在那儿她目之所及的一切都会让她最强烈最痛苦地想到过去，让她不停地想着威洛比，因为她都是在那儿见到的他。因此，她向女儿们建议，无论如何不要缩短对詹宁斯太太的拜访；虽然时间从未确定，但大家都认为还有至少五六个星期。那儿必然会有各种事情、活动和同伴，而在巴顿什么也得不到。她希望，这也许会诱使玛丽安对自己以外的事情感兴趣，甚至得到些娱乐，尽管她现在会强烈反对这两个想法。

由于没有再次见到威洛比的危险，母亲认为她至少在城里和乡下一样安全，因为所有自称为她朋友的熟人一定不会再和他交往。他们绝不会被安排见面，任何疏忽都不会带来他们的意外相逢；拥挤的伦敦甚至比安静的巴顿更安全，因为他可能在结婚后拜访阿伦汉姆时必然出现在她面前。达什伍德太太起初想到这个可能性，后来便认为确定无疑。

她还有一个原因希望孩子们待在远处；来自她继子的一封信让她得知他们夫妇在二月中旬前会来到城里，她认为她们应该时常见见她们的哥哥。

玛丽安已经答应听从母亲的想法，因此毫不反对地接受了，尽管这与她的心愿和想法背道而驰，虽然她觉得这完全错误，基于错误的理由；而且因为让她长时间留在伦敦，这夺走了她唯一可能缓解痛苦的方式，来自母亲的同情和安慰，让她只得留在这样的人群和环境中，必然一刻也无法安心。

但令她倍感安慰的是，让她本人痛苦的事情会给她的姐姐带来幸福；另一方面，埃利诺想到自己无法完全避开爱德华，她以这样的想法安慰自己：因为虽然她们在这儿多住些时日会对她本人的幸福不利，这比立即回到德文郡对玛丽安更有好处。

她依然小心翼翼地守护着妹妹不要听见威洛比的名字在她面前提起。玛丽安虽然自己并不知道，却从中受益匪浅；因为无论詹宁斯太太、约翰爵士，甚至帕默太太本人，都不曾在她面前提起他。埃利诺希望同样的克制也能惠及她自己，但那毫无可能，她只能日复一日地听着他们愤怒的声讨。

约翰爵士简直不敢相信有这样的可能。他有充分理由看重的一个男人！那么和善的一个人！他相信整个英格兰也找不到比他更勇敢的骑手！真是不可理喻。他真心希望他滚到天边。要是再碰到他，他不会再和他说一句话，无论如何都不会！不，即使他们并肩待在巴顿的小树林里，一起等上两个小时也不会。这样一个无耻的家伙！这么一个骗人的恶棍！只在上次见面时他还提出给他一只富利的小狗！就这样结束了！

帕默太太，以她的方式，也同样气愤。她决定立即断绝和他的交往，她也很庆幸从未和他真正熟悉过。她真心希望库姆宅邸离克利夫兰没那么近；但也无关紧要，因为对于拜访来说已经太远；她对他恨之入骨，决定永远不再提起他的名字，她还会告诉见到的每一个人，他有多么一无是处。

帕默太太其余的同情心都表现在尽她所能获取即将到来的婚礼上的一应细节，再把这些告诉埃利诺。她很快就能说出新马车是哪一家马车铺制造，威洛比的画像由哪个画师绘制，以及格雷小姐的衣服能在哪家商店见到。

此时米德尔顿夫人冷静礼貌的漠然对埃利诺的情绪是愉快的解脱，其他人吵闹的同情令她倍感压抑。对她而言，在她的这群朋友中，至少能有一个人肯定对此不感兴趣，这是个很大的安慰；她深感宽慰地得知有一个人在见到她时不会好奇地询问任何细节，或焦急问候她妹妹的身体。

有时候，因为当时的情形，每一种品质都可能被提升到高于其真正的价值；那些过分殷勤的慰问时常令她疲惫不堪，认为好的教养对于安适必不可少，胜过好的性情。

米德尔顿夫人大约每天一次表达她对这件事的感受，如果这个话题一再出现会变成两次，说道："这非常令人震惊，真的！"通过这样温柔却持续的发泄，她不仅从一开始就能无动于衷地看待达什伍德小姐们，而且很快就看着她们也完全想不起这件事。她明确指责了对方的错误行为，在以这种方式维护了女人的尊严后，就觉得能够自由关心同类人的重大事件，因此决定（尽管完全违背了约翰爵士的想法）既然威洛比太太马上会成为既优雅又有钱的女人，她会在她结婚后尽快送上名片。

布兰登上校体贴且毫不唐突的问询从来不令达什伍德小姐讨厌。他努力以缓和友好的热切态度，充分赢得了细致讨论她妹妹有多失望的特权，他们总是谈得推心置腹。他痛苦地说出了过去的伤痛和如今的屈辱，得到的主要回报是玛丽安有时看着他的同情目光，以及无论何时必须说话（虽然这不常发生），或是让自己开口对他说话时的温柔语气。**这些**使他相信他的努力提升了对他本人的好感，而**这些**也让埃利诺希望今后还能继续提升。然而詹宁斯太太对此一无所知，她只知道上校依然和往常一样严肃，感觉既不能劝他自己求婚，他也不会委托她帮忙求婚。两天后她开始认为他们不会在仲夏时结婚，而是在米迦勒节①前都无法结婚，而一个星期后她就认定根本不会有婚事。上校和达什伍德小姐之间的默契似乎更像在宣布那些桑树、河流和紫杉树全都会荣幸地转交给**她**；詹宁斯太太已经有一段时间完全想不起费拉斯先生了。

在二月初，离收到威洛比先生的来信不过两个星期，埃利诺必须痛苦地告诉妹妹他结婚了。她小心翼翼地只把消息告诉了她本人，在她刚刚得知婚礼结束后，因为她希望玛丽安不要从公共报纸上②最先得知消息，她看见她每天早上都在急切地搜索。

她坚强冷静地听着这个消息，没做评论，起初没掉一滴眼泪；可没过多久泪水喷涌而出，她这一天剩下的时间几乎和她第一次听说这件事情时一样可怜。

威洛比夫妇刚结婚就离开了城里；埃利诺如今希望，因为不会有遇见其中任何一位的危险，她想劝说自从最初受到打击，到现在还没出过门的妹妹，逐渐和从前一样出去看看。

大约在这个时候，最近来到霍尔本巴特利特大楼表姐家的两位斯蒂尔小姐，再次出现在她们康迪特街和伯克利街更尊贵的亲戚们面前，受到了所有人非常热情的欢迎。

---

① 米迦勒节的英文为"Michaelmas"，每年的 9 月 29 日，已基本失去其宗教意义，常作为结账、搬家等重要日子。
② 当时结婚的消息都会刊登在报纸上。

只有埃利诺很遗憾见到她们。她们的出现总会让她痛苦，她也几乎不知道该怎样十分优雅地回应露西见到她**还**在城里时的欣喜若狂。

"要是不能发现你**还**在这儿，我会非常失望，"她一再说道，特别强调着那个字，"但我一直觉得我**会**的。我刚刚还几乎肯定你不会离开伦敦；虽然你**告诉**我，就在巴顿的时候，你待在这儿不会超过一个**月**。但我当时就想，等到了时候你很有可能改变主意。要是在你哥哥嫂子过来前就离开将是多大的遗憾。现在你当然不会**急于**离开。你没有遵守**你的**话让我极其高兴。"

埃利诺完全理解她，只得调动所有的自制力，显得她**不明白**。

"好了，我亲爱的，"詹宁斯太太说，"你们怎么来的?"

"没坐公共马车，你放心，"斯蒂尔小姐马上得意洋洋地答道，"我们一路乘坐驿车来的，还有个很漂亮的小伙子照顾我们。戴维斯博士要来城里，所以我们觉得可以和他一起乘坐驿车；他的表现特别绅士，比我们多付了十或十二先令。"

"哦，哦!"詹宁斯太太叫道，"很不错，真的! 而且博士是个单身的男人，我向你们保证。"

"哎呀，"斯蒂尔小姐故意痴笑着说，"人人都这样拿博士取笑我，我想不出为什么。我的表妹们说她们确信我已经征服了他；但对我而言我保证从来没有想过他。'天哪! 你的意中人来了，南希，'我的表妹那天看见他穿过大街来到房子里时对我说。'我的意中人，天啊!'我说，'我想不出你是什么意思。博士绝对不是我的意中人。'"

"哎呀，哎呀，说得好听——但这样不行——我看得出博士就是那一位。"

"不，真的不是!"她的外甥女故作认真地答道，"要是你会听人说起，我请求你否认这件事。"

詹宁斯太太马上让她放心她当然**不会**这么做，让斯蒂尔小姐高兴至极。

"我想你会和你的哥哥嫂子住在一起，达什伍德小姐，等他们来城里之后。"露西说道，在暂停一阵敌意的暗示后，她又重新开始了攻击。

"不，我认为不会。"

"哦，会的，我敢说你们会。"

埃利诺不愿以继续否认来迎合她。

"达什伍德太太竟然能让你们两人都离开她这么久，真是太好了!"

"很久，真的吗?"詹宁斯太太插嘴道，"哎呀，她们的来访才刚刚开始呢!"

露西无话可说。

"我很遗憾我们见不到你的妹妹，达什伍德小姐，"斯蒂尔小姐说，"我很难过她身体不好。"因为她们刚来玛丽安就离开了屋子。

"你真好。我妹妹也会遗憾错过了见到你们的快乐;但她最近因为神经性头痛而备受折磨，因此不适合会客谈话。"

"哦，天啊，那太可惜了!像我和露西这样的老朋友!——我想她也许能见见**我们**;我们肯定会一言不发。"

埃利诺极其礼貌地拒绝了这个建议。她的妹妹也许已经躺在床上，或穿着睡衣，因此不能过来。

"哦，如果是那样，"斯蒂尔小姐叫道，"我们也可以去看**她**。"

埃利诺对这样的无礼开始感到忍无可忍，但她避免了克制脾气的麻烦，因为露西的厉声斥责。这在此时，以及在很多时候，虽然不能让一个姐妹的举止显得甜美，却能有效地控制另一位的行为。

第十一章

经过一番抗拒后，玛丽安屈从于姐姐的请求，答应某天上午同她和詹宁斯太太出去半小时。不过，她很快加上了条件，不拜访任何人，最远只陪她们走到萨科维尔街的格雷珠宝店，因为埃利诺正与店家协商，想为母亲置换几件旧款首饰。

她们在门口停下后，詹宁斯太太想起街道另一头有位她该去拜访的女士；因为她在格雷店里无事可做，于是决定，当她的年轻朋友们办理她们的事情时，她应该前去拜访，然后回来。

上楼梯时，达什伍德小姐们发现店里已经有许多人，谁也没时间处理她们的订单，只好等待。她们唯一能做的，是坐在看似能最快轮到的那个柜台后面；只有一位先生站在那儿，埃利诺很有可能唤起他的礼貌之心，让他更快地办完事情。然而他眼光的挑剔和品位的细腻超出了他的文雅礼貌。他正为自己购买一个牙签盒，要确定它的大小、形状和装饰等各个方面，在对店里的每个牙签盒查看考虑一刻钟后，才凭着他本人的奇思妙想决定下来。在此之前，他除了对两位小姐迅速瞄了三四眼外，完全没心思给她们别的关注。然而此番关注倒让埃利诺记住了他的相貌和面容，看出他显然是个纯粹十足的小人模样，虽然打扮得时髦透顶。

玛丽安没因为他对她们脸庞的无礼打量，以及他挑剔每个牙签盒不同缺点时的趾高气昂，感到鄙夷或厌恶的恼人情绪，因为她依然对一切无知无觉。不论在她自己的卧室还是在格雷珠宝店，她都能沉浸在自己的世界里，对身边发生的事情浑然不知。

事情终于决定下来。象牙、黄金和珍珠全都得到指令，这位先生说出了他没有牙签盒能够活到的最后日期，漫不经心地戴上手套，又瞥了一眼达什伍德小姐们，似乎更想得到艳羡的目光。他得意洋洋，故作冷淡，高高兴兴地离开了。

埃利诺赶紧处理自己的事情，就要成交时，另一位先生来到她的身旁。她转眼看着他的脸，有些惊讶地发现是她哥哥。

他们相见的亲热和愉快刚好能在格雷珠宝店显得十分得体。约翰·达什伍德的确完全不为再次见到妹妹们感到遗憾，这反而让他们都很高兴。他对她们母亲的问候礼貌又殷勤。

埃利诺发现他和范尼来到城里已经两天了。

"我昨天很想去拜访你们，"他说，"但做不到，因为我们必须带着哈里去埃克塞特交易场看野兽；余下的时间用来陪伴费拉斯太太。哈里高兴极了。**今天**上午我真打算去看你们，要是我能抽出半个小时，可刚到城里总有太多事情要做。我来这儿帮范尼定制个印章。但明天我想我一定能来伯克利街，被引荐给你的朋友詹宁斯太太。我知道她是个很有钱的女人。还有米德尔顿一家，你一定要介绍我认识**他们**。作为我继母的亲戚，我会很乐意对他们表现出万般敬意。我想，他们是你们在乡下极好的邻居？"

"的确非常好。他们关心我们的安适，处处友好相待，让我无话可说。"

"说实话，我非常高兴听见这些，的确特别高兴。但本该如此；他们是非常有钱的人，和你们有亲戚关系，可以想象他们会对你们以礼相待，提供帮助，让你们过得舒心。因此你们在小乡舍里住得十分舒适，什么也不缺！爱德华告诉我们这个地方非常迷人。他说，是配置最齐全的乡舍，你们似乎都对它无比喜爱。我向你保证，我们听说后感到特别满意。"

埃利诺的确为她哥哥感到有些羞愧，也不为无需回答他的话感到遗憾。因为这时詹宁斯太太的仆人到了，他来告知他的女主人在门口等着她们。

达什伍德先生陪他们下楼，在詹宁斯太太的马车门前被介绍和她认识，再次说他希望第二天能去拜访他们，然后离开了。

他如约而至。他来了，还假意为她们的嫂子道歉，因为她没有一同过来："可是她一直忙着陪伴她母亲，真的没时间去任何地方。"不过詹宁斯太太立即让他放心，说她不必客套，因为他们都是表亲，或算得上亲戚，她当然会很快来看望约翰·达什伍德太太，同时带上她的妹妹们去看她。他对**她们**的态度，虽然冷淡，却十分友好；对詹宁斯太太礼貌至极；在布兰登上校紧随他本人进来后，他好奇地打量着他，似乎表示他只想知道他也很有钱，这样就能也对**他**以礼相待了。

和他们待了半个小时后，他让埃利诺陪他一起走到康迪特街，把他介绍给约翰爵士和米德尔顿夫人。天气极好，她欣然答应。他们刚走出屋子，他就开始了询问。

"布兰登上校是谁？他是个有钱人吗？"

"是的，他在多塞特郡有很不错的财产。"

"我对此很高兴。他似乎是个非常绅士的人；我想，埃利诺，我也许能祝贺你有希望得到一份十分体面的产业。"

"我，哥哥！你是什么意思？"

"他喜欢你。我仔细观察了他，对此深信不疑。他有多少财产？"

"我相信是每年两千英镑。"

"两千英镑一年，"接着他打起精神，显出慷慨与热情，又说道，"埃利诺，我衷心希望能有**两倍**这么多，为你着想。"

"我当然相信你，"埃利诺答道，"但我十分确信布兰登上校丝毫不想和**我**结婚。"

"你错了，埃利诺，你大错特错。只需稍微花些心思就能得到他。也许他现在尚未决定；你财产太少，可能会让他退缩；或许他所有的朋友都在劝阻他。但小姐们只要轻松给出一点关注和鼓励就能得到他，让他身不由己。你没理由不去争取他。别以为你之前有过任何爱恋——简而言之，你知道对于那种爱恋，这几乎不可能，有无法逾越的反对——你足够理智，不会不明白那一点。布兰登上校正是那个人，我会不遗余力地让他喜欢你和你的家人。这门亲事一定会让所有人满意。简单来说，这种事情，"他压低声音，郑重地说，"会让**所有人**极其满意。"不过，他镇定下来，又说道："也就是说，我的意思是——你的朋友们全都真心希望你早日好好安顿下来；尤其是范尼，我向你保证，她对你的事情特别关心。还有她的母亲，费拉斯太太，一个好心好意的女人，我肯定这会让她特别高兴；那天她也这么说的。"

埃利诺不愿给出任何回复。

"如今这会非常美妙，"他又说道，"简直妙不可言，假如范尼的一个弟弟和我的一个妹妹能同时安顿下来。不过这并非完全不可能。"

"是不是爱德华·费拉斯先生,"埃利诺坚定地问道,"打算结婚了?"

"事实上还没确定,但这件事正在筹备中。他有个极好的母亲费拉斯太太,她会特别慷慨地安排此事,给他每年一千英镑,假如这门亲事能定下来。那位女士是尊贵的莫顿小姐,已故的莫顿勋爵唯一的女儿,有三万英镑。对于双方都是称心如意的亲事,我毫不怀疑这将会发生。让一个母亲每年给出一千英镑是很大一笔钱,而且年年如此;但费拉斯太太心地高尚。再说一个证明她慷慨的事情——那天,我们刚进城里,她知道我们手中的钱不会太宽裕,就在范尼的手里放了一张两百英镑的银行支票。这的确大可接受,因为我们在这儿生活一定开销很大。"

他停下来等待她的赞成和同情,而她勉强说道:

"你们在城里和乡下一定开销很大,但你们的收入也非常高。"

"没那么高,我敢说,不是许多人想象的那样。但我并非想抱怨;这无疑是一份舒适的收入,我希望以后会更多。对诺兰公地的围圈①正在进行,耗资巨大。而且我这半年又购置了一些地产;东金厄姆农场,你一定记得这个地方,老吉布森曾经住在那儿。这块地在各个方面都特别合我心意,同我自己的地产几乎相连,所以我觉得有责任把它买下来。要是落入别人手中会让我良

---

① 对公地的围圈始于亨利八世时期,在十八世纪加快速度,会给约翰·达什伍德这种有巨大产业的人带来好处,同时让小农场主无处放牧,最终变成劳工。

心不安。人总要为自己的方便付出代价，这已经花了我一大笔钱。"

"超出了在你看来真正的内在价值。"

"哦，我可不希望是那样。第二天我本来可以卖出，高于我付的价钱。不过，至于购买费用，我也许真的可能非常不幸；因为股票在那时特别低迷，要不是我在银行有所需的费用，我肯定会在卖出股票时损失惨重。"

埃利诺只能微笑。

"我们刚到诺兰时也花费了一大笔无法逃避的费用。我们尊敬的父亲，你们都很清楚，把保留在诺兰的斯坦希尔所有财产（本来非常值钱）都赠给了你们的母亲。我绝不会埋怨他这样做；他无疑有权按照他的想法处置自己的财产，然而，结果是，我们只得花费许多钱购买织品、瓷器等，填补原来的空缺。在所有这些花费后，你不难猜想，我们与富裕一定相差太远，而费拉斯太太的好意是多么合乎心意。"

"当然，"埃利诺说，"在她的慷慨帮助下，我希望你们还能过上舒适的生活。"

"再过一两年可能会差不多，"他严肃地答道，"不过还有许多事情要做。范尼的暖房连一块石头都没有，花园不过才画了个平面图。"

"暖房要建在哪儿？"

"在房子后面的小山丘上。老核桃树全都要被砍掉，腾出地方。从庄园的很多地方看过去都是不错的景色，花园就在前面的斜坡上，会特别漂亮。我们已经清除了山脊上成片的老荆棘林。①"

埃利诺把她的担忧和责备放在心里；她很感激玛丽安并不在场，无需共同承受这样的刺激。

他已经说了足够的话来表明他的穷困，下次再去格雷珠宝店也无需为两个妹妹各买一副耳环，因此心情变得愉快起来，开始祝贺埃利诺有了詹宁斯太太这样一个朋友。

"她似乎真是个很有身份的女人——她的房子，她的生活方式，都说明她收入极高；这样的熟人不仅现在对你很有用处，最终也许会带来实在的好处。她邀请你来城里当然是对你极大的恩惠，也确实能说明她特别看重你，很有可能她死的时候不会忘了你，她一定会留给你一大笔财产。"

"我认为什么都不会留；因为她只有指定的遗产，这些会传给她的孩子②。"

"但她应该不会用完所有的收入。但凡有些慎重的人都不会**那样**做。不管她攒下些什么，她都能自己处置。"

"你不认为她更可能留给她自己的女儿，而不是留给我们吗？"

"她的女儿都嫁得极好，所以我觉得她没必要再想着她们。相反，依我看，因为她这么在乎你们，以这样的方式对待你们，她已经把你们列入了将来的考虑之中，一个尽心尽意的女人不会无视这一点。她的行为再友善不过了；她几乎不可能做了这一

---

① 这样的自然景致无疑会深受玛丽安的喜爱。简·奥斯汀会以砍伐树木批评人的无知和无情。
② 詹宁斯太太可能也是在活着的时候享受遗产的收益，遗产本金会传给孩子。

切，却想不到将会引起的期待。"

"但她没有引起最相关的人任何的期待。说真的，哥哥，你对我们安宁富足的担忧让你想得太多了。"

"哎呀，说实话，"他说，似乎想镇定一下，"人们能力有限，非常有限。可是，我亲爱的埃利诺，玛丽安到底怎么了？她看上去身体很不好，脸色苍白，变得很瘦。她病了吗？"

"她身体不好，她已经好几个星期都神经不适。"

"我真难过。在她的年龄，只要生一场病就会永远毁掉青春美貌。她的青春太短了！她去年九月还是个漂亮女孩，她那时一直很漂亮，很容易吸引男人。她的那种美特别让男人喜爱。我记得范尼曾经说她会比你嫁得更早也更好；当然她也非常喜欢**你**，但她碰巧有了那样的想法。不过，她应该错了。我怀疑，玛丽安**现在**最多能嫁给一个一年五六百英镑的男人，如果**你**不能嫁得更好就是我看错了。多塞特郡！我对多塞特郡了解极少，可是，我亲爱的埃利诺，我会非常高兴对那儿了解更多。我想我能相信范尼和我本人会成为你们最早并且最高兴的客人。"

埃利诺十分严肃地想让他相信，她绝无可能嫁给布兰登上校；但他本人对此有太多的愉悦期待，不肯放弃这个想法，而且他真的决定和那位先生熟悉起来，尽他所能促成这场婚事。他对没给妹妹们任何帮助的愧疚之心，足以让他特别希望别的每个人都能做到很多；而布兰登上校的求婚，或詹宁斯太太的遗产，是弥补他本人失职最便捷的方法。

他们幸运地发现米德尔顿夫人在家，约翰爵士在访问结束前进来了。众人都极尽礼仪寒暄之事。约翰爵士随时准备喜欢任何一个人，虽然达什伍德先生似乎不太懂得马匹，但他很快认定他是个脾气和善的人；而米德尔顿夫人对时尚大有了解，从他的外表看出他值得交往；达什伍德先生离开时对两人都很喜欢。

"我可以向范尼汇报这次愉快的会面了，"他回到妹妹身边时说道，"米德尔顿夫人真是个非常优雅的女人！这样的女人我肯定范尼很乐意结识。还有詹宁斯太太，是个极有礼貌的女人，虽然不如她女儿优雅。说实话，你嫂子无需对拜访**她**有所顾虑，说真的，她本来有点，也十分自然；因为我们只知道詹宁斯太太是个寡妇，而她丈夫只从低下的生意中赚了所有的钱。范尼和费拉斯太太都很有偏见，认为她或她的女儿都不是范尼愿意交往的那种女人。但我现在能替两人向她好好美言一番了。"

第十二章

约翰·达什伍德太太十分信任她丈夫的眼力，第二天就去拜访了詹宁斯太太和她的女儿。她的信心得到了回报，甚至发现前者，那个她妹妹们和她住在一起的女人，也绝非不值得关注。至于米德尔顿夫人，她发觉她是天底下最迷人的一个女人！

米德尔顿夫人对达什伍德太太也很满意。两人都有些冷酷的自私，让她们彼此吸引；她们举止得体却乏善可陈，也都不通情理，使她们同病相怜。

不过，让约翰·达什伍德太太赢得米德尔顿夫人好感的同样表现却没受詹宁斯太太喜欢，在**她**看来她似乎只是个神情傲慢、言语冷漠的小女人，她对丈夫的妹妹毫无感情，几乎对她们无话可说；因为她在伯克利街的一刻钟里，她几乎有七分半钟都沉默不语。

埃利诺很想知道，尽管她没选择询问，爱德华那时是否在城里；但在能够说出他和莫顿小姐的婚事已经定下，或是知道她丈夫对布兰登上校的期待得到满足之前，什么都不能诱使范尼主动在她面前提起他的名字；因为她相信他们依然非常相爱，相信任何话语或行为都无法刻意将他们分开。然而，**她**不愿给出的消息，却从另一个渠道得到了。露西很快过来索取埃利诺的同情，因为她无法见到爱德华，尽管他已经和达什伍德夫妇来到城里。

他担心被发现而不敢来巴特利特大楼，虽然他们都迫不及待地想要见面，她也不想得知此时除了写信什么都不能做。

很快，爱德华本人让她们确信他来到了城里，因为他来伯克利街拜访了两次。她们两次结束上午的约会回来后，在桌上发现了他的名片。埃利诺很高兴他来拜访了，更高兴她错过了他。

达什伍德一家对米德尔顿一家满意至极，因此虽然他们很不习惯给出任何东西，却决定给予他们一场晚宴；在相识不久后，就邀请他们去哈利街吃饭。达什伍德一家在那儿租了一栋极好的房子，租期三个月。他们的妹妹和詹宁斯太太也得到了邀请，约翰·达什伍德小心地确保布兰登上校也来参加。上校总喜欢和达什伍德小姐们在一起，有些惊讶地接受了他热情礼貌的邀请，但更多是高兴。他们将见到费拉斯太太，但埃利诺无法知道她的儿子们会不会参加。不过，对见到**她**的期待，已经足以让她对这次聚会感兴趣。虽然她现在见到爱德华母亲时无需感受曾经在这样的初次相见时必然感到的强烈焦虑，虽然她现在能对她给自己的评价完全无动于衷，但她想见到费拉斯太太的心愿，她对费拉斯太太为人的好奇心，都和从前一样强烈。

不久后她对晚会的兴趣又增加了，变得更加强烈而不是更加愉悦，因为听说斯蒂尔小姐们也会在场。

她们对米德尔顿夫人百般殷勤，深得她的欢心，因此虽然露西并不优雅，她的姐姐甚至算不上文雅，夫人却和约翰爵士一样乐意邀请她们来康迪特街住上一两个星期。这碰巧对斯蒂尔小姐们特别方便，在刚刚得知达什伍德夫妇的邀请时，她们就能在晚宴的前几天过来做客。

不过，在约翰·达什伍德太太面前，作为曾经照顾她弟弟多年的那位先生的外甥女，这也许引不起她的多少注意，也无法帮她们在餐桌上得到两个座位；但作为米德尔顿夫人的客人，她们一定能受到欢迎。露西很久以来都想结识这个家庭，更好地了解他们的性格和她自己的难处，能有个努力取悦他们的机会，在收到约翰·达什伍德太太邀请卡的时候，她这辈子都难得这么高兴过。

　　这对埃利诺的影响大不相同。她马上开始想到，爱德华和他的母亲住在一起，一定和他母亲一样得到了邀请，参加他姐姐举办的宴会；经历所有那一切之后，第一次见到他，还和露西在一起！——她几乎不知该怎样承受。

　　也许，这些担忧不完全基于理智，当然也完全不基于事实。然而这些忧愁都得到了化解，不是因为她本人的镇定，而是因为露西的好意。露西告诉她爱德华星期二一定不会来哈利街，本想让她大大失望一番。她甚至想让埃利诺更加痛苦，让她相信他是因为对露西本人的强烈感情而不能过来，因为当他们在一起时他会无法隐藏。

　　即将到来的星期二会让两个年轻小姐见到这位可怕的婆婆。

　　"可怜我吧，亲爱的达什伍德小姐！"她们一同上楼梯时露西说道——因为米德尔顿一家紧随詹宁斯太太之后到来，所以她们全都一起跟在仆人后面，"这儿除了你，谁都无法同情我——我简直无法站立。天哪！——我马上就要见到寄托我全部幸福的人了——我未来的婆婆！"

　　埃利诺本来可以告诉她，她们即将见到的那个人也许会是莫顿小姐的婆婆，而不是她的婆婆，让她立即放下心来；但她没有那样做，而是真心诚意地向她保证，她的确同情她——让露西吃惊不已。她虽然的确很不安心，但至少希望能成为埃利诺无法抑制的羡慕对象。

费拉斯太太是个又瘦又小的女人，身体挺直得几乎拘泥刻板，神情严肃到显得尖酸刻薄。她面色萎黄，五官平淡，毫无姿色，天生木无表情；幸运的是，她眉头紧锁，免得表情过于乏味，看上去十分傲慢，性情乖僻。她不是个话语很多的女人，因为，她和一般人不同，会根据想法的数量说出话语；她的确说出的几句话中，没有一句是说给达什伍德小姐听的，她时刻都执意以厌恶的眼神打量着她。

埃利诺现在不可能因为这样的行为变得不悦——几个月前这也许会带给她极大的伤害；但现在费拉斯太太无法令她忧伤，她对斯蒂尔小姐们的不同对待，似乎有意和对她加倍贬低的态度加以区分，只让她感到好笑。看着母亲和女儿对这个人如此和蔼可亲她只能微笑——因为露西得到了特别的关注——在所有人当中。假如她们知道了她做的事情，她们一定会迫不及待地羞辱她；而她本人，相比而言没有能力伤害她们，却坐在那儿受到两人的刻意怠慢。但当她为这份滥用的好意感到可笑时，她不可能在思考这种自私愚蠢的源头，或是看着斯蒂尔小姐们不断以刻意的殷勤维持这种局面时，不对所有四人感到满心鄙夷。

露西为得到如此尊贵的特别对待而欢欣鼓舞；斯蒂尔小姐只要别人拿戴维斯博士取笑她就能心满意足。

晚餐非常丰盛，仆人众多，一切都表明女主人想要炫耀，而男主人有能力让她炫耀。尽管诺兰地产正在改进扩张，尽管主人曾经只差几千英镑就得亏本出售股票，却没有任何迹象能够显示他想要表现的穷困——除了谈话，没有出现任何贫乏——但在那个方面，的确无比贫乏。约翰·达什伍德本人说不出什么值得一听的话，他妻子能说的更少。但这绝不会带来任何特别的耻辱；因为大多数客人都是那样，几乎每个人都因为缺乏某个令人喜爱的条件而疲于应对——如缺乏先天或后天培养的理智，缺少优雅，缺乏兴致，或缺少性情。

当女士们晚餐后回到客厅时，这种贫乏尤为明显，因为男士们**已经**提供了一些不同的谈话内容——各种关于政治、圈地、驯马的话题——但那时全都说完了；只有一个话题在咖啡端上来之前让女士们津津乐道，那就是对哈里·达什伍德和米德尔顿夫人的二儿子威廉的身高比较，他们的年龄几乎相同。

要是两个孩子都在场，这件事只需通过马上测量他们的身高而轻松解决；可因为只有哈里在场，两边的人全都在猜测推断，人人都有权利对自己的看法感到一样确信，可以随心所欲地反复说起。

双方是这样的局面：

两位母亲，虽然各个真心相信自己的儿子更高，却礼貌地断定对方更高。

两位祖母，都同样偏心，但更加坦诚，全都热切断言自己的孙子更高。

露西急于让两个母亲都感到高兴，认为两个男孩就年龄而言都非常高，完全想不出两人的身高会有丝毫差异；而斯蒂尔小姐更是尽快伶牙俐齿地把两人都夸赞了一番。

埃利诺已经表达了看法，站在威廉这边，因此更加惹恼了费拉斯太太和范尼，也看不出任何再做断言的必要；而玛丽安被询问她的想法时惹恼了所有人，她宣称自己没有想法，因为她从未想过这个问题。

埃利诺从诺兰搬走前，为她的嫂子画了两幅特别漂亮的炉挡屏风①，现在刚刚装裱好带回家中，用来装饰她现在的客厅；这些屏风在约翰·达什伍德跟随另一位先生进入屋子时吸引了他的注意，他殷勤备至地把画儿交给布兰登上校欣赏。

"这些由我长妹所画，"他说，"你是个有品位的人，我敢说，你会喜欢它们。我不知道你以前是否见过她的画作，但大家通常都认为她画得极好。"

上校虽然矢口否认他是个行家，却热切地欣赏着这些屏风，正如他会欣赏达什伍德小姐的任何画作一样；这当然也激起了别人的好奇心，于是大家争相传看。费拉斯太太不知道这些是埃利诺的画作，特别要求看一看。这些画作在得到米德尔顿夫人令人满意的赞赏后，由范尼交给她的母亲，与此同时特别告诉她，这些是达什伍德小姐的画。

"哼，"费拉斯太太说，"很漂亮。"她看也没看就还给她的女儿。

也许范尼一时觉得她母亲太过无礼，因为她有些脸红，立即说道：

---

① 用来遮挡面部不受炉火炙烤。

"它们很漂亮，太太——不是吗？"但随后她可能又担心自己过于礼貌，过于赞赏，很快又说道：

"你不认为莫顿小姐的绘画风格很棒吗，太太？**她的确**画得特别好！她的上一幅风景画画得多好！"

"真的漂亮！但**她**什么都做得好。"

玛丽安对此忍无可忍，她已经对费拉斯太太讨厌至极；如此不合时宜地夸赞别人，贬低埃利诺，虽然她完全不知道这些话的主要意图，却令她非常恼火。她马上激动地说道：

"这真是非常奇特的欣赏！莫顿小姐对我们算得了什么？有谁认识她，或有谁在乎她？埃利诺是**我们**想到并且谈论的人。"

她说完，把屏风从嫂子手中拿走，自己满心喜爱地欣赏起来。

费拉斯太太看似气急败坏，坐得愈发挺直，恶狠狠地反击道："莫顿小姐是莫顿勋爵的女儿。"

范尼看上去也极其气愤，她丈夫为妹妹的大胆惊恐万分。埃利诺因为玛丽安的激动而感受的伤害远远超过让她激动的原因带来的伤害；然而布兰登上校一直看着玛丽安，他的眼神表明他只看到了深情的一面，看到一颗无法忍受让姐姐受到丝毫怠慢的挚爱心灵。

玛丽安的感情没有到此结束。费拉斯太太对她姐姐始终冷淡无礼的态度，在她看来，似乎预示着埃利诺的重重困难和烦恼忧伤，因为她本人受伤的心灵让她想到这点就感到恐慌。在一种强烈的温柔情感的促使下，她很快来到姐姐的椅子旁，一只手搂住她的脖子，贴住她的脸颊，用低沉热切的声音说道：

"亲爱的，亲爱的埃利诺，别在乎他们。别让他们使**你**不快乐。"

她说不下去了，她已经无法控制情绪，把脸埋进埃利诺的肩膀，痛哭起来——人人注意到了，几乎每个人都很关心——布兰登上校情不自禁地站起身走到她们身旁。詹宁斯太太会心地叫道："啊！可怜的宝贝。"就马上拿出了嗅盐。约翰爵士对造成这场神经发作的始作俑者愤怒不已，立刻把座位换到露西·斯蒂尔身旁，低声为她简要叙述了整件令人震惊的事情。

不过，几分钟后，玛丽安逐渐恢复，结束了这场喧闹，在其他人中间坐了下来；尽管她整个晚上一直念念不忘发生的事情。

"可怜的玛丽安！"她哥哥刚引起布兰登上校的注意，就低声对他说道，"她没有她姐姐那么好的身体——她很紧张——她没有埃利诺的体质。不得不承认一个**曾经**漂亮的年轻小姐失去个人魅力，是件令人难受的事情。也许你不这么认为，但玛丽安几个月前**确实**特别漂亮；和埃利诺一样好看，现在你看一切都结束了。"

第十三章

　　埃利诺满足了想见费拉斯太太的好奇心，她从她身上发现一切都表明继续加深两个家庭的关系，这很不可取，她已经看够了她的傲慢，她的刻薄，她对她本人的执意偏见，明白了爱德华和她本人一定会面临重重困难，难以订婚，也迟迟无法结婚，即使他是个自由人。她见到的一切几乎足以让她为**自己**感到庆幸，一个巨大障碍让她免于承受费拉斯太太制造的其他任何障碍，让她完全无需忍受她的反复无常，或是渴望得到她的好感。或至少，如果她不大能为爱德华被束缚于露西感到高兴，她也能认为，假如露西更加可爱，她**应该**能够为此感到高兴。

　　她好奇露西竟会因为费拉斯太太的客套而这样兴致高昂；她的利益和她的虚荣心竟然使她变得如此盲目，看不出对她所有的关注只因为她**不是埃利诺**，还以为是对她本人的赞赏，也不明白看似只对于她的偏爱，仅仅因为她的真实处境不为人所知。但情况就是这样，不但露西当时的眼神表明了这一点，而且第二天上午，在她的特别请求下，米德尔顿夫人让她在伯克利街下车，希望得到和埃利诺单独见面的机会，能够更加直白地向她再次表明自己有多高兴。

　　她这次很幸运，因为她刚到达，帕默太太的一封来信就把詹宁斯太太带走了。

"我亲爱的朋友，"她们刚单独在一起，露西就叫道，"我来告诉你我的快乐。还有什么能比费拉斯太太昨天对待我的方式更令人荣幸吗？她简直极其和蔼可亲！你知道想着要见她我有多么害怕，当我刚被介绍给她时，她的态度就那么和蔼，似乎真的表明她很喜欢我。难道不是这样吗？你全都看见了。你会对此不感到印象深刻？"

"她当然对你非常客气。"

"客气！难道你除客气以外看不出别的？我看到了很多。没给任何人，只针对我的这番好意！没有骄傲，没有傲慢，你的嫂子也一样——温柔可亲！"

埃利诺希望谈点别的，但露西依然逼着她承认她有理由感到幸福。埃利诺只能接着说道：

"毫无疑问，如果她们已经知道你们的婚约，"她说，"什么都不及她们对待你的方式那么令人高兴，但因为情况并非如此——"

"我猜到你会这么说，"露西很快答道，"但假如费拉斯太太并不喜欢我，完全没理由让她表现出喜爱，而她对我的喜爱就是一切。你无法说得我不再满意。我相信一切都有好的结局，完全不会有任何困难，我以前也是这么想。费拉斯太太是个可爱的女人，你嫂子也是。她们两人的确都是令人喜爱的女人！我真奇怪为何从未听你说过达什伍德太太有多么讨人喜欢！"

埃利诺无言以对，也不打算回答。

"你病了吗，达什伍德小姐？你似乎心情低落，你不说话，你一定身体不好。"

"我的身体从没这么好过。"

"我为此感到真心高兴，但你真的看上去不太好。要是**你**生病了我会非常难过，你是这个世界上我最大的安慰！天知道我会怎样，假如没了你的友情。"

埃利诺试着给出礼貌的答复，虽然怀疑自己能否做到。但这似乎已经让露西感到满意，因为她马上答道：

"说真的我完全相信你对我的喜爱，除了爱德华的爱，这是我拥有的最大安慰——可怜的爱德华！但现在有一件好事，我们能够见面，并且常常相见，因为米德尔顿夫人喜欢达什伍德太太，因此我敢说我们会经常去哈利街，而爱德华一半的时间都和他姐姐在一起。此外，米德尔顿夫人和费拉斯太太也会交往，而且费拉斯太太和你嫂子都好意说过不止一次，她们始终会很高兴见到我——她们是如此可爱的女人！我相信你要是向你嫂子说起我对她的想法，你怎么说都不为过。"

但埃利诺不愿给她任何鼓励，让她希望她**会**告诉她嫂子。露西继续说着：

"我相信我能马上看得出来，假如费拉斯太太不喜欢我。比方说，如果她只是正式行个礼，一言不发，此后再也没有注意我，从不愉快地看着我——你知道我的意思——如果我得到了那样的冷遇，我应该早就心灰意冷。我根本无法忍受。因为她要是**真的**不喜欢，我知道那就会极度厌烦。"

埃利诺差点要对这番得意之辞做出答复，这时门被推开，仆人宣布费拉斯先生来了，爱德华随后进入。

这是个极其尴尬的时刻，每个人的神情都表明如此。他们全都显得愚蠢至极；爱德华似乎既想重新走出屋子，又想再往里走。正是这番情形，以他们全都急于避免的最令人讨厌的状态，降临到他们身上——他们不仅三个人都在一起，而且在一起时没有任何人能缓解局面。女士们首先镇定下来。露西不能上前问候，因为她依然需要保守秘密。因此她只能以**眉目传情**，稍微询问几句就不再说话。

但埃利诺有更多事情要做；她急于为了他和她本人做好，因此在冷静片刻后，她强迫自己欢迎他，神情举止几乎很自然，甚至很大方；她又挣扎一番，做得更好。她不愿因为露西在场，或是知道对她本人的一些不公正，就不对他说她很高兴见到他，说她很遗憾他之前来伯克利街拜访时，她不在家中。她不害怕在露西敏锐的目光下，以这种方式问候他，作为一个朋友，几乎一个亲戚，这是他应得的礼节，尽管她很快发现露西在密切注视着她。

她的态度让爱德华有些安心，他鼓起勇气坐下来；然而他的尴尬程度依然大大超过两位女士，这也合情合理，尽管对男士而言较为罕见；因为他的感情不像露西那么满不在乎，他的良心也不如埃利诺那样自在从容。

露西一副娴静自得的模样，似乎打定主意不顾别人的安适，一句话也不肯说。几乎**说出**的每一句话，都来自埃利诺，她只好主动说起她母亲的身体，她们来到城里之类的话，这些爱德华本该询问，但他从未开口。

她的努力不止于此；因为她很快满怀豪情地决定以叫玛丽安为借口，把两人单独留下。她的确这么做了，**那一点做得极其漂**

亮，因为她在楼梯口逗留了好几分钟，内心高尚又坚毅，然后才去找她的妹妹。不过，一旦做了那件事，爱德华的狂喜也该结束了；因为玛丽安高兴不已，立即冲进了客厅。她见到他的喜悦和她所有的感情一样，本身很热烈，表达得也很热烈。她伸出手让他握住，声音充满妹妹的深情。

"亲爱的爱德华!"她叫道，"这是一个特别幸福的时刻! 这几乎能弥补一切!"

爱德华试着给她应有的善意回复，但在这样的旁观者面前他不敢表达出一半的感受。他们再次全部坐下，一时都陷入了沉默；而玛丽安以最显而易见的温柔神情，时而看着埃利诺，时而看看爱德华，只遗憾他们彼此相见的愉快竟然因为露西不受欢迎的出现而受到压抑。爱德华是第一个说话的人，他注意到玛丽安容貌的变化，表示担心她觉得不适应伦敦的生活。

"哦，别想着我!"她兴奋又诚恳地答道，虽然说话时眼里满是泪水，"别想着**我的**身体。埃利诺很好，你看。那对我们两人一定足够了。"

这番话不可能让爱德华或埃利诺更加安心，也不会赢得露西的好感，她抬头看着玛丽安，表情很不愉快。

"你喜欢伦敦吗?"爱德华说，他乐意说起任何带来其他话题的内容。

"一点也不。我期待着许多快乐，却什么也没得到。看到你，爱德华，是我至今得到的唯一安慰。感谢上帝! 你还是以前的样子!"

她停下来——没有人说话。

"我想，埃利诺，"她很快又说道，"我们必须请爱德华在我们回巴顿的路上照顾我们。再过一两个星期，我想，我们就该走了。我相信，爱德华不会不愿意接受这份责任。"

可怜的爱德华咕哝着什么，但究竟是什么，谁也不知道，连他自己都不知道。可是玛丽安见他激动不安，便轻易认定这是最令她高兴的原因所致，感到非常满意，很快说起了别的话题。

"爱德华，我们昨天在哈利街过得真糟糕！实在乏味，乏味至极！但那件事我有很多话要对你说，现在我不能说。"

凭着这令人钦佩的审慎，她的确没有立即告诉他，她发现他们共同的亲戚比以前更令人讨厌，她尤其厌恶他的母亲，而是等到更私密的时候再说。

"可你为何不在那儿，爱德华？你为何没来？"

"我在别处有事情。"

"有事情！可那是什么事情，当你有这样的朋友要见时？"

"也许，玛丽安小姐，"露西叫道，她急于给她些报复，"你认为年轻人从不信守诺言，只要他们不想守信吗？无论大事小事。"

埃利诺很生气，但玛丽安似乎对这番刺激浑然不知，因为她冷静地答道：

"并非如此，真的。因为，说真的，我很肯定爱德华只是因为良心而没有去哈利街。我真的相信他是世界上最有良心的人；他会最慎重地做到每一个约定，无论多么微不足道，无论这有多违背他自己的利益和快乐。在我认识的所有人当中，他最害怕让人痛苦，担心令人失望，也最做不到自私自利。爱德华，是这样，我要这么说。什么！你永远不想听见自己得到称赞！那么你一定绝不是我的朋友；因为那些接受我的爱与尊重的人，一定也要接受我的公开赞赏。"

然而，她赞赏的实质，在目前情况下，碰巧令她三分之二的听众特别难受，让爱德华沮丧至极，因此他很快起身打算离开。

"这么快就走！"玛丽安说，"我亲爱的爱德华，这绝不可以。"

她把他稍稍拉到一边，轻声劝说他露西不会待得太久。但即使这番鼓励也没起效果，因为他一定要走；露西原本打算比他待得更久，即使他的拜访持续两个小时，她很快也走了。

"她为何总是来这儿？"玛丽安在她离开后说道，"她看不出我们想要她走吗！对爱德华来说真可笑！"

"为什么？我们都是他的朋友，露西是我们当中和他认识最久的人。他自然愿意像见到我们本人一样见到她。"

玛丽安坚定地看着她说："你知道，埃利诺，这样的谈话我无法忍受。如果你希望别人反驳你的话，我只能这么想，你应该明白我绝对不会那样做。我绝不可能被哄骗着说出毫无必要的保证。"

接着她离开了屋子；埃利诺不敢跟随她多说些什么，因为她已经向露西承诺要保守秘密，她也说不出能让玛丽安信服的话。虽然依旧处于错误之中的结果或许令她痛苦，她也只能接受。她全部的希望，是爱德华不会常常使她或他本人苦恼地听见玛丽安错误的激动话语，或听她一再重复最近聚会中的其他任何痛苦——这一点她有足够的理由去期待。

第十四章

这次见面几天后，报纸向世人宣布，托马斯·帕默先生的太太平安产下一个男孩与继承人；这是一则有趣且令人满意的消息，至少对之前了解此事的所有亲友而言是这样。

这件事对詹宁斯太太的幸福极其重要，暂时带来了她在时间安排上的变化，也同样影响了她年轻朋友的活动安排。因为她既然想尽量多陪伴夏洛特，所以每天早上刚穿好衣服就去那儿，直到很晚才回来。而达什伍德小姐们，在米德尔顿一家的特别要求下，每一天从早到晚都在康迪特街度过。为了她们自己的舒适，她们更愿留下，至少整个上午待在詹宁斯太太家里，但她们不好违背每个人的心愿而坚持此事。因此她们的时间都给了米德尔顿夫人和两位斯蒂尔小姐，而她们虽说是想要她俩的陪伴，其实对此毫不在乎。

她们过于理智，不会成为前者的理想陪伴；而后者总以嫉妒的眼光看待她们，感觉侵犯了**她们的**地盘，分享了她们本想独占的善意对待。尽管米德尔顿夫人对埃利诺和玛丽安非常客气，但她其实一点也不喜欢她们。因为她们既不恭维她本人也不夸赞她的孩子，她无法相信她们性情温和；因为她们喜欢读书，她就认为她们生性刻薄：也许她并不十分清楚什么叫做刻薄，但**那**无关紧要。那只是寻常的责备，可以脱口而出。

她俩的出现对她和露西都是约束。这限制了一个人的闲散和另一个人的忙碌。米德尔顿夫人羞于在她们面前无所事事，而露西在别的时候能骄傲地想起并做到大献殷勤，她又担心这样做会让她受到鄙视。斯蒂尔小姐是三个人中最没有因为她们的到来被打破平静的人，因为她俩有能力让她完全接受她们。只要两人中的任何一位能完整细致地讲述玛丽安和威洛比先生之间的所有故事，她就会觉得自己晚餐后让出火炉旁最好位置的行为得到了充分的回报，两人到来后就一直如此。但此番妥协并未奏效，因为虽然她常常向埃利诺表示对她妹妹的同情，不止一次在玛丽安面前指责那个意中人的反复无常，却毫无作用，只从前者得到冷漠的眼神，或得到后者厌恶的一瞥。或许更小的努力也能让她成为她们的朋友，只要她们愿意拿博士取笑她就行！但她们和别人一样，完全不想取悦她，因此如果约翰爵士不在家吃饭，她也许一整天都听不到对这个话题的其他任何调侃，除了她对自己的好意调侃之外。

然而，所有这些嫉妒与不满都完全不为詹宁斯太太所知，因此她觉得让女孩们待在一起是件愉快的事情；每天晚上她都要祝贺她年轻的朋友们，因为她们能长时间躲避一个愚笨老太太的陪伴。她有时去约翰爵士家和她们在一起，有时是在自己的家里；但无论在哪儿，她总是兴高采烈、满心愉悦、自吹自擂，把夏洛特的好状态归功于她本人的照料，随时准备详详细细地讲述她的情况，只有斯蒂尔小姐才有兴趣听她说话。有一件事**的确**令她不安，她每天都在抱怨。帕默先生坚持男人常见却毫无父爱的想法，认为所有的小婴儿都一个样；虽然她在不同的时候，能清楚地看出小婴儿和他父母双方每一个亲戚的无比相似之处，他的父亲却坚决不肯相信；她也无法说服他这个孩子并非和同龄人都长得一模一样，甚至不能让他同意一个简单的想法，认为这是世界上最漂亮的孩子。

现在我要说一件不幸的事情，大约在这个时候降临于约翰·达什伍德太太身上。原来，当她的两个妹妹和詹宁斯太太第一次去哈利街拜访她时，她的另一个熟人也来了——这种情形本身像是不大可能带给她麻烦。但当别人的想象力让他们错误地判断我们的行为，按照表面现象做出决定时，人的幸福在某种程度上总得依靠运气。在目前的情况下，这位迟到的女士任凭她的想象力远超事实与可能性，只是听说了达什伍德小姐们的名字，得知她们是达什伍德先生的妹妹，就马上认为她们一定住在哈利街；这个错误消息在一两天后，带来了给她们以及她们哥嫂的邀请函，请他们去她家参加一个小型音乐会。事情的结果是，约翰·达什伍德太太不仅要忍受极大的不便，派她的马车去接达什伍德小姐们，而且，更糟糕的是，她必须忍受所有的不快，显得对她们关怀备至；而且谁知道她们就不会期待再次和她一起出门呢？当然，她总有办法让她们感到失望。但那并不够；当人们坚持他们明知错误的行为模式时，会在想到任何对他们更好的做法时觉得受了伤害。

玛丽安如今已逐渐养成每天出去的习惯，是否出门已经变成一件对她无关紧要的事情；她安静木然地为每晚的约会做着准备，虽然完全不指望从任何聚会中得到一丝快乐，常常不到最后一刻，不知自己会被带到何处。

对于穿着和外表她已变得根本无所谓，因此在整个梳妆过程中，她对这些的考虑，还不如斯蒂尔小姐和她在一起的最后五分钟里对她一半的关注。什么都逃不了**她**细致入微的观察和对一切事物的好奇；她什么都看得出，什么都要问；不弄清玛丽安服饰每个部件的价格她就无法安心；她能比玛丽安本人更好地猜出她一共有多少件长裙，而且在她们分开前，并非没有希望弄清她每个星期的洗衣费，以及她每年在自己身上花多少钱。不仅如此，这种无礼的盘问通常以赞赏为结束，虽然意为奖赏，却被玛丽安视为一切之中最大的无礼；因为她在检查了她长裙的价钱和质地，她鞋子的颜色，以及头发的式样后，玛丽安几乎总能听见"她肯定她看上去非常漂亮，她敢说她会征服许多男人"。

带着这番鼓励，这一次她被打发到她哥哥的马车里；马车刚在门口停了五分钟她们就准备就绪，这样的准时她们的嫂子并不太喜欢，她已经提前去了她熟人的家中，在那儿希望她们能有些耽搁。如果不能给她的马车夫造成不便，就会给她本人带来不便。

晚上的活动不大精彩。这场晚会，和其他音乐晚会一样，包含了许多对表演有真正品位的人，以及许多完全没品位的人；演出者们也和平时一样，在他们自己眼中，以及在他们好友的眼里，是英格兰一流的私人表演家。

因为埃利诺既不懂音乐，也不假装懂得，所以毫不顾忌地随时把目光从大钢琴上挪开，甚至不受竖琴和大提琴出场的约束，而是高高兴兴地看着屋里的任何其他物品。一次目光的漫游中，她看见在一群年轻人里，正好出现在格雷珠宝店为她们细致讲述过牙签盒的那个人。她发现他很快看着她本人，并和她哥哥亲密地说着话。她刚决定要从后者那儿得知他的名字，这时两人都朝她走来，达什伍德先生向她介绍他是罗伯特·费拉斯先生。

他轻松随意地打了个招呼，扭头向她鞠了一躬，这同话语一样使她明白，他正是她曾经听露西描述过的那个花花公子。要是她对爱德华的爱更多源于他近亲的优点而非他自己的美德，这本来会让她感到高兴！因为除了他母亲和他姐姐的乖戾之外，他弟弟的鞠躬一定会了结此事。可是当她为两个年轻人的差别感到奇怪时，她发现其中一位的愚蠢和自负，并未让她完全失去对另一个人谦逊和美德的欣赏。他们为何**会**不同，罗伯特本人在一刻钟的交谈中对她高声说起了这一点；因为，他提到他的哥哥，对他的极度**笨拙**感到遗憾，也的确认为这让他无法融入上流社会，他坦率慷慨地认为这和天赋不足关系不大，更是因为不幸接受了私人教育。而他本人，也许并无任何特别之处，天生没有太大优势，只是有幸接受了公学教育，所以能得心应手地出入社交。

"说实话，"他又说道，"我相信别无其他；当我母亲为此难过时，我常常这样对她说。'我亲爱的母亲，'我总是说道，'你必须轻松看待。这个错误如今已无法弥补，而且完全由你一手造成。你为何被我的罗伯特叔叔说服，不顾自己的判断，在爱德华人生最关键的时候，把他放进私人学校呢？只要你把他和我本人一样送到威斯敏斯特①，而不是把他送到普拉特先生那儿，这一切都能避免。'这是我对这件事的一贯看法，我母亲完全相信她

---

① 指当时声誉和社会地位很高的威斯敏斯特公学，有调侃意味。

的错误。"

埃利诺不愿反对他的看法，因为，无论她对公学教育的好处通常会怎么想，她想到爱德华住在普拉特先生的家中时，不可能有任何满意之情。

"你住在德文郡，我想，"他接着说道，"在道利什①附近的一个乡舍。"

埃利诺纠正了他说的位置，似乎令他非常惊讶的是，竟然有任何人会住在德文郡，却不靠近道利什。不过他真心赞赏了她们房子的类型。

"就我自己而言，"他说，"我极其喜爱乡舍；它们总是那么舒适，那么优雅。我要申明，如果我有些闲钱，我会买一小块土地自己建一座，离伦敦不远，我本人随时能乘马车过去，叫上几个朋友，一同玩乐。我建议每个想造房子的人，就造一座乡舍。那天我的朋友考特兰勋爵特意过来询问我的意见，在我面前放了三份博诺米的平面图。我得选出最好的一份。'我亲爱的考特兰，'我说着马上把它们都扔进了火里，'一个都别用，无论如何要建一座乡舍。'我猜，那就是结果。"

"有些人想着乡舍既不舒适又没空间，但这是个错误。上个月我去朋友埃利奥特家，在达特福德附近。埃利奥特夫人想开个舞会。'可是该怎么办？'她说，'我亲爱的费拉斯，一定要告诉我该怎么安排。这座乡舍里没有一间屋子能容得下十个人，而且能在哪儿吃晚餐呢？'**我**立即看出这毫无困难，于是我说：'我亲

---

① 18 世纪末期时尚的旅游小镇。

爱的埃利奥特夫人，不必担心。餐厅能轻松容下十八对舞伴[1]，牌桌可以放在客厅里；图书室也许能用来喝茶吃点心；夜宵就放在小厅吧。'埃利奥特夫人为此感到高兴。我们测量了餐厅，发现它刚好能容下十八对舞伴，一切完全按照我的计划进行。所以，事实上，你看，只要人们知道怎么安排，在一间乡舍和在最宽敞的住所里同样能尽享一切舒适。"

埃利诺全都同意，因为她觉得他配不上理性反对这种恭维。

因为约翰·达什伍德并不比他的长妹更喜欢音乐，他也能同样自由地想着任何事；晚会时他想到一件事，回家后告诉了他的妻子，想得到她的许可。考虑到丹尼斯太太的错误，以为他的妹妹是他们的客人，这说明她们的确应该得到邀请，趁着詹宁斯太太忙得不在家时。花费微不足道，也没什么不方便；这样的关注完全因为他在良心上觉得有必要为彻底违背对父亲的承诺而做些什么。范尼被这个提议吓了一跳。

"我看不出该怎么做，"她说，"才能不惹恼米德尔顿夫人，因为她们每天都和她待在一起；否则我们会非常乐意这么做。你知道我随时愿意在能力范围内关照她们，就像我今晚带她们出去表明的那样。但她们是米德尔顿夫人的客人，我怎能把她们从她身边带走呢？"

她的丈夫虽十分谦恭，却没看出她的反对有什么道理。"她们已经这样在康迪特街待了一个星期，米德尔顿夫人不会因为她们在近亲家里住上同样的天数感到不高兴。"

---

① 较为得体的舞会规模。

范尼停顿片刻，然后打起精神说：

"我亲爱的，我愿意真心诚意地邀请她们，只要我能做得到。但我刚刚打定主意邀请斯蒂尔小姐们和我们住几天。她们是举止得体、心地善良的女孩；我认为她们值得这样的关注，因为她们的舅舅对爱德华那么好。我们可以明年邀请你的妹妹，你知道；但斯蒂尔小姐们也许再也不会来城里了。我相信你会喜欢她们；说真的，你**的确**喜欢她们，是吧？已经很喜欢了，我母亲也是，而且哈里对她们喜爱至极！"

达什伍德先生被说服了。他看出马上邀请斯蒂尔小姐们的必要性，他的良心也因为明年邀请妹妹们的决定得到了安慰；不过，与此同时，他暗中猜想下一年会让这个邀请毫无必要，因为埃利诺会作为布兰登上校的妻子来到伦敦，而玛丽安将成为**他们**的客人。

范尼为她的逃离感到欣喜，为能头脑机敏地做成此事感到骄傲，第二天上午就给露西写信，请她和她姐姐在米德尔顿夫人一旦能让她们走的时候，来哈利街住上几日。这足以让露西理所当然地感到高兴。达什伍德太太本人似乎真的在给她帮忙，在乎她所有的希望，提升她的一切可能性！尤为重要的是，同爱德华和他家人住在一起的这样一个机会，对她最有实际的好处，此番邀请让她喜不自胜！这样的好处令她感激不尽，让她急不可耐。对米德尔顿夫人的拜访，之前并没有明确的时限，现在却忽然发现她们一直打算再住两天就要结束。

这封便笺来了不到十分钟就被拿给埃利诺看，这第一次让她产生了和露西同样的希望；因为如此非同寻常的好意，在相识这么短时间后就表达出来，似乎说明对她的好感不仅源于对她本人的恶意；也许随着时间和相处，能让露西心想事成。她的谄媚已经征服了米德尔顿夫人的傲慢，也打入了约翰·达什伍德太太紧闭的心房；这些结果表明了更大的可能性。

斯蒂尔小姐们搬到了哈利街，埃利诺听见的有关她们在那儿影响力的消息，增强了她对这件事的期待。约翰爵士每天不止一次看望她们，带回的她们受众人宠爱的消息，一定让每个人都印象深刻。达什伍德太太这辈子从未对任何年轻小姐这么喜爱过；送她们每人一个某位移民①做的针线盒；以教名称呼露西；不知道她还能否与她们分开。

---

① 可能指法国大革命带来的极其穷困的难民。

第三巻

第一章

帕默太太两个星期后身体很好，因此她的母亲觉得不再有必要把所有时间都给她，每天去看她一两次就能感到心满意足，从那时起回到了自己的家中，恢复了自己的习惯，她也发现达什伍德小姐非常乐意恢复曾经的生活。

就这样在伯克利街重新安顿下来的第三或第四个上午，詹宁斯太太结束对帕默太太的常规拜访回家后进入客厅，埃利诺正独自坐在那儿，她慌慌张张、郑重其事的表情似乎在让她准备听到一些精彩的消息；她刚让埃利诺有时间产生那个想法后，就马上以她的话证实了这一点，说道：

"天哪！我亲爱的达什伍德小姐！你听见消息了吗？"

"没有，太太。什么消息？"

"某件特别奇怪的事情！但你全都能听见。我到帕默先生家的时候，我发现夏洛特正为了孩子大惊小怪。她肯定孩子病了——他哭闹，烦躁，满身的疹子。于是我直接看了一眼说：'天哪！我亲爱的，'我说，'这只不过是红疹。'保姆也这样说。可是夏洛特，她才不满意呢，于是叫来了多纳文先生；幸好他刚刚从哈利街回来，因此马上就到了。他像往常一样刚看到孩子，就和我们说得一模一样，这不过是红疹而已，然后夏洛特就安心了。于是，他正要再次离开，我忽然想到，我真不知为何能够想到，但我忽然想问他有没有什么消息。听到那句话，他咯咯傻笑一番，然后神情严肃，似乎知道了什么事情，最后他低声说："'为避免任何不愉快的消息被你照料的两位年轻小姐听见，知道她们的嫂子身体不适，我想最好先说我认为没太多理由感到惊恐。我希望达什伍德太太能很快恢复。'"

"什么！范尼病了吗？"

"那正是我说的话，我亲爱的。'天哪！'我说，'达什伍德太太生病了？'因此他全都说了出来，详详细细，我所记得的，大概是这样。爱德华·费拉斯先生，正是那个我曾经拿你开玩笑的年轻人（不过，后来，我特别高兴没有这样的事），爱德华·费拉斯先生，似乎，已经和我的外甥女露西订婚一年多了！你瞧瞧，我亲爱的！谁都对此一无所知，除了南希！你能相信这件事的可能性吗？他们彼此喜欢没什么大不了；但他们之间竟然发生了那样的事情，而谁都没有怀疑！**那**很奇怪！我从未见过他们在一起，否则我相信我一下子就能看出来。好了，所以这一直是个大秘密，因为害怕费拉斯太太，无论她还是你的哥哥嫂子都对此毫不怀疑——直到今天早上，可怜的南希，你知道，她一直是个好心好意的人儿，但不聪明，就一股脑儿说了出来。'天哪！'她心里想，'他们都那么喜欢露西，当然完全不会从中作梗。'于是，她走到你嫂子身旁，她正独自织着毯子①，根本没料到会发生什么——因为只在五分钟前，她才对你哥哥说，她想让爱德华和某位勋爵的一个女儿结婚，我忘了是谁。因此你能想到这对她

---

① 铺在床上或桌上的羊毛织品。

的虚荣和骄傲是多大的打击。她马上变得歇斯底里，尖叫声传到你哥哥的耳朵里，他正坐在自己楼下的更衣室，想着要给他乡下的管家写封信。于是他马上飞奔上楼，然后发生了可怕的一幕，因为露西那时走到他们身边，完全想不到发生了什么！可怜的人儿！我同情**她**。我必须说，我认为她受到了极其粗鲁的对待；因为你嫂子怒不可遏地责骂她，很快把她气晕了过去。南希跪在地上，痛哭不已；你哥哥在屋里走来走去，说他不知该怎么办。达什伍德太太宣称她们绝不能在屋里多待一分钟，你哥哥**他**也只好跪在地上，劝她让她们收拾好衣服再走。**接着**她再次歇斯底里，他吓得只好让人来多纳文先生，而多纳文先生发现屋里乱成一团。马车已经在门口等着带走我两个可怜的外甥女，他下车时她们正在上车。可怜的露西在这种情况下，他说，她几乎走不了路；南希也差不多一样糟糕。我要说，我一点都受不了你的嫂子；我真心希望，无论她想怎样，这门亲事都能成功。天哪！可怜的爱德华听说此事真够受的！让他心爱的人被这样藐视！因为他们说他对她喜欢得发疯，他很可能这样。要是他爱得发狂我不会奇怪！多纳文先生也这么想。我和他说了半天；最好的消息是，他又回到了哈利街，当费拉斯太太被告知此事时也能在场，因为我的外甥女们刚离开屋子就派人去接她，而且你嫂子相信**她**也会歇斯底里；在我看来，她会这样。我对她们两人谁都不同情。我讨厌人们为了钱和地位闹成这样。爱德华先生和露西完全没理由不能结婚；因为我相信费拉斯太太能让她儿子过上不错的生活，虽然露西几乎身无分文，但她比谁都更会精打细算。我敢说，假如费拉斯太太能够只给他们一年五百英镑，她会把日子过得像是每年有八百英镑。天哪！他们在和你们一样的另一座乡舍里该过得多么舒心——或者稍大一些——有两个女仆和两个男仆。我相信我能帮他们找个女仆，因为我的贝蒂有个妹妹没活可干，正好适合他们。"

这时詹宁斯太太停下了，因为埃利诺有了足够的时间镇定下来，她能给出的答复和做出的评价，似乎是从这样的话题自然得出。她高兴地发现她没被怀疑对此有任何特别的兴趣，而且詹宁斯太太（因为近来常常希望如此）已经不再想象她对爱德华有丝毫爱恋；最高兴的是，因为玛丽安不在场，她觉得完全能够毫不尴尬地说起这件事情，做出她的评价，也相信，对其中每个人的行为都表现得公正合理。

她几乎难以决定自己对这件事真正的期待，虽然她热切地想要驱逐这个想法，即事情终究会出现其他结局，而不是让爱德华和露西结婚。费拉斯太太会怎么说怎么做，虽然其本质毋庸置疑，她也急于知道；她更急于知道爱德华本人会怎样做。对**他**她深怀同情；对露西很少，她费了些努力才感受到一点同情；对其他人完全没有同情。

因为詹宁斯太太无法谈论别的话题，埃利诺很快看出让玛丽安对这种讨论做些准备的必要性。必须刻不容缓地让她不再受到蒙蔽，让她得知事情的真相，尽量让她能听着别人谈论，而不显得为姐姐感到任何不安，或是对爱德华感到任何憎恨。

埃利诺要做的事情非常痛苦。她将打消她真心相信成了妹妹主要安慰的事情，这样细致地说起爱德华，恐怕会永远毁掉她对他的好感，因为在**她**看来似乎很相似的境遇，会让玛丽安从头至尾再次感受她的失望。但尽管这样的任务一定令人不快，却必须要做，因此埃利诺赶紧去做这件事。

她根本不想详细叙述自己的感情，或表现得十分痛苦，只想以自从得知爱德华订婚后养成的镇定自若，向玛丽安暗示切实可行的应对方法。她的讲述简单明了，虽然不可能不带感情，却并未极其激动，或无比悲伤——**那**反倒属于听众，因为玛丽安震惊地听着，哭得不能自己。埃利诺在别人伤心时给他们安慰，在自己伤心时还得这样做。她马上安慰妹妹，向她保证自己心情平静，并真心诚意地为爱德华开脱罪责，只肯同意他做事轻率。

可是玛丽安有一段时间什么也不愿听。爱德华似乎是第二个威洛比；她像埃利诺一样承认，她**曾经**真心诚意地爱过他，怎么可能不及她难过！至于露西·斯蒂尔，她认为她完全不和蔼可亲，根本不可能让一个理智的男人爱上她，因此她起初不愿相信，也不肯原谅爱德华曾经对她的任何感情。她甚至不愿承认这自然而然；埃利诺最终让她相信如此，用的是能说服她自己的唯一理由，对人性更深的认识。

在第一次交流中，她只说出了订婚的事实，以及已经存在了多久。玛丽安那时就会伤心不已，无法再好好说下去。有一段时间能做的只是抚慰她的悲伤，减少她的惊恐，打消她的厌恶。她提出的第一个问题，带来了更多细节，那是：

"你知道这些有多久了，埃利诺？他给你写信吗？"

"我已经知道四个月了。当去年十一月露西第一次来到巴顿时，她就悄悄告诉了我她的婚约。"

听到这些话，玛丽安满眼惊讶之情，嘴里却说不出话来。她惊奇地停顿了一会儿，然后惊叫道：

"四个月！——你已经知道四个月了？"

埃利诺肯定了这一点。

"什么！你在我满心痛苦时照料我，那时就知道这件事了？我还责备你感到幸福！"

"那时不适合让你知道我的情况恰恰相反！"

"四个月！"玛丽安又叫道，"那么平静！那么开心！你是靠什么来支撑的？"

"因为我感觉在尽自己的责任——我对露西的承诺，让我只能保密。我答应了她，所以不能透露任何事实。我对自己的家人朋友负有责任，不能让他们为我担忧，因为我无法告知他们真相。"

玛丽安似乎很感动。

"我常常想让你本人和母亲知道，"埃利诺接着说，"我尝试过一两次；但除非违背诺言，我永远无法说服你们。"

"四个月！——而且你还爱着他！"

"是的，但我不仅爱他。当别人的安适对我很宝贵时，我很乐意不让他们知道我的感受。现在，我能不带感情地想着或说起这件事。我不愿你为我痛苦，因为我向你保证我自己不再感到真正的痛苦。我从许多事情中得到支撑。我想我从未因为自己的任何不慎导致这个失望，我也一直尽量忍受失望，不把这种感觉扩散开来。我原谅爱德华的主要错误。我希望他非常幸福；我很相信他一直恪守责任，虽然他现在也许有些遗憾，他最终一定能过得幸福。露西不缺乏理智，那是一切美好事物的基础。无论如何，玛丽安，虽然忠贞不渝的爱情这种想法令人心醉，尽管人们常说一个人的幸福完全取决于某一个人，但并不意味着——这并不合适——也不该如此。爱德华会娶露西，他会娶一个相貌头脑超过半数女性的女人；时间和习惯会让他忘记他曾经认为另一个人比**她**更好。"

"如果这是你的思考方式，"玛丽安说，"如果失去最珍爱的东西能如此轻易地被别的东西弥补，你的决心，你的自制力，也许，会不那么令人惊奇。这就让我更容易理解了。"

"我明白你的意思。你认为我的感情从不强烈。四个月了，玛丽安，我一直想着这件事，却不能自由地和任何人谈起；知道无论何时向你解释，都会让你和母亲极其难过，却无法让你做一点准备。有人告诉了我——正是用她的婚约毁掉我所有希望的那个人，几乎把这件事强加于我；我觉得，她是得意洋洋地告诉了我。因此，我需要对抗这个人的疑心，在我最感兴趣时努力显得满不在乎。这不止发生了一次，我得一再听说她的希望和狂喜。我知道自己永远和爱德华分开了，却没有听到任何事能减少我对这段感情的渴望。没有任何事证明他不值得看重，也没有任何事表明他不在乎我。我只能对抗他姐姐的恶意，他母亲的无礼，为一段感情带来的惩罚而痛苦，却从未享受过任何好处。所有这些都持续了一段时间，你很清楚，这并非我唯一的不快乐。如果你依然认为我有感情，你**现在**很可能认为我一直感到痛苦。我如今能让自己冷静地思考这件事，我已经愿意接受的安慰，是长期痛苦的付出带来的结果；它们并非自然出现，它们最初也无法给我安慰。不，玛丽安，**那时**，假如我并非必须保持沉默，也许什么都不能完全阻止我——即使我对最亲爱的朋友的责任——也无法让我不公开表明我**非常**不快乐。"

玛丽安心服口服。

"哦！埃利诺，"她叫道，"你让我永远恨我自己。我对你太残酷了！你，是我唯一的安慰，你感受我所有的痛苦，似乎只为我而难过！难道这就是我的感激？难道这是我能给你的唯一回报吗？因为你的美德一直笼罩着我，我总是试图将其消除。"

此番坦白带来了最柔情的爱抚。当她处于现在这种心境时，埃利诺毫无困难地从她那儿得到了想要的任何承诺；在她的请求下，玛丽安答应对任何人说起这件事情时都不会显出一丝愤恨；见到露西时绝不显出对她的厌恶有丝毫增加；甚至对爱德华本人，假如他们有机会来到一起，对他向来的热情完全不会减少。这些是了不起的让步，但当玛丽安觉得自己伤害了别人时，对她而言怎样弥补都不为过。

她恪守了谨慎行事的诺言，做得令人钦佩。她听着詹宁斯太太对这个话题所说的一切，完全不动声色，从不表示异议，还听见她说了三次"是的，太太"。她听着她对露西的赞赏，只从一把椅子挪到了另一把椅子上。当詹宁斯太太谈到爱德华的深情时，只让她的喉头痉挛了一下。她的妹妹能变得如此勇敢，让埃利诺感觉自己什么都做得到。

第二天带来了进一步的考验，她的哥哥前来拜访，神情非常严肃地谈起这件可怕的事情，并给她们带来了他妻子的消息。

"我想你们听说了，"他刚坐下，就郑重其事地说道，"昨天在我家中非常惊人的发现。"

她们都以神情表示同意，似乎这一刻可怕得让人无语。

"你们的嫂子，"他接着说道，"她痛苦极了。还有费拉斯太太——简而言之这件事带来了各种痛苦；但我希望这场风暴能够过去，不会击垮任何人。可怜的范尼！她昨天一整天都歇斯底里。但我不想让你们过于担心。多纳文说没什么真正需要担忧的事情；她体质很好，坚强得足以应对任何打击。她什么都忍受了，怀着天使般的坚毅！她说她永远不会再喜欢任何人；谁也不会为此奇怪，在她受到这样的欺骗之后！遇到这样的忘恩负义，而她却表现出百般好意，还有万分的信任！当她邀请这些年轻小姐来自己家中时，完全因为她善良的心地；只因她认为她们值得一些关注，是没有恶意，行为得体的女孩，会是愉快的陪伴；否则我们两人都会很想邀请你和玛丽安过来，趁你们的朋友去照顾她女儿的时候。可是现在得到了这样的回报！'我真心希望，'可怜的范尼温柔地说，'我们邀请了你的妹妹而不是她们。'"

这时他停下来等待感谢；收到谢意后，他接着说道：

"可怜的费拉斯太太第一次听见范尼对她说的话之后，她的痛苦简直无以言表。当她满怀真正的深情为他安排一场最有利的婚事时，怎能想到他一直暗中和另一个人订下了婚约！她从来不可能有过这样的怀疑！假如她想过别处会出现**任何**事情，也不可能在**那件**事上。'**那方面**，说真的，'她说，'我本以为自己很安全。'她非常痛苦。不过，我们一起商讨了该做什么，最后她决定叫来爱德华。他来了。但我真不想说出后面的事情。费拉斯太太费尽口舌想让他结束婚约，你能想象还有我的话，以及范尼的请求，都毫无用处。责任、亲情，一切都被无视。我以前从未觉得爱德华这么固执己见，这么无情无义。他的母亲向他解释了她慷慨的打算，只要他娶了莫顿小姐。告诉他她会给他诺顿的地产，除去土地税①，每年能带给他一千英镑。当事情变得无可救药时，加到了一千两百英镑；与此相反，他如果坚持这门低下的亲事，就告知他必然随之而来的某些惩罚。她说他自己的两千英镑将是他的全部所有；她永远都不会再见到他；她绝对不会给他任何帮助，而且他要是进入任何可能提供更好条件的职业，她也要想方设法不让他做到。"

此时玛丽安怒不可遏，她双手一拍，叫道："天哪！这可能吗！"

"玛丽安，"她哥哥答道，"你尽可为拒绝这些条件的固执头脑感到惊讶。你的感慨自然而然。"

玛丽安本想反驳，但她记起自己的承诺，便忍住了。

"不过，所有这些，"他又说道，"都白费力气。爱德华几乎不说话，但他说出的话语却异常坚决。什么都不能迫使他放弃婚约。他会坚持下去，无论付出什么代价。"

"那么，"詹宁斯太太无法再保持沉默，坦率诚恳地叫道，"他这是诚实人的做法！请原谅，达什伍德先生，但他如果不这样做，我会把他视为无赖。我和这件事有一点点关系，因为露西·斯蒂尔是我的外甥女，而且我相信世界上没有比她更好的女孩，或是有谁比她更应该找个好丈夫。"

约翰·达什伍德先生感到震惊，但他生性沉静，不易生气，

---

① 从 1690 年开始对出租的地产征收的税额。

也从来不想惹恼任何人，尤其是任何有钱人。因此他毫不怨恨地答道：

"我绝不会怀着一丝不敬说起你的任何一个亲戚，太太。露西·斯蒂尔小姐，我敢说，是个值得看重的年轻小姐，但你知道在目前的情况下，这门亲事一定不可能。和她舅舅照看的一个年轻人结成秘密婚约，而且是费拉斯太太那种有钱女人的儿子，总的来说有点异乎寻常。简而言之，我不想责备你喜爱的任何人的行为，詹宁斯太太。我们都祝愿她非常幸福。而费拉斯太太在整个过程中的表现，是每个尽心尽意的好母亲，在类似情况下，都会采取的做法。这既体面又慷慨。爱德华已经选择了他自己的命运，我担心会是个坏命运。"

玛丽安为类似的担忧而叹息；埃利诺为爱德华的感情而心痛，他不顾母亲的威胁，选择了一个不可能给他任何回报的女人。

"那么，先生，"詹宁斯太太说，"那么最后怎样？"

"我遗憾地说，夫人，是最为不幸的决裂——爱德华将永远得不到母亲的关照。他昨天离开了家，但他去了哪儿，或者是否还在城里，我不知道；因为**我们**当然不好询问。"

"可怜的年轻人！他会变成怎样呢？"

"哎呀，真的，太太！想起来真让人伤心。本来可以过上那么富裕的日子！我想不出更可怜的境遇了。两千英镑的利息——一个人怎么能靠那点钱生活？再想一想，要不是因为他的愚蠢，本来三个月后他就能得到每年两千五百英镑的进账（因为莫顿小姐有三万英镑），我真是无法想象更悲惨的情形。我们必须都同情他；更重要的是，因为我们完全没能力帮助他。"

"可怜的年轻人！"詹宁斯太太叫道，"我一定会非常欢迎他到我家里吃住，要是我能见到他我会告诉他。不能让他现在靠着自己的那点钱生活，住在客栈和小旅馆。"

埃利诺真心感谢她对爱德华的这番好意，虽然想到这种方式让她忍不住笑了。

"只要他能好自为之，"约翰·达什伍德说，"就像他所有的朋友愿意做到的那样，他也许此时已经有了很好的境遇，什么也不缺。但既然如此，肯定谁都帮不了他。还有一件事在等着他，这一定比什么都糟糕。他的母亲已经决定，这是非常自然的心情，立即把**那块**地产交给罗伯特，本来在合适的情形下应该属于爱德华。我上午离开她时，她正和律师一起，在谈论这件事情。"

"哎呀！"詹宁斯太太说，"那是**她的**报复。人人都有自己的方式。但我觉得我的报复不会是让一个儿子独立，因为另一个惹恼了我。"

玛丽安站起身，在屋里走来走去。

"比起让弟弟拥有本该属于自己的产业，"约翰接着说道，"还有什么能更让人恼怒吗？可怜的爱德华！我真心诚意地同情他。"

另外几分钟同样激动不已的话语结束了他的拜访。他一再向妹妹们保证他真心相信范尼的不适完全没有实质的危险，因而她们无需为此非常不安，然后离开了。留下的三位女士对目前情况的感受完全相同，至少在关于费拉斯太太、达什伍德夫妇和爱德华的行为上意见一致。

　　玛丽安的愤怒在他刚离开屋子后就喷涌而出，因为她强烈的感情让埃利诺无法矜持，也让詹宁斯太太无需矜持，她们全都激动不已地批评起这群人来。

第二章

詹宁斯太太对爱德华的行为热切赞赏，但只有埃利诺和玛丽安明白其真正的价值。**她们**只知道能诱使他违抗命令的理由少之又少，除了认为自己在做正确的事情，他几乎得不到对失去朋友和财富的安慰。埃利诺赞赏他的正直；玛丽安因为同情对他的惩罚，原谅了他所有的错误。然而尽管因为这件众人皆知的事情，两人又能像从前一样推心置腹，但她们都不喜欢在独处时细细讨论这个话题。埃利诺出于原则而避免讨论，因为玛丽安过于热切坚定的信心，容易使她更加相信爱德华依然爱着她本人，而她宁愿打消这个想法；玛丽安很快也失去了勇气，因为在尝试讨论这个话题时，难免通过对埃利诺和她本人行为的比较，总让她对自己越来越不满意。

她感到了对比产生的所有影响；但并非如她姐姐所愿，让她现在努力改变；她感觉到不断的自责带来的所有痛苦，万分悔恨自己以前从未努力过；但这只带来愧疚的折磨，却毫无改进的希望。她的心灵变得极其脆弱，依然觉得现在完全无法努力改变，因此这只让她变得更加心情低落。

一两天后，她们完全没听说哈利街或巴特利特大楼里这件事情的新消息。但尽管她们已经对这件事了解甚多，詹宁斯太太或许用不了解更多，只需进一步传播消息就有足够的事情可做，她却从一开始就决定尽快看望她的两个外甥女，安慰她们并询问情况；只因客人比平时更多，才使她没能在那段时间去看望她们。

在她们得知具体消息的第三天，那是个晴朗美丽的星期天，把许多人都吸引到金斯顿花园，虽然这只是三月的第二个星期。詹宁斯太太和埃利诺也加入其中，但玛丽安得知威洛比夫妇又进城了，一直害怕遇见他们，宁愿待在家里，也不肯冒险进入这样的公共场所。

她们刚进花园，詹宁斯太太的一个老朋友也加入了她们。埃利诺并不遗憾她一直和她们待在一起，不停和詹宁斯太太说着话，这让她能够安静地思考。她没有见到威洛比夫妇，没见到爱德华，有一段时间没见到任何或严肃或活泼，可能让她产生兴趣的人。但最后，她有些惊讶地发现斯蒂尔小姐走过来，虽然看上去很羞涩，却表示非常高兴见到她们。在得到詹宁斯太太极其友善的言语鼓励后，她有一会儿离开了自己的朋友和她们在一起。詹宁斯太太马上对埃利诺耳语道：

"全都问出来，我亲爱的。只要你问，她什么都会告诉你。你看我无法离开克拉克太太。"

然而，对詹宁斯太太以及埃利诺的好奇心而言幸运的是，她**无需**询问就愿意说出一切；因为否则什么都无从得知。

"我真高兴见到你，"斯蒂尔小姐说着便亲热地挽住她的胳膊，"因为我特别想见到你。"接着她压低声音说："我想詹宁斯太太什么都听说了。她生气吗？"

"我相信，她对你一点也不生气。"

"那是件好事情。还有米德尔顿夫人，**她**生气吗？"

"我想她不可能生气。"

"我太高兴了。天哪！多么可怕的经历！我这辈子没见露西这样盛怒过。她起初发誓永远不会帮我装饰新帽子了，或再帮我做任何事情，只要她还活着；但她现在平静下来了，我们还是以前那样的好朋友。瞧，她昨晚为我的帽子做了这个蝴蝶结，还放了这根羽毛。好啦，**你**也要笑话我了。可我为何不能用粉色缎带呢？就算这**是**博士最爱的颜色我也不在乎。对我而言，我相信我原本永远都不会知道他**的确**对此比别的颜色更喜欢，要不是他碰巧这样说了。我的亲戚们一直拿这件事折磨我！说真的，有时在他们面前我都不知该往哪儿看。"

她已经偏离到埃利诺无话可说的一个话题，因此她很快决定最好回到第一个话题上。

"好了，可是达什伍德小姐，"她得意洋洋地说道，"人们也许会说他们想让费拉斯先生宣称他不要露西，但我能告诉你绝对没有这样的事；散播那么讨厌的消息真无耻。无论露西本人也许会怎样看待，你知道，别人根本没必要当真。"

"我以前从未听说过任何这样的消息，相信我。"埃利诺说。

"哦，你没有吗？但**的确**有人说了，我知道，很清楚，不止一个人；因为戈德比小姐告诉斯帕克斯小姐，任何有理智的人都不会期待费拉斯先生放弃一个像莫顿小姐这样的女人，能有三万英镑的财产，因为露西·斯蒂尔一无所有；是我本人从斯帕克斯小姐那儿听说的。除此之外，我的表弟理查德自己也说，事已至此他担心费拉斯先生会离开；当爱德华有三天都没来找我们时，我自己也不知道该怎么想。我心里相信露西已经完全不抱希望，因为我们星期三从你哥哥家出来，星期四，星期五，星期六根本没见到他，也不知道他怎样了。有一次露西想要给他写信，但以她当时的心情做不到。不过今天上午我们刚从教堂回家他就来了，于是真相大白，他星期三怎样被叫到哈利街，听他母亲和所有人对他说话，他怎样在他们面前宣称他除了露西谁也不爱，除了露西谁都不娶。他是怎样为发生的事情担忧不已，因此刚从他母亲家中出来后，他就骑上马，到了乡下，去了某个地方；他是怎样在星期四和星期五一直待在一个客栈里，特意好好思考这件事情。经过再三考虑，他说，似乎对他而言，他现在没有财产，一无所有，再保持和她的婚约会对她很不利，因为这一定会让她受到损失。他除了两千英镑什么都没有，没有任何别的希望；如果他想接受圣职，他对此有些想法，也只能得到个副牧师的职位，他们怎么可能靠这点钱生活？他无法忍受想着她不能过得更好，因此他请求，只要她愿意，就马上结束婚约，让他本人独自谋生。我听着他把这些说得清清楚楚。完全为了**她的**好处，为**她**考虑，他才说要离开，不是因为他自己。我发誓他只字未提对她感到厌倦，或是想娶莫顿小姐，或类似的话。不过，说真的，露西对这样的话听都不想听；所以她直接告诉他（许多柔情蜜意的话语，你知道，全是那样的话——哦，天哪！你知道这些话没法重述）——她直接告诉他，她根本不想离开，因为她能靠着微薄收入和他生活，无论他的收入多么少，她都乐意接受一切，你知道，就是这样的话。因此他后来特别高兴，就他们该怎么办讨论了一会儿，他们同意他应该马上接受圣职，他们必须等他有了收入再结婚。正在那时我没法再听下去了，因为我的表姐从下面叫我，说理查森太太乘马车来了，打算带我们中的一个去肯辛顿花园；因此我只得进入房间打断他们，问露西是否想去，但她不愿离开爱德华；所以我就跑上楼，穿了双丝袜，和理查森一家离开了。"

"我不知道你说的打断他们是什么意思，"埃利诺说，"你们全都在同一间屋子里，不是吗？"

"不，说真的，当然不是。哎呀！达什伍德小姐，你认为当有人在场时人们还会谈情说爱吗？哦，真害臊！你当然更清楚那一点（假意大笑）。不，不，他们两人关上门一起待在客厅里，我是靠在门口才听见这些话的。"

"什么！"埃利诺叫道，"你对我重复的只是你本人在门口偷听的话？很抱歉我刚才不知道，因为我当然不愿麻烦你为我详细讲述你本人不该知道的谈话内容。你怎能这样不公正地对待你妹妹呢？"

"哦，天哪！**那**没什么。我只是站在门口，听到了我能听见的话。我相信露西也会对我这么做；因为一两年前，当我和玛莎·夏普之间有一大堆秘密时，她总会毫不犹豫地躲进衣柜或藏进壁炉，故意去听我们说了什么。"

埃利诺试着说点别的，但斯蒂尔小姐对她心心念念的话题，最多只能停下两三分钟。

"爱德华谈到很快去牛津，"她说，"但他现在住在帕尔中心 X 号①。他母亲真是个坏脾气的女人，不是吗？你的哥哥嫂子也不

---

① 这儿是个不明确的数字，原文是破折号。

太友善！可是，我不会对**你**说他们的任何坏话，而且说真的他们的确用他们的马车送我们回了家，我本来没有指望。至于我自己，我特别担心你嫂子会要回她一两天前给我们的针线盒；不过，然而，她对此什么都没说，我小心地把我自己那个藏了起来。爱德华在牛津有些事情，他说，因此他必须去那儿一阵子；在**那**以后，一旦他能碰上个主教，他就能接受圣职。我不知道他能得到怎样的副牧师职位！——天哪！（说话时咯咯笑着）我能以性命打赌我知道我的表姐们听见后会说什么。她们会告诉我应该给博士写信，为爱德华得到个副牧师的新职位。我知道她们会的，但我相信我无论如何也不会做这样的事。'哎呀！'我会马上说，'我不知道你们怎能想出这样的事情？**我**给博士写信，真是的！'"

"好了，"埃利诺说，"能为避免最坏的情况做些准备也令人安心。你已经有了答案。"

斯蒂尔小姐准备对同一个话题做出答复，可是她自己的一行人走过来，让另一个话题变得更有必要。

"哦，天哪！理查森夫妇来了。我有好多话要对你说，但我不能再离开他们更久了。我向你保证他们是非常文雅的人。他挣一大堆钱，而且他们有自己的马车。我没时间自己对詹宁斯太太说这件事，但请告诉她我很高兴地听说她没有对我们生气，米德尔顿夫人也一样。要是碰巧有任何事情让你和你妹妹离开，而且詹宁斯太太想有人做伴，我相信我们会很乐意过来陪她，她想要多久就多久。我觉得米德尔顿夫人这次不会再让我们过去了。再见，我很遗憾玛丽安小姐不在这儿。请代我向她问好。哎呀！你竟然穿上了你这件斑点细纱布衣裳！真奇怪你不怕把它撕坏了。"

这就是她临别时的担忧；因为在此之后，她只有时间向詹宁斯太太道个别，就被理查森太太叫走了。埃利诺得知的消息也许能让她思索一段时间，虽然她听到的话几乎没超出她已经在心里提前预料或打算过的内容。爱德华和露西的婚事已经明确无疑，但婚礼何时进行完全不能确定，这正是她之前的想法；一切和她预料的完全相同，取决于他得到那份职位，这一点，目前而言，似乎毫无希望。

她们刚回到马车上，詹宁斯太太就急着打听消息，但埃利诺想尽量少散布本来就以很不合理的方式得到的消息，只是复述了一些简单细节，那是她相信露西为了抬升自己，会愿意让人知道的消息。他们继续了婚约，他们为能够结婚采取的办法，是她说出的全部；这让詹宁斯太太自然而然做出了以下评论。

"等他有一份俸禄！唉，我们都知道**那**会是怎样的结果；他们会等上一年，发现得不到好的，只能接受一年五十英镑的副牧师职位，加上他两千英镑的利息，还有斯蒂尔先生和普拉特先生能给她的那一点钱；然后他们会每年生个孩子！老天爷保佑他们！他们会变得多么贫穷！我必须看看我能给点什么来装饰他们的屋子。两个女仆和两个男仆，天哪！我那天还说——不，不，他们必须找个身强力壮的姑娘干完所有的活——贝蒂的妹妹**现在**绝对不适合他们了。"

第二天埃利诺收到一封露西本人从两便士邮局发来的信。内容如下：

巴特利特大楼，三月

我希望我亲爱的达什伍德小姐能原谅我冒昧给她写信；但我知道你对我的友情会让你很高兴听到对我本人和我亲爱的爱德华之间情况这么好的一番描述，在我们最近经历的所有麻烦之后。因此我不再道歉，而是接着要说，感谢上帝！虽然经历了极大的痛苦，但我们两人现在都很好，当然和我们相亲相爱的任何时候一样开心。我们经历了巨大的考验，承受了极大的折磨，不过，与此同时，对许多朋友深感谢意，对你本人更是如此，你对我们的深情厚爱我将永远铭记在心，爱德华也会如此，我已经对他这样说过。我相信，你和亲爱的詹宁斯太太，都会很高兴地听说我和他昨天下午度过了愉快的两个小时。他不愿听到我们的分手，虽然我热切地劝说他，因为我觉得这是我的责任使然，劝他慎重起见，就此分开，只要他肯同意；但他说这绝无可能，他不在乎他母亲的愤怒，只要他能拥有我的感情；他很快会接受圣职；假如你有能力向任何一个能够赠送圣职的人推荐他，我相信你不会忘记我们。亲爱的詹宁斯太太也一样，我相信她会替我们向约翰爵士，或帕默先生，或任何可能帮助我们的朋友美言几句。可怜的安妮本该因为她做的事情饱受责备，但她是好意为之，所以我什么都没说。希望詹宁斯太太会觉得来看望我们不是很大的麻烦，要是她任何一个上午能路过这儿，这将是极大的好意，我的表亲们也会很荣幸和她结识。我的纸张提醒我就此停笔，请求你向她表达我充满感激、无比谦恭的敬意，还有约翰爵士、米德尔顿夫人、亲爱的孩子们，如果你有机会见到他们，同时向玛丽安小姐问好。

我是……

　　埃利诺刚读完，她就按照在她看来是写信人的真实意图，把信放在了詹宁斯太太手中。詹宁斯太太大声读出来，感到满意至极，一直赞不绝口。

　　"真是好极了！她写得真好！唉，要是他愿意，放他离开也很好。那正是露西的样子。可怜的人儿！我希望我**能**帮他得到个职位，真心希望如此——她叫我亲爱的詹宁斯太太，你看。她是心肠最好的姑娘，一点不假。那句话写得真漂亮。是的，是的，我会去看她，当然要去。她多么周全，把每个人都想到了！谢谢你，我亲爱的，能把信给我看。这是我见过最漂亮的一封信，说明她头脑聪明，心地善良。"

第三章

　　达什伍德小姐们如今已来到城里两个多月，玛丽安渴望回家的心情与日俱增。她为乡下的空气、自由和安静而叹息；想象着如果有任何地方能让她安心，那一定是巴顿。埃利诺想要离开的心情几乎和她一样急切，只是不那么坚持马上做到，因为她知道如此漫长的旅程一定困难重重，而玛丽安无论如何都不愿承认。不过，她开始认真考虑做成此事，已经向她们好心的女主人提起她们的心愿。女主人好心好意又滔滔不绝地拒绝了她们，这时出现了一个计划，虽然会让她们再过几个星期才能回到家中，在埃利诺看来却是总体而言最可行的计划。帕默一家三月底要去克利夫兰过复活节①，詹宁斯太太和她的两个朋友都得到夏洛特热情洋溢的同行邀请。这本身不足以让处事谨慎的达什伍德小姐接受邀请，但又得到了帕默先生本人真诚的一再相邀。自从得知她妹妹的不幸以来，他对她们的态度有了极大的改善，这些都诱使她愉快地接受了此事。

　　可是，当她告诉玛丽安做了什么后，她起初的回答却不太乐观。

　　"克利夫兰！"她叫道，语气激动不已，"不，我不能去克利

---

① 原文为"Easter"，在三月或四月，即每年春分月圆后的第一个星期日。

夫兰。"

"你忘了，"埃利诺温柔地说，"那个地方并非……那不靠近……"

"可它在萨默塞特郡。我不能去萨默塞特郡。那儿，曾经是想去的地方……不，埃利诺，你不能指望我去那儿。"

埃利诺不愿劝说她适当克制这样的感情，她只试着以别的方式抵消这种感情，因此，她把这说成能够确保她回到亲爱的母亲身边的一个办法，她那么渴望见到母亲，而这比其他任何安排都更加可行，也更加舒适，或许也不会有更多耽搁。克利夫兰离布里斯托尔只有几英里，去巴顿的时间不会超过一天，尽管是漫长的一天的旅程。母亲的仆人也许能很容易地过来陪她们回家；因为他们住在克利夫兰的时间无需超过一个星期，她们也许三个多星期后就能回到家里。由于玛丽安对母亲情深意切，这自然毫无困难地克服了她起初想到的麻烦。

詹宁斯太太对她的客人毫不厌倦，还热切地想让她们陪她再从克利夫兰返回。埃利诺感谢她的好意，但无法改变她的安排；她们的母亲很快同意，关于她们回家的一切事宜尽量安排妥当；玛丽安记录着还需要和巴顿分离的时间，从中得到了一些安慰。

"啊！上校，我不知道没有了达什伍德小姐们，我和你该怎么办。"这是她们离开她的事情定下后，上校第一次来拜访时詹宁斯太太对他说的话，"因为她们坚持要从帕默家回去。等我回来后，我们该有多孤单！天哪！我们会像两只无聊的猫咪一样坐在那儿大眼瞪小眼。"

也许，詹宁斯太太想要通过对他们无趣未来如此生动的描述，激发他提出那样的请求，也许能使他本人得以逃脱——如果是这样，她很快就有足够的理由认为她达到了目标。因为，当埃利诺走到窗前，以便更好地测量打算为她朋友临摹的那幅画时，他带着意味深长的神情跟在她后面，和她在那儿说了几分钟话。他的话语对这位小姐产生的效果，也没有逃过她的观察。因为她虽然足够体面，不会偷听别人的话，甚至换了座位，故意**不要**听见，选择了正在弹琴的玛丽安身边的位置，她却无法不让自己看见埃利诺变了脸色，并且激动不安，对他的话语太过专心，甚至无法做自己的事情；更能证实她希望的是，在玛丽安两首曲子的间隔中，上校的一些话不可避免地进入她的耳朵，似乎他在为房子状况不好而道歉。这就让事情变得毋庸置疑。的确，她很奇怪他为何觉得有必要这么做，但以为这是恰当的礼仪。埃利诺的回答她无法分辨，但从她颤抖的嘴唇，她不将**那**视为任何真正的拒绝；詹宁斯太太从心里赞赏她如此诚实。他们又说了几分钟，而她一个字也没听见，这时幸好玛丽安的琴声停顿一下，让她听见了上校以冷静的声音说出的这些话：

"我担心这不可能很快发生。"

她为如此不像情人的话语感到惊讶愕然，几乎要叫出声来："天哪！到底有什么障碍？"但她克制了自己，只是暗自惊叹。

"这真奇怪！他当然无需等到更老的时候。"

然而，在上校这边的耽搁，似乎至少并未让她的漂亮朋友感到冒犯或屈辱，因为他们很快结束交谈，朝不同方向走去，詹宁斯太太很清楚地听见埃利诺说话，语气非常真诚：

"我将永远对你感激不尽。"

詹宁斯太太为她的感激而高兴，只是奇怪听见这样一句话之后，上校竟然能和她们告别，因为他立即告辞，神情非常镇定，没给她任何回答就离开了！她从没想过她的老朋友竟然是这样漫不经心的追求者。

他们之间真正发生的事情是这样的。

"我听说了，"他的话语满是同情，"你的朋友费拉斯先生从家人那儿遭受的不公正对待；如果我对这件事的理解正确，他已经因为坚持他和一位非常值得看重的年轻小姐的婚约，被他的家人彻底抛弃。我说得对吗？是这样吧？"

埃利诺告诉他是的。

"这种冷酷，这错误的残忍，"他激动不已地答道，"拆散，或试图拆散两个一直相爱的年轻人，真是可怕！费拉斯太太不知道她可能在做什么，她也许会把儿子逼到怎样的境地。我在哈利街见过费拉斯先生两三次，很喜欢他。他不是那种短时间能熟悉起来的年轻人，但我已经对他足够了解，对他本人而言，我希望他一切都好，而作为你的朋友，我更希望如此。我知道他打算接受圣职。你能否好意告诉他，我从今天的邮件得知，德拉福德的牧师职位目前空缺，如果他认为值得接受，就属于他了；但**那一点**，也许，既然他如今的处境如此不幸，似乎再去怀疑简直荒唐；我只希望价值更高；这是个教区，但很小；之前的俸禄，我相信，没有超过一年 200 英镑，尽管当然可能提高，我却担心不可能带给他一份很舒适的收入。即便如此，我为能给他提供这个职位，还是感到非常高兴。请一定告知他。"

即使上校真的向她求婚，埃利诺也不会比听到这个委托更加惊讶。这份职位，仅仅两天前她还在为爱德华感到毫无希望，现在已经给了他，让他能结婚了；而**她**，在世界上的所有人当中，却被挑选出来将此赠送给他！她百感交集，而詹宁斯太太却以为是截然不同的缘由。但无论那些情绪中夹杂着哪些不够纯粹、不够愉快的次要感情，是一贯的仁慈和特殊的友谊共同促使布兰登上校做到此事，她深觉敬重与感激，也热烈地表达了她的想法。她全心全意地感谢他，热切赞赏她认为爱德华当之无愧的原则和性情，承诺会高兴地接受委托，如果他真想把这份极好的职位交给那个人。但与此同时，她忍不住想到他本人才是告知此事的最佳人选。简而言之，这个差事，因为不想让爱德华感到从**她**手中接受恩惠的痛苦，她本来很乐意自己不去做；可是布兰登上校，出于同样敏感的动机，也拒绝了，依然显得很想由她来告知，所以她无论如何也不好再做反对。她相信，爱德华还在城里，幸运的是她从斯蒂尔小姐那儿听说了他的地址。因此她会在当天去告诉他这件事。这件事决定下来后，布兰登上校开始说起能得到如此体面随和的邻居对他本人的好处，在**那时**他遗憾地提到，房子既小又普通；对于这个缺点，埃利诺，如同詹宁斯太太认为的那样，很不在意，至少就大小而言。

"房子的小，"她说，"我想象不出对他们有任何麻烦，因为这和他们的家庭规模与收入相匹配。"

此时上校惊讶地发现**她**以为费拉斯先生的结婚是这份职位的必然结果；因为他认为德拉福德职位带来的收入，不可能让他这种生活方式的人冒险结婚——他也这么说了。

"这个小小的牧师住宅只**能**让费拉斯先生当个舒适的单身汉，

无法让他结婚。我很遗憾我的帮助只能到此为止，我的能力仅此而已。不过，假如未来我因为某个无法预料的机会，能够给他更大的帮助，如果我不能像现在这样真心诚意地乐意帮忙，一定是因为我对他的看法发生了很大的变化。我现在做的事情，的确似乎无关紧要，因为这难以让他朝着他主要或是唯一的幸福目标迈进。他的婚姻依然是遥不可及的幸福；至少，我担心这不可能很快发生。"

就是这句话，在被误解时，合情合理地惹恼了詹宁斯太太敏感的心灵；但在如实讲述了布兰登上校和埃利诺之间发生的事情后，当他们站在窗前，后者在分别时表达的谢意，也许通常看来，很像是求婚引起的激动之情和感谢之语。

第四章

"好了，达什伍德小姐，"这位先生刚刚离开，詹宁斯太太就狡黠地笑道，"我不问上校对你说了什么；因为，虽然我发誓，我**努力**不去听，但我还是难免听到了足够的内容，明白他要做什么。我向你保证我这辈子从未这么高兴过，我也真心诚意地祝你快乐。"

"谢谢你，太太，"埃利诺说，"这**是**一件让我非常高兴的事情；我完全能感受到布兰登上校的善良。没有多少男人能像他这样行事。没几个人能有这样的同情心！我这辈子从未这么惊讶过。"

"天哪！我亲爱的，你真谦虚。我对此一点也不惊讶，因为我近来常常想着，什么都不比这件事更有可能。"

"你因为上校一直很善良而这么想，但至少你无法预见机会能这么快就出现。"

"机会！"詹宁斯太太重复道，"哦！至于那个，当一个男人打定主意要做那件事情，他总能很快找到个机会。好了，我亲爱的，我要不断地祝你快乐；因为如果这世界上真有美满的夫妻，我很快就会知道去哪儿找他们了。"

"你是指去德拉福德寻找他们，我想。"埃利诺说着，淡淡一笑。

"啊，我亲爱的，是这样，的确如此。至于说房子不够好，我不知道上校是什么意思，因为我没见过比这更好的房子。"

"他说那儿年久失修。"

"哦，那是谁的错呀？他为何不修理呢？除了他谁会去做？"

这时仆人进来通报马车到了门口，打断了她们的谈话。詹宁斯太太立即准备离开，说道：

"好了，我亲爱的，我一半的话还没说完就必须走了。可是，不过，我们也许晚上能全部说完，因为我们会单独在一起。我不要求你跟我一起走，因为我敢说你满心想着这件事，不想和别人同行。而且，你一定很想全都告诉你妹妹。"

玛丽安在谈话开始前已经离开了屋子。

"当然，太太，我会告诉玛丽安这件事；但我目前不会向别的任何人提起。"

"哦！很好，"詹宁斯太太很失望地说，"那么你不会让我把这件事告诉露西了，因为我想着今天可以去霍尔本。"

"是的，太太，请你甚至别告诉露西。推迟一天没什么大不了；在我写信给费拉斯先生之前，我想这不该向其他任何人提及。我会马上做**那件事**。对他而言刻不容缓，因为当然有许多和接受圣职有关的事情要做。"

这番话起初让詹宁斯太太困惑不已。为何如此匆忙地写信告诉费拉斯先生这件事，她一时无法理解。不过，思索片刻后她想到一个愉快的念头，便叫喊道：

"哦嗬！我懂了。费拉斯先生要来主事。嗯，对他来说更好。啊，当然，他必须马上接受圣职；我很高兴地发现你们的事情已经进展到这一步。可是，我亲爱的，这样是否不太合适？难道不该由上校本人写信吗？当然，他才是合适的人。"

埃利诺不太明白詹宁斯太太前面的话是什么意思，她也感觉不值得询问；因而只以这样的话结束了交谈。

"布兰登上校性情审慎，宁愿让任何人而非他本人向费拉斯先生表明他的打算。"

"所以**你**只好来做这件事。哎呀，**那**真是一种奇怪的审慎！可是，我不想打扰你（见她打算写信）。你最清楚自己的想法。那么再见，我亲爱的。自从夏洛特分娩后我还没听说过这么让我高兴的事情。"

她离开了，但不久又折回：

"我在想着贝蒂的妹妹，我亲爱的。我会很乐意给她找个这么好的女主人。但她是否适合当个贴身女仆，我肯定并不清楚。她是个出色的女佣，针线活做得特别好。不过，你有空可以想想所有那些事。"

"当然，太太。"埃利诺答道，没太听清她说的话，更急于独自待着，而不是成为话题的中心。

她该怎样开始，她应该如何在信中向爱德华表示她的想法，现在是她全部的担忧。他们之间的特殊情形，使得对其他任何人而言轻而易举的事情，此时变得困难重重。但她也同样担心说得太多或太少，便坐在那儿想着怎样写信，手里拿着笔，直到爱德华本人的进入打断了她的沉思。

他在门口遇见了正要进入马车的詹宁斯太太，因为他是来送告辞名片的。她向他道歉说自己不能回屋，然后逼着他进去，说达什伍德小姐在楼上，想和他说一件非常特别的事情。

埃利诺刚在困惑之中感到庆幸，因为无论以写信的方式得体表达自己的想法有多困难，至少比亲口告知消息好得多，这时她的客人出现，让她不得不竭尽全力来应对。见他如此突然地出现在面前，她备感惊讶和困惑。自从他订婚的事情公开后她从没见过他，所以他在知道她了解实情后也没和她见面。考虑到自己想了些什么，以及要告诉他什么事，这让她有一段时间感到极其不安。他也很沮丧，他们坐在一起时都尴尬不已。他刚进屋时是否请求她原谅他的打扰，他不记得了；但为安全起见，他坐在椅子上并且能够说话后，就尽快地道了歉。

"詹宁斯太太告诉我，"他说，"你有话想对我说，至少我是这么理解的，否则我当然不会以这种方式打扰你；虽然与此同时，如果没见到你和你妹妹就离开伦敦，我会非常遗憾；尤其是这次离别会持续一段时间——很有可能我很长时间都不会有幸再见到你们了。我明天去牛津。"

"可是，"埃利诺说，她镇定下来，决心尽快结束她十分害怕的任务，"没有得到我们的祝福你是不会走的，即使我们不能当面表达。詹宁斯太太说得很对，我有些重要的事情要对你说，我正准备写信告诉你。我得到了一个非常愉快的委托（说话时呼吸加速）。布兰登上校，他十分钟前还在这儿，想让我告诉你，他知道你打算接受圣职，因此很高兴把刚刚空缺下来的德拉福德牧师职位送给你，只希望它能更有价值。请允许我祝贺你有了这样一位可敬又明智的朋友。我和他同样希望这份职位——大约每年两百英镑——可以俸禄更高，能更好地让你——也许不只成为你本人的临时住所——而是，简而言之，能够让你实现所有的幸福目标。"

爱德华的感受，因为他自己说不出来，也不能指望任何人帮他说出口。他看似无比吃惊，如此出乎意料、不可思议的消息总能带来这样的反应。但他只说道：

"布兰登上校！"

"是的，"埃利诺接着说道，因为一些最坏的部分已经结束，她有了更大的决心，"布兰登上校想以此证明他对最近发生的事情的关心——你家人的不公正行为将你置于的残酷境遇——我相信这番关心，玛丽安，我本人，以及你所有的朋友都一定能感受到；也同样证明了他对你人品的看重，以及在目前情况下对你行为的特别赞许。"

"布兰登上校给我一份职位！这可能吗？"

"你自己家人的无情让你对在别处发现友谊感到惊讶。"

"不，"他答道，忽然清醒过来，"不是在你身上发现；因为我不可能不知道这都是因为你，因为你的好意，我能感觉到，如果可以我会表达出来——可是，你很清楚，我不善言辞。"

"你大错特错。我真的要告诉你这完完全全，至少几乎完全，是因为你自己的美德，以及布兰登上校对此的赏识。和我没有关系。直到我明白他的打算之前，我甚至不知道这份职位是空缺的；我也从没想过他有这样一份职位可以赠送。作为我和我家人的朋友，他可能，也许——事实上我知道，他的确因此而更加乐意赠送这份职位。但，我发誓，这绝非我请求的结果。"

事实让她只得承认对这件事情起了一点作用，但与此同时她极其不愿显得像是爱德华的恩人，因此承认得很不痛快；也许反而确认了他心里不久前产生的怀疑。当埃利诺停止说话后，有一会儿他坐在那儿陷入了沉思，最后，他仿佛很吃力地说道：

"布兰登上校看上去是个非常体面并且值得尊重的人。我常听人这么说，你哥哥知道我极其敬重他。他无疑是个理智的男人，他的行为极其绅士。"

"的确，"埃利诺答道，"我相信，在更加熟悉后，你会发现他正是人们所说的那样。因为你们将要成为真正的近邻（我知道牧师住宅就在他的府邸旁边），他**应当**完全如此就变得尤为重要。"

爱德华没有回答，但当她扭过头去时，却给了她一个非常严肃、极其热切、特别忧郁的眼神，仿佛在说，他也许从今以后会希望牧师住宅和那座府邸的距离能远得多。

"布兰登上校，我想，他住在圣詹姆士街。"他说着，很快从椅子上起身。

埃利诺告诉了他房子的门牌号码。

"那么我必须赶过去，给他你不肯让我给**你**的感谢话语；向他保证他已经让我变成一个非常——一个极其幸福的人。"

埃利诺没提出要挽留他；他们分开了，在**她**这方，她热切地向他保证，无论他将境遇如何，她都会永远祝他幸福；而**他**呢，更在尝试回报同样的好意，却无力表达。

"等我再次见到他时，"当门把他隔在外面时埃利诺暗想，"他就成为露西的丈夫了。"

带着这番愉快的期待，她坐下来重新思考着过去，回想着那些话，试着理解爱德华所有的感情；当然，也怀着不满反省自己的感情。

当詹宁斯太太回家后，虽然她见到了以前从未见过的人，因此一定有许多话可以说，但她满心想着她掌握的那个重大秘密而非其他任何事，所以当埃利诺刚刚出现她就再次回到那个话题。

"好了，我亲爱的，"她叫道，"我把那个年轻人打发到你这儿，我做的不对吗？我想他没有太大困难。你觉得他并非很不乐意接受你的提议吧？"

"是的，太太，**那**不大可能。"

"那么，他多久能准备好？因为一切似乎都取决于那一点。"

"是吗？"埃利诺说，"我对这些形式很不了解，几乎无法猜想时间，或必要的准备；但我想两三个月可以让他完全接受圣职。"

"两三个月！"詹宁斯太太叫道，"天哪！我亲爱的，你说起来多么冷静；上校能等待两三个月吗！上帝保佑我！我确信这会让**我**失去耐心！虽然我们会很乐意帮助可怜的费拉斯先生，我认为不值得等他两三个月。肯定能找到别的某个人做这件事，某个已经有了圣职的人。"

"我亲爱的太太，"埃利诺说，"你在想什么呢？哎呀，布兰登上校唯一的目的是帮助费拉斯先生。"

"上帝保佑你，我亲爱的！你肯定不是想说服我，上校娶你只为能给爱德华十个畿尼！"

如此一来，这场误会再也无法继续了；紧随其后是一番解释，两人都从中得到了不少乐趣，谁也没有失去真正的快乐，因为詹宁斯太太只从一件乐事换成了另一件乐事，而且并未放弃对第一件乐事的期待。

"是啊，是啊，牧师住宅确实很小，"她在第一阵惊讶满意之情结束后说道，"很可能**会**年久失修；但在我看来，听见有人为这样的房子道歉，据我所知，一楼有五间卧室，我想我听管家说过能放下十五张床！而且是对你，你可是习惯了住在巴顿乡舍！这似乎非常荒唐。不过，我亲爱的，我们必须提醒上校为牧师住宅做些什么，在露西过来前，让他们能够舒适入住。"

"可是布兰登上校似乎认为这份收入完全不足以让他们结婚。"

"上校是个傻子，我亲爱的；因为他本人一年有两千英镑，他就认为谁都不能靠更少的钱结婚。相信我，只要我能活着，我会在米迦勒节之前去德拉福德牧师住宅拜访；要是露西不在那儿，我一定不会去。"

埃利诺很同意她的看法，认为他们可能不会再做更多等待。

第五章

　　爱德华向布兰登上校道谢后，又高高兴兴地去找露西。他到达巴特利特大楼时简直喜不自胜，因而露西能够向第二天又来向她祝贺的詹宁斯太太保证，她此生从未见过他这般兴高采烈的样子。

　　她自己的快乐和兴奋至少也明确无疑；她和詹宁斯太太一起衷心期待在米迦勒节前，他们全都能舒适地待在德拉福德牧师住宅里。与此同时，她完全没有不乐意给予埃利诺爱德华**愿意**给她的赞赏，因此她乐意承认对她所有的感激，还公开宣称无论现在还是未来，埃利诺为他们的幸福做出的任何努力，都不会让她惊讶，因为她相信她能为她真正看重的人做任何事情。至于布兰登上校，她不仅乐意将他尊崇为圣人，还真心希望在一切世俗事务中，把他当作圣人来对待；渴望他的什一税①能升至最高；几乎决定在德拉福德，尽量不使用他的仆人、他的马车、他的奶牛和他的家禽。

　　约翰·达什伍德来到伯克利街拜访已经过了一个多星期，因为从那时起谁也没在意过他妻子的不适，只有一次口头问询，埃利诺开始觉得有必要去拜访她——然而，这个责任不仅违背她本

---

① 什一税又叫什一奉献，在欧洲封建社会时代基督教会向成年教徒征收的宗教税。牧师可以获得教区 1/10 农产品的价值作为俸禄。

人的意愿，也得不到她同伴的任何鼓励和支持。玛丽安不仅自己断然拒绝过去，还急着阻止姐姐过去；而詹宁斯太太，虽然她的马车随时可供埃利诺使用，但她太不喜欢约翰·达什伍德太太了，即使对她上次之后情况怎样的好奇心，或是她想为了爱德华而惹恼她的强烈意愿，也不足以克服她不愿再见到她的想法。结果是，埃利诺独自出去拜访，冒着和她面对面的风险；而另外两人都不可能比她更不情不愿，或是有那么多理由不喜欢这个女人。

达什伍德太太不在家中①。但马车还没从门前驶离，她的丈夫碰巧出来。他表示见到埃利诺非常开心，告诉她他正准备去伯克利街拜访，向她保证范尼会非常高兴见到她，并邀请她进屋。

他们上楼进了客厅，里面没人。

"范尼在她自己的房间里，我想，"他说，"我马上去她那儿，因为我相信她一定不可能反对见到**你**，当然绝对不可能，尤其**现在绝无可能**。不过，你和玛丽安以前总是最受她喜爱。玛丽安为何没来？"

埃利诺尽量为她找了个借口。

"见到你独自一人我并不遗憾，"他答道，"因为我有很多话要对你说。布兰登上校的牧师职位——会是真的吗？他真的给了爱德华？我昨天碰巧听说，准备特意来你这儿再问一问。"

"这完全属实，布兰登上校已经把德拉福德的牧师职位给了爱德华。"

---

① 指范尼借口不见她。

"真的！好吧，这太令人吃惊了！他们不是亲戚！也毫无关联！如今牧师职位能有那么高的价格①！价值多少？"

"大约一年两百英镑。"

"很好。至于给下一任牧师这样的俸禄——假如在已故的牧师年老多病，很快将要出现空缺时——也许他能得到，我敢说——一千四百英镑。他怎么会在这个人死去之前没安排那件事呢？**现在**出售的确太晚，可是有布兰登上校那种头脑的男人！我奇怪他怎么会在这么常规自然的事情上毫无远见！哎呀，我相信几乎每个人的性格都有许多自相矛盾之处。我想，不过，回想起来，事情也许是**这样**。爱德华会担任这个牧师职务，直到上校真正售出圣职的人长大了，能够担任这个职位。哎，哎，那是实情，相信我。"

不过，埃利诺断然驳斥了这一点；说到她本人受布兰登上校委托向爱德华传递这个消息，因此，一定明白赠送的条件，让他只能接受她的权威。

"这真令人惊讶！"听完她的话，他叫道，"上校能有什么动机？"

"很简单的动机——能够帮助爱德华。"

"好吧，好吧。无论布兰登上校会是怎样，爱德华是个非常幸运的人。不过，你别把这件事告诉范尼，因为虽然我已经告诉了她，而且她极好地承受了消息，但她不会喜欢听人过多谈论。"

此时埃利诺勉强才没说出，她认为范尼会平静地接受她弟弟

---

① 布兰登上校原本可以在上一任牧师年老体弱时出售牧师职位，得到一份不错的收入。

得到财富的消息，因为这样她或她的孩子就不可能陷入贫困了。

"费拉斯太太，"他又说道，压低声音显得郑重其事，"目前对此一无所知，我相信最好尽量对她保守秘密。等他们结婚后，我担心她一定全都会听说。"

"可为何需要这么小心谨慎呢？虽然可以料想费拉斯太太得知她的儿子有足够的钱来生活，不会带给她丝毫满意之情，因为**那**毫无可能；可是，根据她最近的行为，可以认为她有一丝感情吗？她已经和她的儿子断绝关系，她永远抛弃了他，还让她能影响到的所有人，同样抛弃了他。当然，在这样做之后，很难想象她会为他感到任何悲伤或快乐。她不可能对发生在他身上的任何事感兴趣，她不可能脆弱到能抛弃一个孩子的幸福，还会保留父母的担忧。"

"啊！埃利诺，"约翰说，"你的话很有道理，但这是建立在不懂人性的基础上。当爱德华不幸的婚姻发生后，相信我，他母亲一定会难过得仿佛她从未抛弃过他；因此任何可能加速那个可怕事件的情形，一定要尽量对她隐瞒。费拉斯太太永远不会忘记爱德华是她的儿子。"

"你让我惊讶；我会认为到了**这**时，她几乎已经忘记了。"

"你实在太冤枉她了。费拉斯太太是世界上最慈爱的一个母亲。"

埃利诺沉默了。

"我们**此时**在考虑，"达什伍德先生短暂停顿后说道，"让**罗伯特**娶莫顿小姐。"

埃利诺为她哥哥严肃又毋庸置疑的语气感到好笑，平静地答道：

"这位小姐，我想，对此事毫无选择。"

"选择！你是什么意思？"

"我的意思只是我想，从你说话的态度判断，对莫顿小姐来说，和爱德华或罗伯特结婚肯定都一样。"

"当然，不会有任何差别；因为罗伯特如今在各个方面都被视为长子。至于别的任何方面，他俩都是讨人喜欢的年轻人；我看不出一个比另一个强。"

埃利诺不再说话，约翰也稍停片刻，他思考的结果是这样的。

"有**一件**事情，我亲爱的妹妹，"他亲切地拉住她的手，声音低沉到极点，"我可以向你保证，我**会**这么做，因为我知道这一定让你满意。我很有理由认为——事实上我从最可靠的渠道听说，否则我不会重复，否则对此做出任何评价都是错误。但我得到了最权威的消息，并非我真的听费拉斯太太本人说过，而是她的女儿**说了**，我是从她那儿得知的。简而言之，无论对某一段——某一段关系有任何反对——你懂我的意思——她会对此满意得多，她没感到**这件事**带来的一半烦恼。我极其高兴地听说费拉斯太太从那个角度看待此事——你知道对我们所有人都是令人高兴的情形。'这本身无法比较，'她说，'在两者之间不算糟糕，她**现在**乐意认为合在一起算不上坏事。'不过，所有那些都毫无可能，不用想也不用提。至于说任何感情，你知道，这根本不可能，那都是过去。但我觉得我只想告诉你这一点，因为我知道这一定会让你多么高兴。并非你有任何理由感到遗憾，我亲爱的埃利诺。毫无疑问你做得非常好——很好，也许更好，如果把一切都考虑进去。布兰登上校最近和你在一起吗？"

埃利诺听够了，这不仅没能满足她的虚荣心，让她更加自负，反而让她紧张不安，头晕脑胀，因此她很高兴由于罗伯特·费拉斯先生的进入，无需自己做出多少回答，也不必再冒着听她哥哥说话的危险。闲聊一阵后，约翰·达什伍德想起范妮还不知道他妹妹来了，就离开房间去找她。埃利诺被留下来增进对罗伯特的了解。他兴高采烈又满不在乎，只因为那位哥哥的正直和他本人的放荡生活而如此不公平地享受了母亲的爱与慷慨，反而沾沾自喜，对被驱逐的哥哥充满偏见，证实了她对他头脑和心地最不利的看法。

他们在一起还不到两分钟，他就开始说起爱德华；因为他也听说了这个牧师职位，对这个话题非常好奇。埃利诺重复了刚才对约翰说过的细节；这些话对罗伯特产生的影响，虽然大不相同，比起**他**的反应却毫不逊色。他极不厚道地大笑起来。想到爱德华成为牧师，住在一个小小的牧师住宅里，让他乐不可支。他再幻想着爱德华穿上白色圣衣念诵祷文，发布约翰·史密斯和玛丽·布朗的结婚公告，他想不出还有什么能够更加荒唐可笑。

埃利诺沉默不语，神情严肃地等待着此番愚蠢表现的结束，忍不住用眼睛盯着他，满脸鄙夷之色。然而，这样的神情恰到好处，因为这释放了她本人的感情，也让他浑然不知。他从调侃回到理智，并非因为她的责备，而是因为他自己的情感。

"我们可以将此视为玩笑，"他最后说道，逐渐停止他的假笑，这比真正高兴的时间拉长了不少，"不过，说真的，这件事非常严肃。可怜的爱德华！他永远被毁掉了。我为此特别难过，因为我知道他是个心地善良的人儿；或许也是个好心好意的人。达什伍德小姐，你绝不要通过**你**浅浅的交情，对他做出评判。可怜的爱德华！他的举止当然天生不算愉悦，但你知道，我们并非人人都有同样的能力，同样的谈吐。可怜的家伙！看看他在一群陌生人中的样子！说真的实在可怜！但我发誓，我相信他的心肠和王国中的任何人一样好；我向你申明当一切都爆发出来时，我这辈子从未这么震惊过。我无法相信——我母亲是第一个告诉我的人；我感觉她是想让我果断行事，就立即对她说：'我亲爱的太太，我不知道你在这种情况下会打算怎么做，不过至于我自己，我必须说，如果爱德华果真和这个年轻女人结婚，**我永远不会再见到他。**'那就是我马上说出的话，我无比震惊，真的！可怜的爱德华！他把自己彻底毁了，永远把自己关在所有体面人之外！可是，正如我立即对我母亲说的那样，我对此一点也不惊讶；从他的教育方式看来，这一直在意料之中。我可怜的母亲简直要疯了。"

"你见过这位小姐吗？"

"是的，见过一次，当她住在这座房子里时，我碰巧来了十分钟；我对她看够了。不过是个笨拙的乡下女孩，没有风度、毫不优雅，几乎一点也不漂亮。我对她记得很清楚。正是那种我认为能迷住可怜的爱德华的女孩。我母亲一旦告诉我那件事，我就立刻提出由我本人和他谈谈，劝他放弃这桩婚事；但**那时**已经太晚了，已经无能为力，因为不幸的是，我开始没有参与，直到发生决裂后才得知，你知道，那时我也不好干预。但我要是能提前几个小时知道——我认为这很有可能——也许会想出个办法。我当然会义正辞严地对爱德华抗议此事。'我亲爱的伙计，'我会说，'想想你在做什么。你在结一门很不光彩的婚事，这门亲事你的家人全都会反对。'简而言之，我忍不住想着，也许能找到那个办法。可现在一切都太晚了。他必须忍饥挨饿，你知道，那确信无疑，一定会挨饿。"

他刚刚极其冷静地解决了这件事，约翰·达什伍德太太的进入就终止了这个话题。可是虽然**她**从不在她的家人以外说起此事，埃利诺能看出这件事对她内心的影响，包括她进来时有些困惑的神情，以及在行为上试图对她本人表示亲热。她甚至能够关心到发现埃利诺和她妹妹很快要离开城里，因为她本来希望能更多地见到她们。这番努力让陪她进屋的她的丈夫感到着迷，似乎从她的语调中分辨出了最深情优雅的所有表现。

第六章

在去哈利街的另一次拜访中,埃利诺得到她哥哥的祝贺,因为她们能朝着巴顿的方向走那么远却不用花费分文,而且布兰登上校一两天后会随他们一起去克利夫兰,这就结束了和她哥哥嫂子在城里的交往;范尼淡淡邀请她们假如路过诺兰随时来看看,这是最不可能发生的事情。约翰更加热情,却不太公开地对埃利诺说,他会尽快去德拉福德看她,这是预示他们在乡下任何会面的全部话语。

让她感到好笑的是,她所有的朋友似乎都执意送她去德拉福德,这在所有地方中,是她现在最不想拜访,也不想居住的地方;因为不仅她的哥哥和詹宁斯太太将此视为她未来的家,即使露西在和他们分别时,也热切邀请她去那儿看她。

刚到四月,在一天中还算较早的时候,两群人从汉诺威广场和伯克利街各自的家中出发,约好在路上见面。为了夏洛特和她孩子的方便,他们的旅程会超过两天,而帕默先生会和布兰登上校走得更快,等第一群人到达不久后将在克利夫兰同他们会合。

玛丽安虽然在伦敦没过上多久舒心的日子,早就想要离开,可到了临走的时刻,却无法不万分痛苦地向这座房子告别。她在这儿最后一次感到对威洛比的那些希望和那份信心,如今却永远烟消云散。威洛比依然留在这个地方,忙于新的约会和新的计划，和**她**毫无关联。她离开这儿时，也无法不潸然泪下。

埃利诺在离开的时刻，确实感到更加满意。她没有那样的对象为之眷念，她没有留下任何人，让她为永远的离别感到一丝遗憾。她很高兴摆脱了露西的友谊带来的压迫；她为能带走妹妹，自从威洛比结婚后从未见过他而心怀感激；她满心期待在巴顿宁静的几个月生活也许能恢复玛丽安心灵的平静，也让她本人更加平静。

旅途一路平安。第二天他们进入了令人欢喜或望而生畏的萨默塞特郡，因为这两个念头一直轮番在玛丽安的幻想中出现；第三天午前他们到达了克利夫兰。

克利夫兰是一座宽敞的现代住宅，坐落于一片倾斜的草坪上。这儿没有庭院，但游乐场面积较大；和同样显要的其他任何地方一样，它有开阔的灌木林，更近的林间小道，一条光滑的石子路蜿蜒环绕着一片种植园，通向门前。草坪上点缀着树木，房子本身由冷杉、花楸与金合欢密密环绕，夹杂着高高的白杨树，把下房隔在外面。

玛丽安进屋时想到这儿离巴顿只有八十英里，离库姆宅邸不到三十英里而心潮澎湃。她进屋不到五分钟，当别人忙着帮夏洛特向管家展示孩子时，她又离开屋子，从蜿蜒的灌木林悄悄走出去，这儿的景色开始变得美丽，能见到远处壮观的风景。在一座希腊神庙①前，她的目光从广阔的乡野游离至东南方向，深情地落在地平线尽头最远的山脊上，想象着从那些山顶也许能看见库

_____

① 这是比德拉福德更时尚的花园，希腊神庙这样的复制品是 18 世纪庭园的特色装饰。

姆宅邸。

在这极其宝贵的痛苦时刻，她为来到克利夫兰流下了悲喜交集的眼泪；当她从另一条环路回到屋子时，她满心欢喜地感到了乡村的自由自在，能从一处游荡到另一处，随心所欲地尽情独处。她决定在她和帕默一家住在一起的日子，每天的每时每刻都要沉浸于这种独自漫游中。

她回屋时正赶上别人要离开屋子，就和他们在房子的附近逛了逛。上午的剩余时间很容易被打发掉了，他们在菜园外游荡，查看墙上的花朵，听着园丁哀叹病虫害，慢吞吞地穿过暖房。夏洛特最喜爱的植物不慎被暴露在外，被持续的冰霜冻死了，让她大笑一番；参观她的家禽场时，女工失望地说起鸡不肯进笼，或被狐狸叼走，或是一窝很有希望的小鸡数量在急剧减少，她又找到了新的快乐之源。

上午晴朗干燥，玛丽安本来计划去户外活动，没料到他们在克利夫兰的日子天气会有任何变化。因此，她非常惊讶地发现一阵绵延的雨天让她无法在晚餐后再次出门。她本想在黄昏时走到希腊神庙，也许在周围散散步，仅是晚上的寒冷潮湿还无法阻止她这样做；但这样的连绵大雨，即使她也无法当成适合散步的干燥愉悦天气。

他们人数很少，时间静静地消磨过去。帕默太太有她的孩子，詹宁斯太太能编织毯子；她们谈论着留在身后的朋友们，安排米德尔顿夫人的活动，好奇帕默先生和布兰登上校那天晚上除了读书还会不会做点别的。埃利诺虽然对此毫不关心，但也加入了她们的谈话；玛丽安总有办法找到每座房子里的图书室，无论主人通常怎样防备，很快为自己弄到了一本书。

帕默太太性情和悦，待人友好，总能让她们感到很受欢迎。她坦率热诚的举止大大弥补了她在记忆和优雅方面的欠缺，那些常使她显得不够礼貌；她的友善配上如此漂亮的脸蛋，非常迷人；她的愚蠢虽显而易见却不令人厌恶，因为这并不自负；除了她的大笑，埃利诺什么都能原谅。

两位先生第二天到达，吃了很晚的晚餐，愉快地增添了人数，也给交谈带来了令人欢迎的变化，因为整个上午一直在下雨，她们已经变得心情低落。

埃利诺很少见到帕默先生，在那极少的接触中看出他对她妹妹和她本人的态度变化莫测，不知会看到他怎样对待自己的家人。不过，她发现他对所有客人的行为非常绅士，只是偶尔对他的妻子和岳母态度粗鲁。她发现他很可以成为一个令人愉快的伴侣，却常常因为在别人面前自视过高而做不到，在詹宁斯太太和夏洛特面前总是如此。至于他别的性格与习惯，在埃利诺看来，这些都和他这个性别与年龄的男人并无二致。他饮食挑剔，却很不守时；喜爱他的孩子，却假装怠慢；把上午的时间都浪费在桌球上，其实本该用来工作。不过，她总的来说是喜欢他的，超出她的预料，她在心里不为没有更喜欢他而感到遗憾，她并不遗憾总是看到他的贪吃、他的自私、他的自负，因而能心满意足地回忆起爱德华慷慨的性格、朴素的品位和羞怯的感情。

关于爱德华，或至少他关心的一些事情，她现在从最近去过多塞特郡的布兰登上校那儿得到了一些消息。布兰登上校不仅视她为费拉斯先生无私的朋友，也当她为自己的某种知己，对她说了许多关于德拉福德牧师住宅的事，讲述了它的不足之处，告诉她他自己打算做些什么消除不足。他在这件事情上和在每个其他情形下对她的态度，他毫不掩饰仅仅分别十天后就非常愉快地见到她，他乐意和她交谈，他尊重她的想法，也许能很好地证明詹宁斯太太相信他爱她很有道理。或许，若不是埃利诺从一开始就相信玛丽安是他的最爱，现在依然如此，也会让她自己产生怀疑。然而事实上，这样的想法几乎从未进过她的脑子，除非因为詹宁斯太太的暗示。她忍不住相信自己是两人中最细致的观察者；她看着他的眼睛，而詹宁斯太太只想着他的行为；当玛丽安开始重感冒，感到头晕喉咙痛时，他满脸焦虑；因为这些没用言语表达出来，就完全逃脱了这位太太的观察，**她**能从中看出敏锐的感觉，以及一个情人毫无必要的惊恐。

到达那儿后的第三和第四个晚上，玛丽安在黄昏时进行了两次愉快的散步，不仅在灌木林干燥的石子路上，而是四处游走，尤其在最偏远的地方，比别处更加荒芜，有最古老的树木，最长最湿的草地，而且，她还冒冒失失地穿着潮湿的鞋袜坐在那儿，这让她得了非常严重的感冒，虽然有一两天她并不在意或矢口否认，却因为不断加重引起了所有人的担心和她本人的注意。像往常一样，人人都在提供处方，但都得到拒绝。虽然她浑身沉重、发着高烧、四肢酸疼、咳嗽、喉咙疼痛，但一晚上的休息将会完全治愈她。埃利诺在她上床时费尽口舌，才让她尝试了一两种最简单的疗法。

第七章

玛丽安第二天早上按照平常的时间起床，对每一个询问都回答她好些了，还试着证明如此，做些寻常的活计。然而这一天她都哆哆嗦嗦地坐在火炉旁，手里拿着一本书却无法阅读，或是疲惫不堪、没精打采地躺在沙发上，看不出有什么好转。当她最后身体越来越不舒服，早早上床后，布兰登上校只能为她姐姐的镇定感到惊讶。她虽然一整天都无视玛丽安的意愿，始终照顾着她，晚上逼她服用一些合适的药，却和玛丽安一样相信睡眠肯定有效，完全没感到真正的惊慌。

然而，一个烦躁不安、高烧不断的夜晚，让两人都感到了失望；当玛丽安起初坚持要起床，后来只好承认无法坐立，主动躺回床上后，埃利诺便立即采纳了詹宁斯太太的建议，派人去请帕默家的药剂师。

他来了，检查了他的病人，鼓励达什伍德小姐说只需几天时间就能让她妹妹恢复健康。然而，当他宣称她的病像是伤寒，并且说出了"传染"这个词后，帕默太太立即为她的宝宝感到惊恐。詹宁斯太太一开始就觉得玛丽安的病比埃利诺看来更重，此时听了哈里斯先生的话神情特别严肃。她赞成夏洛特的担忧和谨慎，催她马上带着小婴儿离开。帕默先生虽然觉得这样的担心是无中生有，却感觉无法忍受他妻子的担忧和请求，因此决定让她离开；哈里斯先生来了不到一小时她就出发了，带着她的小男孩和他的保姆，去往帕默先生一个近亲的家里，他们住在离巴斯另一端几英里的地方。她丈夫在她的热切恳求下，答应一两天后去那儿，她几乎同样热切地恳求她母亲也陪她过去。然而詹宁斯太太有着让埃利诺真心喜爱的善良心肠，宣称只要玛丽安还在生病她就一定不会离开克利夫兰，说她本人会尽力照顾她，取代玛丽安因为她而远离的母亲的位置。埃利诺发现她时时刻刻都是个主动乐意的帮手，很想分担她的疲劳，常常因为她更好的护理经验，起到实在的作用。

可怜的玛丽安，她因为这场疾病的性质而无精打采、情绪低落，感觉浑身难受，无法再期待第二天就能恢复如常。想到如果不是这场不幸的病痛，明天将会发生什么，就让她病得更重了；因为那一天她们本来计划启程回家；在詹宁斯太太一位仆人的陪伴下，原本打算在第二天的午前给母亲一个惊喜。她说出的一点话语全都在为这无可避免的耽搁而哀叹。埃利诺努力帮她振作精神，让她相信，因为她**那时**自己也真心相信，这场耽搁一定很短。

第二天病人的情况几乎没有变化；她当然没有变好，除了没有变好之外，似乎也没变坏。他们的人数如今大大减少；因为帕默先生虽然出于真正的仁慈和善意，同时不喜欢显得被他妻子吓走，所以很不想离开，但他最终在布兰登上校的劝说下实现了随她一起走的承诺。当他打算离开时，布兰登上校本人更加艰难地提出也要走。不过，这时，詹宁斯太太的好意干涉最可接受；因为在上校的情人为她妹妹感到如此不安时把他送走，会让两人都无法安心；所以她马上说起他待在克利夫兰对她本人非常必要，说晚上达什伍德小姐在楼上陪妹妹时，她想和他玩纸牌。她强烈要求他留下来，而他心里原本就希望如此，便欣然顺从，无法再假装反对；尤其是詹宁斯太太的请求得到了帕默先生的热切支持，他似乎为自己感到一些释然，因为留下了一个人，他在任何紧急情况下都能给达什伍德小姐提供很好的建议和帮助。

玛丽安当然对所有这些安排一无所知。她不知道正是因为她，克利夫兰的主人们来了七天后全都走了。看不见帕默太太完全没让她惊讶；因为这也没引起她的丝毫担心，她从未提起过她的名字。

帕默先生离开已有两天，她情况依旧，没什么变化，和前面一样。哈里斯先生每天来看她，依然大胆地说她很快就能恢复，达什伍德小姐也同样乐观。然而其他人的期待完全没有这么愉悦。詹宁斯太太从生病最初时就断定玛丽安永远都好不了，而布兰登上校，由于他的主要作用是聆听詹宁斯太太的预言，所以无法抵制这些话产生的影响。他试着劝说自己不要害怕，因为药剂师截然不同的判断让这些担忧显得很荒唐；然而一天中的许多个小时他都完全独自一人，最有利于滋生各种忧伤的念头，他无法从脑海中驱逐他将永远见不到玛丽安的想法。

然而第三天上午，两人的悲观期待几乎都被打消，因为哈里斯先生到来后，宣称他的病人大有好转。她的脉搏有力得多，在各方面的表现都比上次来时更好。埃利诺所有的美好期待都得到证实，感到高兴不已；令她喜悦的是在写给母亲的信中，她坚持了自己而非她朋友的判断，轻描淡写地提及把她们耽搁在克利夫兰的不适，几乎定下了玛丽安能够上路的时间。

然而这一天的结束不像开始那样充满希望。快到晚上时玛丽安又病了，变得比以前更加沉重、烦躁不安、极不舒服。然而，她的姐姐依然乐观，宁愿只把变化归结于铺床时让她站着带来的疲惫；她小心让她服下药剂，满意地看着她终于陷入沉睡，希望这能带来最好的效果。她的睡眠，虽然不如埃利诺期待的那么平静，却持续了很久。她急于自己观察效果，决定全程都陪伴她。詹宁斯太太完全不知道病人有任何变化，早早上了床；她的女仆是一个主要看护，正在管家的房间里休息，埃利诺依然独自和玛丽安待在一起。

玛丽安的睡眠变得越来越不安；她的姐姐在一旁看着，见她始终动个不停，听她的口中时常发出模糊不清的呓语，几乎想把她从如此痛苦的睡眠中唤醒。这时玛丽安忽然被屋里偶然发出的某个声音惊醒，急忙起身，激动狂乱地叫道：

"妈妈来了吗？"

"还没有，"另一位叫道，她掩饰着恐惧，帮助玛丽安再次躺下，"但我希望，她不久就会过来。你知道，从这儿到巴顿有很长的路。"

"但她绝不能绕到伦敦，"玛丽安同样匆忙地叫道，"要是她绕去伦敦，我就永远见不到她了。"

埃利诺惊恐地发现她有些神志不清，在试着抚慰她时，急切地摸着她的脉搏。比任何时候都更弱更快！玛丽安还在狂乱地说着妈妈，她惊恐不已，决定马上叫来哈里斯先生，再派一个信使去巴顿告诉她的母亲。当她下定决心这样做时，她立即想到询问布兰登上校怎样最好地做成第二件事。她刚摇铃让女仆来陪她的妹妹，就匆忙下楼去了客厅，她知道通常更晚的时候也能在那儿找到他。

没时间犹豫。她的担忧和她的困难即刻呈现在他的面前。她的担忧，他没有勇气，也没有信心试着消除；他沉默又沮丧地听着；然而她的困难立刻被他消除，因为他似乎已经为这种情形做好准备，早已想到要做这件事。他主动提出由他本人作为信使，把达什伍德太太接过来。埃利诺的所有反对都被他轻松说服。她简短地谢过他，虽然心里感激不尽。当他去催促仆人给哈里斯先生送个信，并马上安排驿车时，她给母亲写了几行字。

布兰登上校这样的朋友在那种时刻带来的安慰——作为她母亲这样的同伴——令她满心感激！这个同伴的想法能给她指引，他的陪伴一定会让她放松，而他的友谊或许能给她抚慰！只要这种召唤带来的震惊**能够**对她有所减少，他的出现、他的态度、他的帮助，一定可以减少。

而**他**，与此同时，无论他会怎么想，却是以镇定的头脑果断行事，尽快做好一切必要的安排，并精确计算了她能期待他返回的时间。此时刻不容缓。马匹到来了，甚至早于他们期待的时间，布兰登上校只是神情严肃地握了握她的手，说出的几个字低得她根本听不见，就匆忙进了马车。那时大约十二点，她返回妹妹的房间等待药剂师的到来，晚上剩下的时间都陪在她身旁。这个夜晚几乎对两个人都同样痛苦。玛丽安一个小时一个小时地醒着，浑身疼痛、神志不清，埃利诺在哈里斯先生出现前，则是心急如焚。她的忧虑被唤起，曾经的安心更是让她极度忧虑。因为她不愿叫来詹宁斯太太，陪她坐着的仆人一直在暗示女主人心里的想法，只让她更受折磨。

玛丽安依然不时语无伦次地想着她的母亲，每当她说起母亲的名字时，都会让可怜的埃利诺感到心痛。她责备自己对这么多天的病痛不够重视，苦苦期待能够即刻缓解；幻想所有的缓解也许很快将徒劳无益，一切已被耽搁太久；设想着她痛苦的母亲到得太晚，无法见到这个亲爱的孩子，或在她意识清醒时见到她。

她几乎要再次派人去叫哈里斯先生，或者如果他不能来，就另找别人，这时前者在五点时终于来了。不过，他的看法为他的拖延做了些补偿，因为他虽然承认他的病人发生了始料未及的糟糕变化，他却不认为有实际的危险，说新的治疗方法一定能够缓解，虽然信心不及从前，却依然让埃利诺产生了希望。他保证三四个小时后会再次过来，离开时让病人和她焦急的看护人都比他来时更加平静。

詹宁斯太太第二天早上听说了发生的事情，她担忧不已，同时为没叫她帮忙而一再责备。她之前的担心，如今更有了恢复的理由，让她对此事确信无疑。虽然她试着安慰埃利诺，却相信她妹妹的危险让她无法以希望来安慰她。她的心情十分悲痛。像玛丽安这样年轻可爱的女孩却要迅速凋零，早早死去，即使毫无关联的人也会感到心痛。詹宁斯太太还有别的理由感到同情。她已经陪伴她三个月，依然由她照料，人人都知道她受了很大伤害，很久以来都闷闷不乐。她的姐姐更受她喜爱，而她的悲伤就在眼前；至于她们的母亲，当詹宁斯太太想到玛丽安对她也许和夏洛特对她本人一样重要，她对她痛苦的同情十分真诚。

哈里斯先生的第二次来访很准时，但他却为上次治疗应该带来的希望感到失望。他的药没起作用，发烧没有缓解，玛丽安只是更安静，没有更清醒，依然深度昏迷。埃利诺立即感到他所有的恐惧，甚至比他更加惊恐，提出另请医生。但他认为毫无必要，他还能做些新的尝试，尝试新的疗法，他对这次成功的信心和上次一样强。他临别时鼓舞人心的保证进入了达什伍德小姐的耳朵，却无法进入她的心里。她很平静，除了想起母亲的时候；但她几乎感到绝望，她就这样待到中午，在她妹妹的床前几乎一动没动，脑海中变换着悲伤的场景，或从一个痛苦的朋友想到另一个。和詹宁斯太太的谈话更让她的心情沮丧至极，她毫无顾忌地把疾病的严重和危险归结于玛丽安的失望导致的许多个星期的不适。埃利诺感觉这个想法非常合理，这又给她增添了新的痛苦。

不过，大约中午时分，她开始——但有些慎重——因为担心失望有一段时间保持沉默，甚至对她的朋友——她幻想着，希望能感到妹妹的脉搏有一丝好转——她等待着，观察着，一遍遍地查看着——最后，她的激动之情比之前所有的沮丧更难掩饰，她无法再保持镇定，便贸然说出了她的希望。詹宁斯太太在检查后，虽然只得承认暂时有了好转，却试着不让她年轻的朋友奢望这能够继续。埃利诺，虽然一样满心疑惑，却告诉自己同样别失去希望。但已经太晚了。希望已经到来，她感到无比激动不安，俯身看着妹妹，她几乎不知道为何这样。半小时过去了，情况依然可喜，甚至出现新的情况来证实这一点。她的呼吸、她的皮肤、她的嘴唇，都让埃利诺愉快地看出了恢复的样子；玛丽安凝视着她，眼神有了理智，虽依然倦怠。此时焦虑和希望共同压迫着她，让她在哈里斯先生四点钟到来前得不到一刻安宁。当他的保证，他对她妹妹恢复的祝贺甚至超出了她的期待时，这给了她信心、安慰和喜悦的泪水。

玛丽安在各个方面都有了实际的好转，他宣布她完全脱离了危险。詹宁斯太太，也许对她们上一次恐慌时她预言的部分正确性感到满意，便允许自己相信他的判断，带着由衷的喜悦，以及很快那毋庸置疑的快乐，承认完全康复的可能性。

埃利诺无法欢天喜地。她的喜悦是另一种类型，绝非喜气洋洋的状态。玛丽安重获生命、健康、朋友，回到宠溺的母亲身边，这个想法让她的内心充满安慰，变成热切的感激之情；但这完全没带来外在的喜悦表现，没有话语，没有微笑。埃利诺满心感激，无言却强烈。

她继续待在妹妹身旁，整个下午几乎没有离开，安抚每一个恐惧，回答她脆弱的心灵提出的每一个问题，提供每一个帮助，注视着几乎每一个表情和每一次呼吸。当然，有些时候，想到病情复发的可能性会让她感到焦虑；然而，她在不断的细致检查后，看出每一种恢复的迹象都在持续，看着玛丽安在六点时陷入安静、稳定、显而易见舒适的睡眠，她打消了每一种疑虑。

时间渐渐过去，快到布兰登上校回来的时候了。她相信，到了十点，或至少不会太晚，她的母亲就能摆脱此时一路上必然感到的可怕担忧。还有上校，也是如此！也许一样令人同情！哦！依然让他们蒙在鼓里的时间过得多么缓慢！

七点时，她离开还在熟睡的玛丽安，和詹宁斯太太一起在客厅里喝茶。她因为担忧而没吃早饭，晚餐时因为情况的突然变化又没吃下多少；因此，这时的点心，因为她心里感到无比满意，所以特别受她欢迎。詹宁斯太太本想在结束时劝说她在母亲到来前休息一会儿，让**她**替她照顾玛丽安；但埃利诺完全不知疲倦，在那时也无法入睡，她一刻也不愿没有必要地离开她的妹妹。因此詹宁斯太太陪她进入楼上病人的房间，自己为一切依然很好感到满意，再次把她留在那儿照料或思索，回到自己的房间写信睡觉去了。

夜晚天气寒冷，风雨大作。狂风绕着房子怒号，雨点敲打着窗户；然而埃利诺满心喜悦，没有留意。玛丽安在阵阵风雨中熟睡着；而旅行者们——对于现在的种种不便，他们将获得丰厚的回报。

钟敲了八点。假如是十点，埃利诺会立即相信她听到一辆马车来到了门前。她太相信她**的确**听见了，尽管他们**几乎**不可能已经到达，所以她进入隔壁的更衣室，打开了一扇窗，想弄清楚情况。她马上看出她的耳朵没有欺骗她，她立即看到了马车上飘摇的灯笼。从摇摆不定的灯光中她能分辨出是由四匹马拉的车子；这一点，虽然说明她可怜的母亲过于惊恐，也有些解释了他们为何来得如此迅速。

埃利诺此生从未感觉像那一刻那么难以保持镇定。想到马车停在门前时母亲一定会有怎样的感觉——她的疑惑——她的恐惧——也许她的绝望！以及**她**必须说些什么！有了这样的想法她不可能保持冷静。能做的一切就是加快速度；因此，詹宁斯太太的女仆刚能照看她妹妹时，她就匆忙走下了楼梯。

她穿过内厅时听见前厅里的喧闹声，让她相信他们已经进了屋子。她跑到客厅——她走进去——只看见了威洛比。

第八章

　　埃利诺见到他就惊恐地后退，情不自禁地想立即转身离开房间。她的手已经放在门把手上，却停止了动作，因为他疾步上前，以更多是命令而非请求的声音说道：

　　"达什伍德小姐，只用半小时——只要十分钟——我请求你留下。"

　　"不，先生，"她坚定地答道，"我**不**会留下。你的事情不可能和**我**有关。我想，仆人们忘了告诉你帕默先生不在家。"

　　"就算他们告诉我，"他激动地叫道，"帕默先生和他所有的家人都见鬼去了，也别想把我从这扇门里赶出去。我来找你，只是找你。"

　　"找我！"她惊讶至极，"好吧，先生——请快一点——如果你可以——别那么激动。"

　　"坐下，我就两者都能做到。"

　　她犹豫了，她不知该做什么。她想到布兰登上校过来，看见他在那儿的可能性。但她已经答应听他说话，而且她的好奇心几乎和名誉感一样强烈。因此，她镇定片刻，决定慎重行事，最好给他默许，便静静地走到桌前，坐了下来。他坐在对面的椅子上，有半分钟两人都一言不发。

　　"请快点，先生，"埃利诺焦急地说，"我没有空闲时间。"

他以沉思的姿态坐在那儿，似乎没听见她的话。

"你的妹妹，"片刻后他忽然说道，"已经脱离危险。我从仆人那儿听说了。感谢上帝！但这是真的吗？真是这样吗？"

埃利诺不想说话。他更加激动地再次询问。

"看在上帝的份上告诉我，她脱离危险了吗，还是没有？"

"我们希望她是。"

他站起身，走到屋子的另一边。

"要是我半小时前能够得知，但既然我**来到**这儿，"他回到座位时以刻意的快活语气说道，"这是什么意思？就一次，达什伍德小姐——也许将是最后一次——让我们愉快地待在一起吧——我真想乐一乐——请诚实地告诉我，"他的脸颊变得更红，"你认为我更是恶棍还是傻瓜？"

埃利诺无比惊讶地看着他。她开始想到他一定喝酒了；如此奇怪的拜访，这样的行为，似乎别无解释；凭着这种感觉她立即起身，说道：

"威洛比先生，我建议你此刻返回库姆，我没时间陪你更久。无论你找我有什么事，冷静一下明天再说是否更好。"

"我理解你，"他答道，带着意味深长的笑容，声音非常冷静，"是的，我喝醉了——在马尔伯勒喝的一品脱波特酒配上我的冷牛肉足以让我醉倒。"

"在马尔伯勒！"埃利诺叫道，她越来越不明白他要干什么。

"是的，我今天早上八点离开了伦敦，从那时起只离开我的马车十分钟在马尔伯勒吃了顿早餐。"

他镇定的态度，以及说话时的聪颖眼神，让埃利诺相信，无论有其他任何无可原谅的蠢事带他来到克利夫兰，他都不是因为醉酒而来。她思考片刻后说道：

"威洛比先生，你**应该**感到，我也当然**如此**，在发生那些事情后，你以这种方式来到这儿，强迫我听你说话，这需要一个特别的理由。你这样做，究竟为了什么？"

"我是想，"他严肃又激动地说道，"如果可以，让你对我比**现在**减少一份恨意。我想给出某种解释，某种道歉，为了过去；向你完全敞开心扉，通过让你相信，虽然我一直是个笨蛋，但我并非始终是个恶棍，得到来自玛——来自你妹妹的一些原谅。"

"这是你过来的真正原因吗？"

"我发誓是这样。"这是他的回答，激动的样子让她完全想起了记忆中的威洛比，让她不由自主地感觉他很真诚。

"如果只是那样，你也许可以感到满意了。因为玛丽安**的确**——她**早就**原谅你了。"

"是吗？"他以同样激动的语气叫道，"那么她就在应该原谅我之前已经这么做了。但她会再次原谅我，在更合理的基础上。**现在**你愿意听我说了吗？"

埃利诺点头同意。

"我不知道，"在她这方的期待以及他本人的思索带来的一阵沉默后，他说，"无论**你**可能已经对你的妹妹怎样解释我的行为，或是你也许已经把怎样恶劣的动机归咎于我。也许你不可能把我想得更好，但这也值得尝试，你会听到一切。当我最初和你家人熟悉时，我没有别的打算，只想在我必须待在德文郡的日子里，从这段交往中过得开心，比以往的任何时候更开心。你妹妹可爱的样子和有趣的举止必然令我喜爱；而她几乎从一开始对我的行为，就是那种——当我回想起来会感到令人吃惊，对于**她的样子**，我的内心竟然这么无知无觉！但我必须承认一开始，这只提升了我的虚荣心。我不在乎她的幸福，只想着我自己的快乐，尽情流露我太习惯于沉溺其中的感情。我竭尽全力，试着让我本人被她喜爱，完全没打算回报她的深情。"

达什伍德小姐，在这个时候，极其愤怒鄙夷地转眼望着他，以这些话语阻止了他：

"威洛比先生，让你说得更久，或让我再听下去，这几乎不值得。这样的开始不会带来任何意义，别让我再听这个话题而感到痛苦。"

"我一定要你全都听完，"他答道，"我的财产从来不多，我又一直生活奢侈，总是和比我本人财产更多的人交际来往。自从我成年以来，或甚至在更早的时候，我相信，我的债务就逐年增加；尽管我的老姑姑，史密斯太太的死，会将我解脱出来；可那件事并不确定，也许还很遥远，我已经有一段时间打算通过娶个有钱的女人改变我的境遇。因此，爱上你的妹妹，是我不会考虑的事情。所以，怀着刻薄、自私、残忍之心——达什伍德小姐，即使你的愤怒和鄙夷都道不尽我的卑鄙——我是这样做的，试着赢得她的喜爱，却完全不考虑回报她的感情。但也许能为我说一句话：即使在那种自私虚荣的可怕状态下，我并不知道会带来多大的伤害，因为**那时**我不知道什么是爱。可我要是知道呢？这依然令人怀疑；因为，假如我真的爱过，我会牺牲我的感情去追逐虚荣和贪婪吗？或者，还有，我能牺牲她的感情吗？但我已经这样做了。为避免相对的贫困，而她的爱与陪伴本来可以带走所有的可怕之处，我已经，通过把自己变得富有，失去了能将此变成幸福的一切。"

"你那时，"埃利诺说，她有点心软，"的确相信自己曾经爱上过她？"

"拒绝这样的吸引，承受这样的温柔！这世界上有一个男人能够做到吗？是的，我发现自己，不知不觉地，真心爱上了她；我生命中最快乐的时光是当我和她在一起，感觉我的意图非常高尚，我的感情无可责备时。即便**那时**，不过，当我完全下定决心向她求婚时，我却极不得体地允许自己，日复一日地拖延这样做的时间，因为不愿在我的境遇如此尴尬之时进入一场婚约。我不想在此争辩，也不想停下来让**你**详述这种荒唐，比荒唐更糟的，是在我已经心有所属时却迟迟不愿做出承诺。可以证明的是，我是个狡猾的傻瓜，处心积虑地想要得到让我永远可鄙又可怜的潜在机会。不过最后，我下了决心，我已经决定，一旦能和她单独在一起，就向她解释我一直以来对她献上的殷勤，公开向她承诺我已经费尽心思向她展示的爱意。但在此期间，在即将过去的仅仅几个小时之内，我还没有机会同她单独说话，发生了一件事——一件不幸的事情，摧毁了我所有的决心，以及我所有的安适。这时有了一个发现，"此时他犹豫着垂下双眼，"史密斯太太不知怎样听说了一件事，我猜是某个远亲告诉她的一件事情，一段关系，想让我失去她的宠爱——但我无需进一步解释我自己，"他又说道，脸色更红，满眼问询地望着她，"你特别的熟人——你可能很久之前已经听说了这件事。"

"是的，"埃利诺答道，她也脸红了，让自己硬下心来不要同情他，"我全都听说了。你能怎样辩解你在那件可怕事情中的任何罪过，我承认我无法理解。"

"记住，"威洛比叫道，"你从谁那儿听说了这件事。它可能会公正吗？我承认她的境遇和她的人品应该得到我的尊重。我没打算为自己解释，但与此同时也不能让你认为我无话可说——因为她受了伤害她就无可指摘，而因为**我**放荡不羁，**她**就一定是个圣人。如果她强烈的感情，她欠缺的理智——然而，我并不打算为自己辩解。她对我的感情值得更好的对待，而且我常常，怀着强烈的自我责备，想起那些柔情，有一小段时间，那可以带来任何回报。我希望——我衷心希望这从未发生过。但我不止伤害了她本人；我伤害了一个，对我的感情（我可以这么说吗？）几乎和她一样热烈；而她的头脑——哦！简直无可比拟！"

"然而，你对那个不幸女孩的冷漠——我必须说，和对这个问题的讨论一样令我不快——你的冷漠中完全不含你对她残忍漠视的歉意。别自以为由于她的任何弱点，她理智上的任何天生缺陷，你显而易见的恣意残忍就能得到原谅。你一定知道，当你在德文郡愉快地追求着新的计划，始终快乐、始终幸福时，她却陷入了极度的困窘。"

"不过，我发誓，我**不知道**，"他激动地答道，"我不记得我忘了告诉她我的去向；常识也许能告诉她应该怎样得知。"

"那么，先生，史密斯太太怎么说？"

"她为这件错事责备我，我的困惑也可想而知。她洁身自好，思想正统，不明世事——一切都对我不利。这件事本身我无法否认，无论怎样努力缓和都徒劳无益。我相信，她从一开始就怀疑我的行为总的来说不够道德，同时又因为我在这次拜访中，对她很少关心，极少花时间陪伴她而感到不满。简而言之，这以彻底决裂为结局。也许我有一种方式拯救自己。因为她是个道德高尚的好女人！她提出原谅我的过去，只要我愿意娶伊莉莎。那不可能，因此我不再受她喜爱，被正式赶出她的房子。这件事之后的那个晚上——我第二天上午就要离开——我一直考虑着未来该怎么办。我的思想斗争很激烈，但结束得太快。我对玛丽安的感情，我完全相信她对我的爱，但所有这些都不足以克服对贫穷的那种恐惧，或压倒必须有钱的错误想法，这种想法自然而然，而与奢侈的朋友为伴又加深了这种感觉。我有理由相信自己能够确保目前的生活，只要我选择告诉她，我又劝自己认为无需再做任何常规的慎重考虑。然而沉重的一幕等待着我，在我能够离开德文郡之前，我已经约好就在那天和你们一起吃饭；因此需要为我破坏约定做出一些道歉。但我究竟应该写封道歉信，还是亲自道歉，让我纠结了很久。去见玛丽安，我感觉会很可怕，我甚至怀疑我能否再次见到她，并且保持我的决心。然而，在那一点上，我低估了自己的洒脱，正如这件事表明的那样；因为我去了，我见到她，看见她的痛苦，离开了痛苦的她——离开她时希望永远不再见到她。"

"你为何要来拜访，威洛比先生？"埃利诺责备地说，"一张便笺就能达到所有目的，为何一定要来？"

"这对我本人的骄傲必不可少。我无法忍受以那样的方式离开村子，会让你们，或附近的其他人，怀疑在史密斯太太和我本人之间真正发生了什么；因此我决定来乡舍拜访，在我去霍尼顿的路上。然而，看见你亲爱的妹妹，真是可怕；而且，更难受的是，我发现她独自一人。你们都去了我不知道的某个地方。我只在前一晚离开她，如此坚决彻底地在心里决定做正确的事情！本来几个小时就能让我和她永远订婚；我记得当我从乡舍走到阿伦汉姆时，我的兴致多么高昂，多么愉悦，对自己满意，对每个人都高兴！可是这次，在我们最后的友好见面中，我怀着强烈的愧疚感来到她身旁，几乎让我无力掩饰。当我告诉她我必须马上离开德文郡时，她的悲伤，她的失望，她深深的遗憾——我永远都忘不了——同时又对我那么依赖，那么信任！哦，天哪！我是个多么铁石心肠的恶棍！"

两人都沉默了一阵子。埃利诺首先开口。

"你告诉她你很快会回来吗？"

"我不知道我对她说了什么，"他不耐烦地答道，"毫无疑问配不上过去的感情，很有可能大大超出了未来能够做到的事。我不能想这些，这样不行，接着你亲爱的母亲继续折磨我，以她所有的善意和信心。感谢上天！这**的确**折磨了我。我很痛苦。达什伍德小姐，你想象不出回顾我自己的痛苦能给我带来多少安慰。我太过痛恨自己内心的愚蠢和恶棍般的蠢行，所以我过去因此而承受的痛苦只会让我现在感到满足与狂喜。不过，我走了，离开了我爱的所有人，前往那些，最多，我只是满不在乎的人。我去城里的旅途，骑着我自己的马，因而非常无趣，没人可以说话；我自己的回忆如此愉快，当我展望未来时一切都那么诱人！当我回顾巴顿时，这一幕如此抚慰人心！哦，这是一场美妙的旅行！"

他停了下来。

"好了，先生，"埃利诺说，她虽然同情他，却不耐烦地想要他离开，"就这些吗？"

"啊！不，你忘了在城里发生的事吗？那封无耻的信，她给你看了吗？"

"是的，我看了她收到的每一封信。"

"当她的第一封信来到我手中时（信立即到达，因为我一直在城里），我的感受，通俗而言，简直无法言喻；更简单来说——也许简单得激不起任何感情——我的感情非常，非常痛苦——每一行，每个字——以最老套的比喻，它们亲爱的作者要是在这儿会阻止我这样说——像是刺向我心脏的匕首。得知玛丽安在城里——以同样的语言——是个晴天霹雳，晴天霹雳和匕首！她会给我怎样的责备啊！她的品位，她的想法，我相信我比对自己的这些更加熟悉，我也相信它们更加宝贵。"

埃利诺的感情，在这场特别的谈话中经历了许多变化，现在又柔和下来；然而她觉得有责任遏制她同伴类似最后的那种想法。

"这不对，威洛比先生，记住你已经结婚。只要讲述你在心里认为我必须听到的内容。"

"玛丽安的信，让我确信我依然像在从前的日子对她一样宝贵，虽然我们已经分离了许多、许多个星期，她本人的感情依然坚定，始终对我的忠诚深信不疑，这唤醒了我所有的悔恨。我说唤醒，因为时间和伦敦，事务和放荡，已经有些平息了悔恨，我已经变成一个冷酷无情的恶棍，想象着自己对她毫不在意，宁愿相信她也变得对我无动于衷；告诉自己我们过去的感情毫无意义，无关紧要，耸耸肩膀证明如此，抑制每一个责备，克服每一种顾虑，时常暗自说道：'要是听说她嫁得很好我会非常高兴。'——然而这封信让我更加了解自己。我感觉她比世界上别的任何女人对我宝贵得多，而我对她的做法无耻至极。但我和格雷小姐的一切刚刚决定下来，退缩已经毫无可能。我能做的一切，就是避开你们二人。我没有答复玛丽安，打算以此让她不再关注我；有一段时间我甚至决定不去伯克利街拜访；但最终，我认为最好假装是个冷淡的熟人，一天上午我看着你们所有人都安全地离开屋子，然后留下了我的名片。"

"看着我们离开屋子！"

"不仅如此。你会惊讶地听说我时常在观察你们，常常几乎和你们碰到。当马车路过时，为避免被你们看见我进过许多商店。因为我住在邦德街，我几乎没有哪一天不会见到你们其中一个或两个人；只因我始终的警觉，一直想要避开你们的视线，我们才能分开这么久。我尽量避开米德尔顿一家，以及可能是我们共同熟人的每个人。不过，因为不知道他们在城里，我撞见了约翰爵士，我相信，是在他来的第一天，也是我去詹宁斯太太家拜访的第二天。他邀请我参加聚会，当天晚上在他的房子里举办的舞会。假如**没有**以你和你妹妹也要去作为诱惑，我会觉得这件事明确无疑，并放心地前往那里。第二天我收到玛丽安的另一封短信，依然深情、坦诚、单纯、信任，全都令**我的**行为可恨至极。我无法答复。我尝试了，可一句话也写不出。但我相信，我那天时时刻刻都在想着她。如果你**能**可怜我，达什伍德小姐，可怜我**当时**的处境。我满脑满心都是你的妹妹，却只好对另一个女人扮演幸福情人的角色！那三四个星期比什么都糟糕。然后，最终，我无需告诉你，我被迫遇见你们；我伤害了多么可爱的人儿！那是个多么痛苦的夜晚！一方面，玛丽安美得像个天使，以那样的语气叫我威洛比！哦，天哪！向我伸出她的手，让我给她一个解释，用她迷人的眼睛热切地盯住我的脸！而另一边，索菲亚嫉妒得像个魔鬼，看起来像是——好了，这无关紧要；现在已经结束了——那样的夜晚！我尽快逃离了你们所有人，但在此之前我看到玛丽安美丽的脸庞死一般苍白。**那**是最后，我看到她的最后一眼，她在我面前最后的样子。那是令人惊恐的情景！可当我今天想到她真的快死了，让我有些安慰地想着我完全知道她在看着她离世的人们眼中是什么样子。我一路赶来时，她就在我眼前，始终在我眼前，正是那副神情和模样。"

两人都因思考而暂时沉默。威洛比首先振作起来，这样打破了沉默。

"好了，让我加快速度然后离开。你妹妹当然好多了，一定脱离危险了吧？"

"我们很确信。"

"还有你可怜的母亲！那么宠爱玛丽安。"

"可是那封信，威洛比先生，你自己的信件；对那你没话可说吗？"

"是的，是的，尤其是**那个**。你妹妹又给我写了信，你知道，就在第二天早上。你看到她写了什么。我正在埃利森家吃早餐，她的信，和一些别的信，被从我家里送了过来。它刚好在我看见之前被索菲亚看到了，信的尺寸、优雅的纸张和娟秀的笔迹，都立刻引起了她的怀疑。她已经模糊听说我曾在德文郡爱上了某位年轻小姐，而前一天晚上被她看见的一幕表明了那位年轻小姐是谁，让她比任何时候更加嫉妒。因此，她装出一副玩笑的样子，被爱的女人这样做会令人愉悦，她立即打开信，读了内容。她为自己的无礼行为得到了很好的报偿。她读到了令她痛苦的内容。她的痛苦我本来可以忍受，但她的激动，她的恶毒，无论如何都得平息。于是，简而言之，你认为我妻子写信的风格怎么样？细腻、温柔、真正的女人气息，不是吗？"

"你妻子！那封信是你自己的笔迹。"

"是的，但我的功劳只是顺从地抄下我羞于签名的那些句子。原稿都是她的，她本人愉快的想法和文雅的措辞。可是我能做什么？我们订了婚，一切都在筹备，几乎定下了日期，但我在像个傻瓜一样说话。筹备！日期！老实说，她的钱对我必不可少，以我这样的处境，我会想方设法阻止决裂。无论如何，我用什么样的语言回复，对于玛丽安和她的朋友对我人品的看法又有何意义？只可能有一个结果。我的任务是宣称自己是个混蛋，无论鞠躬行礼还是咆哮怒吼都无关紧要。'我将永远被他们鄙视。'我心里想，'我会永远被他们拒之门外，他们已经认为我是个没有原则的家伙，这封信只会让他们觉得我是个恶棍。'这些是我的想法，因此，带着一种绝望的漠然之情，我抄下了我妻子的话，和玛丽安做了最后的告别。她的三封信——不幸的是它们都在我的钱包里，不然我会否认它们的存在，永远珍藏起来——我只好取出，甚至不能亲吻它们。还有那一绺头发——我也一直把那放在同一个钱包里，如今小姐正谄媚又恶毒地搜寻着它——那亲爱的头发——所有，一切的纪念物都被从我身边夺走。"

"你大错特错，威洛比先生，非常应受责备，"埃利诺说，然而她的声音却情不自禁地流露出她的同情，"你不该以这样的方式说话，无论对威洛比太太还是对我妹妹。你做了你自己的选择。并非强加于你。你妻子有权得到你的礼貌，你的尊重，至少如此。她一定爱你，否则她不会嫁给你。这样无情地对待她，轻蔑地说起她绝非对玛丽安的弥补——我也无法认为这对你自己的良心是个安慰。"

"别说我的妻子，"他说着发出了沉重的叹息，"她不值得你同情，她和我结婚时知道我完全不爱她。好了，我们结了婚，来到库姆宅邸幸福生活，接着回到城里寻欢作乐。现在你同情我吗，达什伍德小姐？还是我说的这一切都毫无作用？我是否就算只有一点——我有没有在你看来比之前少一些罪过？我的意图并非总是错误。我的解释有没有减轻我任何方面的罪过？"

"是的，你当然减少了一些——很少——你已经证明自己，总体而言，比我曾经认为的少一些过错。你已经证明你的心肠没那么邪恶，远没有那么邪恶。但我几乎不知道——你所造成的痛苦——我几乎不知道还有什么能把它变得更加糟糕。"

"等你妹妹恢复后，你愿意告诉她我对你说的话吗？让我也能稍微减轻在她心里的坏印象。你告诉我她已经原谅我了。让我可以想象，她对我的内心和现在感情的更好认识，能让我得到她更主动、更自然、更温柔，不那么高傲的原谅。告诉她我的痛苦和我的忏悔，告诉她我的内心从未对她不忠，如果你愿意，此时她比任何时候都对我更加宝贵。"

"我会告诉她所有必要的，相对而言能够称作你解释的话。但你还没有向我解释你现在过来的特别原因，以及你怎样听说了她的病情。"

"昨天晚上，在德鲁里巷剧院门厅，我碰见了约翰·米德尔顿爵士，当他看出我是谁，在这两个月来的第一次，他对我说了话；他自从我结婚后再也不理睬我，我对此既不惊讶也不怨恨。可是现在，他善良、诚实又愚蠢的心灵，充满了对我的愤怒和对你妹妹的关心，忍不住想告诉我他知道应该说出的话，虽然他也许认为这**不会**让我难过至极。因此，他说得直截了当，告诉我玛丽安·达什伍德在克利夫兰即将死于伤寒，那天上午从詹宁斯太太那儿收到的一封信宣称病情危急，帕默一家都惊恐地离开了，诸如此类的话。我震惊不已，即使在感觉迟钝的约翰爵士面前也装不出毫不在意的样子。看到我心里的痛苦，他也心软了；他的恶意大大消失，所以当我们告别时，他在提醒我曾经答应送我一只小猎犬时几乎和我握了手。我听说你妹妹快要死去的感觉——而且在死的时候，相信我是世界上最大的恶棍，在她最后的时刻鄙视我、仇恨我——因为我怎么知道不会有什么可怕的猜想归咎于我的身上呢？我相信有**一个人**会说我什么都做得出。我感到非常可怕！我很快下定决心，今天早上八点我就进了马车。现在你都知道了。"

埃利诺没有回答。她默默思考着过早独立，以及由此养成的闲散、挥霍、奢侈的习惯，对一个人的心灵、性格和幸福带来的无可挽回的伤害。这个人的相貌才华极其出众，同时天生具备开朗诚实的性格，以及善良深情的脾性。这个世界把他变得奢侈虚荣，奢侈和虚荣将他变得冷酷自私。虚荣心，虽然以另一个人为代价寻求罪恶的胜利感，却把他卷入一场真正的爱情，而奢侈生活，或至少奢侈引起的必要性，要求他牺牲这段感情。引他走向罪恶的每一个错误习性，同样让他受到惩罚。那段他表面上挣脱出来的爱情，违背了忠诚，违背了情感，也违反了各种利益关系，如今，在永远得不到之时，却完全占据了他的思想；而那段婚姻，为了它，他毫不顾忌地让她的妹妹陷入痛苦，却可能成为他自己的不幸之源，也更难以治愈。她这样沉思了几分钟后被威洛比唤醒，他本人刚从至少同样痛苦的一阵沉思中清醒过来，正准备离开，说道：

"没必要待在这儿，我必须走了。"

"你要回城里吗？"

"不，去库姆宅邸。我在那儿有事，一两天后从那儿去伦敦。再见。"

他伸出他的手。她无法拒绝把她的手递给他，他深情地握了握。

"你**的确**对我的想法比之前好些了？"他说着，任由她的手落下，斜靠在壁炉上，仿佛忘了他打算离开。

埃利诺向他保证是这样；她原谅、同情并祝福他，甚至关心他的幸福，还对最有可能提升幸福的表现给出了一些温柔建议。他的答复并不乐观。

"至于那一点，"他说，"我必须尽力勉强生活。家庭的幸福毫无可能。不过，假如我能想到你和你妹妹还关心着我的命运和行为，这也许能成为——这可能让我振奋——至少，这也许是个活着的理由。我当然永远失去了玛丽安。即使我能有幸再次得到自由。"

埃利诺以斥责阻止了他。

"好了，"他答道，"又一次说再见。我会离开，活在对一件事的恐惧中。"

"你是什么意思？"

"你妹妹结婚。"

"你大错特错。你无论何时对她的失去都不会超过现在。"

"但她会被别的某个人得到。如果那个人竟然是在所有人当中，我最不能忍受的那一个；但我不会留在这儿，让我本人失去你所有的同情和善意，向你展示我对伤害最深的人最不能原谅。再见——上帝保佑你！"

说完这些话，他几乎跑出了屋子。

第九章

　　埃利诺在他离开一段时间后，甚至在他马车的声音消失了一阵子后，依然因为那些杂乱无序，本身又迥然不同的想法而沮丧不已。但这总的来说带来了悲伤，让她几乎想不到她妹妹。

　　威洛比，他仅仅半个小时前还被她憎恨为最无耻的人；威洛比，无论他有着怎样的错误，却让她因为错误带来的痛苦对他感到了一些怜悯，让她觉得他如今已永远和她的家人分开；怀着一丝柔情，一丝遗憾，她很快在心里承认——这和她的心愿而非他的优点相称。她感觉他对她想法的影响，在理性看来不该起作用的情形下得到了提升；那个人极有魅力，他拥有坦率、真诚、活泼的举止根本不是他的美德；他依然热烈地爱着玛丽安，而沉迷于这样的感情甚至算不上无辜。但她觉得过了很久很久之后才能感到他影响力的减弱。

　　当她最后回到无知无觉的玛丽安身旁时，发现她正在醒来，因为漫长而香甜的睡眠恢复到她所希望的状态。埃利诺百感交集。过去、现在、未来，威洛比的拜访、玛丽安的平安、她的母亲即将到来，这些共同使她的情绪激动不已，完全感受不到一丝疲倦，让她只担心向妹妹流露出她的情绪。不过，那种担心影响她的时间并不长，因为威洛比离开屋子不到半个小时，她由于另一辆马车的声音再次下楼。因为急于让母亲免除哪怕一秒钟不必要的可怕担忧，她立即跑进大厅，到了大门，刚好在她进门时迎接并扶住了她。

达什伍德太太在他们接近屋子时几乎相信玛丽安已经不在人世，她说不出话来，无法询问她的情况，甚至无法问候埃利诺。可是**她**，既没等待问候也没等待问询，立即说出了令人喜悦的好消息；她的母亲以她常有的激动状态听到这个消息，一时高兴得无言以对，正如她之前害怕时的样子。她被她的女儿和她的朋友扶进客厅，在那儿，她流淌着喜悦的泪水，虽然还是无法说话，却一再拥抱着埃利诺，时常从她那儿转身握住布兰登上校的手，眼神既表达了她的感激，也表明她相信他和她本人一同分享着这个幸福时刻。他在分享，不过，以比她本人更加沉默的方式。

达什伍德太太刚恢复过来，看看玛丽安就成了她的首要心愿；两分钟后她来到她心爱的孩子身边，她因为离别、不幸和危险而变得比任何时候更加宝贵。埃利诺看着每个人见面时的感受，她的喜悦只因担心夺走玛丽安更多的睡眠而受到遏制；但达什伍德太太可以冷静，甚至可以谨慎，当她一个孩子的病情处于危险时；而玛丽安满意地得知母亲就在身边，知道自己虚弱得无法说话，便欣然听从了身边每一位护理让她沉默安静的吩咐。达什伍德太太**想要**整夜陪伴她；埃利诺服从了母亲的请求，去上床睡觉。但另一方面，她经过一夜的彻底无眠，以及许多个小时的极度担忧，似乎必须休息，却因为情绪激动而无法入睡。威洛比，"可怜的威洛比"，她现在允许自己这样叫他，一直出现在她的脑海里。她无论如何都不想听见他的辩护，现在却时而责备，时而原谅自己之前对他如此苛责。但她答应把这件事告诉妹妹却令她十分痛苦。她害怕这样做，担心会给玛丽安带来怎样的影响；怀疑经过这样一番解释她还能不能和另一个人幸福生活；有一瞬间希望威洛比成了鳏夫。接着，她想起布兰登上校，责备了自己，感到**他的**痛苦和**他的**忠诚远超他的情敌，她的妹妹理应得到这样的回报，也绝不希望威洛比太太死去。

布兰登上校去巴顿这件事带来的震惊由于达什伍德太太本人之前的担忧而大大缓和；因为她对玛丽安感到极度不安，已经决定就在那天出发去克利夫兰。她没有等待进一步消息，就在他到来之前把旅行的事情几乎安排妥当，那时凯里一家随时可能过来接走马格丽特，因为她母亲不想带她去也许会染上疾病的地方。

玛丽安每天都在继续恢复，而达什伍德太太开朗愉悦的神情和兴致证明，如同她一再宣称的那样，她是世界上最幸福的一个女人。埃利诺无法在听她这样说话，或是看着她这样的表现时，不去怀疑母亲是否想到过爱德华。不过达什伍德太太相信埃利诺对她本人失望之情的温和叙述，因为感到喜不自胜，所以只会想着增加快乐的事情。她现在开始想到，玛丽安经历这样的危险重回她的怀抱，她本人错误地决定鼓励和威洛比的这段不幸关系，也将她推进了这番境遇。对于她的恢复，达什伍德太太还有埃利诺没有想到的另外一个喜悦之源。一旦她们有了能够单独谈话的机会，她就这样告诉了她。

"我们终于单独在一起了。我的埃利诺，你还不知道我所有的幸福。布兰登上校爱玛丽安。他本人已经这样告诉我了。"

她的女儿感到既高兴又痛苦，既惊讶又不惊讶，便默默地专心听着。

"你从来不像我，亲爱的埃利诺，否则我此时会好奇你的冷静。假如我曾经坐下来祝愿我的家庭发生任何可能的好事情，我本该把布兰登上校娶你们当中的某一位当成最理想的目标。我相信你们两人中玛丽安和他在一起会更幸福。"

埃利诺几乎打算问她为何这样想，因为她很清楚，如果公正考虑她们的年龄、性格或感觉，她会给不出任何理由；然而她母亲对任何有趣的话题总会忘乎所以，因此她没有询问，只是一笑了之。

"昨天我们在路上时他对我敞开了心扉。他说得出乎意料，不是刻意为之。我，你也许能相信，除了自己的孩子什么也说不了——他无法掩饰他的忧伤；我看得出他和我一样忧伤。他也许想到，按照如今的世事，单纯的友谊不可能带来这么强烈的同情心——或者，我想，他不假思索地——倾诉了他无法抑制的感情，让我明白了他对玛丽安热切、温柔、忠诚的爱恋。他爱她，我的埃利诺，从他见到她的第一刻起。"

不过，此时，埃利诺发觉，并非语言，并非布兰登上校的表白，而是她母亲活跃的想象力自然而然的添枝加叶，让她能随心所欲地幻想出令她高兴的一切情形。

"他对她的爱恋，远远超出了威洛比曾经真真假假的一切，不仅热烈得多，而且更加真诚专一——无论我们想怎么说——在他得知亲爱的玛丽安对那个无耻的年轻人不幸的迷恋后依然存在下来！毫不自私，不抱一线希望！也许能看着她幸福地和别人生活在一起。如此高尚的心灵！这么坦率，这么真诚！谁也不会受**他**欺骗。"

"布兰登上校的性格，"埃利诺说，"作为一个出色的男人，众所周知。"

"我知道是的，"她母亲严肃地答道，"否则经过这番警告，**我**绝对不会鼓励这样的感情，或者甚至为此感到高兴。然而他就这样来到我身边，带着这般主动乐意的友情，足以证明他是个极其可敬的人。"

"不过，他的性格，"埃利诺答道，"不止在于**一种**善意表现。他对玛丽安的喜爱，在这种情况下就算出于仁慈之心，也会促使他这么做。对于詹宁斯太太，对米德尔顿一家，他长久以来都是亲密的朋友，他们同样爱他并尊重他；即使我本人对他的了解，虽然最近才获得，也有很多；**我**对他极为看重和尊敬，因此如果玛丽安能和他幸福地在一起，我会像你一样乐意认为这门亲事是世界上最大的幸福。你给了他什么答复？你给他希望了吗？"

"哦！我亲爱的，那时我无法对他或对我自己谈希望。玛丽安那时可能快死了。但他并不想要希望或鼓励。他是一种情不自禁的倾诉，一个满心安慰的朋友无法抑制的情感流露，并非对一个父母的请求。但过了一段时间后我**的确**说，起初我说不出话来——如果她活着，我也相信她会的，我最大的幸福将在于促成他们的婚姻；自从我们到达后，自从我们愉快地放了心，我已经对他更加充分地复述过，已经给他我能给予的一切鼓励。时间，只要一点时间，我告诉他，就能做到一切。玛丽安的心不会永远浪费在威洛比那样的一个人身上，他本人的美德一定能很快赢得它。"

"从上校的情绪看来，你还没能使他同样乐观。"

"是的，他认为玛丽安的感情太根深蒂固，即使很长时间可能都不会有任何改变，即使想到她的心再次自由，他也缺乏信心，认为有了年龄和性情上如此巨大的差异，永远不会让她爱上他。不过，在那一点上，他大错特错。他的年龄比她大很多只是一个优势，让他拥有稳定的人品和坚定的原则；而他的性情，我深信，正是那种能让你妹妹幸福的类型。他的相貌，还有他的举止，全都对他有利。我的偏爱没有让我盲目；他当然不及威洛比那么英俊，但与此同时，他的神情令人喜爱得多。如果你记得，威洛比的眼睛，时常有些感觉，让我不太喜欢。"

埃利诺**不**记得，可是她母亲没等她同意，又说道：

"还有他的举止，上校的举止不仅比威洛比的任何举止更令我喜爱，而且是那种我很清楚能让玛丽安更加真心爱恋的类型。他的文雅，对别人真正的关心，很有男子气概的朴实更符合她真正的性情，胜过另一个人的活泼——常常刻意为之，不合时宜。我本人非常确信，就算威洛比真的和蔼可亲，因为他已经证明自己恰恰相反，但玛丽安和**他**的幸福感，永远比不上和布兰登上校在一起。"

她停下来。她的女儿无法很赞同她，但她的反对声没被听见，因此没有惹恼她。

"在德拉福德，她离我的距离很方便，"达什伍德太太又说道，"即使我留在巴顿，而且很有可能会去那儿，因为我听说那是个很大的村庄，那儿附近当然**必定**有些小房子或乡舍，那会和现在的情况一样适合我们。"

可怜的埃利诺！此时又有了一个带她去德拉福德的新计划！

但她意志坚强。

"还有他的财产！因为你知道在我这个年纪，谁都在乎**那个**；虽然我并不知道也不想知道，那究竟有多少，但我相信一定不错。"

此时她们被第三个人的进入打断了，埃利诺退出来，独自细细思索着一切，希望她的朋友成功；然而在希望之时，替威洛比感到一阵痛苦。

第十章

　　玛丽安的病，虽说损伤元气，却没有长久得让她恢复缓慢。她年轻，天生强壮，又有了母亲的陪伴，因此恢复平稳，在母亲来了还不到四天时，就能走到帕默太太的更衣室了。到那儿后，在她本人的特别请求下，布兰登上校被邀请过来，因为她迫不及待地想为他接母亲过来表达热切的感激之情。

　　他进入房间，看着她改变的容颜，握住她即刻向他伸出的苍白的手，那份内心的激动，在埃利诺看来，一定不仅源于他对玛丽安的爱，或是明白别人也知晓这份爱；她很快发现他看着她妹妹时忧郁的眼神和变化的脸色，也许很多过去的痛苦又在他的脑海中重现。他已经承认的玛丽安与伊莉莎之间的相似之处，如今因为这空洞的眼神，苍白的皮肤，因虚弱而倾斜的姿势，对他的特殊帮助表达出的热烈感激之情而更加相似。

　　达什伍德太太对这一幕的关切程度不亚于她的女儿，但心里的想法大不相同，因此看到的结果也大相径庭。她看出上校的行为只是源于最简单最显而易见的感情，而从玛丽安的行为言语中她认定已经出现了某种超乎感激的情感。

　　又过了一两天，玛丽安每过半天就会明显变得更强壮，达什伍德太太，在她本人和女儿们共同心愿的促使下，开始说起回到巴顿。**她**的安排决定了那两位朋友的安排；詹宁斯太太当达什伍德一家待在克利夫兰时不能离开；布兰登上校很快在她们共同的请求下，认为他自己也该住在那儿，就算并非同样必不可少。接着又在他和詹宁斯太太的一致请求下，达什伍德太太同意使用他的马车返回，为了更好地照料她生病的孩子；因为詹宁斯太太的活跃善良让她为别人像是为自己一样友爱好客，上校在达什伍德太太和詹宁斯太太两人的邀请下，愉快地答应在几个星期内，去乡舍回访。

分离和告别的日子到了，玛丽安特意向詹宁斯太太长久地告别，感激不尽，满怀尊重和善意祝福，似乎因为她在心里暗自承认过去的怠慢。她带着朋友的诚挚之情向布兰登上校告别，他小心地搀扶她进入马车，似乎急切地希望她至少能占据一半的位置。达什伍德太太和埃利诺随后而至，其余的人被留下来，谈论着旅行者们，感受着自己的无趣，直到詹宁斯太太被喊进她的马车，从和女仆的闲聊中为失去两位年轻的同伴得到安慰。布兰登上校随即独自返回德拉福德。

达什伍德母女在路上走了两天，玛丽安和二人一起忍受着旅程，没有感到十分疲惫。两位旅伴处处留心、满怀深情、关心备至，做到一切能让她舒适的事情，每个人都从她身体的自在和情绪的平静中得到安慰。对埃利诺来说，看到她的平静让她特别感激。她，看着她好几个星期以来一直痛苦不堪，因为她既没勇气说出，也没毅力隐藏的内心苦楚而情绪低落，现在怀着无人可及的喜悦，看见一颗显然平静的心灵。她相信这一定是严肃思考的结果，最终必然带来她的满足和快乐。

当她们真的接近巴顿时，她们进入了一些景致，每一块田地和每一棵树木都带来某些或特别或痛苦的回忆。她默然沉思，扭过脸不让她们注意，坐在那儿热切望着窗外。可是这一点，埃利诺既不觉奇怪也不想责备；当她搀扶玛丽安下马车时，看出她哭过，却只见到一种本身太过自然的感情，只激起了她温柔的怜悯，并认为她的沉静值得称赞。在她随后所有的表现中，她看出一个觉醒过来，能够理智地付出努力的头脑；因为她们刚进入客厅，玛丽安就带着坚定的神情环顾四周，仿佛决心立即适应能回忆起威洛比的每一件物品。她话语不多，但每句话都为带来快乐，虽然时常忍不住发出一声叹息，却总以微笑作为弥补。晚餐后她想试着弹琴。她走到钢琴前，但眼前见到了歌剧乐谱，是威洛比为她拿来的，有一些他们最爱的二重奏，封面上是以他的笔迹写出的她的名字。那可不行。她摇摇头，把乐曲放在一边，在琴键上弹奏一会儿后，抱怨她的手指虚弱，就再次合上钢琴；然而她坚定地宣称，她以后要多多练习。

第二天上午这些令人愉快的迹象完全没有减少。相反，因为头脑和身体在休息后变得强壮，她的表情话语有了更多真正的神采。她愉快地期盼着马格丽特回家，说亲爱的一家人很快就能来到一起，还有她们共同的爱好和愉快的相伴，这是唯一值得渴求的幸福。

"等天气好了，我也恢复了体力，"她说，"我们每天都要一起长时间地散步。我们要一起走到丘陵边缘的农场，看看孩子们怎样了；我们要走到约翰爵士在巴顿十字路口的新种植园，以及修道院旧址；我们要常去修道院遗址，试着寻找我们听说它的地基曾经到达的位置①。我知道我们会很快乐。我知道夏天会愉快

---

① 巴顿庄园可能建在亨利八世曾经解散的修道院旧址上。

地过去。我是指不到六点就起床，从那时到晚餐前我会把每一分钟都用在音乐和阅读上。我已经制定计划，决心认真学习一门课程。我们自己的图书室我已经太过熟悉，除娱乐之外没有什么可以阅读。但在庄园里有许多值得阅读的书；有许多别的更现代的作品，我知道我能向布兰登上校借阅。如果每天阅读六个小时，我在一年之内就能获得许多我现在感到缺乏的知识。"

埃利诺为她能制定如此高尚的计划而敬佩她；虽然笑着看出令她陷入极度懒散倦惰和自私悔恨的同样热切幻想，如今被过度用于这种理智的活动和有益的自控。然而当她想起尚未实现的对威洛比的承诺，她的微笑变成了叹息，担心对那些话的交流也许会再次扰乱玛丽安的心灵，至少在一段时间里可能毁掉对这种忙碌平静生活的美好期待。因此她乐意推迟这可恶的时间，决定等到妹妹的身体更加稳定再兑现承诺。然而她下定了决心却只能被打破。

玛丽安已经在家待了两三天，因为天气还没有好得足以让她这样的病人冒险出门。然而最后，一个温柔和煦的上午出现了，好得足以诱使女儿们实现心愿，同时让母亲放心。玛丽安靠在埃利诺的胳膊上，获准在屋前的小路上尽情散步，只要她不感到疲倦。

姐妹二人走了出去，因为玛丽安生病以来身体虚弱，尚未尝试过散步而步伐缓慢；她们刚走到屋外能看见后面一座较大山丘全景的地方，这时玛丽安停下来转眼望着那儿，平静地说：

"那儿，正是那儿，"她一只手指着，"在那个突起的土丘上，我是在那儿摔倒的；在那儿我第一次见到了威洛比。"

她的声音随着这个词低沉下来，但她很快恢复，又说道：

"我很感激地发现我能看着这个地方几乎不感到痛苦！我们还能谈论那个话题吗，埃利诺？"话说得很犹豫，"或者这样错了吗？——我希望我现在**能**谈论它，我也应该这么做。"

埃利诺温柔地请她开口。

"至于悔恨，"玛丽安说，"我已经结束，就**他**而言。我没打算告诉你我曾经对他的感情，而是**现在**的状态。此时，如果我能对于一点感到满意，如果你能让我认为他并非**一直**在逢场作戏，并非**一直**在欺骗我；但最重要的是，如果我能相信他从来不是如此**十足**邪恶，就像我有时在恐惧中对他的想象，自从听说了那个不幸女孩的故事。"

她停下来，埃利诺回答时对她的话语深感喜悦：

"如果你能相信那一点，你认为你会安心。"

"是的。我内心的平静与此有双重关联；因为不仅怀疑一个人非常可怕，认为**他**曾经对**我**有那样的打算，而且这一定会让我感觉自己成了什么？在我那样的境遇中，只有最不知羞耻、毫无防备的感情才会让我暴露于——"

"那么，"她的姐姐问道，"你怎样解释他的行为？"

"我会认为他——哦！如果能认为他只是反复无常，非常、非常反复无常，我该有多高兴。"

埃利诺没再说话。她在心里思考着立即开始她的讲述是否可行，还是等到玛丽安身体更好的时候。她们沉默不语地缓缓走了几分钟。

"当我祝愿他暗自的思索不会比我更不愉快时，"玛丽安最后叹息道，"我没有给他太多祝福。他会为此承受足够的痛苦。"

"你在把你的行为和他对比吗?"

"不。我把它与应有的状态相对比;我把它和你的行为作对比。"

"我们的境遇几乎没有相似之处。"

"它们比我们的行为多一些相似。我最亲爱的埃利诺，别以你的善良，为我知道你的理智一定会指责的行为辩护。我的生病让我思考，它给我时间和冷静来认真回忆。远在我恢复到可以开口说话之前，我已经完全能够思考。我想到过去:自从去年秋天认识他以来，我从自己的行为中，只看出一连串对我本人的轻率行为，以及对别人的缺乏善意。我看出我自己的感情为我的痛苦做了准备，而在此情形下缺乏坚毅几乎把我送进了坟墓。我的病，我很清楚，完全由于我本人特别无视自己的健康导致，即使在那个时候我也知道错了。要是我死了，那就是自取灭亡。直到摆脱危险后我才意识到自己的危险;在这些思考带来的感情中，我对自己的康复感到惊讶，感到我想活下去的渴望，让我能对我的上帝，对你们所有人做出补偿，这使我没有立即死去。如果我死了——我会给你，我的看护，我的朋友，我的姐姐带来多少特别的痛苦! 你，看到了我这些日子里所有恼人的自私，理解我内心所有的苦闷! 我会怎样活在**你的**记忆里! 还有母亲! 你该怎样安慰她! 我对自己的痛恨无以言表。无论何时我回顾过去，我都看出一些责任的忽略，对错误的纵容。每个人似乎都被我伤害。詹宁斯太太的好意，她不断的好意，我只以忘恩负义的蔑视来回报她。对米德尔顿一家、帕默一家、斯蒂尔小姐们，甚至对每一个共同的熟人，我都傲慢不公；我硬下心肠不看他们的优点，正因为他们的关心而脾气易怒。对约翰，对范尼——是的，即使对于他们，他们应得不多，但我给他们的更少。可是你——最为重要，比母亲更重要，却被我错怪。我，只有我，懂得你的心和你的悲伤，可那带给我怎样的影响呢？没带来任何对你我有益的同情心。你的榜样就在我眼前；但又有何用？我有没有更关心你和你的安适？我有没有效仿你的忍耐，或减少对你的束缚，稍稍参与表达普通殷勤和特别感激的事情？可你至今为止都在独自承受——不——即使我知道你不幸福时，也和相信你轻松自在时一样，逃避对责任或友情的任何付出；我只相信自己会悲伤，只为**那颗已经抛弃和亏待我的心**而难过，让我否则会宣称无比爱恋的你，为我而感到痛苦。"

此时她停止了喷涌而出的自我责备；埃利诺急于安慰她，虽然诚实得不会恭维，却立即给予她的坦诚和悔恨当之无愧的称赞和支持。玛丽安握住她的手答道：

"你真好！未来一定会证明我。我已经制定计划，如果我能坚持，我的情感会受到约束，我的脾气也会变好。不能为此再让别人担心，或是折磨我自己。现在我将完全为我的家人而活。你，母亲，还有马格丽特，从今以后必将是我的全部；你我将完全共享这份感情。我将永远不会有一丝离开你，或离开家人的动机；如果我的确和别人相处，只是为了显示我的态度变得谦卑，我的心灵得到提升，我能怀着温柔与克制，做到礼貌待人和生活中的次要责任。至于威洛比，说我会很快或是我将永远忘记他，那毫无意义。对他的回忆不可能通过境遇或想法的变化而克服。

但这会得到控制，将通过宗教、理智和不断的忙碌受到遏制。"

她停顿下来，又低声说道："只要我能明白**他的**心，一切会变得容易。"

埃利诺对于立即贸然说出她的话是否合适已经考虑了一段时间，依然像最初那样犹豫不决，此时听见了她的话；她发觉思考无济于事，只能下定决心，很快就开始了叙述。

她这段话说得如她所愿，冷静得体；小心地让她焦急的听众做好准备；简单诚实地说出了威洛比道歉的主要原因；如实说明了他的悔恨，只减轻了他所声称的现在的爱慕。玛丽安一言未发，她颤抖着，她的眼睛盯住地面，她的嘴唇变得比生病时更加苍白。一千个问题涌进她的心里，但她一个也不敢说。她喘息着热切倾听每一个字；她的手，不知不觉地，紧紧握住了姐姐的手，满脸泪痕。

埃利诺担心她累了，便领她回家；在她们到达乡舍大门之前，轻松地猜出她一定对什么感到好奇，虽然她什么问题都没问；因此除了威洛比，以及他们的谈话，别的什么都没说；她小心地细致描述每一个特别的话语和神情，只要能够安全地尽情叙述。她们刚进屋，玛丽安就感激地亲吻了她，流着眼泪说出这几个字"告诉妈妈"，就离开姐姐并慢慢走上楼梯。埃利诺不敢打扰她此时合理寻求的独处；她在心里焦急地预想着结果，决定如果玛丽安做不到，就再次提起这个话题，然后转进客厅，完成她的临别指令。

第十一章

达什伍德太太听见为她过去宠儿的辩护时并未无动于衷。她很高兴洗刷了他的部分罪责；她为他感到难过；她祝他幸福。但过去的感情无可挽回，什么也无法让他恢复未曾破坏的信任，以及完美无缺的性格，对玛丽安而言。没有什么能消除后者为他承受的痛苦，或洗刷他对伊莉莎的罪恶行为。因此，什么都无法让他重获她的尊重，也不能损害布兰登上校的利益。

假如达什伍德太太，像她女儿那样，从威洛比本人那儿听说了他的故事，如果她看见他的痛苦，被他的神情和他的举止影响，有可能她的同情心会更加强烈。但埃利诺既没能力也不希望，通过详细的解释，在另一位身上激起她本人曾经产生过的感情。思考已经给了她冷静的判断，让她清醒地评价威洛比的抛弃；因此，她希望，只是表达简单的情况，揭露和他的人品真正有关的事实，不以任何柔情的修饰将想入非非的头脑引入迷途。

晚上，当她们三个人都在一起时，玛丽安开始主动说起他；但这并非毫无困难，之前她已经焦躁不安、心神不宁地坐了一段时间，她说话时涨红的脸色，以及她颤抖的声音，都表露无遗。

"我希望你们两人相信，"她说，"我看到了一切，正如你们想让我做到的那样。"

达什伍德太太本想立即以温柔的安慰打断她，要不是埃利诺真想听见她妹妹公正的看法，以急切的手势，让她保持沉默。玛丽安缓缓地继续说道：

"这是对我极大的宽慰，埃利诺今天上午告诉我的话，我现在已经听见我最想听到的内容。"她一度哽咽失声，但她镇定下来，又以平静很多的语气说道，"我现在非常满意，我完全不希望改变。我永远不可能和他幸福地在一起，当知道了我迟早都会得知的一切之后，我会对他毫无信心，失去尊重。什么也无法消除我的这些感觉。"

"我知道，我知道，"她的母亲叫道，"和一个行为放荡的人幸福生活！他这样伤害了我们最亲爱的朋友，也是最好的人，怎能和他在一起！不，我的玛丽安不可能和这样一个人在一起并感到幸福！她的良心，她敏感的良心会感觉到她丈夫本该感到的所有愧疚之情。"

玛丽安叹了口气，又重复道："我完全不希望改变。"

"你对这件事的看法，"埃利诺说，"正是一个清醒理智的人应有的看法；我敢说你和我一样，不仅在这一点上，也在许多别的方面，发现足够的理由让你相信你的婚姻一定会将你卷入某些麻烦和失望。你会很难得到感情上的支持，在他那边，更不确定。假如你结了婚，你们一定总是贫穷。他的奢侈连他自己都承认，而他所有的行为表明自我克制是他无法理解的词汇。他的需求加上你的不谙世事，靠着一份很少、极少的收入，带来的贫穷，不会因为你之前一无所知，从未考虑，就会对你而言**少一些**痛苦。**你的**正直和诚实之心，我知道会让你明白自己的处境，试着尽一切可能的办法节俭度日；也许，只要你的节省只是减少了你自己的舒适，你还能够忍受，但除那以外，你独自尽到的最大努力对于阻止从你结婚前就已经开始的毁灭又有多大作用？除了**那一点**，假如你试着，无论怎样合理地减少**他的**欢愉，难道不该担心，你不仅无法得到如此自私之人的同意，反而会减少他对你的感情，让他后悔把他卷入了如此困窘的婚姻？"

玛丽安的嘴唇颤抖着，她重复了"自私？"这个词，语调意指："你真的认为他自私吗？"

"他所有的行为，"埃利诺答道，"这件事从头至尾，都基于他的自私。是自私让他最初玩弄你的感情；后来，因为他自己也产生了感情，让他推迟表白，最终让他离开了巴顿。他本人的享乐，或是他自己的安逸，在任何方面，都是他的主导原则。"

"确实如此。**我的**幸福从来不是他的目标。"

"现在，"埃利诺继续说道，"他后悔自己的所为。他为何后悔？因为他发现这不合他本人的心意。这没让他感到幸福。他的境遇如今并不尴尬，他没有因为那样的麻烦而痛苦；所以他只想着他娶了一个脾气不如你本人可爱的女人。但这就说明他要是娶了你，就会幸福吗？会有不同的麻烦。他会陷入金钱的麻烦，只因现在已经消除，他就觉得无关紧要。他愿意娶个在性格上让他无可挑剔的女人，但他会总是缺钱——始终贫穷，可能很快就学会将明确的财产和丰厚的收入带来的无数好处视为重要得多，甚至对家庭幸福而言，超过了单纯妻子的性情。"

"我对此毫不怀疑，"玛丽安说，"我没什么可遗憾，除了我自己的愚蠢。"

"不如说你母亲的轻率，我的孩子，"达什伍德太太说，"**她**

必须为此负责。"

玛丽安不愿让她说下去；埃利诺对两人都明白自己的错误感到满意，希望避免任何可能削弱她妹妹兴致的往事回顾；因此，她接着第一个话题，马上又说道：

"我想，可以合理地从整件事中得出**一个**结论——威洛比所有的麻烦都源于他对道德的第一次违反，在他对伊莉莎·威廉斯的行为之中。那个罪行是每一个较小罪行，以及他现在所有不满的起源。"

玛丽安深有感触地同意这个说法，她母亲由此细数布兰登上校受到的伤害和他的美德，在友情和企图的共同作用下说得激动不已。不过，她的女儿看似没听进多少。

埃利诺，正如她所料，看出在接下来的两三天里，玛丽安没像之前那样继续变得强壮；但当她的决心尚未动摇时，她依然试着显得开心自在，她的姐姐能明确地相信时间会对她的身体产生效果。马格丽特回来了，一家人再次全都回到一起，再次安静地住在乡舍；就算不如刚来巴顿时那样兴致勃勃地进行日常学习，至少计划着未来努力做到。

埃利诺迫切地想得到爱德华的消息。自从离开伦敦后她完全没听说他的状况，完全不知道他的新安排，甚至对他目前的住所也弄不清楚。她和她哥哥之间写过几封信，因为玛丽安的生病；在约翰的第一封信中，有这样一句话："我们对我们不幸的爱德华一无所知，也不能对被如此禁止的话题进行询问，但相信他还在牛津。"这是他们的通信带给她关于爱德华的所有信息，因为他的名字在随后的信件中甚至从未提及。然而，她注定不会长久对他的行为毫不知情。

她们的男仆一天上午被派到埃克塞特办了些事情，他在桌旁服侍主人用餐时，回答了女主人对他事情的询问，这是他主动的交流：

"我想你知道，太太，费拉斯先生结婚了。"

玛丽安猛地一惊，盯住了埃利诺，看她的脸色变得苍白，歇斯底里地倒在椅子上。达什伍德太太在回答仆人的问询时，本能地看着同一个方向，从埃利诺的神色中震惊地看出她承受着多么真切的痛苦。过了一会儿，她同样为玛丽安的情况感到难过，不知该主要关心哪个孩子。

仆人只看出玛丽安小姐病了，还算清醒地叫来一个女仆，在达什伍德太太的帮助下，扶她进了另一个房间。那个时候，玛丽安已经好多了，她的母亲把她留给马格丽特和女仆照顾，回到埃利诺身边。她虽然还是很不舒服，但已经恢复得可以用她的理智和声音，刚刚开始对托马斯的问询，关于他怎样得知了这个消息。达什伍德太太立即接手由她本人询问，埃利诺不费力气就能听说了情形。

"谁告诉你费拉斯先生结婚了，托马斯？"

"我见到了费拉斯先生本人，太太，今天上午在埃克塞特，还有他的太太，那位斯蒂尔小姐。他们的马车停在新伦敦客栈的门口，因为我带了一封庄园的莎莉写给她哥哥的信到那儿去，他是个邮差。我路过马车时碰巧看了一眼，立即看出这是斯蒂尔家的二小姐，因此我脱帽致敬。她认识我，就叫住我，向你问好，太太，还有年轻小姐们，尤其是玛丽安小姐，让我捎上她和费拉斯先生的问候，向你们热情问好，致以敬意，说他们非常遗憾没时间来看你们，可是他们急着赶路，因为还有一段路要走。不过，当他们回来后，一定来看你们。"

"但她告诉你她结婚了吗，托马斯？"

"是的，太太。她笑了，说她怎么来到这儿后就改变了姓。她一直是个非常和蔼、话语随意的年轻小姐，举止很文雅。因此，我主动祝贺了她。"

"费拉斯先生和她一起待在马车里吗？"

"是的，我刚好看见他仰靠在里面，但他没有抬头；他从来不是个话语很多的先生。"

埃利诺在心里很容易说明他为何没有向前，达什伍德太太也许找到了同样的解释。

"马车里没别人吗？"

"没有，太太，只有他们两人。"

"你知道他们从哪儿来吗？"

"他们直接从城里来，是露西小姐——费拉斯太太告诉我的。"

"他们还要往西走吗？"

"是的，太太，但不会待太久。他们很快就会回来，然后他们一定会来这儿拜访。"

达什伍德太太这时看着她的女儿，但埃利诺知道最好别指望他们来。她从这条消息得知了露西的全部，也很确信爱德华永远不会再靠近她们。她低声对她的母亲说，他们也许去往普拉特先生家，在朴次茅斯附近。

托马斯的消息似乎说完了。埃利诺看似还想多听一些。

"你走之前,看着他们离开了吗?"

"没有,太太。马儿刚牵出来,可我不能再等,我担心晚了。"

"费拉斯太太看上去好不好?"

"是的,太太,她说她非常好;在我看来她一直是个很漂亮的年轻小姐;她似乎特别满意。"

达什伍德太太想不出别的问题,于是托马斯、桌布①以及其他无用的物件,很快就被打发走。玛丽安已经传出话来,说她什么都不想吃。达什伍德太太和埃利诺同样胃口全无,马格丽特也许可以认为自己很幸运,因为尽管她的两个姐姐最近总是这么心神不宁,总有那么多理由无心吃饭,她以前从未被迫不吃晚餐。

等点心和葡萄酒摆好后,只剩下达什伍德太太和埃利诺独自坐着,她们长久地待在那儿,陷入类似的思索与沉默。达什伍德太太害怕做出任何评论,没有贸然给予安慰。她现在发现她错误地相信了埃利诺对自己的陈述;合理地认定那时一切都被刻意淡化,以免让她更加难过,可她当时和玛丽安一样痛苦。她发现她被女儿审慎体贴的关心所误导,以为她曾经十分了解的那份爱恋,实际上比她通常相信,或比现在看来要淡漠得多。她担心在这种想法下,她对她的埃利诺很不公正、毫不关心,不,几乎冷酷无情;玛丽安的痛苦,因为众所周知,就在她眼前,占据了她过多的柔情,让她忘了埃利诺可能是个承受着同样痛苦的女儿,当然只是更能克制,更加坚忍。

---

① 桌布在正餐时使用,吃点心前拿走。

第十二章

埃利诺现在发现对一件不愉快事情的期待，无论大脑也许会明确告诉你该怎样想，和事实本身依然有差别。她此时发现，她总是不由自主地怀有一丝希望，当爱德华依然单身时，会发生某件事情阻止他和露西结婚，或这位小姐能遇见更合适的结婚机会，能够带来所有人的幸福。但他现在结婚了，她责备自己心里不该藏有这样的侥幸，这大大增加了她得知消息的痛苦。

他竟然会这么快结婚，尚未（按她的想象）接受圣职，因而是在他能够得到一份俸禄之前，起初让她有些惊讶。但她很快看出是因为露西深谋远虑的担忧，因为急于得到他，她很可能会无视一切，除了拖延的危险。他们结婚了，在城里结了婚，现在急于赶到她舅舅家。爱德华在离巴顿不到四英里的地方，见到了她母亲的仆人，听见露西的话语，他心里会怎么想呢？

她想，他们很快会在德拉福德安顿下来——德拉福德——人们费尽心思想让她去的那个地方；她希望熟悉，却又想要避开的地方。她立即看见他们在牧师住宅；看见露西，那个积极策划的管理者，把体面的外表和极度的俭省结合起来，羞于让人看出她一半的节约措施；一心一意追求她自己的利益，讨好布兰登上校、詹宁斯太太和每一个富有的朋友以赢得他们的欢心。对于爱德华，她不知能看到什么，或是她想看出什么；幸福或不幸福，什么都不能使她高兴；她索性根本不去想他。

埃利诺满心以为她们在伦敦的某个亲戚会写信向她们宣布这件事，提供进一步的细节；但一天天过去了，没有来信，没有消息。虽然不确定该责备谁，她却在抱怨每一位离开的朋友。他们全都很不体贴或十分懒惰。

"你什么时候给布兰登上校写的信，妈妈？"她急不可耐地想要有些进展，便问道。

"我上个星期给他写了信，我亲爱的，更在等着见到他，而不是收到他的信。我恳切地催促他来我们这儿，如果今天、明天或任何一天看见他走进来，我不会感到惊讶。"

这是个收获，一件可以期待的事情。布兰登上校**肯定**会有些消息。

她刚想到这儿，这时一个骑在马背上的男人让她朝窗外望去。他停在她们的门前。这是一位先生，是布兰登上校本人。现在她能听到更多；想到这一点让她颤抖。但，这**不**是布兰登上校，也不是他的风度，或他的身高。如果可能，她必须说这就是爱德华。她又看了看。他刚下马，她不会弄错，**这**是爱德华。她挪开并坐下。"他特意从普拉特先生那儿来看我们。我**会**冷静。我**会**克制我自己。"

很快她发现其他人也意识到这个错误。她看见母亲和玛丽安变了脸色，见她们看着她自己，彼此耳语了几句。她愿付出一切能够开口说话，让她们明白她绝不希望她们对他的态度出现丝毫冷淡或丝毫怠慢；但她说不出话来，只能任由她们自行其是。

没有一句高声的话语。她们全都默默等待着她们客人的出现。听见了他沿着石子路的脚步声；很快他来到走廊，下一刻他就站在她们的面前。

他进屋时的表情，不算太高兴，即使埃利诺看来也是如此。他的面色因为焦虑不安而变得苍白，他看似担心对他的招待，知道他不配得到善意对待。然而，达什伍德太太相信她在按照女儿的心愿，热切地打算一切由她指引，便强颜欢笑地上前迎接，向他伸出她的手，祝愿他幸福。

他脸红了，咕哝了一句听不清的答复。埃利诺也和母亲一样动了动嘴唇，在这番动作结束后，希望自己也和他握了手。但那时已经太晚，她努力做出开朗的表情，再次坐下并谈起了天气。

玛丽安尽量退出了视线，以掩饰她的痛苦；马格丽特知道某些方面，但并非整件事情，认为有必要举止庄重，因此在离他最远的地方坐下，完全保持沉默。

当埃利诺停止对干燥的天气感到喜悦时，出现了一阵可怕的停顿。达什伍德太太结束了停顿，感觉有必要问候费拉斯太太一切都好。他匆忙给出肯定的答复。

又是一阵停顿。

埃利诺决心尽力而为，虽然害怕听见自己的声音，此时说道：

"费拉斯太太在朗斯特普尔吗？"

"在朗斯特普尔！"他答道，神情有些惊讶，"不，我母亲在城里。"

"我是打算，"埃利诺说着拿起桌上的针线活，"问候**爱德华**·费拉斯太太。"

她不敢抬眼，但她的母亲和玛丽安都把目光转向了他。他脸红了，看似困惑不解，犹豫一阵后，有些怀疑地说：

"也许你是指——我弟弟——你是指**罗伯特·费拉斯太太**。"

"罗伯特·费拉斯太太！"玛丽安和她母亲以极其惊讶的语气重复道；虽然埃利诺无法说话，即使**她的**眼睛也以同样急不可耐的好奇神情盯住他。他从座位上起身，走到窗前，显然因为不知该做什么；他拿起放在那儿的一把剪刀，把刀鞘剪成碎片时也弄坏了剪刀，同时开口说话，话语匆忙：

"也许你不知道——你也许还没听说我弟弟最近娶了——年轻的——露西·斯蒂尔小姐。"

他的话得到所有人无法言喻的惊讶回答，除了埃利诺，她坐在那儿头斜靠在针线活上，激动得几乎不知身在何处。

"是的，"他说，"他们上个星期结了婚，此时在道利什。"

埃利诺再也无法坐在那儿。她几乎跑出了屋子，门刚关上，喜悦的泪水就喷涌而出，她起初以为永远都不会停止。爱德华在那之前哪儿都看，就是不看她，这时见她匆忙跑出，也许看见，甚至听到她的激动；因为他随后立即陷入沉思，达什伍德太太的任何话语、任何询问，或任何的亲昵称呼都无法打破。最后，他一言不发，离开屋子，朝村里走去，让其他人对他境遇的变化无比吃惊也困惑不已；如此美妙，如此突然——她们无法减轻这样的困惑，只能自行猜测。

第十三章

不过，虽然他得到解脱的情况对整个家庭而言也许显得不可理喻，但爱德华的确自由了；那份自由将用于何种目的很容易被所有人提前预料——他经历了**一次**轻率的订婚，没征得母亲的同意，持续了四年多。在**那**失败以后，他只有可能立即和另一位订下婚约。

他来巴顿的任务，实际上，非常简单。只是请求埃利诺嫁给他；考虑到他对这样的问题并非毫无经验，也许他此时竟然感到那么不自在，那么需要鼓励和新鲜空气，看起来会有些奇怪。

然而，他走了多久才好好下定决心，做到的机会多久后出现，他怎样表达自己的感情，怎样得到接受，这无需赘述。只需说起这一点——当他们四点时全都坐在桌前，大约是他到来三个小时以后，他已经得到这位小姐，并获得她母亲的同意，不仅从一位情人的狂喜话语，而且从道理和事实上，他都成了一个最幸福的人。他的境遇的确令他喜不自胜。他不仅有求爱成功这种普通的骄傲令他心潮澎湃、精神振奋，他还从一场很久以来让他痛苦的感情纠葛中，从一个他很久以来都不再爱恋的女人那儿解脱出来，自己也无可指摘，而且马上又得到了另一位，当他最初产生渴望时，一定怀着几乎绝望的心情。他并非从怀疑或悬念，而是从痛苦到达了幸福；他真实、持续、充满感激的愉悦之情明确显示了这番变化，他的朋友们以前从未见过他这样的状态。

他这时向埃利诺敞开心扉，承认他所有的软弱、所有的错误，以二十四岁年轻人的智慧与尊严看待对露西的那场孩子气的初恋。

"这是在我这方愚蠢、闲散的意愿，"他说，"是不谙世事——游手好闲的结果。假如我十八岁脱离普拉特先生的关照后，母亲能让我做些有用的事情，我想，不，我肯定，这绝不会发生；因为虽然在离开朗斯特普尔时，我当时认为我对他的外甥女有着无法抑制的喜爱，但如果我那时能有些事情，有些目标来占据我的时间，让我离开她几个月，我会很快消除那种幻想中的爱恋，尤其在进入社会后，我一定能如此。但我没有任何事可做，没有任何为我选择的职业，也不允许我自行选择，我回到家后彻底闲散；接下来的一年中我甚至得不到名义上的事情，而进入大学本该有事可做，因为我直到十九岁才进入大学。因此我完全无所事事，只能幻想自己陷入了爱情；因为母亲没有让我从任何方面感受到家庭的舒适，因为我没有朋友，和弟弟无法相处，不爱交友，所以我常常去朗斯特普尔也并不奇怪。在那儿我会感觉像是在家中，总会受到欢迎；因此从十八岁到十九岁我大部分时间都待在那儿：露西看起来特别和蔼可亲，乐于助人。她也很漂亮，至少我**那时**会这么想；我也几乎没见过别的女人，无法做出比较，看不出她有任何缺点。因此，考虑到所有因素，我希望，虽然我们的婚约很愚蠢，从那以后在各个方面都证明了它的愚蠢，但在那时并非极不自然、无可原谅的蠢事。"

仅仅几个小时带来的变化让达什伍德一家心情激动，无比幸福，能让她们全都满意地度过一个不眠之夜。达什伍德太太幸福得感到不安，不知该怎样对爱德华爱个够，或是把埃利诺夸个够；怎样对他的解脱表达足够的感激之情，却不伤害他的敏感；或是怎样让他们随心所欲地尽情说话，又能让她如自己所愿，好好看着两人在一起。

玛丽安只能以眼泪说出**她的**高兴。会出现比较，会产生遗憾；她的喜悦，虽然因为她对姐姐的爱而无比真诚，却既不能让她兴高采烈，也不能使她说出话语。

可是埃利诺，该怎样描述**她的**感情？从得知露西和另一个人结婚，爱德华获得自由的那一刻，到他很快证实希望的那一刻，她百感交集，无法平静。但在第二刻过去后，当她发现消除了每一个怀疑，每一种牵挂，与她最近的处境相比较；看见他如此体面地从上一段婚约中解脱，见他立即得益于这番解脱，向她本人求婚，表达如她一直设想的那种极其温柔、极其坚定的爱恋，她心情压抑，她被自己的幸福压倒了；所幸人类的头脑很容易适应任何更好的变化，只需要几个小时让她情绪平静，或感到某种程度上的内心安宁。

爱德华如今要在乡舍至少住一个星期，因为无论他会有什么别的事情，都不可能让他和埃利诺愉快相处的时间少于一个星期，否则也不足以让他们说出关于过去、现在和未来的一半话语；因为虽然只需几个小时认真的持续谈话就能说尽任何两个理智的人之间真正的共同话题，但对恋人来说并不相同。在**他们**之间，任何话题与任何交流，不反复说上二十遍，就算不上结束，甚至不算开始。

露西的结婚，激起了她们所有人无法停歇的合理好奇心，自然成为这对恋人最早谈论的话题。埃利诺对双方的特别了解，让她觉得从各个方面看来，这是她所听说的最异乎寻常、不可理喻的情况。他们怎能来到一起，罗伯特究竟受到怎样的吸引，能够娶这样一个女孩，她的美貌她本人曾经听他提起时毫不赞赏；一个已经和他哥哥订了婚的女孩，而且那位哥哥因为此事被逐出家庭；她完全无法理解。对她内心而言这是件愉快的事情，从她的想象力看来这不可理喻，但对于她的理智和判断，这是个彻底的谜。

爱德华只能试着解释，认为也许他们第一次偶然见面时，一个人的虚荣心被另一个人的奉承大大激发，逐渐导致后来所有的事情。埃利诺想起罗伯特在哈利街对她说的话，说他本人的调解，如果假以时日，也许会对他哥哥的事情带来什么结果。她对爱德华重复了这些话。

"**那**正是罗伯特的样子，"他立即说道，"而且**那**，"他很快又说道，"也许当他们第一次结识时就在**他的**头脑中。露西可能最初只想为了我而得到他的帮助。别的意图也许在后来出现。"

然而，这件事在他们中间出现了多久，他和她本人一样对此一无所知；因为，他自从离开伦敦后一直选择待在牛津，除了从她本人那儿，他没有办法听到她的任何消息，而她直到最后的信件都既没有减少，也不比平时缺乏柔情。因此，他丝毫没产生任何怀疑，能对即将发生的事情做些准备；当他最终忽然从露西本人那儿收到这样一封信时，他相信，他有一段时间因为信件带来的好奇、厌恶和喜悦几乎目瞪口呆。他把信放入埃利诺的手中。

亲爱的先生：

我十分确信早已失去你的感情，因此认为我能自由地把我本人的感情给予另一个人，也毫不怀疑我能和他幸福地在一起，正如我曾经以为能和你一样；但我不屑于接受一只手，当这颗心已经另有所属。衷心祝愿你因为自己的选择而幸福。假如我们不能始终成为好朋友，因为我们的近亲关系将此变得十分得体，那不会是我的错。我能明确地说我对你毫无恶意，也相信你慷慨大度，不会对我们做出任何坏事。你弟弟已经完全赢得我的爱恋，我们无法离开彼此而生活。我们刚从圣坛返回，现在正要去道利什住上几个星期，你亲爱的弟弟非常好奇地想去那儿看看，但觉得我应该先写下得麻烦你阅读的这几行字。我永远是——

你诚挚的祝福者、朋友和妹妹

露西·费拉斯

我已经烧掉你所有的来信，一有机会就返还你的照片。请毁掉我的潦草书信，但你尽可保留有我头发的那个戒指。

埃利诺读完，一言不发地还给了他。

"我不想问你对信的文笔有什么看法，"爱德华说，"要是以前我无论如何不会让**你**看见她的信。作为妹妹已经够糟糕了，可是对一个妻子！我常常为她写的信感到脸红！我相信我可以说自从我们愚蠢的事情开始半年以来，这是我收到她仅有的一封来信，里面的内容能为文笔的欠缺给我一些补偿。"

"无论这也许是怎样发生，"埃利诺暂停片刻，说道，"他们当然已经结婚。你母亲给自己带来了最恰当的惩罚。她因为对你的愤恨，给了罗伯特的财产，让他有能力为自己做出选择；她实际上以一千英镑收买了一个儿子，让他做到了被她剥夺继承权的另一个儿子想要做到的事。我想，罗伯特娶露西这件事情，让她受到的伤害，不会小于你娶她。"

"她会因此更受伤害，因为罗伯特一直是她的宠儿——她会受伤更深，但基于同一个原则会更快原谅他。"

他们之间目前是什么状况，爱德华不得而知，因为他尚未尝试和家中的任何一个人联系。在露西的信件到达二十四小时之内他就离开了牛津，面前只有一个目标，去巴顿最近的路，没任何闲暇制定任何行动计划，那一路上也不存在最亲密的关系。在他明确和达什伍德小姐的命运之前他什么也做不了；因为他如此迅速地寻求**那个**命运，也许可以认为，尽管他曾经对布兰登上校感到嫉妒，尽管他谦虚地表达他本人的优点，礼貌地谈到他的怀疑，但总的来说，他并未期待一场非常无情的接待。然而，他应该说他**的确如此**，他也说得十分漂亮。一年之后他对这个话题会说什么，只能由丈夫妻子们尽情想象了。

露西当然在有意欺骗，通过让托马斯给她带回的消息，发泄对他的满满恶意，对此埃利诺非常清楚。爱德华本人，如今对她的人品已彻底看透，便毫不顾忌地相信她能做出最恣意恶毒的卑鄙之事。虽然他的眼睛早已睁开，甚至早在他认识埃利诺之前，就看出她的无知，以及她见解的狭隘——二者都同样被他归咎于缺乏教育；但在她的最后一封信到达之前，他一直相信她是个令人喜爱、心地善良的女孩，对自己情深意切。只有这样的信念才让他没有结束这场婚约，而这远在事情的暴露让他面对母亲的怒火之前，一直是他的不安与悔恨之源。

"我认为这是我的责任，"他说，"除去我的感情，由她选择是否继续婚约。当时我被母亲谴责，似乎从全世界得不到一个朋友的支持。在那样的情形下，似乎什么也无法诱惑任何人的贪婪或虚荣。当她如此真诚、如此热切地坚持和我共担命运，无论将会如何，我怎能认为她的做法并非源于最无私的爱意呢？即使现在，我也无法理解她究竟有什么动机，或是她能想象出对她怎样的好处，才能让她情愿束缚于一个她完全不爱的男人，而且一共只有两千英镑。她无法预料布兰登上校会给我一份职位。"

"是的，但她也许能想象会发生对你有利的事情，也许你的家人将会心生怜悯。无论如何，继续婚约对她而言没有损失，因为她已经证明这既未束缚她的意愿也没约束她的行为。这桩婚事当然很体面，也许能让她得到朋友的尊重；或者，如果没发生更好的事情，她嫁给你总比单身好。"

爱德华当然立即承认，露西的行为再自然不过，她的动机也不言自明。

埃利诺严厉责备了他，因为小姐们总会责备抬高她们自己的轻率行为，说他和她们一起在诺兰待了那么久，当时他一定能感到自己并不忠诚。

"你的行为当然非常有错，"她说，"因为，就算不考虑我本人的信念，我的亲友们全都错误地想入非非，期待着以你**当时的**

境遇，绝不可能发生的**事情**。"

他只好辩解他并不了解自己的心，以及对婚约影响力的错误信心。

"我想得太简单，所以认为，因为我的**忠诚**已经属于另一个人，和你们在一起不会有任何危险；知道自己已有婚约，能让我像保持神圣的名誉一样，守住内心的安全。我感到我爱慕你，但我告诉自己这只是友谊；直到我开始把你本人和露西做比较之前，我不知道自己走了多远。在那以后，我想，我在苏塞克斯待那么久**的确**错了，但我劝说自己如此行事的理由无非这些——危险属于我自己；我除了自己，谁也不会伤害。"

埃利诺笑了，然后摇摇头。

爱德华高兴地听说布兰登上校会来乡舍，因为的确不仅想和他更加熟悉，也希望有个机会使上校相信他不再因为他把德拉福德的牧师职位赠送给他感到恼火。"现在，"他说，"当我那时非常无礼地表示了我的感谢后，他一定觉得我从未因为他主动赠送这份职位而原谅他。"

现在他为他本人从来没去过那个地方感到惊讶。但他对这件事几乎毫无兴趣，所以他把自己对房子、花园、土地、教区大小、田地状况、什一税的所有了解归功于埃利诺本人，她从布兰登上校那儿听说了许多，听得专心致志，所以对这件事了如指掌。

在此之后只有一件事情尚未决定，在他们之间，只有一个困难需要克服。他们因为相互的爱恋来到一起，得到他们真正的朋友最热烈的赞许，他们彼此的深刻了解似乎让他们的幸福变得明确无疑。他们只需要一些生活费用。爱德华有两千英镑，埃利诺有一千英镑，还有德拉福德的牧师俸禄，这可以说是他们的全部财产；因为达什伍德太太不可能再给些什么；两人还没有爱到认为每年三百五十英镑能让他们过上舒适的生活。

爱德华对母亲可能做出对他有利的改变并非完全不抱希望，他从**那儿**期待着别的收入。但埃利诺并不指望；因为既然爱德华还是不能娶莫顿小姐，他选择她本人，用费拉斯太太自己的恭维话来说，只比选择露西·斯蒂尔稍微好一点，她担心罗伯特的错误只会让范尼变得更加富有。

爱德华到来四天后布兰登上校出现了，让达什伍德太太感到无比满意，也让她自从第一次来到巴顿后，有幸让客人多得屋子都装不下。爱德华得以保留先来者的特权，因此布兰登上校每天晚上步行到他在庄园的老住处。他总是早上从那儿返回，刚好打断情人们在早餐前的亲密交谈。

上校在德拉福德住了三个星期，至少晚上的时间，他在那儿无事可做，只好盘算着三十五岁和十七岁的不相称。他怀着这样的心情来到巴顿，需要看见玛丽安容貌的改善，她的好意欢迎，她母亲的热切鼓励，才能变得开心。然而，在这样的朋友中，有了这些动听的话，他的确振奋起来。他尚未听说露西的结婚，他对发生的事情一无所知；于是他拜访的最初几个小时都用于倾听和诧异。一切都由达什伍德太太为他解释，他从为费拉斯先生做的事情中得到新的喜悦理由，因为这最终给埃利诺带来了好处。

无需说明，先生们随着彼此更加熟悉，他们的好感逐渐加深，因为不可能有别的结果。他们在原则、理智、性情和思维方式上的相似之处，也许足以让他们成为朋友，无需别的吸引；但他们爱上了两个姐妹，这两个姐妹又彼此喜爱，使那种相互尊重变得不可避免，即刻出现，否则可能要等待时间和理智的作用。

城里的来信，几天前会让埃利诺的每根神经紧张不已，如今到来只会让她读得很开心。詹宁斯太太写信告知这个奇特的故事，发泄她对这个负心女孩诚实的愤怒，对可怜的爱德华深表同情，她相信他十分喜爱那个一无是处的轻佻女人，现在，人人都说，他在牛津为此心碎。"我的确认为，"她又说道，"没有任何事情会做得如此狡诈；因为露西两天前才来这儿和我坐了两个小时。谁都不会怀疑有任何问题，即使是南希，哦，可怜的人儿！她第二天哭着来找我，特别害怕费拉斯太太，也不知能怎样去普利茅斯；因为露西似乎去结婚前借走了她所有的钱，我们想她是故意在以此炫耀，可怜的南希连七先令①都不剩，因此我很乐意地给了她五个畿尼，把她送到埃克塞特，她想在那儿和伯吉斯太太住上三四个星期，按我对她说的话，希望能再次遇见博士。我必须说露西无礼地不带上她一起乘坐马车最讨厌不过了。可怜的爱德华先生！我无法不想着他，但你必须送他去巴顿，玛丽安小姐一定能试着安慰他。"

达什伍德先生的语气更加严肃。费拉斯太太是最不幸的女人，可怜的范尼承受了感情的痛苦，他认为两人都还活着，在这样的打击之下，让他感激又惊奇。罗伯特的罪过不可原谅，但露西更是罪不可赦。两人的名字都永远不可能被费拉斯太太提起；

---

① 因为等于1/3畿尼而常被提及的金额。

甚至，如果她从今以后能够原谅她的儿子，他的妻子也永远不会被承认为她的儿媳，或是被允许出现在她面前。两人秘密安排了一切事宜，被合理视作大大增加了罪行，因为，但凡别人能对此有丝毫怀疑，本来可以采取适当措施阻止这场婚姻。他让埃利诺同他一起为没能让露西和爱德华成功订婚感到遗憾，好过她这样给家庭带来更多痛苦。他又这样写道：

> "费拉斯太太尚未提起过爱德华的名字，这并不让我们惊讶；不过，让我们大感惊奇的是，目前尚未收到他的一封来信。不过，也许，他因为害怕冒犯而保持沉默，因此，我会往牛津写封信，提示他我和他姐姐都认为他应该写一封得体的道歉信，也许可以写给范尼，由她交给她的母亲，或许会万无一失；因为我们都知道费拉斯太太心肠柔软，知道她只想和她的孩子好好想处。"

这段话对爱德华的前途和做法颇为重要。这让他下定决心尝试和解，虽然不完全按照他姐姐姐夫指出的方式。

"一封得体的道歉信！"他重复道，"难道他们想让我为罗伯特对**她**的忘恩负义，对**我**的背信弃义请求我母亲的原谅？我绝不屈服——过去的事情不会让我认错或忏悔——我变得很幸福，但他们不会感兴趣。我不知道**有**什么得体的道歉方式。"

"你当然可以请求原谅，"埃利诺说，"因为你犯了错误；我倒认为你也许**现在**能够承认为结下让你母亲生气的婚约感到担忧。"

他同意他也许能这样做。

"在她原谅你后，也许最好在承认第二次订婚时表现得谦卑一点，因为这在**她的**眼里几乎和第一次一样轻率。"

他提不出反对意见，但仍然拒绝写一封得体道歉信的想法；因此，既然他宣称更愿意做出口头让步而非写在纸上，为了把事情变得对他容易一些，他们决定不给范尼写信，而是让他去一趟伦敦，亲自请求她为他帮忙。"假如他们**真的**对此关心，"玛丽安以她新近培养的坦率性格说，"能够带来和解，我会认为即使约翰和范尼也并非完全没有优点。"

在布兰登上校只来拜访了三四天后，两位先生一同离开了巴顿。他们将立即前往德拉福德，让爱德华能够了解他未来的家是怎样，帮助他的恩主和朋友决定需要做哪些修缮；在住了两个晚上后，他会从那儿继续前往城里的旅途。

第十四章

费拉斯太太得体地表示了拒绝，激烈和坚定程度刚好能让她免受她似乎一直害怕引起的那番责备，对她过于和蔼可亲的责备。爱德华获准出现在她面前，再次被宣布为她的儿子。

她的家庭最近乱成一团。在她生命的许多年里她一直有两个儿子，但几个星期前爱德华的罪行和自我毁灭，夺走了她的一个儿子；罗伯特类似的自我毁灭让她在两个星期后没了儿子；如今，在爱德华的觉醒之下，她又有了个儿子。

虽然他得到了再次活着的权利，但在透露目前的婚约之前，他尚未感觉能继续安全地活下去；因为他担心这件事的公开会突然改变他的体质，让他像从前那样很快死去。因此他小心翼翼地说出了这件事，听者却是出乎意料的平静。费拉斯太太起初合理尝试着劝他不要娶达什伍德小姐，并且尽力为之；告诉他，娶了莫顿小姐，他就得到了一个爵位更高、财产更多的女人，不仅如此，莫顿小姐是个贵族的女儿，有三万英镑，而达什伍德小姐只是无名乡绅的女儿，最多只有**三千英镑**[①]；可当她发现，爱德华虽然完全赞成她的话千真万确，却丝毫不想依此行事，她根据过去的经验，认为最好让步；因此，在她为了自己的尊严而勉强耽

[①] 指在达什伍德太太去世后得到的遗产。

搁很久，只为不让任何人觉得她心地善良后，她宣布同意爱德华和埃利诺的婚事。

下一步是考虑她打算怎样来提高他们的收入；此处显而易见的是，虽然爱德华现在是她唯一的儿子，他绝不是她的长子。因为罗伯特不可避免地得到了每年一千英镑，她也丝毫没有反对爱德华为了一年最多两百五十英镑而接受圣职。除了通过范妮给出的一万英镑，对现在和未来都没有给出任何承诺。

不过，这些已经很合心意，超出了爱德华和埃利诺的预期。费拉斯太太本人反而表示歉意，似乎是唯一一个对她没给更多感到惊讶的人。

在确保拥有能满足他们需求的收入后，他们只需等待爱德华得到牧师职位，但布兰登上校急于让埃利诺住得舒适，做了大量修缮，所以迟迟无法完工。他们等待了一段时间，按照常规情况，经历了一千个失望和工人们数不清的耽搁带来的拖延后，埃利诺，也按照常规情况，打破了当初不万事俱备就不结婚的坚定决心，婚礼于早秋时节在巴顿教堂举行。

他们结婚后的第一个月和他们的朋友在大宅中度过，他们能从那儿监督牧师住宅的进展，随心所欲在现场指挥——可以选择墙纸，规划灌木林，建造通路①。詹宁斯太太的话，虽然乱成一团，却总的来说得以实现；因为她可以在米迦勒节前往牧师住宅拜访爱德华和他的妻子，她也发现埃利诺和她丈夫，正如她真心相信的那样，是世界上最幸福的夫妻。事实上他们别无他求，除

---

① 英文为"invent a sweep"，通路是门前供马车行走停靠的一段路。"invent"可能指从前的牧师都用不起马车，所以他们得设计和修建通路。

了布兰登上校和玛丽安的婚事，以及给他们的奶牛带来更好的牧场。

他们刚安顿下来，几乎所有的亲戚朋友都来拜访。费拉斯太太过来检视她几乎羞于同意的这门亲事有多幸福；甚至达什伍德夫妇也不惜破费，从苏塞克斯赶来贺喜。

"我不会说我感到失望，我亲爱的妹妹，"一天上午，当他们一起走到德拉福德大宅的门前时约翰说道，"**那**就说过头了，因为你当然是世界上最幸运的一个女人，的确如此。但是，我承认，如果能和布兰登上校成为兄弟我会感到非常高兴。他在这儿的财产，他的身份，他的房子，一切都令人敬重，非常体面！还有他的树林！我从未在多塞特郡的其他任何地方见过像德拉福德坡地这么多的树木！虽然，也许，玛丽安不像刚好能吸引他的那种人，但我认为总的来说你可以经常让他们和你们在一起，因为既然布兰登上校总是待在家中，谁也说不清会发生什么——因为，如果人们常常在一起，又见不到别人——你总有法子把她打扮漂亮，诸如此类——简而言之，你也许能给她个机会——你明白我的意思。"

不过虽然费拉斯太太**的确**来看望他们，总是装模作样地对他们表示喜爱，他们却从未获得她真正的欢心与喜爱。**那**是因为罗伯特的愚蠢，以及他妻子的狡诈。没过几个月他们就成了宠儿。后者自私的精明，起初让罗伯特陷入窘境，也是让他脱离窘境的主要手段；因为她一旦有了机会施展本领，就以她的恭敬谦卑、殷勤周到和无尽的谄媚，让费拉斯太太接受了他的选择，重新让他彻底成为她的宠儿。

因此，露西在这件事情中的整体行为，以及成功获得的富裕生活，也许能被视为最激励人心的榜样，说明对自身利益热切而不懈的关注，无论其进展可能遇到怎样显而易见的阻碍，都一定能收获幸运与财富，除时间和良心之外没有别的牺牲。当罗伯特最初想和她结识，去巴特利特大楼私自拜访她，只是带着他哥哥所说的目的。他只打算劝她放弃婚约；因为除了双方的感情之外没有别的需要克服，他自然期待通过一两次见面解决问题。不过，在那一点上，只是那一点上，他犯了错误；因为虽然露西很快给他希望，让他相信他的能言善辩**迟早**能说服她，但总需要又一次拜访，又一番谈话带来这个信念。他们分别时她心里总有一些疑惑，只能通过和他本人另外半小时的交谈才能消除。在以这种方式确保他的出现后，别的也就顺理成章。他们逐渐不谈爱德华，而是只谈罗伯特，对这个问题他总比对其他任何问题更有话可说，她很快透露出和他本人同样强烈的兴趣。简而言之，很快两人都明显看出，他已经彻底取代了他的哥哥。他为自己的征服感到骄傲，为捉弄了爱德华而骄傲，为没得到母亲的同意就私自结婚而特别骄傲。紧随其后的事情众所周知。他们极其愉快地在道利什过了几个月，因为她要和许多亲戚旧友断绝关系。他要为气派的乡舍画几幅平面图；从这种状态返回城里，得到了费拉斯太太的宽恕，在露西的唆使下，只采取了直接要求这种简单的权宜之计。当然，最初的宽恕，合情合理地只包含罗伯特；而露西不欠他母亲任何责任，因此也不可能违反责任，依然有几个星期没得到宽恕。但她的行为言语始终谦卑，为罗伯特的错误自我责备，为她得到的无礼对待心怀感激，最终让她获得傲慢的关注，令她感到无比亲切，很快，她就迅速达到最受疼爱、最有影响力的地步。露西变得像罗伯特或范尼一样对费拉斯太太必不可少。爱德华从未因为曾经想娶她而得到真心的原谅，埃利诺虽然财富与出身胜过她，却被当成不速之客，**她**在各方面考虑后，总被公认为最大的宠儿。他们在城里定居，得到费拉斯太太非常慷慨的资助，和达什伍德一家关系极好。除去范尼和露西之间始终存在的嫉妒和恶意，她们的丈夫当然也会参与，以及罗伯特和露西彼此之间常有的家庭矛盾，他们全都生活在一起简直再和谐不过。

爱德华做了什么而失去长子的权利，也许会让许多人困惑不解；罗伯特又做了什么得到这份权利，也许会让更多人困惑。然而，这样的安排，即使原因并不正当，结果却合情合理；因为从罗伯特的生活方式和话语风格都丝毫看不出他对自己的巨额收入感到遗憾，既不遗憾给哥哥留得太少，也不遗憾给自己带来太多；如果从爱德华处处乐意履行职责，越来越爱恋他的妻子和家庭，从他总是兴高采烈看来，也许能认为他对自己的命运同样感到满意，并且丝毫不想做个交换。

埃利诺尽量减少结婚使她与家人的分离，也没让巴顿乡舍完全失去作用，因为她的母亲和妹妹们大部分时间都和她住在一起。达什伍德太太这样做，既有策略上的动机，也出于频繁访问德拉福德的乐趣；因为她依然热切地想把玛丽安和布兰登上校撮合在一起，虽然比约翰的理由慷慨得多。如今这是她心爱的目标。虽然女儿的陪伴对她而言很宝贵，她却特别希望把这份永久的快乐让给她亲爱的老朋友；看着玛丽安在大宅安家也是爱德华和埃利诺的心愿。他们都感觉到他的悲伤，他们自己的责任，而玛丽安，经一致同意，将会成为对众人的奖赏。

面对这样的联盟，又如此了解他的美德，完全相信他对她本人的真心爱恋，这最终，虽然在有目共睹很久之后——让她忽然明白——她能怎么办？

玛丽安·达什伍德生来就有个特殊的命运。她天生就要发现自己想法上的错误，以她的行为，否定她最喜爱的信条。她注定要克服在十七岁那年形成的爱恋，只怀着强烈的尊重和真诚的友谊，主动把她的手交给了另一个人！**那**另一个人，因为前一段恋情承受的痛苦不亚于她本人，就在两年前，她曾经认为他老得不能结婚——现在还穿着法兰绒马甲保护身体！

但事情就是这样。她没有沦为不可抗拒的激情的牺牲品，如同她曾经天真期待的那样，甚至没有永远留在母亲身边，只从隐居和学习中找到乐趣，这是她在后来更冷静清醒之时做出的决定。她发现自己在十九岁时，接受了一段新的感情，担起新的责任，被置于一个新的家中，成为一个妻子，家庭的女主人，村庄的女恩主。

布兰登上校现在很快乐，而所有那些最爱他的人，都相信他理应如此；从玛丽安身上他得到了对过去每一个痛苦的慰藉；她的尊重与陪伴让他的思想重新变得活跃，让他的心情变得愉快，玛丽安从他的快乐中找到了自己的幸福，每个关注的朋友都相信如此并感到高兴。玛丽安爱人从来不会三心二意；她的整颗心，随着时间的推移，完全献给了她的丈夫，正如她曾经献给了威洛比。

威洛比听到她结婚的消息不可能不难过；对他的惩罚很快因

为史密斯太太主动原谅他而彻底完成。她强调他必须和一个有品行的女人结婚，作为她宽恕的条件，让他有理由相信假如他对玛丽安行为正派，他也许会立即变得幸福又富有。他对错误行为的深切悔恨本身就是惩罚，这毋庸置疑；也无需怀疑他很长时间以来都对布兰登上校感到嫉妒，为玛丽安而遗憾。但若说他永远得不到安慰，离群索居，或养成了阴郁的脾气，或是死于伤心，这绝不能指望——因为他完全没有。他努力活着，常常活得很开心。他的妻子并非总是闷闷不乐，他的家庭也并不总是令人不快；从养马育犬，以及各种游猎活动中，他得到了许多的家庭幸福。

不过，对于玛丽安——尽管他在失去她后毫不客气地活了下来——却始终对她心怀敬意，对发生在她身上的一切事情都感兴趣，让她成为他心中完美女人的典范；未来的日子里，许多美人都将被他冷落，因为无法和布兰登太太相提并论。

达什伍德太太慎重地留在了乡舍，没有试着搬到德拉福德。对约翰爵士和詹宁斯太太而言幸运的是，当玛丽安从他们身边被带走时，马格丽特已经到了很适合跳舞的年龄，认为她有了情人也并非很不恰当。

在巴顿和德拉福德之间，家人的深厚感情自然让他们经常往来。在埃利诺和玛丽安的许多美德与幸福中，千万别小看这一点：她们虽为姐妹，几乎在彼此的眼前生活，她们自己和睦相处，也从未让丈夫们关系淡漠。